Ullstein

DAS BUCH

Weihnachten 1999: Der Nachthimmel über den militärisch abgeriegelten Großstadtzonen Deutschlands flackert farbig auf. Schemenhafte Bilder eines riesigen Busens, eines Computer-Monitors und eines märchenhaften Schlosses wischen zeitlupenhaft über das Firmament.
Traurig irrt Tempus, ein junger Außenseiter, durch die winterliche Altstadt und gerät in eine illegale Demonstration der 99ers, einer radikalen Gruppe von Aufklärern. Zu ihnen gehört Nikki, ein japanisches Mädchen, das Tempus in die Geheimnisse der 99ers einweiht. Ihr Gott, ein uralter Riesencomputer namens Blutwich, in dem alle individuellen und kollektiven Verbrechen des ausgehenden Jahrhunderts gespeichert sind, ist der Herrscher über die Zeit. Doch wie die meisten Großrechner hat auch Blutwich den Jahrtausendfehler: Am 31. 12. 1999 um 0.00 Uhr springt sein System nicht auf das Jahr 2000 um, sondern beginnt erneut das Jahr 1900. Sollte es nicht gelingen, Blutwich rechtzeitig umzuprogrammieren, wäre die Menschheit gezwungen, das ganze 20. Jahrhundert mit all seinen Schrecken, wie dem Wahnsinn der beiden Weltkriege und des Dritten Reiches, zu wiederholen . . .
Doch Itor, der Fernsehmonopolist der Republik, der über seine Programme das Bewußtsein der Menschen kontrolliert, überfällt die 99ers mit seinen Sturmtruppen, löscht sie aus und stiehlt Blutwich, um seine Macht zu vergrößern. Nur Tempus und Nikki, die beiden einzigen Überlebenden, haben eine Chance, den grausamen Kreislauf der Geschichte zu verhindern und den Menschen den Eintritt ins 3. Jahrtausend, in eine hoffnungsvolle Zukunft, zu ermöglichen.

DER AUTOR

Matias Boem, geb. 1960 in Dortmund, ist Journalist, Autor und Moderator. Er lebt und arbeitet in Hamburg.
Die Adresse seiner offiziellen website lautet: www.boem.de
Sie erreichen ihn per e-mail unter: jahrtausendfehler@boem.de

Matias Boem

Der Jahrtausendfehler

Roman

Ullstein

Ullstein Buchverlage GmbH & Co. KG,
Berlin
Taschenbuchnummer: 24624

Originalausgabe
Juni 1999

Umschlaggestaltung:
Vera Bauer
Bild:
Bavaria
Autorenporträt:
Thomas Ruddies

Printed in Germany 1999
Gesamtherstellung:
Ebner Ulm
ISBN 3 548 24624 9

Gedruckt auf alterungsbeständigem
Papier mit chlorfrei
gebleichtem Zellstoff

Die Deutsche Bibliothek –
CIP-Einheitsaufnahme

Boem, Matias:
Der Jahrtausendfehler : Roman /
Matias Boem. – Orig.-Ausg. –
Berlin : Ullstein, 1999
(Ullstein-Buch ; 24624)
ISBN 3-548-24624-9

für petra
danke für die unendliche geduld,
die unerschöpfliche zuversicht
und unschätzbare unterstützung

dank auch

meinen freunden
burnt schneider, jochen kuhr,
rainer blohm und klaus wellershaus
für ihre kritischen anregungen

sowie
thomas ruddies
für das foto

und meinen lektorinnen
susanne van volxem und cornelia adomeit
für die gute zusammenarbeit

iceblues für alle

Level Eins: Falsch im Richtigen

24.12.1999 • 16.00 UHR • START

»99ers – go!«

Tempus blieb stehen und hob lauschend den Kopf. Weit aus der Ferne drang ein vielstimmiger Schrei durch die Straßenschluchten. Dumpf und ein wenig unheimlich. Schneeflocken fielen ihm ins Gesicht und schmolzen langsam auf seiner Haut. Wasser lief ihm in den Kragen. Er schüttelte sich, wobei glitzernde Tropfen aus seinen Dreadlocks spritzten. Die Hände in den Taschen vergraben, den Kopf gesenkt, setzte er sich wieder in Bewegung.

Nannas Worte hallten in ihm nach: »Es ist doch kein Verbrechen, sich zu verlieben«, hatte sie sich verteidigt – und trotzdem schuldbewußt gewirkt. Wie immer, wenn sie ablenken wollte, hatte sie ein Lied vor sich hingesummt: »Das Blut wich aus den Wangen ihm, als er sah die Schrecken und das Leid . . .«

Tempus hatte sich Kopfhörer über die Ohren gezogen und auf die Tastatur seines Computers eingehackt.

Jetzt stolperte er über einen Haufen zertrümmerter Ziegelsteine. Er fiel fast in ein Loch, das eine Granate in den Bürgersteig gerissen hatte. Kein Boden mehr unter den Füßen, dachte er. Der Wind trieb ihm immer größere

Schneeflocken in die Augen. Er blinzelte. Es war fast dunkel. Außen dunkel, innen dunkel.

Walram hatte neben Nanna gestanden, mit ihrem langen, schwarzen Haar gespielt und auf eine Liste auf ihrem Monitor gewiesen: »Das muß dringend noch geändert werden. Das Buch der Geschichte soll nicht nur einen goldenen Einband haben – es muß von innen leuchten.« Dann hatte er selbstgefällig gelacht.

Tempus trat gegen eine umgestürzte Laterne. Sie hatte ein Auto unter sich begraben, das danach vollständig ausgeschlachtet worden war. Jetzt flackerte sie immer wieder auf und beleuchtete das Wrack. Es schimmerte golden. Jemand hatte sich einen Spaß gemacht und den Trümmerhaufen mit einer Sprühdose lackiert. Die Verzweiflung verlieh Tempus' Tritt so viel Schwung, daß er hinfiel. Resigniert blieb er im Schnee sitzen und schlug mit der flachen Hand auf den Asphalt.

Er hätte am liebsten auf Walram eingeschlagen. Doch Nannas Blicke hatten Tempus klargemacht, daß der Kampf verloren war, bevor er richtig begonnen hatte. Sie hatte Tempus mitfühlend angelächelt, ihren Körper jedoch Walram zugewandt, der heimlich an den Knöpfen ihrer Bluse nestelte.

Tempus rappelte sich wieder auf. Er klopfte den Schnee von seiner Kleidung und sah zu, wie er auf den Boden fiel, schmolz und spurlos verschwand. Ich sollte mich nicht so leicht geschlagen geben, dachte er. Ich mach ihn fertig, das Schwein.

»99ers – go!«

Der Schrei schien jetzt näher. Er zog Tempus an wie ein Magnet, denn er klang wild und gefährlich, nach Abenteuern mit ungewissem Ausgang. Er klang nach etwas, das ihn von seinem Unglück ablenken würde.

Mitten in ihre Auseinandersetzung war der Programmierer geplatzt, der den Jahrtausendfehler in ihrem Computersystem beheben sollte.

»Wo bleiben Sie denn?« hatte Walram den Mann angefaucht. »Wir warten seit Tagen auf Sie!«

»Was glauben Sie, was da draußen los ist?« Erschöpft war der Programmierer auf einen Stuhl gesunken. »In sieben Tagen bricht die Hölle los. Alle Vorgänge, die über Computer abgewickelt werden und mit Datumsangaben zu tun haben, funktionieren dann nicht mehr. 95 Prozent aller Großrechner sind betroffen.«

»Was interessieren mich die anderen? *Meinen* Rechner sollen Sie in Ordnung bringen!«

Der Programmierer hatte tief Luft geholt, sich dann jedoch eines Besseren besonnen und betont geschäftlich gesagt: »Lassen Sie uns zur Sicherheit das Problem noch einmal genau eingrenzen: Ihr Computer arbeitet definitiv nur mit zweistelligen Jahresangaben. Am 31.12.99 ab 0.00 Uhr zeigt er demzufolge eine Doppelnull. Künftig geht er aufgrund seiner Programmierung bei allen Berechnungen davon aus, das Jahr 1900 habe wieder begonnen.«

»Ja, natürlich. Wenn das Ding nur die geringste Ahnung davon hätte, daß es so was wie das Jahr 2000 gibt, hätten wir Sie kaum engagiert!«

Der Schnee verwandelte sich in Nieselregen. In der feuchten Kälte bildete das Licht der Straßenlaternen trichterförmige Höfe.

Tempus dachte: In sieben Tagen werden Tote eingeschult, und Säuglinge bekommen Rente. Flugzeuge können nicht mehr starten, falsche Ampelschaltungen verursachen ein Verkehrschaos. Klimaanlagen und Notstromaggregate fallen einfach aus, Lebensmittel und Medikamente wandern wegen angeblich abgelaufener Haltbarkeit auf den Müll. Kreditkarten sind nicht mehr gültig und kurzfristige Kontoüberziehungen verursachen Zinsen in Millionenhöhe. Fabriken erhalten keinen Nachschub von ihren Lieferanten mehr. Großunternehmen gehen über Nacht pleite, ganze Wirtschaftssysteme brechen zusammen. Und alles nur wegen einer Doppelnull.

Der Programmierer hatte schließlich seinen Ärger doch nicht zurückhalten können. »Wenn Sie das alles so genau wissen, warum haben Sie dann nicht schon vor drei Jahren etwas unternommen, als in allen Zeitungen ausführlich über diese Probleme berichtet wurde?«

»Wollen Sie jetzt auch noch unverschämt werden?«

»Nein, es ist nur ...«, ein vielsagendes Lächeln war über das Gesicht des Mannes gehuscht, »... ich muß noch zu einer Versicherung. Dort sollen 80 Millionen Programmzeilen auf Datumsangaben überprüft werden. Wenn wir nur eine nicht entdecken, kann jede beliebige Zehnmarksbuchung den Laden plötzlich zehn Millionen kosten. Sie können sich vorstellen, was das für mein Honorar bedeutet.«

»Raus!« hatte Walram mit hochrotem Kopf geschrien, während Tempus vor Schadenfreude ganz heiß geworden war.

Da hatte Nanna eingegriffen und den Programmierer energisch in einen anderen Raum geschoben. »Ihr Arbeitsplatz ist nebenan. Über das Honorar einigen wir uns schon.«

Tempus sah noch vor sich, wie sie zurückkam, Walram in den Arm nahm und küßte. »Beruhige dich doch. Er hat recht. Es wird die Hölle, und die anderen zahlen ihm jeden Preis.«

Jemand rempelte Tempus an, seine Erinnerung brach ab. Ohne über den Weg nachzudenken, hatte er mechanisch einen Fuß vor den anderen gesetzt und näherte sich jetzt der Innenstadt. Ein Trupp Soldaten zog an ihm vorbei. Ihr Stimmengewirr mischte sich für einen Moment mit dem Schrei:

»99ers – go!«

Die Scheinwerfer eines Miltärjeeps blendeten ihn, bis der Wagen in eine Seitenstraße abbog. Als Tempus die Einmündung der Straße erreichte, stürmte die Besatzung des Jeeps gerade in ein halb ausbranntes Wohnhaus. Neugierig ging er näher.

Er stand vor der unbeleuchteten Fassade und musterte den Jeep, als über ihm im vierten Stock ein Fenster aufgerissen wurde. Er hörte laute Stimmen, wie im Streit. Dann stürzte plötzlich ein großer Kasten durch die Dunkelheit direkt auf ihn zu. Zu spät versuchte er auszuweichen, wurde getroffen und sank zu Boden.

Ein roter Schriftzug blinkte vor seinen Augen:

– SIE HABEN NOCH DREI LEBEN!
DRÜCKEN SIE ›GO‹, UM FORTZUFAHREN –

Ich muß mich zusammenreißen, dachte Tempus, sonst werde ich noch verrückt.

Er stand wieder vor der unbeleuchteten Fassade und musterte den Jeep. Erneut wurde über ihm im vierten Stock ein Fenster aufgerissen, hörte er die lauten Stimmen, wie im Streit, stürzte der große Kasten durch die Dunkelheit direkt auf ihn zu. Dieses Mal sprang er geistesgegenwärtig zur Seite. Ein riesiges, altes Fernsehgerät krachte unmittelbar vor ihm auf die Straße und implodierte mit einem Knall.

»Seid ihr verrückt?« rief er. »Ihr hättet mich fast umgebracht!«

»Ruhe da unten! Weitergehen!« schrie jemand barsch zurück.

Tempus starrte wütend zu dem dunklen Loch in der rauchgeschwärzten Wand hinauf.

»Nein, nicht den auch noch! Der gehört meinem Sohn!« protestierte oben eine Frau.

Schon fiel wieder etwas in die Tiefe. Tempus drückte sich an die Hauswand. Direkt neben ihm landete ein zweiter Fernseher in einem Busch. Die Zweige bremsten seinen Sturz. Langsam rutschte das kleine, tragbare Gerät auf die Straße. Es wurde offenbar über einen Akku mit Strom versorgt, denn auf dem gesprungenen Bildschirm flimmerte noch ein Bild. Ein Sprecher richtete sich an das feuchte Kopfsteinpflaster, das im Schein alter Schwarz-Weiß-Aufnahmen schimmerte: ». . . besichtigte der amerikanische Präsident Dwight D. Eisenhower damals den ersten Computer der Welt.«

Tempus ging in die Knie und drehte den Kopf, um das Fernsehbild besser erkennen zu können.

Ein alter Mann stand in einem Raum voller riesiger, stummer Maschinen. Interessiert blickte er sie an. Dann fragte er herausfordernd: »Und? Gibt es einen Gott?«

Das Fernsehbild erlosch, das Straßenpflaster wurde dunkel. Aufgeregt schlug Tempus auf das kleine Gerät. Das Bild kehrte für einen Moment zurück. Die Maschinen vor dem alten Mann sprangen an, unzählige Lichter blinkten, und Bandspulen setzten sich in Bewegung.

Dann sagte eine Stimme: »Jetzt gibt es einen.«

24.12.1999 • 16.12 UHR • 2 PUNKTE

Ein Handy klingelte. Wieder und wieder.

Einige Passanten musterten Tempus befremdet. Das Geräusch schien aus seiner Jacke zu kommen. Er suchte alle Taschen ab und griff schließlich in etwas Weiches, Feuchtes an einem Plastikring. Mit spitzen Fingern zog er einen hellblauen Schnuller hervor. Wie kam der in seine Jacke?

Erneutes Klingeln unterbrach seine Überlegungen. Endlich fand er das Handy. Es hing an seinem Gürtel. Er meldete sich und eine Stimme am anderen Ende fragte: »Na, wie geht's?«

»Ach, ganz gut«, antwortete er automatisch, Walrams Hand in Nannas Ausschnitt vor Augen.

»Was machst du gerade?«

Tempus stand inzwischen auf dem Platz im Zentrum der Stadt. Er sah sich um und überlegte. Wer zum Teufel war das? »Ich steh' im Regen«, sagte er in sein Handy.

»Und, wie ist es?« fragte sein Anrufer munter.

»Verdammt nochmal, was soll der Blödsinn?« platzte Tempus der Kragen. »Sag mir erstmal, wer du bist. Oder laß es bleiben, ich habe sowieso keine Lust, mich mit dir zu unterhalten.«

»Dein Verhalten wird Konsequenzen haben. Ich melde dich der Kommission. Schließlich habe ich deine Nummer gespeichert. Ich muß nur die Wahlwiederholung drücken.«

»Melde mich, wem immer du willst«, schrie Tempus, »aber laß mich in Ruhe!«

Wütend unterbrach er das Gespräch und hakte das Handy wieder an den Gürtel. Eine neue Welle von Unglück schwappte über ihn hinweg. Ihm war kalt. Die Wolken hingen tief. Schwer und dunkel lasteten sie auf der Stadt, die darunter in die Knie zu gehen schien, niedergedrückt wie seine Stimmung. Schneematsch spritzte unter den Füßen der vielen Menschen, die in dicken Mänteln und festen Schuhen vor ihm über den riesigen Platz hasteten.

Tempus stand reglos in dem Gewimmel, legte den Kopf in den Nacken und starrte den kleinen Nebelschwaden nach, die aus seinem Mund in die Höhe schwebten. Ein großflächiges, farbiges Flackern auf den Wolken erregte seine Aufmerksamkeit. Als habe der Himmel seine Lider geöffnet und entkräftet sofort wieder geschlossen.

Er hatte das Gefühl, nichts über sich zu wissen. Er war sich selbst völlig fremd, eine leere Hülle, geschichts- und wesenlos. Wie ein ausgesetztes Kind, das nichts kennt als den Korb, in dem es gefunden wird. Doch er hatte nicht einmal einen Korb – er war einfach da.

Der Wind trieb eine schwarzhaarige, junge Frau an Tempus vorbei. Sie lächelte ihn an, bevor sie behende in der Menge verschwand. Er fühlte sich gleich deutlich wohler. Die Kälte aber blieb. Frierend trat er von einem Fuß auf den anderen. Die Fassaden der Luxuskaufhäuser, die den Platz begrenzten, waren weihnachtlich geschmückt. Tausende von Glühbirnen in Stern- und Tannenmustern leuchteten an den mit Einschußlöchern übersäten Wänden. Überall bröckelte der Putz.

Ein mit Tüten bepacktes, älteres Paar trat durch eine der großen Glastüren auf die Straße. Tempus schnappte einen Fetzen ihrer Unterhaltung auf:

»Sieh nur, all die Lichter.«

»Ja, von wegen Stromrationierung. Die haben Beziehungen. Die rufen nur ...« Ihr Handy klingelte. Die Frau nahm das Gespräch an: »Hallo? ... Ach ganz gut. Ja, ... wir sind beim Einkaufen.« Sie zögerte einen Moment. »Vorhin ist wieder jemand von einem der Kaufhäuser gesprungen«, sagte sie leise. »Es war schrecklich, wir standen fast daneben. Ein junger Mann ... ja, ich weiß, wir sollen nicht darüber reden ...« Sie hörte nur noch zu und schwieg.

Ihr Mann, der sie stirnrunzelnd beobachtet hatte, nestelte ebenfalls ein Handy unter seinem Mantel hervor. Ohne hinzusehen wählte er eine Nummer. »Na, wie geht's?« fragte er freundlich in den Hörer.

Die beiden mußten einem Panzer ausweichen, der um den Platz patroullierte. Dann gingen sie auf die Sperre an einer der beiden Ausfallstraßen zu, zeigten, ohne die Telefonate zu unterbrechen, ihre Ausweise vor und verschwanden hinter einem ausgebrannten Autowrack.

Plötzlich leuchteten die Wolken wieder farbig auf.

Tempus bekam eine Gänsehaut. Er zog den Kopf zwischen die Schultern.

In grobkörniger Zeitlupe wischten schemenhafte Bilder über den Himmel. Ein Busen, ein Computer-Monitor und ein Schloß wanderten als riesige Fata Morgana über die Stadt hinweg. Niemand außer ihm schien die Bilder zu bemerken. Die Leute hasteten einfach weiter. Sie sahen kaum auf, obwohl das seltsame Schauspiel sich in unzähligen Scherben zerschlagener Schaufenster auf dem Bürgersteig spiegelte. Plötzlich wurden die leuchtenden Splitter knirschend zu Staub zermahlen. Unmittelbar vor ihm plärrte ein Lautsprecher: »Geh' aus dem Weg, Bursche! Du behinderst den Verkehr.«

Tempus hatte nicht bemerkt, daß der Panzer direkt auf ihn zugefahren war. In der offenen Luke saß ein bewaffneter Soldat mit einem Megaphon. Er fuchtelte mit der Hand, als verscheuche er eine lästige Fliege.

Von weit her hörte Tempus wieder den Schrei:

»99ers – go!«

Tempus trat schnell beiseite, der Panzer dröhnte an ihm vorbei. Der Soldat drehte sich noch einmal um und beäugte ihn mißtrauisch. Dann klingelte sein Handy, und er verschwand durch die offene Luke des Stahlkolosses.

Tempus überließ sich dem Sog der vielen eiligen Menschen, die in die Kaufhäuser hineinströmten. Die meisten wirkten ärmlich, fast zerlumpt. Ihr Aussehen stand in krassem Widerspruch zu der pompösen Aufmachung der Konsumtempel. Nur hin und wieder sah man reiche Frauen, gold- und pelzbehängt, in Begleitung bewaffneter Bodyguards. Tempus ließ sich von den gläsernen Drehtüren verschlucken, herumwirbeln und wurde sogleich wieder auf die Straße gespuckt – mitten hinein in ein lautes Klirren.

Unmittelbar neben ihm zerbarst ein Schaufenster und fiel in einem Scherbenregen zu Boden. Erschrocken wich er zurück, während eine Horde von Plünderern mit einem Aufschrei in die Auslagen drängte. Rangelnd und stoßend kämpften sie sich zu Computern, Stereoanlagen und Fotoapparaten hin und rissen sich die Geräte gegenseitig aus den Händen. Ab und zu hielt einer von ihnen inne, wenn sein Handy klingelte. Hastig murmelte der Angerufene einige Worte in den Hörer, dann stürzte er sich wieder auf die begehrte Beute.

Über die Köpfe der Plünderer hinweg beobachtete Tempus eine Fernsehreportage. Auf den Mattscheiben der Geräte leuchteten Logos verschiedener Sender, doch alle zeigten dasselbe Bild: Eine Landkarte Deutschlands mit fünf roten Flecken bei Hamburg, Berlin, dem Ruhrgebiet, Frankfurt und München. Ein Sprecher kommentierte: »... wurde die Präsenz der Bundeswehr deutlich erhöht und Deutschland in fünf militärisch abgeriegelte

Großstadtzonen unterteilt. Bedeutet dies möglicherweise das Ende der Verteilungskämpfe?«

Die Plünderung des Schaufensters war die beste Antwort auf diese Spekulation: Stück für Stück wurden die Fernseher aus den Regalen gezerrt.

Auf den letzten verbliebenen Geräten erschien jetzt der Moderator im Bild, hinter sich die leuchtenden Kaufhausfassaden des Platzes. Aalglatt lächelnd verkündete er: »Zumindest sieht man seit einiger Zeit keine bettelnden Obdachlosen mehr an den Straßenecken. Es heißt, sie zögen jetzt in Gruppen durch das weitgehend verlassene Niemandsland zwischen den Großstadtzonen. Die Polizei hat sie aus der Stadt verwiesen. Jeder, dem seine finanziellen Verhältnisse allzu deutlich anzusehen sind, wird konsequent ausgesetzt. Selmar van Eydel für MON – live vom Platz-der-Erkenntnis-durch-Konsum.«

Dann wurde der letzte Stecker aus der Wand gerissen. Das Schaufenster war leer bis auf die verwüstete Dekoration. Als sei eine Schleuse geöffnet worden, mußte Tempus gegen den Strom der Plünderer anrudern. Sie drängten jetzt zum Eingang des Kaufhauses.

In ihrem Sog strudelte erneut das schwarzhaarige Mädchen an ihm vorbei. Wie ein Trottel hin- und hergestoßen, die Haare im Gesicht, die Arme hilflos in der Luft, starrte Tempus sie an und dachte hingebungsvoll: Du bist das schönste Mädchen auf der ganzen Welt.

Was für ein Unsinn, schoß es ihm durch den Kopf. Da drehte sie sich um und lächelte ihm wieder zu; prompt setzte erneut sein Herzschlag aus.

Gleich darauf kam er sich vor wie ein Verräter. Was war mit Nanna? Er hatte nicht mehr an sie gedacht. Ihr Bild war für einen Moment wie ausgelöscht gewesen. Jetzt erkannte er plötzlich etwas von ihr in diesem Mädchen wieder.

Schon schlug wieder das Brüllen und Trampeln über Tempus zusammen. Er sah, wie die Schwarzhaarige fortgetrieben wurde, und setzte ihr nach.

Ein Plünderer schimpfte plötzlich auf sie ein. »Weg hier, Schlitzauge! Du versperrst den Eingang! Geh nach Hause zu den anderen Japsen, wo du herkommst!«

Erst jetzt bemerkte Tempus, daß sie mandelförmige Augen hatte, wie er selbst. Über seine hatte Nanna immer gesagt, sie leuchteten tieftürkis wie das Meer an einem Sommertag. Die der jungen Frau waren schwarz.

Wütend schrie sie zurück: »Ich bin hier groß geworden, wenn es dich interessiert!«

»Ist mir egal! Du siehst nicht aus wie wir, also gehörst du nicht hierher!« Der Plünderer schlug sie, andere folgten seinem Beispiel. Sie stießen und beschimpften das Mädchen, das sich der Übermacht kaum erwehren konnte.

Ohne nachzudenken warf Tempus sich auf den Schläger. Der ging durch die Wucht des Aufpralls zu Boden. Tempus rollte über ihn hinweg. Als er keuchend wieder auf die Beine kam, mußte er jedoch feststellen, daß er seine Kräfte überschätzt hatte. Der Schläger war ihm weit überlegen. Blitzschnell erfaßte das Mädchen die Lage und zerrte Tempus zur Seite. Weitere Plünderer drängten nach, stürzten an ihnen vorbei in das Kaufhaus. Sie rissen seinen Gegner mit sich.

Energisch zog die Schwarzhaarige Tempus hinter sich her. Ein verwahrloster Mann in schmutziger Kleidung warf eine leere Schnapsflasche nach ihnen. »Verlaustes Ausländerpack! Macht, daß ihr wegkommt!« Er fiel rückwärts um und blieb brabbelnd sitzen: »Anständige Bürger belästigen.«

So schnell sie konnten, liefen sie in eine Seitenstraße. Erst als sie keuchend anhielten, bemerkte Tempus, daß sie sich die ganze Zeit bei den Händen gehalten hatten.

Er war plötzlich sehr verlegen, sah dem Mädchen in die Augen, dann zu Boden und wieder in ihre Augen. Sie ließ ihn einfach nicht los.

Statt dessen zog sie ihn auf die Treppe eines großen Jugendstilhauses. »Danke, daß du mir geholfen hast«, lächelte sie.

Tempus war ganz benebelt von ihrer Gegenwart. Es entstand eine kleine Pause, die sich mehr und mehr dehnte und ihn zunehmend in Panik versetzte. Er hatte Angst, sie könnte einfach gehen und ihn zurücklassen.

»Ja dann ...« Sie zog die Schultern ein wenig hoch. So sah sie noch süßer aus und noch verwirrender.

Tempus war ein Aufruhr halbfertiger Gedanken; sinnlose Satzgebilde warfen sich neckisch Worte zu, denen er erfolglos nachsprang. Während er stumm wie ein Idiot neben dem Grund seiner Verwirrung saß und ihn heimlich anhimmelte, riß er hinter seiner Stirn Schublade um Schublade auf. Doch er fand keine Buchstaben darin, mit denen sich neue Worte hätten bilden lassen, um zu beschreiben, was er empfand. Nur dunkle Blicke und streichelnde Hände.

Seine Stimme vibrierte im Takt seines Herzschlags, aber er schaffte es zu lächeln, als er fragte : »Wie heißt du?«

Sie strahlte ihn an: »Nikki, und du?«

»Tempus. Ist dir das schon mal passiert, daß jemand so auf dich losgegangen ist?«

»Vor zwei Jahren.« Tränen traten in ihre Augen, »Da haben sie meinen Vater umgebracht.«

Tempus erstarrte. Sein erster scheinbar vernünftiger Satz, und gleich mußte er ein so heikles Thema ansprechen. Nikki schlang die Arme um ihre Beine, versteckte den Kopf zwischen den Knien und weinte leise ins Dunkle.

Tempus warf alle Bedenken über Bord. Er wollte nicht aufdringlich sein, aber er mußte sie trösten. Zaghaft legte er ihr die Hand auf die Schulter, doch das fühlte sich steif und falsch an. Da setzte er sich ganz dicht neben sie und legte vorsichtig seinen Kopf an ihren.

Es dauerte eine ganze Weile, bis sie wieder sprechen konnte.

»Es war bei einer Monitor-Razzia. Er wollte seinen Computer nicht abgeben. Da wurden sie wütend und haben ihn geschlagen.«

»Monitor-Razzia?« Tempus fiel ein, was er nur kurze Zeit zuvor erlebt hatte. Wie in Zeitlupe sah er wieder die beiden Fernsehgeräte vor sich auf die Straße krachen. Da klingelte sein Handy.

Nikki schreckte auf. Prüfend beobachtete sie Tempus, der sich entschied, das Klingeln einfach zu ignorieren. Nach einer Weile gab der Anrufer auf.

Erleichtert setzte Nikki ihre Ausführungen fort. »Itors Stoßtrupps durchkämmen das ganze Land auf der Suche nach Fernsehgeräten und Computermonitoren.«

»Wer ist Itor?«

»Du kennst Itor nicht? Er ist der Besitzer von MON, Mind Of Nations, dieser Fernsehgesellschaft. Er behauptet, im ganzen Lande herrsche die sogenannte Selbstbildseuche. Seine Leute beschlagnahmen alle Monitore und tauschen sie gegen einen MON-Monitor aus. Damit kann man nur noch die Programme von Mind Of Nations empfangen. Das wäre meinem Vater egal gewesen, aber daß er überhaupt nicht mehr mit Computern arbeiten sollte ... er war Wissenschaftler ...« Sie begann erneut zu weinen.

Tempus verstand noch nicht ganz, was die Geschichte zu bedeuten hatte. Aber das war jetzt nebensächlich. Er strich Nikki über das Haar. Sie hob lauschend den Kopf.

Aus der Ferne hörte man wieder den merkwürdigen Schrei:

»99ers – go!«

Nikki rieb sich die Tränen aus dem Gesicht: »Ich muß sofort zurück auf den Platz. Kommst du mit?«

Sie wartete sein Nicken kaum ab, sprang auf, nahm Tempus bei der Hand und zog ihn die Stufen hinab.

24.12.1999 • 16.55 UHR • 10 PUNKTE

Ein ohrenbetäubendes Krachen erschütterte die ganze Stadt, als Tempus und Nikki aus der Seitenstraße auf den Platz-der-Erkenntnis-durch-Konsum bogen. Die Luft schien zu knistern, als sei sie elektrisch geladen. Für einen Augenblick war der geschäftige Menschenstrom auf dem Platz wie eingefroren. Tempus bremste abrupt und sah sich alarmiert um. Die Ursache des Lärms war nirgendwo zu entdecken.

– BITTE VIDEO-RAM UND SOUNDKARTE ÜBERPRÜFEN –

Wieder dieses rote Blinken. Er ignorierte es. Es hatte nichts mit ihm zu tun.

Nikki, die nicht einmal zusammengezuckt war, zog Tempus ungeduldig weiter. »Das ist nur die Freitagsansprache. Wir müssen ins Zentrum des Platzes, zu den 99ers.«

Tempus hastete ihr nach, während sie sich durch die Menge schlängelte. »Was für eine Freitagsansprache, und wer sind die 99ers?«

Sie drehte sich um und trat dicht an ihn heran. »Nicht so laut«, raunte sie ihm ins Ohr. »Die 99ers kämpfen gegen Itor. Nach dem Tod meines Vaters habe ich mich ihnen angeschlossen.«

– VIDEO-RAM 8 MB. SOUNDKARTE INTAKT –

Das rote Blinken vor Tempus' Augen erlosch.

Unvermittelt schlugen farbige Lichtflächen, groß wie Fußballfelder, und schwarzweiße Streifen, lang wie Straßen, über den Platz. Ihr Leuchten färbte ganze Stadtviertel. Es unterteilte sie in blaue, rote, gelbe und grüne Zonen, umgeben von harten Schatten und gleißend weißen Blöcken. Tempus blieb stehen und starrte zum Himmel. Ein Fernseh-Testbild, das über der Skyline der Stadt rotierte, füllte sein gesamtes Blickfeld. Der Himmel wurde zu einem riesigen Bildschirm. Die Scheinwerfer an den Kontrollpunkten der Ausfallstraßen erloschen.

»Meine sehr verehrten Damen und Herren!« donnerte es aus den Wolken. Tempus duckte sich reflexartig. Die gläsernen Wolkenkratzer der Banken und Versicherungen rund um den Platz spiegelten das Rollen des instabilen Testbilds. Fast schienen sie im Schalldruck der Worte leise zu schwanken.

Die große Leuchtdiodentafel am Börsengebäude direkt vor Tempus und Nikki knirschte bedrohlich in den Angeln. Dann bröckelte der Putz, und sie ruckte einen halben Meter an der von Farbbeuteln bis zur Unkenntlichkeit verschmierten Jugendstilfassade herab. Schließlich blieb sie schief an Kabeln und aus der Wand gerissenen Stahlträgern hängen. Als sei nichts geschehen, verkündete sie den letzten Stand des deutschen Aktienindex vor dem Zusammenbruch des Binnenmarktes: ›14.1.99: 9895 Punkte – 15.1.99: 0127 Punkte.‹

Unmittelbar neben Tempus filmte ein Kameramann die Anzeige. Selmar van Eydel, der Moderator, den Tempus schon in der Reportage auf den Fernsehbildschirmen des geplünderten Schaufensters gesehen hatte, versuchte die Aufmerksamkeit auf sich zu lenken, indem er mit einem großen Mikrofon herumfuchtelte. Auf der Kamera und dem Mikrofon leuchteten rot die Buchstaben ›MON‹.

Ein dritter Kollege, bereits etwas älter, stand mit einer Mappe in der Hand neben ihnen. Er starrte auf die Zahlen der DAX-Anzeige. »Hoffentlich bleibt sie noch ein Weilchen hängen«, zischte er durch die Zähne. Dann wandte er sich direkt an die beiden: »Seit fast einem Jahr komme ich jeden Tag hierher und gucke mir das an. Wie ein Licht, das man in der Kirche angezündet hat. Mit einem Wunsch oder bei einem Gebet.«

»Und was wünschen Sie sich?« platzte Tempus heraus.

»Daß sie alle zur Hölle fahren mit ihrer Schafsdämlichkeit!« schnaubte der Mann.

»Notger, den ganzen Tag wünschst du irgendwen zur Hölle. Wer soll denn jetzt noch hin? Die Spekulanten oder die Wirtschaftsbosse?« spottete van Eydel.

Notger schüttelte den Kopf. »Nein! Die Arbeitslosen, die Sozialhilfeempfänger, die Rentner, die Steuerzahler, die jungen Leute wie die hier«, er wies auf Tempus und Nikki. »All die armen Idioten, die jahrelang stillgehalten haben!«

Ohne sich umzudrehen, fragte van Eydel: »Was meinst du damit?«

»Ich?« höhnte Notger, »ich meine gar nichts mehr! Ich bin doch beim Fernsehen.« Dann lachte und lachte er und wollte gar nicht mehr aufhören.

Sein hysterisches Kichern wurde von einer über den ganzen Platz hallenden Ansage übertönt: »Sie hören eine Ansprache Ihres Bundeskanzlers!«

Mit einem schwindelerregenden Ruck stoppten die rollenden Bilder am Himmel. Die Menschenmenge geriet ins Straucheln. Ein kurzer Schreckensschrei fing sich in den Portalen der Kaufhäuser. Tempus wäre fast zu Boden gefallen, doch Nikki hielt ihn fest. Dann erschien der Bundeskanzler auf der Smogglocke, riesenhaft vergrößert in einer Videoprojektion.

Aus leuchtenden Augen blickte er auf die Stadt herab, nickte bedeutungsvoll und hob die Hand: »Liebe Mitbürgerinnen und Mitbürger, heute ist ein besonderer Tag. Heute ist Weihnachten. In einer schweren Zeit wie dieser bekommt ein solches Fest noch mehr Bedeutung, als es für viele von Ihnen ohnehin bereits hat. Ich kenne Ihre Sorgen – und ich teile sie. Wir müssen diese schwierige Zeit gesellschaftlicher Umbrüche gemeinsam überstehen und einen neuen Aufbruch wagen.«

Er machte eine Pause, als erwarte er Beifall. Tatsächlich begann die Menschenmenge auf dem Platz zu klatschen. Der Kanzler befeuchtete seine Lippen mit der Zungenspitze, lächelte verschmitzt, fuchtelte schelmisch mit dem Finger und trällerte: »Lirum larum Löffelstiel – das Ganze wird ein Kinderspiel.«

»Lirum larum Löffelstiel – das Ganze wird ein Kinderspiel«, wiederholte Tempus den Vers. Erschreckt schlug er die Hand vor den Mund. Aber nicht nur er, die gesamte Menschenmenge hatte dem Kanzler mit ernsten Gesichtern im Chor geantwortet.

Nikki beobachtete ihn alarmiert. »Du benutzt dein Handy also doch?«

»Ja, warum sollte ich nicht?« Tempus verstand nicht, weshalb sie ausgerechnet jetzt danach fragte.

»Geh nicht mehr dran!«

Bevor Tempus sie nach dem Grund fragen konnte, erklang aus der Prachtstraße, die den Platz senkrecht teilte, wieder der Schrei, diesmal ganz nah:

»99ers – go!«

Gefolgt von einem harten Klatschen und einem dumpfen Stöhnen.

24.12.1999 • 17.10 UHR • 12 PUNKTE

»Es geht los, nimm mich ins Bild«, rief van Eydel seinem Kameramann zu. Er stellte sich mit einem aufgesetzten Lächeln in Positur, während der Kameramann sich von der Börse abwandte und van Eydel vor der auf den Platz mündenden Prachtstraße plazierte.

»Läuft«, sagte er.

Van Eydel schaltete von seinem Lächeln auf eine betroffene Miene um. Hinter ihm bahnte sich langsam eine gemessen schreitende Prozession ihren Weg durch die unruhige Menge. Sie war die Quelle des Rufs »99ers – go!«.

Während Tempus von Nikki durch die Menschenmenge zu der Prozession gezogen wurde, hörte er noch den Beginn von van Eydels Reportage: »Die 99ers, ein radikal-aufklärerischer Trupp von Flagellanten, aufgemacht im grellbunten Stil amerikanischer Football-Teams, sind auf dem Weg zu einer Kundgebung. Sie berauschen sich mit Quadro-Speed-Gameboy-Implantaten und dem reinen Sinuston des Rufs nach Gerechtigkeit. Singend ziehen sie durch die Straßen und peitschen sich mit Lederriemen im Rhythmus ihres Schlachtrufes . . .«

»99ers – go!« fiel die Prozession ihm ins Wort.

Der Bundeskanzler am Himmel schluckte, räusperte sich und fuhr mit seiner Rede fort: »Viele von Ihnen haben in den Kämpfen der letzten Wochen nicht nur Freunde und Verwandte verloren, sondern auch Hab und Gut. Ich bitte Sie, bewahren sie trotzdem Ruhe. Ich verspreche Ihnen: es wird alles wieder gut. Happy ins nächste Jahrtausend – das ist unsere Devise!«

Er lächelte mit treuem Dackelblick. Für einen kurzen Moment hatte Tempus den Eindruck, der Kanzler trage einen weißen Kittel und eine rahmenlose Brille wie ein Arzt. Fast schien es ihm, als habe jemand beruhigend seine Hand getätschelt, doch im Gegenteil: Nikki, die seine andächtige Aufmerksamkeit bemerkte, zerrte ihn ungeduldig weiter.

Gänzlich unerwartet folgte der frohen Botschaft des Kanzlers lautstarker Widerspruch von dort, wo die Prachtstraße den Platz wieder verließ. »Armageddon ist nah«, tönte es, »das Ende der Welt wird über euch kommen, schrecklicher als alles, was ihr kennt!«

Tempus blieb wie angewurzelt stehen. »Sag mal, was ist hier eigentlich los?« schrie er gegen den Lärm an, doch Nikki verstand ihn nicht.

Ein mit Lautsprechern bewehrter Tieflader kroch über die zerbombte Straße auf den Platz-der-Erkenntnis-durch-Konsum zu. Auf dem Wagen stand eine beängstigend dicke Predigerin in einem weißen, goldbetreßten Gewand. Das Licht riesiger Scheinwerfer bildete eine Aureole auf ihrer Glatze, die von einer Assistentin regelmäßig abgetupft wurde.

Unbeirrt setzte der Kanzler seine Ansprache fort: »Die letzten von mir in Angriff genommenen Reformen, insbesondere die der Steuer, der Wirtschafts- und der Sozialgesetzgebung, haben sicherlich ein wenig geschmerzt. . . «

Schon übertönten ihn wieder die 99ers, die von der Einmündung der Prachtstraße näherkamen.

»99ers . . .!«

Würdig und gemessen schritten sie aus. Grellbunte Helme auf den hoch erhobenen Köpfen, den Blick geradeaus gerichtet, bahnten sie sich ihren Weg ins Zentrum der Menschenmenge, die zurückwich und sich teilte.

». . . go!«

Sie hielten die Peitschen in beiden Händen, holten mit gespannten Muskeln und geschwollenen Adern aus. Dann ließen sie die Lederbänder rückwärts über die Schultern auf ihre trotz der Kälte halbnackten Körper niedersausen. Schweiß troff von ihren Rücken, vermischte sich hier und da mit etwas Blut, wenn sich einer von ihnen zu inbrünstig geißelte.

Tempus konnte kaum den Blick abwenden. Er war gleichermaßen befremdet wie fasziniert. Nikki indessen drängte sich so verbissen durch die Menschen, daß er ihr nur mit Mühe folgen konnte. Als sie die Prozession der 99ers fast erreicht hatten, drehte er sich noch einmal zu dem Tieflader um.

›Mind Of Nations – MON – presents: SHEER GOLD‹ stand auf einem Spruchband.

Sheer Gold hob mühsam die fetten Arme über den Kopf und schnaufte angestrengt. Sie fuchtelte mit den ringübersäten Händen. »MONEY, der Herr, wird herniederkommen auf die Erde, zu richten die Armen und die Reichen!« schrie sie spuckend in die Ansammlung verhärmter Gesichter, die sich ihr entgegenreckten.

Ihr Gefolge schwenkte Schilder mit dem Motto ›Game Over – Take The MONEY And Run‹.

Ein entrückt lächelnder Mann drückte Tempus einen Zettel in die Hand und sagte: »Sei dabei! Genieße die Live-Übertragung der Abschlußveranstaltung der bundesweiten Sheer Gold Galatournee! Jetzt!«

Er wandte sich ab, nahm einen neuen Zettel, hielt ihn Nikki hin und wiederholte mit demselben Gesichtsausdruck und Tonfall: »Sei dabei! Genieße die Live-Übertragung der Abschlußveranstaltung der bundesweiten Sheer Gold Galatournee! Jetzt!«

Nikki riß ihm den Zettel aus der Hand, knüllte ihn zusammen und warf ihn auf den Boden. Doch der Gold-Jünger ging einfach weiter, verteilte seine Flugblätter und sagte seinen Spruch auf. Dann klingelte sein Handy, und er unterbrach seine Tätigkeit für ein kurzes Telefonat.

Sheer Golds Tieflader hatte das Zentrum des Platzes erreicht. Erst jetzt wurde ihr offenbar klar, daß ›Game Over‹ nicht das einzige Programm war, das gegeben wurde. Außer sich tobte sie ins Dunkel hinter den Kulissen ihres Umzugswagens, so laut, daß es über den ganzen Platz hallte: »Regie! Das kann doch nicht sein! Das ist das letzte Mal, daß ich für MON auf Tournee gehe. Ich werde mich bei Itor persönlich beschweren. Wieso sind diese 99ers hier? Außerdem wollte er dem Bundeskanzler den Saft abdrehen, damit der endgültig aufhört, sein blödsinniges Geschwafel abzulassen!«

Der Rest ihrer Flüche ging im Imperativ der 99ers unter. »... go!« riefen sie wieder und die Peitschen pfiffen durch die Luft.

Tempus und Nikki waren der Prozession mittlerweile so nah, daß sie den Schnüren ausweichen mußten, um nicht getroffen zu werden. Nikki begab sich an die Seite des weißhaarigen Anführers. Er strahlte eine Energie aus, die eine Schneise in die Massen zu schmelzen schien.

Tempus' Handy klingelte. Von allen Seiten mit Bildern und Parolen bombardiert, nahm er nur noch passiv auf, was man auf ihn einschrie, ohne es zu sortieren oder zu bewerten. Das Spektakel verwirrte ihn so sehr, daß er Nikkis merkwürdige Warnung, nicht mehr zu telefonieren, völlig vergaß. Automatisch nahm er das Gespräch an.

»Frohe Weihnachten«, sagte eine Frauenstimme. »Ich muß Ihnen leider mit...«, ein Aussetzer, wie er für Funktelefone typisch ist, unterbrach kurz die Verbindung, »... daß Sie gegen das Gesetz verstoßen. Täglich mindestens fünf, ich wieder...«, erneut ein Aussetzer, »... Telefonate beiderlei Art, aktiv wie passiv, sind Minimum für jeden Bürger«, belehrte ihn seine Gesprächspartnerin. »Sie haben heute erst ein passives und keinerlei aktive Gespräche zu verzeichnen«, fuhr sie in anklagendem Ton fort. »Bitte gleichen Sie Ihre Bilanz aus, oder Sie haben...«, ein Rasseln übertönte ihre Stimme, »... Konsequenzen zu rechnen. Frohe Weihnachten, und happy ins nächste Jahrtausend. Auf Wiederhören.«

Bevor Tempus noch reagieren konnte, legte sie auf. Er bemerkte, wie Nikki und der Anführer der 99ers ihn musterten. Nikki winkte ihn heran.

»Das ist Swan«, stellte sie die beeindruckende Erscheinung an ihrer Seite vor. »Und das ist Tempus. Ein Freund«, kam sie Swans Frage zuvor.

Swan nahm Tempus' Hand und hielt sie fest. Er fixierte ihn, bis Tempus so unter Spannung stand, daß er sich am liebsten losgerissen hätte. Doch Swan hatte kein Interesse an einem Kräftemessen. Sein Blick war prüfend, aber freundlich. Als er das Schweigen schließlich brach, hatte Tempus das Gefühl, seine Stimme bereits irgendwo gehört zu haben. »Glauben Sie an Gott, junger Mann?«

Mit allem hatte Tempus gerechnet, aber nicht mit einer solchen Frage. »Nein«, stieß er verblüfft hervor.

»Heißt das, Sie haben sich noch nie Gedanken darüber gemacht, oder sind Sie einer von diesen unentschlossenen Zweiflern?«

»Ich weiß nicht«, zögerte Tempus, und das entsprach den Tatsachen. Trotzdem hörte er sich zu seiner Überraschung weiterreden: »Aber ich würde sagen, ich habe mich bewußt dagegen entschieden.«

Swan nickte bedächtig mit dem Kopf: »Es ist schwer, sich nicht dagegen zu entscheiden. Besonders, wenn man wissen und nicht nur glauben will. Aber womit füllen Sie die Leere? Wie die anderen hier?« Er wies mit der Hand über die Menschenmenge hinweg. »Mit Götzen?«

Ein sonderbar altmodisches Wort. Tempus hatte schon lange kein solches Gespräch mehr geführt. Nur seine Großmutter hatte versucht, ihm Gott nahezubringen. Einen allwissenden, allmächtigen Gott, der die Menschen unter der Last der eigenen Sünden ersticken ließ, selbst wenn man beichten gehen konnte. Sie predigte Terror und nannte diesen Barmherzigkeit.

Das ist ja eine Erinnerung, stellte Tempus verwundert fest. Ich bin also doch nicht nur eine leere Hülle. Beflügelt durch diese Erkenntnis und so heftig, wie er sich stets gegen seine Großmutter zur Wehr gesetzt hatte, erwiderte er Swan: »Es ist mir zu leicht, mich nur aus Angst oder Schwäche für einen Gott zu entscheiden, oder um mich zu betäuben. Und ich überlasse niemandem die Herrschaft über mich.«

»Es sei denn, sie hätte langes, schwarzes Haar«, lachte Swan mit einem Blick zu Nikki, die ein wenig abseits mit den 99ers sprach. Er freute sich an Tempus' Überraschung und spöttelte weiter: »Das klingt nach einem aufgeklärt-wissenschaftlichen Geist. Wo bleibt denn da die Spiritualität?«

Tempus überlegte, ob er auf diese Frage wirklich antworten sollte. Schließlich kam er zu dem Schluß, daß Swan sie trotz seiner Ironie ernst meinte. »Ich bin ein Laborkind.«

»Und?«

»Wahrscheinlich habe ich deswegen ein Defizit, was Vaterfiguren und die mystische Verklärung von Werden und Sein angeht«, grinste Tempus.

Swan lachte: »Von einer Petri-Schale kann man kaum Liebe oder Geborgenheit erwarten.«

»Stimmt. Sie streicht einem nicht über den Kopf; sie spielt einem keine Musik vor; man kann mit ihr nicht Fußball spielen. Allerdings schreibt sie einem auch nicht vor, wann man zu Hause zu sein hat oder welche Klamotten man tragen darf.«

»Wenn es nun einen Gott gibt, der in einem übergeordneten Sinne fürsorglich ist, der keine Unterordnung verlangt, sondern Selbstverantwortung?«

»Kennen Sie einen?«

»Ja«, sagte Swan nachdrücklich. Mit einer ausladenden Geste wies er über den Platz, auf den Kanzler und Sheer Gold: »Hier spricht niemand von der Wahrheit. Hinter all dem Gerede steckt nur der Wille, zu Geld und zu Macht zu kommen, die Fähigkeit, mit der Angst der Menschen zu spielen und mit ihren Hoffnungen zu jonglieren. Sie alle sagen, sie kennen den Weg. Aber sie zeigen weder die Karte, noch nennen sie das Ziel.«

»99ers – go!« skandierten die 99ers wieder.

Als die Lederschnüre auf ihre Rücken klatschten und das Stöhnen wie ein Echo darauf folgte, konnte Tempus seinen Widerwillen nicht unterdrücken: »Dient man so selbstverantwortlich Ihrem fürsorglichen Gott?«

Ihr Gespräch war so schnell persönlich geworden, daß Swan unwillkürlich begann, Tempus zu duzen. »Oft ist der Schmerz der scheinbar unüberwindliche Wächter am Tor der Erkenntnis. Die körperlichen Torturen sind nur ein Bild für den Schmerz, den wir wirklich meinen. In Zeiten wie diesen mußt du schreien, um gehört zu werden, aber deine Stimme reicht dazu nicht aus!« erklärte er. »Du mußt mit allem schreien, was dir zur Verfügung steht. Du mußt vergehen vor Kraft und Eindringlichkeit! Erst dann wird vielleicht einer den Kopf heben und denken, da war doch etwas!«

Tempus sah zum Himmel auf. Die Augen des Bundeskanzlers hatten unnatürlich zu strahlen begonnen. Ihr mattes Grau wich einem fluoreszierenden Blau.

Nikki trat zu ihnen. »Sieh ihn nicht an!« warnte sie Tempus.

Aber er konnte sich nicht von den Augen des Kanzlers losreißen. So schien es außer den 99ers allen Menschen auf dem Platz zu gehen. Tausende blasser Ovale reckten sich dem Kanzler erwartungsvoll entgegen.

»Ich will unser heutiges Beisammensein nicht mit unverständlichem Spezialwissen belasten«, versprach der. »Das ist für Sie genau so langweilig und anstrengend wie für mich.«

Egal an welcher Stelle auf dem Platz man stand, sein leuchtender Blick schien jeden ganz persönlich zu durchdringen.

»Guck weg!« herrschte Nikki Tempus an. Sie versuchte, ihm die Augen zuzuhalten.

»Ich kann nicht!« rief er und wehrte sich gegen ihre Hände. Wie ferngesteuert starrte er auf zum Himmel, wo der Kanzler weitersprach:

»Beschwören wir lieber unsere gemeinsame Gewißheit, daß wir dieses unser Land zu neuen Höchstleistungen anspornen und den Wohlstand unserer Nation sichern werden. Insbesondere natürlich den unserer so wichtigen geistigen und unternehmerischen Führer. Damit Deutschland auch weiterhin den Platz in der Welt einnimmt, der ihm zusteht.«

Er setzte kurz ab, holte Luft und rief dann, die

Worte zu einem Singsang steigernd: »Schließlich sind wir ...«

»Spitze!« schrie die Menge auf dem Platz und sprang dazu mit gereckter Faust in die Höhe.

Ganz selbstverständlich tat Tempus es ihnen gleich. Voller Überzeugung schrie auch er »Spitze!« und schlug dazu begeistert in die Luft. Er wußte nicht, was ihn dazu trieb. Er tat es einfach, dachte oder fühlte für den Augenblick nichts außer großer Zuversicht und dem völlig unbegründeten Vertrauen darauf, alles werde gut. Sie waren spitze, sie würden es schaffen. Es bereitete ihm Wohlbehagen, mit den anderen auf dem Platz eins und dem Kanzler zu Willen zu sein.

Der lächelte glücklich vom Himmel und wischte sich verstohlen eine Träne aus dem Augenwinkel.

Niedergeschlagen wandte Nikki sich von Tempus ab. »Bei dir wirkt es also auch. Ich hatte gehofft du wärst stärker.«

24.12.1999 • 17.40 UHR • -27 PUNKTE (ALARM)

Tempus stand reglos mitten in dem Menschengewirr auf dem Platz. Über ihm predigte wieder der Kanzler, neben ihm geißelten sich die 99ers, vor ihm fluchte Sheer Gold. Dazu lärmte die Masse der aufgeregten Menschen, untermalt vom Klingeln ihrer Handys.

Er war wie betäubt, fühlte sich fremd und vertraut zugleich, ohne Schuldbewußtsein, aber irritiert. Ohne Nikkis fast körperlich spürbare Ablehnung hätte er möglicherweise nicht weiter über die Geschehnisse nachgedacht, doch jetzt war er alarmiert. Seine widersprüchlichen Gefühle beunruhigten ihn. Er sagte Dinge, die er selbst nicht verstand, und hatte sich innerhalb kürzester Zeit zweimal sehr sonderbar verhalten.

Aber er kam nicht dazu, mit Nikki darüber zu reden. Swan hatte sie nach ihrer letzten Bemerkung zur Seite gezogen und flüsterte auf sie ein. Sie wandte sich zum Gehen.

Spontan nahm Tempus ihre Hand. »Ich will mit.«

Sie schüttelte den Kopf. »Du kannst nicht mit.« Sie machte sich los.

»Warum nicht?« Leise Panik stieg in ihm auf.

»Ich habe dich überschätzt.«

Er sah, daß sie traurig war. Schnell drehte sie sich um und verschwand in der Menge.

Tempus konnte sie nicht einfach gehen lassen. Er war schon jetzt verrückt nach ihr.

So kämpfte er sich durch die Menschen, schob, drückte und drängelte sich vorwärts, wurde getreten und geschlagen, beschimpft und bespuckt. In ihren Augen störte er das Programm am Himmel und auf dem Platz mehr noch als Werbung und der Nachrichtenblock dies könnten. Nur ein Fahrradkurier hatte es genauso eilig wie er.

Als Tempus den Rand des Platzes erreichte, stand der Biker in bunten Shorts, mit Helm und Tasche direkt hinter ihm. Verstohlen musterte er Tempus von oben bis unten. Doch der bemerkte davon nichts, sondern suchte verzweifelt weiter nach Nikki, die er nirgendwo entdekken konnte.

Während Tempus auf eine Polizeieinheit zuging, die die Prachtstraße mit Mannschaftsbussen und Wasserwerfern verriegelt hatte, blieb der Biker hinter ihm zurück. Er flüsterte etwas in das Headset seines Funkgerätes, auf dem die drei roten Buchstaben MON leuchteten.

Der Polizist an der Sperre bekam gerade neue Befehle

von seinem Vorgesetzten: »Wir lassen alle raus, aber keinen mehr rein, klar? Die kritische Masse ist längst überschritten.«

Der Kommandeur drehte sich zu Tempus um und musterte ihn abschätzig von oben bis unten. Sein Blick verhakte sich in Tempus' Augen, ein gemeines Grinsen verzog seine Mundwinkel. »Was für eine Mixtur haben wir denn da? War deine Mutter die Schlampe in 'ner Abschiebezelle, und jeder durfte mal ran?«

Tempus rang um Beherrschung. Schon aufgrund seines Aussehens war es besser, sich nicht zu auffällig zu verhalten. Seine milchkaffeefarbene Haut stand in auffälligem Kontrast zu den mandelförmigen, grünblauen Augen und den krausen, dunkelblonden Haaren, die zu kurzen Dreadlocks gedreht waren. Manchen Leuten gefiel diese Mischung nicht. Sie zeigten das oftmals deutlicher, als ihm lieb war. So war er ein schneller Läufer geworden. Sicher hätte er gelegentlich gerne mit gleicher Münze zurückgezahlt; vielleicht vorher noch den Wechselkurs ein wenig manipuliert oder die Rechnung frisiert, doch dazu war er nicht niederträchtig genug.

Der Kommandeur ahnte, was in Tempus vorging, und genoß dessen Ohnmacht um so mehr. Er lachte beifallheischend zu dem Polizisten hinüber. Der rang sich ein Lächeln für seinen Chef ab, bis er Tempus' Gesichtsausdruck bemerkte.

Tempus bemühte sich, dem Kommandeur so höflich und gelassen zu antworten, als sei dessen Beleidigung eine harmlose Bemerkung über das Wetter gewesen: »Möchten Sie es tatsächlich wissen?«

»Warum nicht? Wenn's 'ne geil versaute Geschichte ist«, dröhnte der Kommandeur und stieß dem Polizisten kumpelhaft in die Rippen. Der bückte sich schnell, als wolle er seine Kampfstiefel zubinden. Dabei bemerkte

Tempus ein verschnörkeltes, mit Henna gemaltes Zeichen am linken Handgelenk des Polizisten. Schnell zog der Beamte den Ärmel seiner Jacke wieder darüber.

Tempus sah dem Kommandeur gerade in die Augen. Die Antwort bildete sich fast ohne sein Zutun. »Es ist keine unanständige Geschichte – oder vielleicht doch. Unmoralisch, wer weiß. Erotisch ganz bestimmt nicht. Von der Liebe zweier Menschen zueinander weit entfernt. Vielleicht aus Liebe zu allen Menschen versucht – kann sein. Mit den besten Absichten – wahrscheinlich. Mit welchen Folgen, ist ungewiß. Ein Versuch – wie alles.«

»Sag mal, was ist denn mit dir los? Willst du mich verarschen?« Der Kommandeur war verwirrt, wie Tempus es beabsichtigt hatte.

Es war ein riskantes Spiel. »Ich bin ein Weltmensch. Ein Gen-Cocktail aller Möglichkeiten. Mein Vater ist ein reduziertes Abstraktum. Ich bin ein Waisenkind aller. Warum ich lebe, weiß ich nicht. Doch wer weiß das schon?«

Er hatte Glück. Der Kommandeur reagierte nur mit weiteren Grobheiten. »Quatschst du immer so geschwollen, Kleiner? So genau wollte ich es gar nicht wissen. Schieb ab, Bursche, eh du abgeschoben wirst. Solche wie dich wollen wir hier nicht, weißt du ja wohl selbst. Also mach die Biege. Bei dir wüßte man ja nicht mal, in welchen Kral man dich zurückjagen sollte.«

Doch Tempus ritt der Teufel: »Stimmt. Das ist das Problem. Ich bin ein Kind von Traum und Wirklichkeit und ...«

In diesem Augenblick sah er Nikki, wie sie weit entfernt in eine Seitenstraße einbog. Er hielt sofort den Mund und passierte rasch die Sperre, bevor der Kommandeur es sich anders überlegen konnte. So schnell er konnte, stürmte er Nikki nach.

Auf der gegenüberliegenden Straßenseite stand ein Fernsehübertragungswagen. Eine darauf montierte Fernsehkamera beäugte ihn wie ein neugieriges Tier. Doch davon bemerkte Tempus in seiner Eile nichts.

24.12.1999 • 17.55 UHR • -32 PUNKTE (ALARM)

»Ach Gott, der Biker hat recht gehabt«, jammerte der Techniker in dem Übertragungswagen mit einem gespielt verzweifelten Blick auf den Monitor vor sich. »Hübscher Bengel, zum Vernaschen. Geschmeidig und durchtrainiert. Und diese blonden Dreads sind auch apart. Zu schade, daß er draufgehen wird!«

Er war ein Bär von einem Mann, mit rotgefärbten, sorgfältig gelegten Locken und großen, goldenen Kreolen in den Ohrläppchen.

»Kannst ja versuchen, ihn vorher noch rumzukriegen. Oder bist du vielleicht nicht nur homo, sondern auch nekro?« stichelte der Fahrer des Wagens. Er schaltete und setzte das Gefährt mit der flammendroten Aufschrift ›MON – Mind Of Nations – TV-Stations‹ in Bewegung.

»Ach Schätzchen, in erster Linie bin ich franko und biblio«, erläuterte der Techniker mit einer elegant-wegwerfenden Handbewegung, »aber bis du im Lexikon nachgeschlagen hast, was das alles heißt, bin ich wahrscheinlich lange schon nicht mehr scherzo, sondern allenfalls noch largo.«

Er kicherte, verzog das Gesicht und plinkerte mit den Lidern. Dann versuchte er, auf einem zweiten, ausgeschalteten Monitor sein Spiegelbild zu erkennen, spreizte den kleinen Finger ab und strich damit seine getuschten Wimpern zurecht.

»Huch!« schreckte er zurück, als der Monitor plötzlich aufflammte.

Blendend schlug ihm das Label MON mit der Unterzeile ›Mind War Headquarters‹ entgegen. Dann meldete sich Itor, der Besitzer von Mind Of Nations. Sein in etlichen chirurgischen Sitzungen glattoperiertes Gesicht saß so faltenlos wie der Maßanzug aus dunkelgrauer Seide. Seine Worte allerdings waren der übliche Kübel Jauche, den schlechtgelaunte Chefs oft über ihre Angestellten entleeren.

»Das hier geht an alle. Unterschiedslos und mit allen Konsequenzen: Was zum Teufel ist da draußen bei euch los? Sind da nur Versager am Werk? Wie konnte der Kanzler heute noch zu einer Ansprache kommen? Wenn ihr das nicht unverzüglich in den Griff kriegt, könnt ihr alle eure Papiere holen! Warum plane ich wochenlang den Auftritt von Sheer Gold und denke mir eine alles und jeden betäubende Choreographie aus, wenn ein bißchen Tamtam und Gepeitsche von diesen 99er-Erweckerkretins ausreicht, um diesen Müllhaufen von Volk völlig zu paralysieren? Die Dicke muß knallen, daß das Blut spritzt! Ist das klar? Wir ändern ihr Programm: Fahrt die MON-Unterstützungsshow – auf allen Kanälen, mit Einblendungen, wo die Gold-Party stattfindet! Ich will Tumult auf dem Platz und Tumult in diesen wandelnden Leichen! Habt ihr mich verstanden?«

»Ist ja gut!« Der Techniker legte mit spitzen Fingern ein paar Hebel um, drückte einige Knöpfe, zog einen Regler hoch und säuselte in ein kleines Mikrofon auf seinem Pult: »Gebt ihr mir das Signal der Unterstützungsshow, dann schick ich es der Goldkugel auf den Tieflader?!«

»Hier ist das verdammte Signal! Jag es raus!«

»Mußt du immer so grob sein?« schmollte er, bekam jedoch keine Antwort.

Statt dessen begann eine grüne Lampe über einem der vielen Regler zu blinken. Auf dem dritten Monitor konnte der Techniker sehen, wie Sheer Gold von ihrer Assistentin Instruktionen ins Ohr geflüstert wurden. Sie schoß wieder auf die Bühne und schrie in die Menge auf dem Platz: »MONEY ist mein Gott, und MON ist sein Medium.«

Mit einer ausladenden Bewegung zog sie ein weißgolden gewirktes Tuch von einem riesigen Block auf dem Tieflader und entblößte ein bulliges, goldenes Fernsehgerät. Es war in einen Stahlrahmen eingeschweißt, der auf einem Marmorsockel ruhte. Ein Raunen ging durch die Menge.

»Was ist denn jetzt mit dem Kerl, den wir verfolgen sollen?« nölte der Fahrer des Wagens aus dem Cockpit. Er bohrte in der Nase, während er Tempus durch die Windschutzscheibe beobachtete.

»Ach, der kleine Racker, den hab ich ja glatt vergessen.« Der Techniker flötete in sein Mikrofon: »Hey Biker! Biker, melde dich!«

»Was gibt's, baby? Ich dachte du liegst ohnmächtig unter deinem Pult, seit du den Süßen gesehen hast«, kicherte der Biker über die Lautsprecherboxen.

»Gern wär ich willenlos und hingegeben«, tremolierte der Techniker, »doch das mühselige Tagewerk kennt keine Poesie.«

Dann veränderte sich seine Stimme. Schneidend fuhr er fort: »Komm sofort her, du mußt übernehmen! Wir bleiben hier und treiben die Show zum Exzeß!«

Tempus' Augen suchten die Seitenstraße nach Nikki ab, doch er konnte sie nirgends entdecken. Die wenigen Passanten liefen alle zur Prachtstraße, um das Spektakel auf dem Platz mitzuerleben. Plötzlich spiegelte sich ganz am Ende der Straße das grelle Licht einer Laterne in der Scheibe einer Ladentür und blendete Tempus für einen Moment. Die Tür wurde kurz geöffnet und schloß sich wieder hinter jemandem mit langen, dunklen Haaren. Nikki. Sofort lief er auf den Laden zu. Es war eine üppig dekorierte Blumenhandlung, die wegen des Feiertags geschlossen hatte.

Tempus war sicher, daß Nikki in dem Laden verschwunden war. Er trommelte laut an die Tür und drückte sich die Nase an der Scheibe platt. Das Glas beschlug, so daß er nichts erkennen konnte. Wieder klopfte er. »Nikki, mach auf! Ich weiß, daß du da drin bist!«

Einige Leute blieben neugierig stehen. Schon baute sich auch ein Fernsehteam hinter ihm auf. Eine grell geschminkte Reporterin mit hochtoupierten Haaren kam auf ihn zu. Sie reckte ihm ein Mikrofon entgegen, lächelte ihn offensiv an und rief ihrem Kameramann eilig zu: »Ab!«

»Läuft.«

Die Reporterin säuselte melodramatisch in die Kamera: »Heiße Liebe im kalten Herzen der Großstadt – MON live an den emotionalen Brennpunkten der Welt.«

Tempus starrte sie entgeistert an, doch sie meinte es ernst.

»Gerade, meine sehr verehrten Damen und Herren, werden wir Zeugen einer anrührenden Auseinandersetzung zwischen Liebenden«, fuhr sie fort, »ergreifende Szenen voller Leidenschaft spielen sich hier ...«

Mitten in ihrem Satz wurde die Ladentür aufgerissen. Jemand zog Tempus mit einem Ruck in den Laden hinein. Die Tür fiel wieder ins Schloß. Bevor er im Dunkeln etwas erkennen konnte, bekam Tempus einen Stoß vor die Brust.

»Bist du verrückt?« schrie Nikki ihn an. »Hier so einen Aufstand zu machen? Was willst du?«

Er war einen Moment sprachlos.

»Wie werden wir diese Affenbande jetzt wieder los?« schimpfte Nikki weiter.

»Keine Ahnung«, stammelte Tempus, »ich wollte nur zu dir.«

»Ich hab dir doch gesagt, du kannst nicht mitkommen!« Nikki schlug wütend mit der flachen Hand gegen die Ladentür.

Die Reporterin, die sich daran die Nase plattdrückte, wich erschreckt zurück. »Seien Sie doch vernünftig. Alle anderen Leute freuen sich, ins Fernsehen zu kommen.« Sie versuchte weiter, in den Laden zu sehen, hielt dabei aber einen Sicherheitsabstand.

Tempus hatte seinen Schreck überwunden: »Nikki, es tut mir leid.«

»Sei still!« fuhr Nikki ihn an. »Wir müssen warten, bis die verschwinden. Kein Aufsehen zu erregen war die oberste Devise, und du hetzt uns das Fernsehen auf den Hals.«

Nach ein paar halbherzigen Versuchen, das streitende Paar doch noch vor die Linse zu bekommen, gaben die Reporterin und ihr Kameramann schließlich resigniert auf und zogen weiter.

»Gib mir eine Chance«, bat Tempus erneut.

»Ich darf nicht.«

Doch Tempus spürte, wie ihr Widerstand brach. Er war ihr nicht völlig egal. Das beflügelte ihn: »Ich werde dir helfen, was immer deine Aufgabe ist.«

»Indem du draußen herumschreist, während ich versuche, unentdeckt zu bleiben? Schönen Dank.«

»Nein«, er versuchte es erneut: »Nikki, ich ...«

Sie gab ihm wieder einen Stoß, doch viel vorsichtiger. »Sei schon still, und komm mit. Aber du mußt genau tun, was ich sage. Und geh' verdammt nochmal nicht mehr an dein Handy, verstanden?«

Tempus lächelte sie an. Trotz der Dunkelheit in dem Laden sah er ihre Zähne schimmern; sie lächelte zurück. Er war unglaublich erleichtert.

24.12.1999 • 18.07 UHR • 5 PUNKTE

Sie liefen durch einen stockfinsteren Gang. Die Dunkelheit verschluckte alles. Tempus ließ sich von Nikki führen. Schließlich hielt sie an, holte einen Schlüssel aus der Tasche und drehte ihn in einem Schloß. »Du darfst niemandem hiervon erzählen. Bitte versprich es mir!«

Dann zog sie langsam an der Klinke. Sofort drängte eine kompakte Wolke feuchtwarmer, süßer, schwerer Luft durch die Öffnung. Jeder Kubikmillimeter Raum schien sogleich davon erfüllt zu werden.

Nikki öffnete die Tür so weit, daß sie in den dahinterliegenden Raum treten konnten. Das tiefe Rot türkischen Mohns glühte ihnen entgegen, japanische Sumpfschwertlilien, violett und gelb geflammt, dichtgefüllte Bälle honiggelber Studentenblumen, zartlila Sprengsel Eisenkraut, lachsrosa Fackelkerzen, Krötenlilien, milchweiß mit Purpurstaub und blaue Trauben Rittersporn. Die meisten Pflanzen kannte Tempus nicht.

»Hey, die sehen ja aus wie ein eingefrorenes Kettenkarussell.«

»Das ist Blauzungenlauch«, erklärte Nikki.

»Die da sind wohl aus Seidenpapier?«

»Nein, die sind echt. Man nennt sie Stockrosen.«

Nikki führte Tempus herum und zeigte ihm Blumen, die er noch nie zuvor gesehen hatte. Fasziniert betrachtete er die stachelige Mini-Planetenschar stahlblau schimmernder Kugeldisteln und Purpurfingerhut, aus dessen Dolden kleine Silberstückchen zu kullern schienen. Während er die tieforange Wabe einer Pompon-Dahlie in die hohle Hand nahm, machte Nikki ihn auf ein streng geometrisch geordnetes Beet aufmerksam.

»Manche Blumen öffnen und schließen sich immer zu einer ganz bestimmten Tageszeit. Man kann sie zu einer Blumenuhr kombinieren und in der Anordnung eines Ziffernblattes pflanzen. Das gefleckte Ferkelkraut öffnet sich zum Beispiel um sechs Uhr morgens. Eine Stunde später folgt die Samtblume, dann das Habichtskraut; um elf öffnet sich der Milchstern, um zwölf die Passionsblume dort ganz oben. Um eins schließt sich die Karthäusernelke, Ackergauchheil um zwei. Später, um fünf, ist dann die weiße Seerose dran, und um sechs Uhr abends öffnet sich wieder die Nachtkerze. So kann man anhand der Aktivität der Blumen den ganzen Tag über die Zeit im Stundenrhythmus bestimmen. In diesem Raum geht das wegen der ausgewogenen Lichtverhältnisse besonders gut.«

Sie zeigte nach oben. Der riesige Raum konnte durch ein Glasdach gleichmäßig von der Sonne durchstrahlt werden. Jetzt allerdings war der Himmel bereits dunkel.

»Die Pflanzen sind viel empfindlicher, als wir uns vorstellen. Manche blühen nur regelmäßig, wenn die Hell-

Dunkel-Perioden, denen sie ausgesetzt sind, exakt durch 24 teilbar sind. Schon die Störung dieser Zyklen für den Bruchteil einer Sekunde, zum Beispiel durch ein Blitzlicht, kann verhindern, daß die Pflanzen blühen. Ist das nicht verrückt?«

Nikkis Gesicht leuchtete vor Begeisterung. Sie hatte sich auf den Rand eines weißen Marmorbeckens gesetzt. Langsam ließ sie die Hand durch das klare Wasser darin gleiten, das zur Hälfte mit tellergroßen, himmelblauen Seerosen bedeckt war. Tempus spürte ein heißes, dunkles Wogen in sich. »Es ist wunderschön hier. Aber du bist schöner als all das zusammen.«

Kaum hatte die kleine Liebeserklärung Nikki erreicht, sprühte ein kitzelnd feiner Nieselregen auf sie nieder. Tempus' glühendes Geständnis wurde durch hunderte winziger Düsen zart verdampft. Nikki sprang lachend auf und wies auf ein filigranes, über dem Blumenmeer schwebendes Rohrgeflecht. »Die Sprinkleranlage. Damit werden die Blumen regelmäßig bewässert! Warte, ich mach sie aus, so lange wir hier sind!«

Sie verschwand durch eine Tür. Tempus war fast dankbar dafür, allein zu sein. Kaum hatte ihn das Feuer überrannt, hielt ihn seine Schüchternheit bereits wieder im Würgegriff. Unmittelbar nachdem Nikki verschwunden war, setzte der Regen aus. Sie kam mit einem Tuch zurück. »Halt mal still.«

Tempus überspielte seine Nervosität und nahm ihr das Tuch aus der Hand: »Du zuerst.«

Nikki schloß hingebungsvoll die Augen. Andächtig trocknete er ihr entspanntes Gesicht ab, hielt einen Moment inne und sah sie an. Ihm wurde etwas schwindlig. Nach einigen sehr langen Sekunden öffnete sie fragend die Augen. Das tiefschwarze Pulsieren ihrer Pupillen schlug ihm sanft in den Magen. Schwankend griff er hinter sich und setzte sich auf den Rand des Marmorbekkens.

»Jetzt du!« sagte Nikki, als habe sie nichts von seinem inneren Aufruhr bemerkt. Sie nahm das Tuch aus seiner Hand und tupfte ihm damit über Stirn und Nase. Als sie seinen Mund erreichte, kicherte er hysterisch los: »Das kitzelt!«

Die Spannung zerrte an ihm wie ein kleiner Kobold, der die Beine herumschleudert und die Schellenkappe in die Luft wirft. Schnell hielt er ihre Hand fest. Endlich konnte er sie wieder berühren. Nikki machte sich lachend frei. »Stell dich nicht so an.«

Der Kobold turnte jetzt durch sein Gesicht. Er zog und beulte es zu wilden Grimassen. Sie kämpften spielerisch um das Tuch. Plötzlich hielten sie sich in den Armen. Tempus konnte Nikkis Herz schlagen spüren. Ihr Körper war fest und glatt. Seine Augen sahen nichts als ihre Augen.

Da flog mit einem lauten Knall die Tür auf, hinter der Nikki zuletzt verschwunden war. Augenblicklich fuhren sie auseinander. Nur ihre Hände ließen sich wieder nicht los. Durch die Tür stürzten zwei Wachleute der 99ers mit Pistolen im Anschlag.

»Keine Bewegung! Was zum Teufel ist hier los?« schrie der Kleinere von beiden. Seine Blicke huschten durch den ganzen Raum.

»Verdammt, das ist Nikki!« schimpfte der Größere. »Was machst du hier, und wer ist der Typ?«

Die beiden Wachleute sicherten die Waffen mit abgezirkelten Bewegungen. Auch der Kleine erkannte Nikki jetzt. »Bist du verrückt, hier einfach durch den Hintereingang reinzukommen und dich nicht anzumelden? Wir hätten euch fast erschossen! Warum bist du nicht auf dem Platz?«

»Tut mir wirklich leid. Ich war ...«, Nikki sah Tempus kurz an, »... abgelenkt. Ich wollte nur ... ich muß den Gameboyfeeder holen. Er ist noch bei Blutwich.«

»Aber warum hast du gegen alle Auflagen verstoßen und jemanden mitgebracht, der nicht zu uns gehört.«

»Ich ... er ist okay! Ich verbürge mich für ihn.«

»Du gefährdest uns alle.«

Die Wachleute steckten im Gleichschwung die Waffen in die Holster, bedachten Tempus jedoch weiter mit skeptischen Blicken. »Wir müssen unsere Runde fortsetzen, und du solltest dich beeilen.« Kopfschüttelnd verließen sie den Raum durch die Hintertür.

Nikki war wie ausgewechselt. Ernst sagte sie zu Tempus: »Bitte warte hier auf mich!«

Er war bereit, alles zu tun, was sie wollte. Kaum war sie gegangen, breitete er die Arme aus und drehte sich immer schneller um sich selbst. Glücklich wirbelte er durch den Duft der Blumen, die zu weichen, wilden Farbschlieren verwischten, bis er nichts mehr sah als buntes Flirren.

24.12.1999 • 18.15 UHR • 25 PUNKTE

»Ist das der Heizungskeller für das Gewächshaus?« Neugierig betrat Tempus den Raum hinter der Tür, durch die Nikki verschwunden war.

Nikki bekam einen solchen Schreck, daß sie ein kleines Kästchen fallen ließ, dem ihre ganze Aufmerksamkeit gegolten hatte. Die Metallbox schaukelte an einer Vielzahl haarfeiner, funkelnder Drähte vor einer Maschine in der Größe einer mächtigen Schrankwand. Das Gerät war übersät mit streng geordneten Reihen von

Knöpfen, Schaltern und Kontrolleuchten, dunklen Schächten, Schlitzen und breiten Bandspulen hinter Glas.

»Ich hatte dich doch gebeten, draußen zu warten!« Schnell bremste Nikki das blinkende Kästchen. Mit beiden Händen hob sie es sachte an, um die hochempfindlichen Drähte von seinem Gewicht zu entlasten.

Tempus grinste sie schuldbewußt an. »Ich weiß. Es hat so lange gedauert. Verrätst du mir trotzdem, was das ist?«

Nikki zögerte. »Du wirst es mir nicht glauben.«

»Warum solltest du mich anlügen?«

Nikki zögerte erneut. Dann zeigte sie auf die große Maschine, die mit dem Kästchen verbunden war. »Sie ist kostbar und schrecklich zugleich. In ihr sind Macht und Ohnmacht, die Vergangenheit und vielleicht die Zukunft vereint.« Wiederum schwieg sie kurz. »Dies ist Blutwich, der Gott der 99ers.«

Tempus versteifte sich. Davon also hatte Swan gesprochen. Das ganze schien ihm völlig absurd. Er unterdrückte ein ungläubiges Lachen, denn er wollte Nikki nicht verletzen.

Nikki spürte seinen inneren Widerstand und setzte zu einer Erklärung an: »Sagt dir der Name Thoth etwas?«

»Nein.«

»Oder Chronos?«

»Auch nicht.«

»Thoth war ein ägyptischer Gott, der Erfinder der Zeit. Er wog die Seelen der Toten und bestimmte, wer im zeitlosen Jenseits wohnen durfte.«

Tempus sah sich in einer überdimensionalen Waagschale sitzen. Er baumelte mit den Beinen wie ein kleines Kind. Neugierig blickte er zu Thoth auf, der die Waage in seinen Händen hielt und mit gerunzelten Brauen das

Gewicht von Tempus' Seele abschätzte. Allerdings konnte Tempus nicht erkennen, was das Gegengewicht in der anderen Waagschale bildete. Sie schien leer zu sein.

»Und Chronos war ein griechischer Gott«, fuhr Nikki fort, »er mähte mit seiner Sichel die verrinnenden Jahre ab.«

Tempus stellte sich vor, wie leise raschelnd Ähre um Ähre die Jahre niedersanken wie reifes Korn auf einem sonnenbeschienenen Feld. Weiße Wolken wehten über den tiefblauen Himmel. Insekten summten, Vögel zwitscherten, die Luft roch würzig und war etwas staubig. Seine Endlichkeit vor Augen, empfand er weder Trauer noch Angst. Im Gegenteil: Auf beruhigende Weise wurde ihm bewußt, daß das Feld immer da sein würde. Das Korn, das aus den Ähren seiner wie der Jahre aller anderen Menschen rieselte, ließ es immer wieder neu entstehen.

Nikki sprach weiter: »Blutwich ist der Nachfolger von Chronos und Thoth. Er hat ihre Aufgaben übernommen. Swan hat es vor Jahren herausgefunden.«

»Wie?«

»Hast du dir schon mal Gedanken über die Zeit gemacht?« fragte Nikki im Gegenzug.

Tempus schüttelte den Kopf: »Nicht wirklich.«

»Unsere Vorstellung von der Zeit ist ein Konstrukt, das uns die Wissenschaft beschert hat. Sie ist blanke Theorie. Eine Theorie, die sich zudem, je nach dem Stand der Forschung, immer wieder ändert. So wie man früher lange glaubte, die Erde sei eine Scheibe, werden heute die unglaublichsten Annahmen über die Zeit vertreten. Doch sie sind alle falsch! Ich habe dir vorhin die Blumenuhr gezeigt. Sie funktioniert völlig anders als normale Uhren. Die messen die wissenschaftlich definierte Zeit, während die Blumen ausschließlich die tatsächlich verstreichende Zeit anzeigen.«

»Das klingt ziemlich abstrakt.«

»Dann erkläre ich es konkreter: Swan hat eines Tages eine merkwürdige Entdeckung gemacht. Immer wenn Blutwich gewartet und dafür kurz ausgeschaltet werden mußte, kamen die Rhythmen der Blumen durcheinander. Also pflanzte er die Blumenuhr und fand etwas Sensationelles heraus: Immer wenn Blutwich besonders beansprucht oder vom Netz getrennt wird, vergeht die Zeit langsamer oder bleibt tatsächlich ganz stehen. Weißt du, was das heißt?« Nikki wartete Tempus' Antwort nicht ab, sondern schoß gleich triumphierend hinterher: »Blutwich schafft die Zeit!« Sie machte eine Pause und präzisierte dann: »Ohne ihn würde es sie gar nicht geben!«

Vorsichtig näherte Tempus sich dem Schrank mit den vielen Knöpfen und Lämpchen. Ihm fiel ein, woran er ihn sofort erinnert hatte: an die große, blinkende Maschine, die der amerikanische Präsident Eisenhower besichtigt hatte. Nun wußte er auch, woher er Swans Stimme kannte. Swan war es gewesen, der auf Eisenhowers Frage nach einem Gott geantwortet hatte: »Jetzt gibt es einen.«

»Das ist der Computer, der Gott sein soll?« murmelte Tempus.

»Woher weißt du, daß Blutwich ein Computer ist? Das habe ich mit keinem Wort erwähnt«, wunderte sich Nikki. Behutsam schob sie das Kästchen in einen kleinen Schacht. »Er sieht völlig anders aus als alle Computer, die man heute kennt.« Nikki kippte eine Reihe von Schaltern, der Schrank summte leise.

»Stimmt, aber ich habe heute etwas in einer Fernsehsendung gesehen. Bei einer ... Monitor-Razzia. Jedenfalls glaube ich, daß es eine war. Soldaten haben Fernsehgeräte aus einer Wohnung geworfen. Einer der Monitore lief noch, als er schon halb zertrümmert auf der Straße lag. Sie zeigten gerade alte Dokumentaraufnahmen.«

Nikki wurde blaß. »Wie sah dieser Monitor aus?«

Tempus beschrieb das kleine Gerät so genau er konnte.

»Das war ein Heimaltar. Du hast eine von Itors Monitor-Razzien bei unseren Leuten beobachtet. Nur wir sind im Besitz dieser alten Aufnahmen. Sie stammen aus einem Gedenkfilm über die Anfänge unserer Religion.« Unruhig lief sie auf und ab. »Sie kommen uns immer näher.«

»Aber was wollen sie denn von euch?«

»Sie wollen Blutwich. Sie wollen ihre Verbrechen auslöschen und unerkannt als brave Bürger weiter ihren üblen Machenschaften nachgehen.«

»Aber was hat denn der Computer mit irgendwelchen Verbrechen zu tun? Ich denke, er ist der Herrscher über die *Zeit*.«

»Ja, aber er speichert außerdem alle Verbrechen dieses Jahrhunderts. Wie Thoth wiegt auch Blutwich unsere Seelen – und sein Maß ist das Verbrechen.«

Die zweite Waagschale war also doch nicht leer.

»*Alle* Verbrechen dieses Jahrhunderts?« echote Tempus. Das übertraf seine Vorstellungskraft. »Wie macht er das?«

»Wir wissen es nicht, aber eines ist klar: Wenn du im Besitz des Computers bist, kannst du nicht nur dir selbst wieder zu einer reinen Weste verhelfen, du kannst auch jeden erpressen, der etwas auf dem Kerbholz hat. Jeder, der die Aufdeckung seiner Taten zu befürchten hat, könnte mundtot gemacht werden. Oder zum unfreiwilligen Helfer bei immer neuen Verbrechen, die unentdeckt und ungesühnt blieben!«

»Aber ich verstehe immer noch nicht . . .«

Tempus brach ab, denn mit einem leisen Schleifen fuhr eine Blende in der Front des Computers beiseite und entblößte einen Bildschirm. Das Summen wuchs zu einem Singen an, während der Monitor flackerte und ein Bild auf der Mattscheibe entstand.

Nikki sah auf die Uhr. »Wir müssen uns allmählich beeilen, aber ich zeige es dir schnell.«

Sie zog eine Tastatur aus einem weiteren Schacht des Computers. Auf dem Bildschirm erschien die Abfrage ›Paßwort?‹. ›Blutwich‹ tippte Nikki ein, worauf der Computer die Schleusen seiner Speicherblöcke öffnete. Eine Flut flirrender, schwarzer Zeichen schoß aus der Bildröhre und ordnete sich zu waagerechten Kanälen.

›Verbrechen in Deutschland (seit 1.1.1900, gesamt)‹, las Tempus als Überschrift einer langen Liste. Während er aufmerksam die Aufstellung überflog, blieb sein Blick an einzelnen Unterpunkten hängen. ›Eigentumsdelikte‹, ›Tötungsdelikte‹, ›Wirtschaftskriminalität‹, ›Kriegsverbrechen‹ waren nur einige der Äste eines weitverzweigten Stammbaumes, der vor ihm über den Bildschirm rollte.

»Du kannst dir jedes dieser Verbrechen detailliert beschreiben lassen«, erklärte Nikki. »Wann, wo und warum sie geschehen sind, wer die Täter, wer die Opfer waren, was mit den Opfern passiert ist, ob die Täter gefaßt und bestraft worden sind, alles. Der gesamte Datenbestand wird ständig von Blutwich aktualisiert.«

»Das will ich genauer ansehen.« Tempus spürte eine Mischung aus Angst und Faszination. Nikki zögerte.

»Dann laß mich selbst«, nahm er ihr die Entscheidung ab.

Er folgte einigen Ästen des Informationsstammbaumes bis in die letzten Blattspitzen. Schritt für Schritt drang er tiefer vor, beginnend bei unglückseligen Zufällen und kleineren Delikten, über taktische Gemeinheiten bis hin zu gezielter Barbarei. Mehr und mehr Licht fiel auf absurde Greuel und wissenschaftlich untermauerte Grausamkeiten. Immer konturenreicher und körperlicher schillerten das Böse, die Dummheit und die Hoffnungslosigkeit unter dem unbestechlichen Mikroskop genauester Protokolle.

Schon nach kurzer Zeit dröhnte das Blut in Tempus' Ohren. Die scheinbar nüchternen Fakten verdichteten sich zu maßlosem Leid. Er mußte aufhören. Vor seinen Augen blinkte es rot:

– FEHLER 25, ARBEITSSPEICHER ZU KLEIN –

Seine Knie zitterten, kalter Schweiß brach ihm aus allen Poren, ihm wurde übel. Er fühlte sich dem Wissen des Computers nicht gewachsen. Tempus wollte Nikki sagen, sie solle die Maschine abschalten, doch er konnte nicht einmal mehr reden.

Endlich schlossen sich die Informationskanäle wie auf ein geheimes Zeichen, und barmherzig ersetzte die große Maschine den minutiös protokollierten Terror durch ein Bild von Frieden und Eintracht: Ein strahlendweißes Schloß mit hochaufragenden Türmen und starken Mauern wuchs aus einem Berg heraus. Die Sonne schien auf ziselierte Zinnen und spiegelte sich in geschwungenen Fenstern. Umgeben von hohen Felsmassiven und Wald, lag der Prachtbau oberhalb eines spiegelglatten Sees. Ein märchenhafter Ort, wie für ein Kind erdacht.

»Was ist passiert? Woher kommt plötzlich dieses Bild?« stieß Tempus hervor.

Er lehnte sich an den Computer und schloß erschöpft die Augen. Doch sofort brach eine grausame Bilderflut über ihn herein, unablässig gespeist durch sein neues Wissen. Er riß die Augen wieder auf.

»Wir nennen es das Schloß der Zeitlosigkeit.« Nikki nahm ihn in den Arm. »Blutwich erlöst damit jeden, der zu lange an ihm gearbeitet hat.«

»Wozu benutzt ihr ihn überhaupt?«

»Wir wollen, daß diese Verbrechen nicht vergessen werden. Wir versuchen zu verstehen, warum sie geschehen konnten und welche Bedingungen man schaffen muß, damit sie sich nicht wiederholen.«

»Glaubt ihr ernsthaft, das könnte funktionieren? Ist das nicht völlig weltfremd? Man muß doch nur einmal die Nachrichten sehen oder auf die Straße gehen . . .«

Nikki sah ihn durchdringend an. Leise erwiderte sie: »Man muß an etwas glauben, wenn man das Leben aushalten will. Alle glauben an etwas – und wenn es der Weltuntergang ist.«

Tempus fiel der Tod ihres Vaters ein. Er verstand, was in ihr vorging. Aber ein helles Klingeln ersparte es ihm, Nikki eine Antwort geben zu müssen. Dann folgte ein Klacken, ein glattes Reiben von Metall, und der Computer spuckte das kleine Kästchen ein Stück aus dem Schacht, in dem er ihn bislang gehalten hatte. Nikki zog die Metallbox weiter heraus und löste behutsam Draht um Draht.

»Die Überspielung ist fertig. Wir können zurück auf den Platz«, sagte sie bemüht sachlich.

»Was ist das eigentlich?« Tempus wies auf das Kästchen.

»Das ist der Gameboyfeeder. Er enthält jetzt die wichtigsten Daten des Computers und das Bild des Schlosses.«

Nikki zog Tempus eilig in einen Raum, der wie ein Büro aussah. Sie wies auf Regale voller Bücher, Ordner und Papier, auf Schreibtische, beherrscht von großen Monitoren. »Dies ist unsere Zentrale. Offiziell die Verwaltung des Blumenladens und der Großgärtnerei, zu der auch das Gewächshaus gehört. Aber all das dient nur der Tarnung unserer eigentlichen Arbeit.«

Tempus konnte sich nicht auf ihre Worte konzentrieren. Langsam ging er zu der stetig arbeitenden Maschine zurück, in der Tod und Verderben registriert wurden.

Er stellte sich vor, wie die Schuld der Menschen auf den Platinen wütete; wie die erschreckend oft erklärliche Bosheit sich mühte, die Dioden zu verglühen, um im Schutz des Vergessens um so schlimmer toben zu können. Er lauschte, ob vielleicht ein giftschäumendes Rütteln der Niedertracht am Gitterwerk der Weltkenntnis zu hören wäre. Doch Blutwich rollte seinen Datenfels in beherrschter Stille den Berg hinauf.

»Ob sein Wissen für ihn auch so unerträglich ist wie für uns?«

Tröstend legte Tempus seine Hand auf das kühle Metall des Computers.

24.12.1999 • 18.42 UHR • 25 PUNKTE

Sie wollten gerade die Zentrale der 99ers mit dem Gameboyfeeder verlassen, als Nikki Tempus am Arm packte und auf einen Kontrollmonitor über der Tür des Büros wies. Der Biker, der Tempus auf dem Platz beobachtet hatte, stand vor dem Eingang des Blumenladens und sprach in sein Funksprechgerät: »Sie wären mir fast entwischt. Bloß gut, daß du das Material der Liebe-in-der-

Großstadt-Schnepfe gesehen hast. Ich versuch jetzt reinzukommen.«

»Keine Eigenmächtigkeiten! Itor will selbst dabei sein, wenn es losgeht«, befahl der Techniker aus dem Fernsehübertragungswagen.

»Entspann dich, baby. Ich mach schon keine Dummheiten«, beschwichtigte der Biker ihn, während ein Lichtreflex über sein Gesicht zuckte. Er hatte ein langes Messer aus seiner Kuriertasche gezogen und kicherte: »Ich geh nur kurz mal Blumen pflücken.«

»Sie haben uns entdeckt!« Nikki löschte das Licht. »Wir müssen uns trennen. Du gehst auf den Platz und bringst Swan den Gameboyfeeder. Ich bleibe solange hier und versuche, den Kerl auszuschalten.«

»Bist du verrückt?« protestierte Tempus. »Du glaubst doch nicht im Ernst, daß ich dich hier alleine zurücklasse. Hast du sein Messer nicht gesehen?«

»Ich werde schon mit ihm fertig. Außerdem sind die beiden Wachleute noch da.«

»Aber ich will dir helfen!«

Nikki lächelte Tempus an, wurde jedoch sofort wieder ernst: »Keine Angst, mir wird nichts passieren!«

Sie drückte Tempus den Gameboyfeeder in die Hand und küßte ihn schnell auf die Wange. Dann schob sie ihn durch den Raum auf einen der Schreibtische zu.

»Versteck dich hier. Ich werde ihn in das Gewächshaus locken, damit du ungesehen verschwinden kannst. Mach dir keine Sorgen um mich. Ich komme später nach!«

Widerstrebend kroch Tempus unter den Schreibtisch. Er suchte sich eine Position, aus der er den Überwachungsmonitor sehen konnte. Nikki gab ihm eine Fernbedienung: »Damit kannst du alle Kameras im ganzen Gebäude auf den Monitor schalten und genau verfolgen, wann der Weg frei ist.«

Schnell verließ sie das Büro, ohne sich noch einmal umzudrehen. Tempus war wütend und verzweifelt, weil er Nikki scheinbar nur helfen konnte, indem er sie allein ließ. Mit diesem Zwiespalt hadernd, fixierte er den Überwachungsmonitor – und erstarrte. Der Biker war bereits im Blumenladen.

»Blumen pflücken und zerdrücken«, kicherte der Eindringling und zog langsam die Tür hinter sich ins aufgebrochene Schloß. Das leise Klacken ließ ihn katzenartig in die Knie gehen. Er sicherte in alle Richtungen. Als alles still blieb, richtete er sich wieder auf und sah sich in dem halbdunklen Raum um.

Tempus drückte so lange auf die Fernbedienung, bis er eine Einstellung fand, in der er den ganzen Laden überblicken konnte. Der Biker produzierte sich, als wüßte er um sein Publikum. Anmutig wischte er mit der Spitze seines Messers ein paar Gartenprospekte von einem niedrigen Tisch und verfolgte mit einem Kopfnicken, wie sie auf den Boden flatterten.

Dann rammte er die Klinge in den Empfangstresen und brach ein Stück Holz aus ihm heraus. Scheinbar interessiert betrachtete er es von allen Seiten, um es anschließend mit einem Schlag des Messerrückens auf die Tresenkante von der Spitze zu lösen. Das Holzstück wirbelte durch den Raum und zerschlug eine hauchdünne japanische Vase.

In geheucheltem Bedauern schüttelte der Biker den Kopf. Dann katapultierte er sich aus dem Stand mit einer halben Drehung auf den Tresen. Von dort aus beugte er sich nach hinten und stocherte mit dem Messer in den Unterlagen der Empfangsdame herum. Als er hinter der Front des Tresens drei weitere Monitore des Überwachungssystems der 99ers-Zentrale entdeckte, stieß er einen leisen Pfiff aus.

Hoffentlich gibt es hier keine Kamera, die mich aufnimmt, durchzuckte es Tempus. Er machte sich noch kleiner und drückte sich ins Dunkel unter den Schreibtisch.

Der Biker war begeistert von seiner Entdeckung. »Wer ein so schamloses Bedürfnis nach Kontrolle besitzt, hat sicher etwas zu verbergen.«

Er musterte die blauflimmernde Bestandsaufnahme des gesamten Gebäudes, die abwechselnd aus immer anderen Blickwinkeln erschien. Mühsam konnte Tempus erkennen, was der Biker sah. Auf einem der Monitore betraten gerade die beiden Wachmänner einen langen Gang durch eine Stahltür.

»Die Herren Gärtner sind also auch im Hause.« Prüfend ließ der Biker den Daumen über die Klinge seines Messers gleiten, als plötzlich sein Funkgerät in die Stille plärrte.

»Hey Biker, wo steckst du?«

Er schreckte auf, schnitt sich dabei in den Finger und zog vor Schmerz scharf die Luft durch die Zähne. Dann bedeckte er den kleinen Lautsprecher mit der Hand. »Sei still!« fauchte er in das Gerät. »Ich bin drin und nicht allein!« Er steckte den Daumen in den Mund, um das Blut zu stillen, während er weiter nervös die Monitore im Blick behielt.

Zum erstenmal erschien auf einem Bildschirm jetzt das Gewächshaus, wo sich zwischen den Blumen etwas bewegte. Nikki. Sie erhob sich neben dem wassergefüllten Marmorbecken und streckte sich scheinbar selbstvergessen. Der Biker studierte lüstern ihren schlanken Körper.

»Habe ich dir nicht ausdrücklich gesagt, du sollst warten?« meckerte das Funkgerät plötzlich wieder los. »Wir sind gleich da!«

»Schnauze«, sagte der Biker trocken und schaltete das Gerät mit einem Blick auf Nikki einfach ab. »Erst das Vergnügen, dann die Arbeit.«

Ein letztes Mal betrachtete er den Schnitt in seinem Daumen. Dann kontrollierte er wieder die drei Monitore. Nikki räkelte sich zwischen den Blumen. Die beiden Wachmänner, die sich gerade einen Witz erzählt hatten, standen prustend bei dem Riesencomputer.

Der Biker verschwand von der Mattscheibe, die Tür des Großraumbüros unter dem Monitor öffnete sich langsam. Tempus beobachtete aus seiner Deckung, wie der Biker lautlos in den dunklen Raum glitt und geduckt von Schreibtisch zu Schreibtisch pirschte. Tempus verschmolz mit dem Schatten unter seinem Versteck, doch der ganze Raum schien von seinem Herzschlag zu vibrieren. Warum hatte er sich nur auf diesen idiotischen Plan eingelassen? Der Biker stand so dicht vor ihm, daß Tempus sein Bein hätte berühren können.

Da verschwand der Eindringling mit einem Satz hinter einem Aktenschrank. Am anderen Ende des Büros hatte jemand eine Tür halb geöffnet, und ein Lichtstreif fiel in den Raum. Tempus mußte seine Füße einziehen, sonst wären sie taghell beleuchtet worden.

Einer der Wachmänner stand auf der Schwelle, tastete mit der Hand nach dem Lichtschalter und scherzte über die Schulter mit seinem Kollegen.

Ein leises Rumpeln von Stiefelsohlen gegen Holz, ein unterdrücktes Stöhnen; der erste Wachmann war ausgeschaltet. Tempus hatte nur einen Schatten und das Blitzen eines Messers gesehen. Auf Zehenspitzen verließ der Biker das Büro und zog vorsichtig die Tür hinter sich zu.

Sofort drückte Tempus auf die Fernbedienung. Er suchte die Monitore nach Nikki ab. Endlich entdeckte er sie in dem flimmerndem Rechteck. Sie stand noch immer im Gewächshaus und hob lauschend den Kopf. Als wüßte sie, daß Tempus sie beobachtete, machte sie verstohlen mit gespreizten Fingern ein schnelles Victory-Zeichen. Tempus kam versehentlich an einen Knopf, so daß Nikki wieder verschwand. Dafür huschte der Biker erneut über den Bildschirm, vorbei an Blutwich und durch eine Tür. Ein gedämpfter Schrei, ein Klirren von Stahl auf Stein.

Wieder und wieder drückte Tempus auf die Fernbedienung. Der Biker hatte auch den zweiten Wachmann überwältigt. Er lag leblos auf dem Kachelboden der Toilette. Tempus überkam Panik. Jetzt war Nikki dem Biker ausgeliefert. Er mußte sie warnen, ihr helfen; egal was sie ausgemacht hatten. Doch gerade hatte er sich unter dem Schreibtisch vorgearbeitet, als er plötzlich leise ihre Stimme hinter sich hörte:

»Er kriegt mich nicht! Glaub mir!«

Mit gesträubten Nackenhaaren fuhr Tempus herum, doch er war allein.

»Ich rede über die Gegensprechanlage zu dir«, flüsterte Nikki.

Auf dem Schreibtisch blinkte ein kleines Gerät mit eingebautem Lautsprecher.

»Mir wird nichts passieren, du kannst ganz sicher sein. Wenn ich dir irgend etwas bedeute, dann geh auf den Platz!« drängte sie. »Ich muß aufhören, er kommt! Geh jetzt, das ist unsere einzige Chance! Schnell!«

Zögernd setzte Tempus sich in Bewegung. Er stolperte aus dem Büro in den Blumenladen und wollte schon die Eingangstür öffnen, da trieb es ihn erneut zurück. Er beobachtete die Monitore hinter dem Tresen. Der Biker stand neben Blutwich und hob den Kopf. Aus dem Gewächshaus erklang ein leises Lied. Nikki sang. Ihre Stimme zog den Biker magisch an.

»Jetzt an einer zarten Blüte schnuppern«, kicherte er. Dabei wischte er das Messer an einem Hosenbein ab, betrat den farbenglühenden Raum und blieb unvermittelt stehen. »Wie schön«, sagte er kalt mit zusammengekniffenen Augen. Auf der Suche nach Nikki stieß er das Messer in blaue Wolfsmilch, köpfte eine Reihe Himmelsleitern und zerschlug ein Dutzend Schwarzäugige Susannen. »Wie überaus schön. Aber warum sieht mein goldenes Sonnenauge denn kein rosa Tausendschön?«

Nikki war verschwunden. Nur eine Seerose schaukelte leise auf dem Wasser des Marmorbeckens, an dem sie eben noch gestanden und Tempus das Victory-Zeichen gemacht hatte.

»Wo bist du, Schlampe? Ich krieg dich doch!« brüllte der Biker wütend.

Tempus fiel vor Schreck der Gameboyfeeder aus der Hand.

24.12.1999 • 18.55 UHR • 5 PUNKTE

»Sieh an, das süße Blumenkind. Mal sehen, ob er es schafft, auf den Platz zu kommen«, sinnierte der Techniker in dem MON-Fernsehübertragungswagen vor seinem Monitor.

»Fünf zu Eins, er packt es nicht. Wenn du blöd genug bist, dagegenzuhalten, kannst du dir gleich die Kugel geben«, spottete der Fahrer und schoß den Techniker zur Bekräftigung mit einem sorgfältig gerollten Popel ab.

»Hey, laß den Mist, du Kretin! Ich gebe mich gerade der Schönheit hin!«

»Ist nur Wasser, Eiweiß und ein bißchen Staub, genau wie dein Objekt der Begierde da draußen.«

»Dann sammle die Dinger, bis du 70 Kilo davon hast, und knete mir einen willenlosen Adonis daraus. Aber bis dahin laß mich in Ruhe!« Angeekelt klopfte der Techniker seinen Pullover ab.

Der Ü-Wagen pflügte durch die Menschenmenge vor der Polizeisperre am Platz-der-Erkenntnis-durch-Konsum, die Satellitenschüssel auf dem Dach wie eine aus dem Wasser ragende Haifischflosse. Die Kamera äugte über die Köpfe der Ansammlung hinweg und saugte sich schließlich mit ausgefahrenem Teleobjektiv an Tempus fest.

Der war über die Prachtstraße zurück zum Platz-der-Erkenntnis-durch-Konsum gerannt. War es richtig gewesen, Nikki allein zu lassen? Er kam sich vor wie ein Verräter. Und doch war sie so überzeugt gewesen, ihr könne nichts geschehen.

Als er an der Sperre ankam, stellte er entsetzt fest, daß niemand auf den Platz gelassen wurde. Hin und wieder schoß ein kläffendes Muskelpaket aus einer Hundestaffel auf die Schaulustigen zu. Geifernd, mit bloßgelegten Reißzähnen, zog es einen Hundeführer an der Leine hinter sich her. Die Menge stob schreiend auseinander, nur um gleich darauf von ihrer Sensationslust zurück an die Absperrung getrieben zu werden.

Unmittelbar vor Tempus gab es eine Auseinandersetzung zwischen dem aggressiven Kommandeur, dessen Bekanntschaft er bereits gemacht hatte, und einem jungen Mann mit leuchtendblau gefärbten Locken. Selbstbewußt trug der Blauhaarige einen zerschlissenen Designeranzug und einen Hanfstrick als Schlips um den nackten Hals.

Der Kommandeur pöbelte den Blaugelockten an: »Hey du Witzbold, willst du mich verscheißern? Du versuchst jetzt zum dritten Mal, hier durchzukommen. Ich habe gesagt, niemand kommt auf den Platz! Niemand, hast du mich verstanden? Da kannst du zwanzigmal die Runde machen, das ändert nichts!«

Eine junge Frau schob Tempus resolut beiseite. Auch sie trug einen geschmackvollen Anzug, dessen abgerissener Zustand den steten Abstieg seiner Vorbesitzer nicht verleugnen konnte, und einen Hanfstrick um den Hals. Auch ihre Haare strahlten eisblau, doch waren sie kurz geschnitten und standen nadelspitz in die Höhe. Wortlos hakte sie sich bei ihrem Freund unter. Sie versuchte ihn fortzuziehen, doch der Mann hielt den Beschimpfungen des Kommandeurs gleichermaßen höflich wie hartnäkkig stand: »Entschuldigung, aber ich möchte mich nur vor Ort informieren . . .«

»Was du möchtest, interessiert hier keinen! Im Gegenteil, hier zählt nur, was ich will!«

»Ich glaube nicht, daß Ihre Befugnisse ausreichen, meine Freiheit als Bürger dieses Landes in solchem Maße zu beschneiden, denn . . .«

»Wie redest du mit mir? Ich bin Polizist! Ich bin der Kommandeur von dem Haufen hier! Ich hab' hier das Sagen! Meine Befugnisse gehen dich einen Dreck an!«

»Ja, aber es gibt doch so etwas wie Versammlungsfreiheit.«

»Sag mal, von welchem Stern kommst du eigentlich? Die Versammlungsfreiheit wurde bereits letztes Jahr abgeschafft, als nach den Schülern, den Studenten, den Arbeitslosen, den Beamten und was-weiß-ich-nicht welchen Spinnern wie dir auch noch die Rentner meinten, sie müßten die Straßen blockieren, weil ihnen das Geld nicht reichte, das ihnen nachgeschmissen wird. Also was willst du? Verschwinde!«

Die Blauhaarige wandte sich an ihren Begleiter: »Der Herr würde es wahrscheinlich begrüßen, wenn alle Menschen verschwänden, und zwar völlig. Nur ihre Bankkonten müßten übrigbleiben. Das würde einen reibungslosen Ablauf der Geschäfte garantieren. Laß uns verduften, bevor ihm die Schimpfworte ausgehen. Es wäre zu frustrierend, einen Vertreter der Staatsmacht scheitern zu sehen. Das könnte meinen labilen, kleinen Rest Obrigkeitsgläubigkeit endgültig erschüttern. Und das wollen wir doch nicht, oder?«

Der Blaugelockte war so aufgebracht, daß er ihren Einwurf nicht beachtete. Er löste seinen Arm aus ihrem Griff, trat einen Schritt an den Kommandeur heran und sagte ihm mit schmalen Augen triumphierend ins Gesicht: »Die Aufhebung der Versammlungsfreiheit war kein durch Bundestag und Bundesrat legitimiertes Gesetz, sondern ein zutiefst undemokratischer Willkürakt der Regierung!«

Tempus war beeindruckt. Wer kannte schon den Unterschied zwischen Bundestag und Bundesrat oder den rechtmäßigen Werdegang von Gesetzen. Niemand hatte mehr das Gefühl, daß diese Dinge für sein Leben von Bedeutung waren.

Der Kommandant war nicht beeindruckt, sondern entnervt: »Jetzt wird es mir doch zu bunt! Dir ist wohl zuviel Farbe ins Hirn gelaufen, was? Maul stopfen, fesseln, abführen, los!«

Er winkte zwei Beamten, die dem überlegen lächelnden Blaugelockten in blitzschneller Routine Handschellen anlegten. Sie knebelten ihn und zogen ihn dann grob an seinem Kobaltschopf zu einem bereitstehenden Gefangenentransporter. Während er gebückt hinter ihnen hertaumelte, fiel ein schmales Glasröhrchen aus seiner Jackentasche. Es zersprang und entließ lauter fluoreszierend blaue Kügelchen, die wie eine Schar ungezogener Kinder über die Straße hüpften.

Der Kommandeur bückte sich, hob eines auf und betrachtete es stirnrunzelnd wie ein erboster Lehrer den vorlauten Klassenclown. »Schau an, schau an, das ist ja interessant.«

Mit sorgenvollem Gesicht verschwand die Blauhaarige still in der Menge.

Die Leute vor der Absperrung hatten die Vorgänge bislang wie eine Kinovorstellung verfolgt. Keiner hatte sich über die Kommentare des Kommandanten aufgeregt. Niemand war dem Blauhaarigen zu Hilfe geeilt oder hatte wenigstens Partei für ihn ergriffen.

Jetzt rief eine verwahrloste Frau mit bonbonbunter Kindersonnenbrille: »Hey, endlich mal ein bißchen action hier!«

Sie malträtierte die verbeulte Klingel ihres rostigen Fahrrads, das mit prallvollen Plastiktüten und farbbesprühten Reisetaschen behängt war. Dann warf sie, begleitet vom Johlen der Menge, ihren Jägerhut mit drei zerzausten Federn in die Luft. »Wenn ihr hier draußen auch ein bißchen Show macht, will sowieso keiner mehr auf den Platz!«

»Schnauze!« bellte der Kommandeur. Sorgfältig ließ er das blaue Kügelchen in seine Tasche gleiten. »Daß euch das gleich klar ist: Jeder, der hier Theater macht, kommt ab sofort in Sicherungsverwahrung! Also reißt euch zusammen! Geht nach Hause! Hängt euch vor die Glotze, wie immer! Und macht hier keine Scherereien!«

Tempus hatte sich bislang zurückgehalten, um seinen Auftrag nicht zu gefährden. Jetzt trat er vor, um den Kommandeur anzusprechen. Doch in dem Augenblick klingelte sein Handy. Seine Hand zuckte wie von selbst zum Gürtel, aber er durfte jetzt keine weitere Zeit durch ein Telefonat verlieren. Also versuchte er, das Bimmeln mit der Hand zu dämpfen und sagte besonders laut:

»Entschuldigung, ich möchte Sie bitten, in meinem Fall eine kleine Ausnahme zu machen.«

Der Kommandeur blaffte ihn an: »Rede ich eigentlich Kisuaheli, oder was?« Dann erkannte er Tempus. »Du müßtest mich doch sogar verstehen, wenn ich in irgendeiner Affensprache grunzen würde. Du bist doch vorhin schon hier rausgeschlichen. Hab ich dir nicht gesagt, du sollst abschieben?«

Tempus Handy klingelte erneut.

Der Kommandeur sah ihn scharf an: »Das ist bereits das dritte Läuten. Bist du immer so lax?«

»Nein . . .« Tempus griff hastig nach dem Gerät.

»Hallo, schön, dich zu sprechen«, rief ihm jemand fröhlich entgegen. Er kannte den Anrufer nicht und schwieg verzweifelt, denn gleichzeitig hörte er schwach den Ruf vom Platz herüberschallen: »99ers . . .«

»Willst du nicht antworten?« herrschte der Kommandeur ihn an.

Tempus nickte stumm. Er sah sich hektisch um.

»Was machst du denn gerade?« plärrte sein Anrufer aus der Leitung, aber Tempus schwieg.

»Schnappt den Kerl! Er verstößt gegen das Telefoniergebot, und das vor meinen Augen. Das ist doch der Gipfel! Los! Festnehmen!« brüllte der Kommandeur seine Truppe an.

». . . go!« klang es vom Platz.

Blitzschnell drehte Tempus sich um und wollte in der Menge untertauchen. Doch niemand deckte ihn oder bahnte eine Gasse. Nicht etwa, weil die Menschen auf der Seite des Gesetzes gewesen wären, sondern weil sich hier spannende Unterhaltung ankündigte.

»Halali!« schrie die Alte mit dem Fahrrad und warf ihren Jägerhut wieder in die Luft.

Wo immer Tempus sich hinwandte, verstellte ihm das

Publikum vergnügt lachend den Weg. Schon hatten sie ihn. Begleitet von begeistertem Beifall wurde auch er von den Polizisten gefesselt und abgeführt, zu dem Gefangenentransporter geschleift und in den Wagen gestoßen.

Dort saß in Handschellen der geknebelte Blauhaarige mit blutverklebten Locken, den Hanfschlips so kurz an einen Haltegriff gebunden, daß ihm jede Bewegung die Luft abschnürte.

Der Kommandeur polterte in den Wagen. Er warf sein Barett und einen dicken Schlüsselbund auf die nächstliegende Sitzbank. Dann versetzte er dem Blauhaarigen einen Tritt, der ihn fast ersticken ließ. Würgend saugte er Sauerstoff durch seine zusammengepreßte Kehle. Tempus sprang auf, um ihm zu helfen, doch mit seinen auf den Rücken gefesselten Händen war er machtlos.

»Laß mal, Bastard. Der kleine Schlaumeier hier kann was vertragen. Hält sich für was Besseres.«

Zynisch grinsend zog der Kommandeur das blaue Kügelchen aus der Tasche, das der Blauhaarige verloren hatte. Er hielt es ihm dicht vor die halbgeschlossenen Augen. Der Blauhaarige zuckte mit keiner Wimper. Da griff der Kommandeur ihm in die Haare, zog seinen Kopf ganz nah zu sich heran, damit der Blaue noch weniger Luft bekam, und zischte ihm haßerfüllt ins Ohr: »Na, macht das mehr Spaß, wenn man klar im Kopf ist? So ganz und gar nicht mildernd benebelt? Im Vollbesitz seiner geistigen Kräfte?«

»Wollen Sie ihn umbringen? Lassen Sie ihn in Ruhe!« rief Tempus.

Doch der Kommandeur würdigte ihn keines Blickes. Erneut ruckte er an dem blauen Schopf: »Das ist Iceblues, du kleiner Wichtigtuer, gib es zu!«

Der Blauhaarige röchelte: »Schluck doch mal eine der Pillen, dann weißt du danach vielleicht, wie es ist, wenn man nicht mit dem Hirn eines paranoiden Schimpansen geschlagen ist, du Neandertaler.«

Der Kommandeur schrie wütend auf. Gleichzeitig sprang ein Beamter in den Wagen und verstellte Tempus den Blick.

»Chef!« rief er. »Sie werden dringend draußen gebraucht! Die Leute stürmen fast die Absperrung. Soll ich hier übernehmen?«

»Du hast mehr Glück, als du mit 1000 Pillen Verstand in dir freilegen könntest, aber wir sprechen uns noch«, drohte der Kommandant dem Blauhaarigen. Kochend vor Wut drehte er sich um und stieß den Beamten so heftig zur Seite, daß der auf die Sitzbank fiel und mit der Schulter gegen die Lehne krachte.

»Der Pillenfresser wird weichgeklopft, der braune Bastard abgeschoben. Und du kommst mit nach vorne, dalli!«

Der Kommandeur sprang aus dem Wagen, während der Polizist sich seufzend aufrichtete. Neben seiner Hand lagen das Barett und die Schlüssel des Kommandeurs. Plötzlich erkannte Tempus das Henna-Zeichen am Handgelenk des Beamten. Sein Blick glitt in das Gesicht des Mannes. Es war der Polizist, der nicht über die verächtlichen Witze des Kommandeurs hatte lachen können.

»Los, wo bleibst du Lahmarsch denn?« drängte der Kommandeur von draußen.

»Moment, mein Schuh ist offen!« rief der Beamte laut.

Zum zweitenmal an diesem Tag sah Tempus auf die Klettverschlüsse an den Kampfstiefeln des Polizisten.

Der hob die Hand mit dem Zeichen und sagte leise wie in Trance: »Vor einer Woche hat meine Freundin mir das hier auf die Hand gemalt, bevor ich abends zum Dienst ging. Damit ich immer an sie denke, wenn wir nicht beieinander sind.«

»Beeil dich!« rief der Kommandeur und setzte für sich, aber auch im Wagen deutlich hörbar hinzu: »Unfähiger Trottel.«

Der Polizist schleuderte einen haßerfüllten Blick durch die Tür. Dann sah er Tempus ganz ruhig an: »Als ich am nächsten Morgen wieder nach Hause kam, war sie nicht mehr da. Man hatte sie in der Nacht abgeholt, um sie zurück nach Algerien zu schicken, obwohl die Fundamentalisten sie dort schon erwarten.« Eine zierliche Frau in einem langen dunkelroten Gewand vor Augen, Grenzposten mit Maschinengewehren und messerscharfen Natodraht um sie herum, fügte er tonlos hinzu: »Es ist ihr sicherer Tod.«

Der Beamte stand auf, den Schlüsselbund des Kommandeurs in der Hand, und ging zur Wagentür. »Der Mann da draußen hat ihre Verhaftung geleitet. Er hätte ihre Handschellen mit diesem Schlüssel öffnen können.« Er isolierte einen Schlüssel aus dem Bund und hielt ihn hoch. Still betrachtete er das kleine Stück Metall.

Schließlich sprach er weiter: »Man kommt nicht mehr aus den Stadtzonen heraus. Selbst als Polizist ist das unmöglich. Das ganze Land ist hermetisch abgeriegelt.« Er legte den Schlüsselbund dicht neben Tempus auf die Bank, den isolierten Schlüssel sorgfältig abgespreizt. »Ich werde sie nie wiedersehen. Und irgendwann wird das Henna auf meiner Hand verblichen sein.«

Dann sprang er aus dem Wagen wie aus einem Fenster im 34. Stock.

»Wenn ihr die Gnade des Herrn bereits auf Erden spüren wollt, dann geht hinaus und verdient Geld, soviel ihr könnt. Gebt es aus mit vollen Händen und das Klingeln der Kassen wird euch ein Lied singen von Wohlstand und Glück.« Sheer Gold schrie mit der ganzen Wucht ihres fülligen Leibes. Ihr Ausbruch wurde von 120 tiefen Trommelschlägen pro Minute begleitet, die ihre Botschaft rhythmisch in die Köpfe der Zuhörer trieben. Tausende Watt der Lautsprecheranlage vervielfachten die Lautstärke, mit der sie über den Platz herfiel. Aus einer riesigen goldenen Kanone wurden Unmengen Schnuller auf den Platz geschossen. Sie prasselten auf die Menge nieder, die begeistert versuchte, sie zu fangen.

Sogar Tempus steckte sich selbstvergessen einen Schnuller in den Mund, zog ihn aber einen Moment später kopfschüttelnd wieder heraus und warf ihn fort. Was geschah nur mit ihm?

Die 99ers hatten Sheer Golds Auftritt nichts entgegenzusetzen. Niemand schenkte ihnen Beachtung. Auch der Bundeskanzler am Himmel starrte schweigend in die Kamera. Die Regie hatte auf Itors Anweisung hin seinen Teleprompter abgeschaltet, und ohne vorgefertigte Rede fehlten ihm die Worte.

Mit den Schnullern im Mund bestaunten die Leute andächtig die drei Buchstaben, die in den Marmorsockel des goldenen Fernsehers auf Sheer Golds Tieflader eingraviert waren: MON. Flammendrot wiederholten sie sich auf dem Monitor und pulsierten im Takt der Trommelschläge, als seien sie das Herz des Gerätes. Unterstützt von einem vielstimmigen Chor, der im immer gleichen Rhythmus allmählich anschwoll, wurde das ›MON‹ zum Mantra.

Selbstvergessen sprach die aufgeputschte Menge mit: »MON! – MON!« Immer mehr Leute wippten im Takt der Beats, hüpften und tanzten, bis schließlich der ganze Platz ekstatisch wogte.

Es war eine Riesenparty. Tempus blieb neben den 99ers und dem Kanzler der einzige, der keinen Spaß daran hatte. Er ruderte durch die Menschenmenge, doch ohne nennenswert vorwärts zu kommen.

An zahllosen Ständen wurde Alkohol in allen Variationen ausgeschenkt. Die Wirte, mit Narrenkappen auf den Köpfen und Schellenstäben, die sie auf den Boden stießen, riefen immer wieder: »Sauft Leute! Der Kanzler hat die Alkoholsteuer gesenkt! So billig ist das Glück nie wieder zu haben!«

Ein älterer Mann mit korrekt gescheitelter Frisur nahm Tempus lächelnd bei den Händen und schüttelte sie im Takt. Strahlend animierte er ihn zum Tanzen, angefeuert von seinen Kollegen und Kolleginnen, die, an ihren Schnullern nuckelnd, um ihn herumstanden und rhythmisch in die Hände klatschten. Erst als plötzlich sein Handy klingelte, mußte er für einen Moment von Tempus lassen, um ein fröhliches »Mir geht es prima!« in den Hörer zu schmettern. Tempus nutzte die Gelegenheit, warf sich auf den Boden und robbte schnell zwischen den Beinen der Umstehenden hindurch.

Auch der Bundeskanzler war aus seiner Starre erwacht: »Wir haben hier ein kleines technisches Problem, meine sehr verehrten Damen und Herren«, improvisierte er. »Doch nachdem wir den ernsten Teil dieser Weihnachtsansprache bereits hinter uns gebracht haben, können wir ja ein wenig spielen«, grinste er in die Kamera. »Wie wär's mit einer kleinen Partie ›Schnäppchenjäger‹ oder ›Fang das Geld‹?«

Damit hatte er seine härtesten Geschütze aufgefahren,

doch Sheer Gold übertönte ihn erneut: »MONEY ist mein Gott, und MON ist sein Medium!«

Blitzend zuckten Worte über den Bildschirm des Tiefladers: »Dies ist MON – Mind Of Nations – unser Bewußtsein ist euer Bewußtsein – ihr denkt, was wir denken – wir sind eins – wir sind das Bewußtsein von Nationen! Wir geben euch alles, was ihr braucht – sagt uns, was ihr wollt!«

»MONEY!« schrie Sheer Gold über den Platz.

»MONEY!« antwortete ihr Publikum.

»MONEY!« wiederholte die Predigerin in besinnungsloser Raserei.

»MONEY!« ließ die Menge sich mitreißen und stampfte dazu mit den Füßen auf den Boden.

»MONEY!« dröhnte es schließlich auch aus dem Fernseher, auf dessen Bildschirm sich das flammend rote MON endlos in die pulsierende Buchstabenfolge ›MONEY‹ verwandelte.

Tempus hatte inzwischen seine Zurückhaltung im Kampf gegen die Menge aufgegeben. Rücksichtslos kämpfte er sich Meter für Meter durch den tanzenden Chor und erreichte endlich die 99ers.

Swan erkannte ihn sofort und rief gegen den Lärm: »Wo ist Nikki?«

So kurz wie möglich und so ausführlich wie nötig erzählte Tempus ihm von den Vorgängen in der 99ers-Zentrale.

Swan war entsetzt. »Sie haben uns entdeckt? Das ist das Schlimmste, was passieren konnte. Ausgerechnet jetzt, wo wir hier nicht weg können.«

»Aber wir müssen zurück und Nikki helfen!«

»Die Kundgebung ist wichtiger. Es hängt zuviel davon ab. Nikki weiß sich zu schützen!« schrie Swan ihm ins Ohr. »Wir können unsere Mission hier nicht abbrechen.«

»Dann gehe ich allein!« rief Tempus entschlossen.

Swan hielt ihn zurück: »Ich brauche dich hier auf dem Platz. Ich kann den Gameboyfeeder nicht allein bedienen.«

»Aber es sind doch so viele andere hier«, wehrte Tempus ab.

»Sie haben andere Aufgaben zu erfüllen. Uns bleibt nicht mehr viel Zeit. Bitte nimm den Gameboyfeeder und tu, was ich dir sage. Auch Nikki würde es nicht anders wollen, glaube mir!«

Ohne weitere Einwände zuzulassen, erklärte er Tempus den Gebrauch des Gerätes. Dann stellte er sich vor die als in sich ruhender Block formierten 99ers, die aufmerksam sein Signal erwarteten. Schließlich öffnete er den Mund und rief mit aller Kraft: »99ers – go!«

Kein Peitschenschlag, kein lautes Klatschen. Statt dessen zogen alle 99ers synchron ein silbernes Plättchen aus dem hohlen Griff ihrer Peitschen und legten es sich auf die Zunge. Sie warteten. Swan gab Tempus ein Zeichen. Der schaltete den Gameboyfeeder an und hob ihn hoch über den Kopf. Ein Lichtstrahl stieg in den Himmel, wo er sich im Flimmern der Bundeskanzlerprojektion verlor. Tempus spürte eine starke Vibration. Er mußte den Feeder mit beiden Händen festhalten. Langsam schritt er den Block der 99ers ab und ließ so gleichmäßig wie möglich den Strahl über sie wandern.

Die Wirkung war beeindruckend. Ein ganzes Netz aus Licht spann sich über die Prozession, sprang von Plättchen zu Plättchen und versetzte jedes einzelne in Schwingung. Dabei entstand ein eindringliches Summen, dessen klarer, heller Ton mit jedem Mitglied anschwoll. Die ersten Menschen um sie herum wurden aufmerksam, der Ton entwickelte eine fast hypnotische Kraft.

Dann war das Lichtnetz der 99ers komplett geknüpft,

und es kam Bewegung in den Block. Behende kletterten die Männer und Frauen aufeinander, hielten sich gegenseitig fest, hievten einander hoch, und bildeten so, immer weiter den Ton von sich gebend, ein menschliches Gerüst. Mit akrobatischem Geschick formierten sie sich zu einer riesigen Kugel, quer und längs bauchig mit Linien überzogen, die ihren Ausgang von dem Gameboyfeeder genommen hatten. Plötzlich konnte Tempus erkennen, was da als lebende Skulptur vor seinen Augen entstand: Die 99ers bildeten die Erdkugel, umspannt und gehalten vom Gitternetz der fluoreszierenden Längen- und Breitengrade.

Die Menge auf dem Platz hatte sich von Sheer Gold abgewandt und bestaunte jetzt die 99ers. Der mächtige, von der Kugel ausgehende Ton hatte inzwischen eine solche Intensität erreicht, daß er den gesamten Platz beherrschte.

Schließlich hob Swan den Arm und rief wieder so laut er konnte: »99ers . . . !«

Es folgte ein Moment vollkommener Stille. Sheer Golds Programm war unterbrochen, der Kanzler stumm, und auch das Summen der 99ers setzte für einen Moment aus.

». . . go!« flüsterte Swan heiser.

Die riesige, leuchtende Menschenwelt der 99ers begann langsam zu rotieren.

Der Platz stand atemlos.

24.12.1999 • 20.00 UHR • 100 PUNKTE

»Dies ist unsere Welt! Hört ihren Ruf nach Gerechtigkeit!«

Swan streckte beide Hände in die Höhe. Er warf den

Kopf in den Nacken, schüttelte das weiße Haar und wies mit gespreizten Fingern beschwörend auf die 99ers, deren Summen jetzt wieder lauter wurde. »Hört auf niemanden, der sagt, er werde euch retten, hört auf niemanden, der sagt, ihr wäret nicht frei! Hört auf niemanden, der den Preis in Geld benennt, und hört auf niemanden, der sagt, ihm gebühre die Macht! Aber hört auf diesen Ton – er ist der Ruf nach Gerechtigkeit!«

Die Menschenkugel der 99ers schien über dem Platz zu schweben. Das Publikum, erhitzt vom bisherigen Verlauf des Spektakels und zusätzlich befeuert von wilden Drogencocktails, die die ganze Zeit ausgeteilt worden waren, brach in Beifall aus.

»Platz da, machen Sie schon Platz, verdammt nochmal!«

Tempus wurde grob zur Seite gestoßen. Van Eydel drängte sich durch die Menge, schuf mit Gewalt eine Gasse für seinen Kameramann. Notger, sein Kollege, trottete den beiden kopfschüttelnd hinterher.

Van Eydel baute sich vor der Kugel der 99ers auf: »In diesem Augenblick haben die 99ers es tatsächlich geschafft, alle Aufmerksamkeit des Publikums auf sich zu ziehen. Wie ihnen das gelingen konnte, bleibt angesichts der großen Rede unseres Kanzlers und der überzeugenden Darbietung der Predigerin Sheer Gold ein Rätsel. Die 99ers werden ihren Auftritt sicherlich nutzen, ihre abstrusen Theorien unters Volk zu bringen. Wir schalten so lange zur Werbung. Selmar van Eydel live vom Platz-der-Erkenntnis-durch-Konsum für MON.«

»Das soll also journalistisch korrekte, objektive Berichterstattung sein?« Der Blauhaarige, der vor Tempus an der Polizeisperre verhaftet worden war, konnte wieder nicht an sich halten. Tempus hatte auch ihn mit dem

Schlüssel des Kommandeurs von seinen Handschellen befreit, sich dann jedoch von ihm getrennt, um schnell zu den 99ers zu gelangen. Jetzt stand er dicht vor dem Moderator und spuckte ihm die Worte vor Empörung förmlich ins Gesicht.

Notger fing schallend an zu lachen, als er hörte, was der Blaue sagte: »Guter Einwand«, schlug er ihm anerkennend auf die Schulter, »aber leider völlig hoffnungslos.«

Inzwischen hatte Sheer Gold herrisch alle Scheinwerfer wieder auf sich geordert. Sie griff nach dem Mikrofon in dem Versuch, das Interesse erneut auf sich zu ziehen. »Armageddon . . .!« röhrte sie und machte eine bedeutsame Pause, um das Gewicht des großen Wortes bis in die letzten Winkel zwischen den Kaufhäusern rollen zu lassen. ». . . ist das Ende!« dröhnte es aus den Lautsprechern. »Und das Ende ist schrecklich!«

»Immer mehr Menschen glauben an den Weltuntergang«, schrie Notger Tempus gegen den Lärm zu. »67 Prozent der Befragten einer repräsentativen Umfrage, die wir neulich gemacht haben, rechnen mit dem Ende der Welt zum Jahrtausendwechsel. 56 Prozent sehen keine Chance, daran etwas zu ändern. In meiner Vorstellung waren das immer irgendwelche Menschen irgendwo auf der Welt, die ich mit Sicherheit nicht kannte, mit denen ich nie zu tun haben würde. Jetzt sieh dich um: Sie sind alle hier versammelt.«

Ein wohliger Schauer hatte Sheer Golds Anhänger ergriffen. Sie drängten sich an den Tieflader heran. »Sag uns, wie es ist, Schwester!«

»MONEY steht am Anfang, und MONEY steht am Ende. MONEY ist die Kraft und die Barmherzigkeit, MONEY ist das Glück«, schäumte die Predigerin mit zum Himmel gereckten Armen.

Tempus mußte sich die Ohren zuhalten, denn der Schalldruck war nicht zu ertragen.

»Was wißt ihr von Armageddon?« donnerte Swan plötzlich im Gegenzug los. Er winkte Tempus zu sich heran, trat mit ihm neben die leuchtende Welt der 99ers und begann sie zu besteigen. Mit jedem seiner folgenden Worte erklomm er die Menschenkugel um einen weiteren Schritt, nahm hier eine ausgestreckte Hand, fand dort Halt auf einem hingebeugten Knie, griff nach einer bereitwillig gereckten Schulter. Stufe um Stufe umrundete er die Kugel, die wie ein geheimnisvolles Raumschiff über dem dunklen Platz schwebte und weiter den hypnotischen Ton erklingen ließ.

»Das Ende ist näher, als ihr glaubt. Keiner wird sich mit Geld freikaufen können, wenn die große Abrechnung erfolgt. Laßt mich von unserem Gott berichten, der nichts will als eure Umkehr, eure Hinwendung zur Gerechtigkeit. Unser Gott kennt alle Verbrechen. Die kleinen, über die man lachen könnte, wie die unfaßbaren, deren Grausamkeit unsere Vorstellungskraft übersteigt. Er weiß von gestohlenen Bonbons und Ehebruch, von Wahlkampflügen und Drogenproduktion, gefälschten Gemälden und frisierten Bilanzen, von geraubtem Schmuck und Zuhälterei, Fahrerflucht und durchgeschnittenen Kehlen, mißbrauchten Kindern und KZ-Alltag, Bomben und ...«

Schon fuhr Sheer Gold Swan in die Parade: »MONEY ist unser Herr, MONEY ist unser Richter!« fistelte sie.

Sie stand breitbeinig nach vorn gebeugt an der Rampe ihrer rollenden Bühne, die weißen Röcke schmutzverschmiert. »MONEY wird über uns kommen, Brüder und Schwestern, und einen jeden von uns erkennen am Geld, das er hat! Und wehe euch, ihr habt nicht genug, dann seid ihr nicht genug!«

Nahtlos übernahm jetzt der Bundeskanzler. In reformerischem Überschwang ließ er die makellosen Jacketkronen mit seiner Gelfrisur um die Wette gleißen. »Ich verspreche Ihnen Arbeit für alle, stabile Löhne, sinkende Steuern und Sozialabgaben und mehr Freizeit. Ist die Zeit erst reif, wird die Ernte überwältigend sein. Ehrenwort!« Er grinste von Horizont zu Horizont.

Da meldete Swan sich erneut zu Wort: »Ein Jahrhundert der Lüge, des Raubs und des Mordes, ein Jahrhundert der Niedertracht und Vernichtung, ein Jahrhundert der Grausamkeit und Menschenverachtung geht zu Ende. Aber es war auch ein Jahrhundert der Chancen, der potentiellen Umkehr und des Neubeginns – doch wie haben wir es genutzt?« rief er anklagend. Er hatte den höchsten Punkt der 99ers-Welt erreicht und hob die Arme in den dunklen Himmel.

Tempus mußte den Kopf weit in den Nacken werfen, um ihn noch zu sehen. Swans Haare und sein Umhang wehten im Wind, während er mit aller Kraft über den Platz rief: »Wenn die Menschheit in diesem Jahrhundert auf die Probe gestellt worden ist, so hat sie kläglich versagt. Was, wenn alle Chancen jetzt vertan wären? Wenn wir nun die Konsequenzen unseres Handelns zu tragen hätten – ohne Hoffnung auf Erbarmen? Wenn wir verdammt wären, die Geschichte bis in jedes bestialische Detail zu wiederholen, bis wir endlich ...«

»Natürlich werden Ihnen von allen Seiten Flausen in den Kopf gesetzt«, donnerte der Bundeskanzler vom Himmel herab, »die Zeit der Ernte werde niemals kommen, und der Fortschritt sei ein Hirngespinst ...« Er lächelte gewinnend, ganz ohne sich des Folgenden zu schämen. »... doch vertrauen Sie auf die Zukunft, meine Damen und Herren. Sie wird so strahlend sein, daß Sie ohne Sonnenbrille nicht mehr vor die Tür gehen können!«

Es folgte ein furchtbares Krachen und Jaulen. Das Bild des Kanzlers verzerrte sich bis zur Lächerlichkeit, dann brach es abrupt in sich zusammen. Weißes Rauschen fegte über die Wolken, der Kanzler war verschwunden.

Alle begafften wieder Sheer Gold, die ihren Auftritt zu einem hysterischen Finale steigerte. Sie riß sich die Kleider vom Leib und schüttelte die mächtigen Brüste ins Publikum. Doch sie kam nicht ungestört zum Zug.

»Die Mitgliedschaft im ›Bundeskanzler-Club‹ garantiert Ihnen die ständige Versorgung mit handsignierten Pin-Ups Ihres Regenten!« plapperte aufgedreht eine Frauenstimme vom Himmel. »Rufen Sie uns über die kostenlose ›Bundeskanzler-Hotline‹ an, werden Sie Mitglied! Jetzt sofort!«

Zeitgleich mit dem verlockenden Angebot huschten verschiedene Motive des nur mit einem Feigenblatt bekleideten Kanzlers in Bodybuilder-Pose über den Himmel. Daß sein Gesicht in schnellem Wechsel immer wieder asiatische Züge annahm, entging den meisten Zuschauern, denn Sheer Gold hieb jetzt mit wilder Gewalt auf den Fernseher, dessen rot blinkendes ›MONEY‹ über den Bildschirm wischte wie ein völlig außer Kontrolle geratenes Karussell.

Dazu geiferte sie: »Lasset uns singen, meine Schäflein im Geiste, und lobpreisen den Herrn!«

Unverzüglich strömten etliche weißgekleidete Sängerinnen und Sänger zu ihr auf die Bühne und schmetterten voller Inbrunst »MONEY Makes The World Go Round« über den Platz. Gelegentlich wurde der Gassenhauer noch übertönt durch ein jubilierendes »MONEY The Master, MONEY the Lord!«, während Sheer Gold sich kreischend blutig kratzte.

Schließlich brüllte sie mit versagender Stimme: »Und wenn ihr zum Teufel nochmal einem Ruf folgt, dann einzig dem des Geldes, denn alles andere kostet euch euren verdammten Arsch! Ist das klar!? Raubt, mordet und plündert, um euren Besitz zu vermehren! Nehmt alles, ohne Rücksicht, wenn ihr nicht zu denen gehören wollt, die in der Hölle der Bedeutungslosigkeit schmoren werden. Am Tag des Jüngsten Gerichts wird MONEY seinen Preis fordern, und das Glück ist nicht umsonst! Spendet noch heute unter der Nummer 666 bei allen Banken und Sparkassen, um eure Seelen zu retten! Und jetzt holt euch, was ihr dazu braucht!«

»Ich liebe ihre hysterischen Ausbrüche«, freute sich der Techniker im MON-Übertragungswagen, »aber das stand doch gar nicht auf dem Programm.«

Schon erschien Itor auf dem Bildschirm vor ihm. Er blaffte: »Ist Sheer denn völlig wahnsinnig geworden? Dreht ihr den Saft ab, bevor die Situation aus dem Ruder läuft.«

Doch es war bereits zu spät. Die aufgeputschte Masse stürmte die umliegenden Kaufhäuser, stahl und zerstörte, was ihr unter die Finger kam. Wer noch zögerte, es den anderen gleichzutun, wurde selbst zum Opfer, beraubt, geschlagen oder einfach niedergetrampelt.

Swan sank auf der langsam rotierenden Weltkugel der 99ers zusammen. Er war besiegt, bevor er zum Kern seiner Argumente hatte kommen können. 10, 9, 8, 7, 6, 5, 4, 3, 2, 1. Große weiße Zahlen jagten im Sekundentakt über die Smogglocke, als würde Swan ausgezählt wie ein angeschlagener Boxer. Ein Gong schepperte, doch statt des triumphierenden Schreis »The winner is ...«, den Tempus unbewußt erwartet hatte, ertönte japanische Popmusik. Die Zahlen waren ein Vorspann gewesen. Ein zorniger junger Asiate erschien am Himmel, ein weißes Tuch mit dem roten Punkt seiner Landesflagge um den Kopf geschlungen. Über und unter ihm liefen Schriftzeichen und Zahlencodes, hinter ihn wurden Bilder japanischer Aufklärungssatelliten projiziert.

»Sehr geehrte Deutsche!« sagte er mit dem leicht metallischen Akzent eines Übersetzungscomputers. »Ihr Land lädt erneut große Schande auf sich.«

24.12.1999 • 21.00 UHR • 0 PUNKTE

Stockend trugen die 99ers Mensch um Mensch ihre erloschene Weltkugel ab. Nieselregen verwandelte die Schneereste auf dem Platz in schmutziggrauen Matsch, während die japanische Musik ohne Unterlaß aus den Wolken dudelte. Der Asiate verstummte mitten im Satz und kippte durch einen Fehler der Regie aus dem Bild. So wurde der Blick auf Satellitenaufnahmen frei, die in faszinierender Klarheit Deutschlands Grenzen so nah zeigten, als seien sie aus einem Hubschrauber gefilmt worden.

Natodraht, Panzerwagen und waffenstarrende Militäreinheiten beherrschten die Bilder. Die Grenzstationen wurden von Kolonnen halbverhungerter, zum Teil verletzter Flüchtlinge belagert; selbst Busse voller Touristen durften die Grenzen nicht passieren.

Mit hartem Schnitt wurde zu den Flughäfen der fünf deutschen Großstadtzonen geschaltet, wo sich ein ähnliches Bild bot. Wackelige Handkameravideos zeigten Elendsgestalten neben ausländischen Urlaubern in überfüllten Ankunftshallen, umringt von Soldaten, die niemanden hinausließen. Flugzeuge wurden aufgetankt und mußten weiterfliegen, ohne daß die Gäste aussteigen durften.

»... uns gefragt, wie Ihre Politiker solche barbarischen Beschlüsse fassen können«, klappte der Japaner wieder ins Bild. »Das Ergebnis unserer Nachforschungen ist bestürzend. Ihre Regierung macht gemeinsame Sache mit den Bürgerkriegsgewinnlern Ihres Landes, die sich bewaffnet in Luxustrutzburgen verschanzt haben. Nach mühevollen Recherchen haben wir den Ort entdeckt, an den das Kabinett sich inzwischen abgesetzt hat. Das Wolkenkuckucksheim eines ausbeuterischen, wahrscheinlich geisteskranken Monarchen wurde zum Dorado für betrügerische Verschwender Ihrer in Milliardenhöhe veruntreuten Steuergelder!«

»Nein!« entfuhr es Tempus, als er das folgende Bild sah. »Das kann nicht sein!«

Auch die 99ers starrten fassungslos zum Himmel. Selbst Swan, der nach seinem Schwächeanfall von Helfern auf eine rasch herbeigeholte Trage gebettet worden war, hob den Kopf. Er ließ ihn gleich wieder sinken, erneut einer Ohnmacht nahe.

Am Himmel über dem Platz stand das Paradies der 99ers, ihre Vision von einer heilen Welt. Zweifellos zeigten die japanischen Satellitenbilder das Schloß der Zeitlosigkeit, das den 99ers Trost und Zuspruch spendete, wenn sie dem Terror der Blutwichschen Verbrechenslisten nicht mehr gewachsen waren.

». . . Neuschwanstein in Bayern, über den zerklüfteten Felsen der Pöllatschlucht, mit Blick auf die Tiroler Berge, den Alpsee und den Schwansee . . .«

Die Worte des Japaners waren nichts weiter als ein Murmeln, gedämpft von der überwältigenden Erkenntnis, die jedem 99er in diesem Augenblick aufging: Ihr Paradies existierte auf Erden.

»Tempus!«

Erst als er heftig an der Schulter gerüttelt wurde, hörte Tempus, daß jemand nach ihm rief. Nikki stand vor ihm.

Klatschnaß, schwer atmend, zitternd und zerzaust. Für einen Moment wunderte er sich nicht einmal, sie zu sehen.

»Itors Leute haben die Zentrale überfallen! Der Biker war nur die Vorhut. Ich konnte gerade noch entkommen!«

Schon lief sie weiter, um die Schreckensbotschaft von Itors Überfall unter den 99ers zu verbreiten. In höchster Eile bereiteten sie den Aufbruch vor.

Swan, zu geschwächt, um selbst zu gehen, sollte gerade abtransportiert werden, als man Sheer Gold auf einer goldenen Sänfte an ihm vorbeitrug. Sie war umgeben von Leibwächtern und dem weißgekleideten Chor, hielt ein Glas Champagner in der Hand und kaute Weintrauben. Unmittelbar neben Swan ließ sie ihren Troß einen Moment anhalten, wälzte sich schnaufend auf die Seite, sah Swan kalt und mitleidlos aus ihren zugequollenen Augen an. Dann spuckte sie einen Kern nach ihm und warf vernichtend hinterher: »Du denkst vielleicht, du hast die besseren Argumente – aber wir haben eindeutig die bessere Show!«

25.12.1999 • 7.00 UHR • -538 PUNKTE (ALARM)

Tempus träumte rotes Computerflimmern.

– SIE HABEN NOCH ZWEI LEBEN! –

Ein Knistern neben seinem Ohr weckte ihn. Benommen wollte er den Kopf heben und sich umsehen – vergeblich. Er versuchte sich aufzusetzen, doch sein ganzer Körper wurde wie von unsichtbarer Hand festgehalten. Etwas

Kaltes, Hartes umgab ihn – paßgenau auf den Millimeter. Er fühlte sich wie lebendig begraben und strampelte gegen die Hülle an, bis sie in großen Splittern von ihm abplatzte. Es war Eis. Rosa Eis.

Schwer atmend hielt er einen Augenblick inne. Er lag auf dem Boden des Gewächshauses. Der Raum wurde nur spärlich durch einen schmalen Lichtstrahl erhellt, der gemeinsam mit Stimmen und anderen Geräuschen durch eine halbgeöffnete Tür des Bürotraktes drang. Durch die zerschlagenen Fenster wehte ungehindert die nächtliche Kälte in das riesige Gebäude. Tempus' Kopf schmerzte. Frierend kniete er sich hin und klopfte seine Kleidung ab.

Ein erneutes Knistern zog seine Aufmerksamkeit auf die Blumenuhr, neben der er gelegen hatte. Auch sie war von einer Eisschicht überzogen. Mißtrauisch beobachtete er, wie das Eis feine Sprünge bekam. Etwas drückte von unten gegen den transparenten Panzer und brach ihn auf. Langsam schob sich ein kleines Blatt hervor, kämpfte sich durch die Kruste und drückte rosa Splitter und Staub beiseite. Nach und nach vergrößerte sich das Loch in der Eisdecke, bis sich schließlich eine zarte, gelbe Blüte entfaltete.

»Sieben Uhr – die Samtblume öffnet sich gerade.«

Tempus fuhr herum. Nikki tauchte hinter ihm aus der Deckung des Marmorbeckens auf. Sie sicherte nach allen Seiten. Ihr Arm war verbunden und hing in einer Schlinge. Eine blutige Schramme zog sich über ihr Gesicht.

Da fiel ihm alles wieder ein.

Die 99ers waren tot. Ihn selbst hatte man hinterrücks niedergeschlagen. Mitten im Kampf um die Zentrale war die Sprinkleranlage angesprungen. Unablässig war klares, weiches Wasser auf das Schlachtfeld gerieselt. Unmerklich hatte das beruhigende Plätschern den Lärm verdrängt. Schließlich war Stille eingekehrt und das Wasser über dem erloschenen Leben allmählich zu einem unerbittlichen Klammergriff gefroren. Rosa gefärbt vom Blut, das während des Gemetzels vergossen worden war. Seitdem schien die Zeit stillgestanden zu haben.

- DRÜCKEN SIE ›GO‹, UM FORTZUFAHREN -

»Nachhut abziehen! Zielobjekt in Sicherheit«, quäkte im Bürotrakt ein Funkgerät.

Nikki drückte sich sofort zu Boden.

»Ich drehe gerade die letzte Runde. Muß nur noch ins Gewächshaus, dann bin ich fertig.« Mit diesen Worten kam der Biker durch die Tür.

»Stell dich tot«, raunte Nikki Tempus zu und schloß die Augen. Angespannt versuchte er, schlaff und leblos wie eine Leiche zu wirken.

»1999 geht leider ohne die 99ers zu Ende«, hämte der Biker.

»So ein Pech. Dabei wollte ich mir den Süßen doch nochmal aus der Nähe besehen«, antwortete sein Gesprächspartner in affektiertem Singsang. Es war der Techniker aus dem MON-Übertragungswagen.

»Der müßte auch hier rumliegen«, überlegte der Biker.

»Sieh mal nach, was von ihm übriggeblieben ist«, rief der Fahrer des Übertragungswagens aus dem Hintergrund. »Vielleicht hat unser Lola-Schätzchen noch Verwendung für die Reste.«

»Höchstens als Puzzle«, gackerte der Biker.

»Ihr herzlosen Barbaren!« Das war wieder der Techniker. »Was denkt ihr eigentlich von mir?«

»Daß dir keine menschliche Regung fremd ist – besonders, wenn sie sich unter der Gürtellinie abspielt.« Der

Biker amüsierte sich köstlich. »Ich guck mal, was ich für dein körperliches Wohlergehen tun kann.«

Tempus' Herz pochte so laut, daß er kaum hören konnte, was der Biker tat. Er schien kreuz und quer durch den Raum zu schlendern. In kurzen Abständen hielt er an, zerstampfte die Eisschicht und trat einzelne Schollen beiseite. Hin und wieder wurde raschelnd ein Körper umgedreht und fiel kurz darauf wieder in seine Ausgangslage zurück. Der Biker inspizierte die vielen Leichen auf der Suche nach Tempus.

Was würde geschehen, wenn er Tempus fand? Er mußte sofort bemerken, daß der sich erst kurz zuvor vom Eis befreit hatte. Dasselbe galt für Nikki. Ihre einzige Hoffnung war die Dunkelheit.

Tempus hörte den Biker näherkommen. Mit jedem Schritt durchbrach er knirschend die Eisdecke. Tempus konnte seine Nähe inzwischen körperlich spüren. Schließlich blieb der Biker unmittelbar vor seinem Gesicht stehen. Ein Schauder überlief Tempus.

»Sieh an, sieh an«, sagte der Biker in gespieltem Erstaunen, »was haben wir denn da?«

In Erwartung eines kräftigen Griffs um seinen Oberarm krampfte Tempus sich zusammen.

»Ein Blümelein«, säuselte es direkt über ihm.

»*Das* ... Blümelein?« fragte der Techniker neugierig über Funk.

»Nein, tatsächlich irgendein albernes, gelbes Gemüse.«

Tempus brauchte einen Moment, um zu begreifen, daß der Biker die Samtblume auf der Blumenuhr entdeckt hatte. Wuchtig hieb der Biker seinen Absatz in den Boden. Das Eis spritzte Tempus ins Gesicht. Er zuckte zurück und riß die Augen auf. Der Biker hatte die Blume brutal zertreten.

»Ach, ach, ach ...«, zunächst hatte sein Ton sich gar nicht verändert, doch dann zischte der Biker durch die Zähne, »... es gibt tatsächlich noch mehr zu ernten!«

Ein Griff, ein Ruck, ein Klingen von Metall: Der Biker hatte Tempus hochgerissen und ihm blitzschnell sein Messer an die Kehle gesetzt. »Rühr dich, und du gehst sofort drauf«, drohte er.

Schon die kleinste Bewegung hätte gereicht, und es wäre auch ohne weitere Mühe des Bikers um Tempus geschehen gewesen, so dicht lag die Klinge an seinem Hals.

»Lola-Schätzchen, wirf den Herd an«, säuselte der Biker in sein Funkgerät. »Papi bringt reiche Beute nach Hause.«

»Süßer, du machst mich glücklich«, schwärmte der Techniker. »Ist sie auch noch frisch genug?«

»Oh, sie zappelt sogar noch – ganz wie du es gerne hast«, gab der Biker an.

Aus dem Augenwinkel sah Tempus, wie sich hinter dem Biker etwas bewegte. Nikki erhob sich vorsichtig auf Knie und Ellenbogen. Das Eis knackte, der Biker war eine Sekunde abgelenkt. Tempus nutzte die Chance. Mit seinem ganzen Gewicht stieß er den Biker über Nikki hinweg. Der verlor das Gleichgewicht, stürzte rücklings zu Boden und ließ das Messer fahren, das klirrend vom Rand des Wasserbeckens abprallte. Hart schlug sein Hinterkopf auf den weißen Marmor, er sackte zusammen.

»Biker, Biker! Was ist los?« schepperte es aus dem Funkgerät.

Einen Moment standen Tempus und Nikki regungslos. »Wir müssen hier weg!« stieß Tempus schließlich hervor.

»Biker! Brauchst du Hilfe?« rief der Techniker wieder.

Da sprang Nikki auf und griff sich das Messer. Wachsam näherte sie sich dem Biker.

»Warte.« Tempus hielt sie zurück, ging einen Schritt vor und trat dem Biker vorsichtig gegen die ausgestreckten Füße. Nichts geschah. Tempus trat ihn wieder. Keine Reaktion. Als er sich vorbeugte, rutschte der Oberkörper des Bikers plötzlich zur Seite. Zu Tode erschreckt sprang Tempus einen Schritt zurück. Doch der Biker rührte sich nicht mehr.

»Komm!« Tempus zog Nikki aus dem Gewächshaus in den Bürotrakt.

Sie hörten noch den Techniker: »Wir schicken dir Verstärkung, hast du gehört? Biker, melde dich, verdammt nochmal!«

Dann schlug die Tür hinter ihnen zu.

25.12.1999 • 7.28 UHR • -1049 PUNKTE (ALARM)

Blutwichs Raum war verwüstet. Umgestürzte Schreibtische und Stühle, zertrümmerte Computer-Monitore, zerbrochene Lampen, leergefegte Regale und verstreute Akten zeigten den Weg, den Itors Leute auf ihrer Suche nach dem Computer genommen hatten.

Wie stoffgewordener Hohn hing ein großes Transparent im Raum, das sie zurückgelassen hatten: ›Ihr sollt euch keine Bilder machen neben den meinigen!‹ stand darauf.

Schließlich fanden Tempus und Nikki Swan. Blutüberströmt. Bewußtlos.

Nikki sank neben ihm auf die Knie. Weinend redete sie auf ihn ein, tätschelte seine Hände, strich ihm die verklebten, weißen Haare aus dem fahlen Gesicht.

Da schlug Swan die Augen auf. »Was ist mit Blutwich?« fragte er mit schwacher Stimme.

»Sie haben ihn gestohlen.«

»Ihr müßt ihn unbedingt wiederfinden!« Vergeblich versuchte Swan seinen Oberkörper aufzurichten.

Tempus drückte ihn sanft wieder zu Boden, zog seine Jacke aus und legte sie ihm unter den Kopf.

Nikki wischte sich die Tränen aus dem Gesicht und versuchte Swan zu beruhigen: »Es ist alles in Ordnung. Die Blumenuhr zeigt die Zeit wieder an. Blutwich ist demnach irgendwo am Netz und arbeitet fehlerfrei.«

»Soweit seine Beschaffenheit das zuläßt«, hauchte Swan.

»Wie meinst du das?«

Schweißperlen sammelten sich auf Swans Stirn. Er hatte starke Schmerzen. Nikki nahm seine Hand, mühsam sprach er weiter:

»Du weißt, daß ich heute auf dem Platz etwas enthüllen wollte, das den Lauf der Welt verändert. Blutwich trägt die gesamte Last eines Jahrhunderts menschlicher Schwäche. Ein Gewicht, dem *wir* nicht gewachsen sind.« Er mußte erneut eine Pause machen. Nur sein angestrengter Atem war zu hören.

Allmählich wurde Tempus das ganze Ausmaß der Tragödie bewußt. Das Kampfgetümmel und der Tod der vielen Menschen waren ihm so unwirklich erschienen wie ein Film im Fernsehen. Erst jetzt, wo er zusehen mußte, wie Swan vor ihren Augen starb, begriff er die Katastrophe. Tempus hob den Kopf. Ihm schien, als habe das Eis im Gewächshaus geknackt, doch gleichzeitig stellte Swan eine Frage, so daß er nicht weiter auf das Geräusch achtete:

»Weißt du, was der Jahrtausendfehler ist?«

»Ja«, antwortete Tempus. »Der Programmierer, der bei uns war, hat gesagt, wenn sie es nicht schaffen, die Computer in den nächsten sechs Tagen umzurüsten, bricht die Hölle los.«

Erschöpft schloß Swan die Augen. Nikki rückte noch dichter an ihn heran und umschloß seine blutleeren Finger mit beiden Händen. Angsterfüllt beobachtete sie jeden seiner Atemzüge. Plötzlich lachte Swan mit geschlossenen Augen leise auf: »Sie glauben, es sei bereits die Hölle, wenn ein paar Banken und Versicherungen in Schwierigkeiten geraten. Wie naiv sie doch sind. Sie ahnen ja nicht, was in Wirklichkeit auf sie zukommt.«

Er wurde von einem Hustenanfall unterbrochen. Vorsichtig wischte Nikki ihm das Blut aus den Mundwinkeln.

»Als ich unsere Religion begründete, habe ich uns den Namen 99ers gegeben, weil sich im Jahr 1999 unsere Bestimmung erfüllen sollte. Ich hatte gehofft, bis zu diesem Zeitpunkt das in Blutwich gespeicherte Wissen zum Wohl der Menschheit einsetzen zu können. Es ist mir nicht gelungen. So wird es vom Ende dieses Jahres an für niemanden mehr eine frei zu gestaltende Zukunft geben. Die uns bekannte Welt wird untergehen. Danach herrscht nur noch grausame Gewißheit.«

Tempus' Nackenhaare sträubten sich. Swans Worte waren nicht der einzige Grund. Er hatte das sichere Gefühl, daß außer ihnen noch jemand im Gebäude war. Beiläufig stand er auf und verriegelte die Stahltür, die Blutwichs Raum vom Rest des Bürotrakts abtrennte.

»Auch Blutwich hat den Jahrtausendfehler«, fuhr Swan fort. »Am 31.12. um 0.00 Uhr springt Blutwich nicht auf das Jahr 2000 um, sondern beginnt erneut das Jahr 1900. Und bei ihm ist das wörtlich zu nehmen, denn er ist der Herrscher über die Zeit.«

Tempus spürte ein taubes Kribbeln im Gesicht und in den Händen.

»Die Zeit wird um hundert Jahre zurückspringen. Das Daten- und Berechnungschaos herkömmlicher Computer ist allenfalls ein kleines Fegefeuer gegen das, was uns dann tatsächlich erwartet: Wir alle werden gezwungen sein, das gesamte 20. Jahrhundert mit all seinen Verbrechen und seinem unermeßlichen Leid zu wiederholen. Den Wahnsinn der beiden Weltkriege und des Dritten Reiches. Alles, was ihr in Blutwichs Speichern entdeckt habt, das Elend, die Not, die Schinderei, die Qualen und das Unglück, all das, was ihr bereits in Form von simplen Daten nicht ertragen konntet, wird erneut gelebtes und erlittenes Leben sein ...«, er ließ ermattet den Kopf nach hinten sinken.

Tempus war unfähig zu reden. Swan hatte die grausame Bilderflut aus dem Computer erneut heraufbeschworen. Doch diesmal erschien kein wunderschönes Schloß, um ihn zu erlösen.

»Lange habe ich gedacht, daß es den Menschen recht geschieht«, hörte er Swans Stimme. »Diese Hölle erneut ertragen zu müssen, war in meinen Augen die einzig wirkungsvolle Strafe für ihre beharrliche Weigerung, aus der Geschichte zu lernen. Doch inzwischen habe ich meine Meinung geändert. Die Menschheit darf nicht in die Vergangenheit zurückkehren und ihre Geschichte wiederholen – sie muß in die Zukunft schreiten.«

Swans Stimme wurde immer schwächer. Nikki tupfte seine Stirn ab.

»Blutwich verlangt keine Unterordnung, sondern Selbstverantwortung. Es gibt eine Chance, sich dieser Verantwortung zu stellen. Ihr beide seid die einzigen, die in der Lage sind, die dafür nötigen Schritte zu unternehmen. Ihr könnt der Menschheit den Sprung in ein neues Jahrtausend und damit in ein neues Zeitalter ermöglichen.«

In dem Augenblick schlug etwas von außen leise gegen die Metalltür.

»Nikki ...« Tempus sah sie an und wies mit dem Kopf zur Tür.

Sie nickte nur und legte einen Finger auf die Lippen. Swan wurde wieder von einem Hustenanfall geschüttelt.

»Da draußen ist jemand. Wir müssen ihn wegbringen!« wisperte Tempus eindringlich.

Swan winkte sie zu sich. Sie beugten sich zu ihm herab.

»Nur einen Moment noch, dann müßt ihr fort. Ohne mich. Den letzten Weg gehe ich allein.«

»Bitte sag so etwas nicht!« flüsterte Nikki.

Unvermittelt donnerte jemand von außen gegen die Stahltür. Das mußte die Verstärkung für den toten Biker sein, die der Techniker angekündigt hatte. Noch hielt der Riegel den Schlägen stand.

Tempus überlegte ohne Hoffnung: »Wir könnten ihn auf eine Schreibtischplatte legen und hinten durch das Gewächshaus ...«

Mit letzter Kraft hob Swan die Hand. Kaum spürbar holte er Luft und bewegte mühsam die Lippen. Schnell knieten sie sich rechts und links neben ihn, ihre Wangen an seinen, und versuchten seine Worte zu verstehen.

Wieder krachte ein Schlag gegen die Tür. Der Riegel verbog sich, doch er hielt.

»Ihr seid die letzten 99ers. Sucht Blutwich und programmiert ihn um. Ich weiß, daß es möglich ist. Den Schlüssel zu seiner Programmierebene findet ihr ...« Er stockte. »... im Paradies.«

Beim nächsten Schlag knirschte die Tür bereits in den Angeln. Putz bröckelte von der Wand, die ersten Schrauben fielen zu Boden.

»Kämpft, wie Siegfried gegen den Drachen gekämpft hat.«

»Was willst du damit ...?« Tempus konnte die Frage

nicht vollenden, denn ein neuer Schlag riß die obere Angel der Tür aus der Wand. Triumphgeheul erklang auf der anderen Seite.

»99ers ...«, hauchte Swan. Sein Kopf sank zur Seite, und er schloß die Augen. »... go!«

Wie ein eingesperrtes Raubtier wiegte Nikki ihren Oberkörper in ausweglosem Schmerz.

Swan war tot.

25.12.1999 • 8.01 UHR • -2000 PUNKTE (ALARM)

Schwarz. Alles war schwarz und ungewiß.

Sie hasteten durch den finsteren Gang, durch den Tempus zum ersten Mal das Gewächshaus der 99ers betreten hatte. Ein ganzes Leben schien seitdem vergangen zu sein. Blind tastete er sich vorwärts, Nikki im Arm, die sich kaum aufrecht halten konnte.

Beim nächsten Schlag hatte die Tür so weit nachgegeben, daß sie Itors Leute bereits durch den klaffenden Spalt sehen konnten. Nikki hatte sich beharrlich an Swan geklammert. Sie wollte ihn nicht allein lassen.

»Nikki, er ist tot. Er hat gesagt, wir sollen gehen!«

Sie schüttelte nur den Kopf, während die Schläge gegen die Tür immer schneller kamen.

Finger um Finger löste Tempus ihre Umklammerung mit sanfter Gewalt. Weinend ließ sie es schließlich geschehen. Als er Swan auf die Arme nahm, sah sie auf:

»Was hast du vor?«

»Wir können ihn nicht mitnehmen, aber wir können dafür sorgen, daß sie ihn nicht entdecken. Los, hilf mir!«

»Wo willst du hin?«

Die Metalltür dröhnte unter den Schlägen. Tempus

stolperte auf die Tür des Gewächshauses zu. Nikki öffnete sie und folgte seinem Blick.

Das Wasserbecken war der einzige Ort in der rosa Eiswüste, an dem sie Swan nicht sofort finden würden.

»Schließ die Tür hinter uns und schlag ein Loch in das Eis!«

Nikki lief los, während Tempus schlingernd mit Swan auf den Armen um die gefrorenen Leichen herumbalancierte. Schließlich mußte er nur noch über die Beine des toten Bikers steigen.

Nikki drosch mit seinem Messer auf das Eis ein. Ihre Tränen mischten sich mit dem Wasser der Sprinkleranlage, die wieder angesprungen war.

Vor ein paar Stunden noch hatte sie auf dem Marmorrand des Wasserbeckens gesessen, mit der Hand zwischen den Seerosen im Wasser gespielt, und Tempus hatte vor Glück gestrahlt.

Das Loch war groß genug. Langsam ließ Tempus Swan in das Wasserbecken gleiten. Der Tote verschwand unter dem Eis, nur noch ein dunkler Schatten. Als das Wasser über seinem Gesicht zusammenschlug, schossen auch Tempus Tränen in die Augen.

Inzwischen drang lautes Johlen aus dem anderen Raum. Danach krachte es noch einmal, und sie wußten: die Metalltür war zu Boden gestürzt. Kurz darauf bebte die Tür zum Gewächshaus. Sie war nur aus Holz. Es ging jetzt um Sekunden.

Tempus griff in das eiskalte Wasser und zog ein paar Seerosen heraus. Schnell verdeckte er mit den matten Blüten das Loch im Eis. Neben ihm knisterte etwas, doch er achtete nicht darauf. Nikki warf einen letzten Blick auf das Wasserbecken.

»Los, durch den Gang!« rief Tempus, nahm sie bei den Schultern und drehte sie um.

Die Tür zu Blutwichs Raum splitterte. Nikki rannte los, da schloß sich plötzlich ein eiserner Griff um Tempus' Fußgelenk. Er stürzte hart zu Boden.

Der Biker starrte ihn mit blutunterlaufenen Augen an. Er lehnte verdreht an dem Wasserbecken und hielt ihn mit aller Kraft fest. Kopflos versuchte Tempus, sich loszustrampeln, doch er fand keinen Halt auf dem gefrorenen Boden.

Direkt vor seinen Augen leuchtete etwas orangerot. Etwas Kleines, Zartes. Eine Blüte brach aus dem Eis hervor.

Um sieben Uhr öffnet sich die Samtblume, um acht Uhr folgt das Habichtskraut, schossen ihm Nikkis Worte durch den Kopf.

Mit aller Kraft trat Tempus auf die Hand des Bikers. Dessen Augen versprühten blanken Haß. Als aber Tempus' Fuß zum dritten Mal auf die Finger niedersauste, ließ der Biker seine Fessel fahren.

Tempus hatte sich hochgearbeitet und gehört, wie hinter ihm die Holztür endgültig nachgab. In Windeseile war er in dem schwarzen Gang verschwunden.

Dort hatte Nikki schon auf ihn gewartet. Sie konnte sich kaum auf den Beinen halten. Der Gang schien kein Ende zu nehmen. Tempus sah nicht, wohin sie gingen. Er setzte einfach einen Fuß vor den anderen. Sie mußten Blutwich finden und ihn umprogrammieren. Es hing mehr als ihr Leben davon ab.

Level Zwei: Richtig im Falschen

26.12.1999 • 23.05 UHR • -2000 PUNKTE (ALARM)

Ein Handy klingelte. Tempus schreckte auf. Er blinzelte verschlafen in die Dunkelheit. Mühsam versuchte er sich zu erinnern, wo er war. Über ihm flackerte ein Licht und erhellte für Momente die Umgebung. Etwas schimmerte golden. Dunkelheit.

Das Buch der Geschichte soll nicht nur einen goldenen Einband haben, hörte Tempus im Geiste jemanden sagen.

Das Handy klingelte erneut.

Nikki bewegte sich in Tempus' Armen, murmelte kurz vor sich hin, schlief aber weiter.

Alles wird gut, denn wir sind spitze, dachte er immer noch benommen. Etwas Hartes drückte in seinem Rükken. Er stieß sich den Kopf an einer Metallstrebe. Wasser tropfte ihm ins Gesicht. Ihm war kalt.

Wieder klingelte das Handy, und jetzt bemerkte Tempus, daß es ganz in seiner Nähe war. Sehr nah. Unter seiner Jacke. Schlagartig war er wach.

Vorsichtig angelte er nach dem Gerät, bevor das nächste Klingeln Nikki stören konnte. Ein Schnuller kullerte auf den Boden.

»Wer ist da?« flüsterte er in den Hörer.

»Hallo, wie geht's«, rief ihm eine Frau entgegen. »Alles klar bei dir?« Ein Knacken unterbrach kurz die Verbindung. »Mir geht's super. Selten war ich . . .«, Tempus lauschte angestrengt, doch ein langgezogenes Rauschen überdeckte die Worte der aufgedreht wirkenden Frau.

Das Buch der Geschichte soll nicht nur einen goldenen Einband haben, es muß von innen leuchten, lautete der Satz vollständig, an den er sich soeben erinnert hatte.

Wieder flackerte das Licht auf. Jetzt konnte er einen kleinen, schwarzen Ball mit rechtwinkligen Linien darauf erkennen, wie ein Ausschnitt aus einem Labyrinth. Darauf die Zahlen Eins bis Fünf und ein großes R.

»Na ja, jedenfalls wollte ich dir das nur mal kurz erzählen, mach's gut, ich denke an dich. Bis dann«, schloß die Frau, als rede sie mit einem guten Freund.

Tempus hatte keine Vorstellung, wer sie war. Alles wird gut, denn wir sind spitze, grinste er. Der Gestank von kalter Asche drang ihm in die Nase. Angeekelt wandte er den Kopf ab. Für einen Moment starrte er direkt in das flackernde Licht. Ein Gewirr von Sprüngen in einer Glasscheibe warf ein Schattenmuster wie ein Spinnennetz über sein Gesicht. Langsam kehrte die Erinnerung zurück.

Die Ereignisse der letzten beiden Tage hatten ihn mitgerissen, wie der Sturm eine leere Plastiktüte über die Straße treibt. Er fühlte sich, als wäre er durch die Luft gewirbelt worden, gegen Häuser geprallt und über Asphalt geschrammt.

Jetzt sah er, daß eine riesige Neonröhre das weiße Gleißen verursachte, und bemerkte erneut den goldenen Schimmer, der über allem lag.

Das Wrack der Geschichte . . ., wiederholte er stumm den merkwürdigen Satz. Nein, falsch, . . . das Buch.

Zwei Meter von ihm entfernt hing der Kopf einer umgestürzten Straßenlaterne senkrecht in der Luft und berührte fast den Boden. Er lehnte direkt neben einem aufgezogenen Aschenbecher, der von halbgerauchten Kippen überquoll. Es war ein Autoaschenbecher, der schwarze Ball mit dem Labyrinth der Kopf eines Schaltknüppels. Der Schmerz in seinem Rücken rührte vom Griff der Handbremse, den Kopf hatte er sich am Autodach gestoßen, das von der Laterne bis kurz über die verbliebenen Sitze eingedrückt worden war.

Sie waren durch die ganze Stadt geirrt, immer auf der Flucht vor Itors Soldaten. Jetzt lagen sie in dem ausgeschlachteten, goldbesprühten Autowrack, an dem er vorgestern auf seinem Weg zum Platz-der-Erkenntnis-durch-Konsum bereits vorbeigekommen war. Das Wrack, inzwischen fast ganz von Schnee bedeckt, hatte sich in einen großen, weißen Wattebausch verwandelt. Für Passanten war es kaum einzusehen. Ein akzeptables Versteck, wenn man auf der Flucht war, erschöpft, und nicht wußte, wohin.

Im Wattebausch der Geschichte . . . alles war gold, denn . . ., Tempus schüttelte den Kopf, alles wird gut, denn wir sind Spitze. Er wußte nicht mehr, wie oft er dieses hilflose Glaubensbekenntnis in den letzten Stunden wiederholt hatte, doch es verhalf ihm zu einer gewissen Zuversicht. In seiner Erinnerung sah er die blauen Augen des Kanzlers am Himmel über sich. Er spürte wieder die gänzlich unbegründete, aber felsenfeste Gewißheit, daß sie es schaffen würden. Kälte und Feuchtigkeit krochen an ihm hoch. Was schaffen?

Nikki bewegte sich in seinen Armen. In einiger Entfernung patrouillierte ein Trupp Soldaten. Tempus lauschte auf die gleichmäßigen Schritte. Sie kamen näher.

Er wünschte sich, die Laterne möge aufhören, zu flakkern und so die Aufmerksamkeit auf sie zu lenken. Doch in regelmäßigen Abständen warf sie ihr Licht auf das Versteck.

Wir könnten einfach schmelzen und im Rinnstein verschwinden, phantasierte Tempus. Schluß mit dem Wrack der Geschichte. Die Soldaten würden allenfalls einen goldenen Schimmer im Schmutz der Straße bemerken und sich nicht einmal bücken. Ist nur abgeblätterter Lack, würden sie denken und recht damit haben. Die benutzte Sprühdose lag noch daneben.

Die Soldaten hatten das Wrack fast erreicht, als wieder das Handy klingelte. Tempus erschien es wie das Schrillen einer Feuerglocke. Nikki wurde wach.

Hastig nahm Tempus das Gespräch an, um das nächste Klingeln zu verhindern. »Ja«, flüsterte er gehetzt in den Hörer und bedeutete Nikki, sich nicht zu rühren.

»Hallo, schön, daß ich dich mal erwische. Wie geht's denn so, was machst du gerade?« trötete ein junger Mann in Tempus Ohr. Ein leichtes Knattern im Hintergrund störte die Verbindung. Tempus war angenehm berührt von dem Geräusch, obwohl ihm die Panik, entdeckt zu werden, den Hals zuschnürte.

Nikki setzte an, etwas zu sagen, doch Tempus legte den Finger an die Lippen. Die Soldaten waren jetzt auf ihrer Höhe. Sie hielten direkt neben dem Wrack.

»Hey, antworte doch, wenn ich . . .«, der Rest des Protestes seines Anrufers wurde von einem Funkaussetzer verschluckt. Tempus grinste. Alles wird gut, dachte er vergnügt, wurde jedoch von einem lauten Schlag auf das Autodach in die Wirklichkeit zurückgerissen.

»Guckt euch das an: einfach plattgemacht, die Kiste.«

»Dabei war das mal ein teures Auto.«

»Ja, erstklassige Qualität mit zukunftsweisendem Design.«

»Ach Quatsch. Du klingst wie ein Werbeprospekt. Die

Dinger haben gerostet wie der Teufel. Das kleinste bißchen Regen, und du konntest zugucken, wie sie dir unter dem Hintern wegbröseln. Kein Charakter, kein Durchhaltevermögen.«

»Und du klingst, als müßtest du einen Gefreiten beurteilen.«

»Es ist von Menschen für Menschen gemacht. Also muß es etwas vom Menschen widerspiegeln.«

»Und jetzt ist es nur noch Geschichte.«

»Also nichts.«

»Ein Wrack ...«

»... das Ende eines hochfliegenden Traums.«

»Wie der Mensch.«

»Aber goldglänzend.«

Sie lachten, ein neuer Schlag krachte auf das Wrack, und eine kleine Schneelawine huschte über die Sprünge in der Windschutzscheibe. Neben seinem Ohr beschwerte sich der Anrufer lautstark über Tempus' Schweigen. Nikki starrte das Handy an. Sie konnte jedes Wort verstehen und fürchtete, auch die Soldaten müßten etwas bemerken. Doch sie zogen weiter. Unverhofft setzte der Gleichschritt wieder ein und entfernte sich langsam.

»... melden, hast du gehört? Ich werde dich melden«, zeterte es aus dem Handy, gefolgt von einer Reihe Schaltgeräusche, wie sie in Vermittlungsstellen entstehen.

Tempus lächelte, während er mit einem Ohr den Soldaten nachlauschte. Die Schaltgeräusche gefielen ihm.

Nikki riß ihm den Hörer aus der Hand und flüsterte wütend: »Ich habe dir doch gesagt, du sollst das Handy nicht mehr benutzen.«

»Hätte ich es klingeln lassen sollen, während die Patrouille direkt neben uns stand?«

»Das Ding hat einen Ausschalter, ist das so schwer zu begreifen?«

Sie lagen ineinander verkeilt auf dem Boden des goldenen Autowracks, begraben unter einer dicken Schicht Schnee, verfolgt, zerschunden, frierend, hungrig, durstig – und stritten sich über Telefoniergewohnheiten. Tempus schwieg. Seine Augen suchten den Schnuller.

Nikki weinte. »Es tut mir leid, ich wollte dich nicht anschreien. Ich muß immer an Swan denken.«

Tempus war sofort versöhnt.

Sie hatten einige Stunden in dem Wrack zugebracht. Erschöpft waren sie sofort eingeschlafen, obwohl ihre Lage dies eigentlich nicht zuließ. Erst jetzt wurde ihm bewußt, wie nah er Nikki war. Ihr Haar strich über seine Wange, als sie den Kopf hob, um ihn anzuschauen.

Sie sah sehr zart und zerbrechlich aus. Ihre Haut wirkte durchscheinend, ihre Augen schwammen in zurückgehaltenen Tränen. Als sie den Blick senkte, benetzten die Tränen ihre Wimpern. Ein glitzernder Tropfenkranz folgte der leichten Mandelform ihrer Augen. Langsam lösten sich einzelne Tropfen aus den Wimpern und rannen über ihr Gesicht.

Vorsichtig küßte Tempus die Tränen fort. Seine Lippen wanderten behutsam über ihre Wangen. Fast unmerklich verwandelte der Trost sich in Begehren. Nikki spürte die Veränderung, nahm sie auf und folgte ihr. Ihre Lippen erwiderten den leichten Druck. Tempus bekam einen süßen Schreck. Ihre Bewegungen wurden zügelloser, sie preßten sich aneinander – da verlor Tempus den Halt. Er rutschte von dem zerschlissenen Polster, auf das er sich gestützt hatte, und fiel in den Staub.

Schweratmend blieben sie liegen, Nikki auf ihm. Sie mußten beide lachen. Ein vorbeieilender Passant hätte meinen können, der golddurchwirkte Wattebausch zittere im Wind.

Seine Arbeitszeit war längst vorbei, doch der Junge kämpfte noch immer mit dem Brechreiz. Zusammen mit über 1000 anderen Kindern und Jugendlichen im Alter zwischen sechs und 16 Jahren hatte er einen ganzen Tag damit zugebracht, in einer großen Halle an langen Bänken Speiseeis in sich hineinzustopfen. Sie sollten herausfinden, welches schmeckte und welches nicht.

37 große Portionen hatte er probiert und einen langen Fragenkatalog zu jeder Sorte beantworten müssen. Nach dem fünften Eis bekam er Bauchschmerzen von der Kälte, nach dem neunten wurde ihm übel von den vielen künstlichen Geschmackszusätzen.

Er wedelte mit erhobener Hand und machte einen der Aufseher auf sich aufmerksam: »Darf ich bitte mal zur Toilette?«

»Eigentlich ist das nur alle drei Stunden erlaubt.«

»Aber ich kann sonst nicht weitermachen.«

»Mußt du dich übergeben?«

»Ja.«

»Unter diesen Umständen – aber mach es gründlich. Nicht daß du gleich schon wieder los willst. Du bist hier nicht zu deinem Vergnügen.« Der Aufseher ließ ihn gehen. Mit einem Stirnrunzeln sah er ihm nach und wies mit einem Kopfnicken einen Kollegen an, dem Eistester unauffällig zu folgen.

Der trollte sich durch das Geschrei dem Ausgang zu, wobei er versuchte, nicht nach rechts und links zu schauen. Überall süßes, klebriges, schmelzendes Eis. Konventionelle Kugeln in blassen Farben, schreiendbunte Tiere, Flugzeuge und Phantasiefiguren an Holz- und Plastikstäbchen, blasenschlagende, fluoreszierende Flüssigkeiten in durchsichtigen Schläuchen, Vorratspakkungen in Pappkartons mit Südseemotiven, Aluminiumschüsseln, randvoll mit geschlagener Creme, Eistorten mit kunstvollen Aufbauten aus Schokolade, Karamel und künstlichem Obst – und jede Menge verschmierter Münder rülpsender Kinder.

In einem Endspurt erreichte der Junge die Toilette. Er schaffte es gerade noch, sich über die Schüssel zu beugen. Dann gab er all das Eis wieder von sich, das er heute bereits im Auftrag des Staates zu sich genommen hatte.

»Na Thil, Eistester ist ein harter Job, was?« Die Toilettenstreife grinste in die offene Box hinein. »Mach nicht zu lange, du mußt wieder zurück.«

»Ja, schon gut.« Thil würdigte ihn keines Blickes. Er spuckte ein letztes Mal in die stinkende Brühe, ließ die Spülung rauschen, richtete sich auf und sah sich nach allen Seiten um. Der Toilettentrakt war leer. Die Streife war wieder gegangen.

Schnell wusch er sich Hände und Mund und patrouillierte einmal an der ganzen Reihe der hundert Boxen entlang. Normalerweise haßte er es, daß sie keine Türen hatten, die man hinter sich schließen konnte, doch jetzt war es ein Vorteil. In einigen Stunden würde ein ständiges Kommen und Gehen herrschen. Mindestens die Hälfte aller Boxen wäre immer besetzt, und neun oder zehn Aufseher würden jeden zur Eile ermahnen. Um diese Zeit hingegen hatte er eine reelle Chance.

Er lief zum Ende des Raumes, kletterte auf eines der Waschbecken und langte nach oben, zum Griff des darüber liegenden Fensters. Gierig sog er die frische Luft ein, die der feuchte Winterwind hereintrieb. Es gab einen Weg durch das Innere der Fabrik, doch den zu nehmen, war heute keine Zeit. Er mußte sich für die Abkürzung entscheiden, obwohl es im Falle einer Entdeckung schwierig sein würde, das verirrte Kind zu spielen, das sich im Gewirr der Gänge verlaufen hatte. Er war inzwischen dreizehn. Da glaubte niemand mehr an seine Unschuld.

Zudem hatte er sich in den letzten Monaten zweimal dieser Ausrede bedienen müssen. Obwohl große Hinweisschilder den Weg in die Testhalle wiesen und er nach einem halben Leben als Eistester seinen Arbeitsplatz kennen sollte, hatte es bis jetzt kein Nachspiel gegeben.

Mit einem Schwung stemmte er sich auf den Sims und setzte sich rittlings darauf. Dann ließ er sich an der Außenwand hinab. Der Schneematsch spritzte, als er auf dem Boden aufkam. Geduckt huschte er durch den Nieselregen über den schmalen Hof und verschwand durch eine kleine Metalltür mit der Aufschrift ›Betreten verboten‹ im gegenüberliegenden Gebäude.

Hier war es dunkel und noch kälter als draußen. Er kannte den Weg auswendig. Er hätte ihn mit geschlossenen Augen gehen können. Länge, Dicke und Verlauf der Rohre, die an den Wänden entlangliefen, dienten ihm als Orientierung. Dazu kam das Summen der riesigen Kühlaggregate, an denen er vorbei mußte. Zehn Meter dahinter lag die luftdicht verriegelte Tür zum vollständig schwarzen Tiefkühlraum, in dem man es ohne dicke Jacke immer nur kurze Zeit aushielt.

Er trat ein, zog die Tür bis auf einen kleinen Spalt zu, zählte die Schritte, hielt an und streckte die Hand aus. Er spürte das Eis, kalt und glatt. Er beugte sich vor und leckte daran. Es war geschmacklos, wie erwartet. Eilig zog er einen kleinen, innen mit temperaturbeständigem Material ausgeschlagenen Leinenbeutel aus seiner Hosentasche und begann . . .

Als er zu den Toiletten zurückkam und sich gerade vom Fenstersims auf das Waschbecken und von dort auf den Fußboden heruntergelassen hatte, sprang die Tür auf. Die Toilettenstreife.

»Warum bist du immer noch hier?«

Thil war starr vor Schreck. Das Fenster über ihm stand noch offen, und um seine Füße bildete sich eine Pfütze vom Schneematsch. »Ich ... habe noch Durchfall bekommen«, rettete er sich.

»Um diese Zeit? Das ist aber höchst ungewöhnlich. Das geht üblicherweise erst in zwei Stunden los.« Der Aufseher kam näher und schnüffelte in die Luft. »Man riecht aber gar nichts.«

Mit dem Mut der Verzweiflung wies Thil auf das geöffnete Fenster: »Ich habe ein wenig gelüftet.«

»Du weißt genau, daß es verboten ist, die Fenster zu öffnen. Ich werde den Vorgang melden müssen.«

»Es tut mir leid. Ich dachte nur ... Sie müssen sich den ganzen Tag hier aufhalten. Es sollte nicht zu unangenehm für Sie sein.«

»Das ist ja wirklich rücksichtsvoll von dir«, polterte der Aufseher in unverändert barschem Ton. Er kam einen Schritt auf Thil zu, der wich automatisch etwas zurück. Der Aufseher holte aus. Thil duckte sich. Aber der Aufseher schlug ihm nur anerkennend auf die Schulter und grinste. »Ich danke dir. Manchmal ist es ... wie soll ich sagen ... tatsächlich etwas anstrengend.« Er wurde wieder ernst. »Und jetzt raus hier und zurück an die Arbeit. Schön ein bißchen Eis essen.«

Thil seufzte vor Erleichterung, doch der Aufseher mißverstand ihn. »So schlimm ist das doch auch nicht. Stell dir vor, du wärst bei den Testern für Abführmittel. Dann müßtest du den ganzen Tag hier verbringen.«

Thil hatte den Kopf gesenkt und war losgetrabt, während der Aufseher nachdenklich die feuchten Fußabdrücke auf dem Boden betrachtete.

Auch jetzt beschleunigte Thil seinen Schritt. In seinem Magen rumorte es noch immer. Seit einiger Zeit lief er kreuz und quer durch die Stadt, um etwaige Verfolger abzuschütteln. Der Schneematsch spritzte unter seinen Füßen. Die ganze Zeit mußte er an die Pfütze denken, die er in der Toilette hinterlassen hatte.

Ob jemandem etwas aufgefallen war?

26.12.1999 • 23.27 UHR • -1983 PUNKTE (ALARM)

»Was sollen wir denn jetzt machen?«

Tempus und Nikki kauerten auf dem Boden des Autos. Die aufgeflammte Leidenschaft war von der Düsternis ihrer Lage gelöscht.

»Wir müssen das Schloß finden.«

Tempus fiel auf, wie nüchtern Nikki das Wort aussprach. »Du meinst, weil Swan gesagt hat, der Schlüssel zu Blutwichs Umprogrammierung liege im Paradies?«

Nikki nickte.

»Aber wie sollen wir dort hinkommen? Alle Großstadtzonen sind hermetisch abgeriegelt. Man kann sie nicht verlassen. Und selbst wenn es eine Verbindung zwischen den Zonen gäbe, würde uns das nicht helfen. Der Beschreibung der Japaner zufolge liegt das Schloß im Niemandsland, weit hinter der südlichsten Zone.« Bevor Nikki antworten konnte, schob er noch nach: »Sag mal, was wollten eigentlich die Japaner?«

Nikki zuckte mit den Schultern. »Keine Ahnung.«

»Konntest du die Schriftzeichen lesen?«

»Nein«, antwortete Nikki einsilbig. Sie sah ihn nicht an.

Es entstand eine Pause.

»Es gibt vielleicht eine Möglichkeit, in das Schloß zu kommen«, nahm sie schließlich den ursprünglichen Faden wieder auf. »Mein Vater hat mir mal von einem Kollegen erzählt, der eine Erfindung gemacht haben soll, mit der wir die Militärketten vielleicht durchbrechen könnten.«

»Militärketten durchbrechen«, echote Tempus. Er spürte das Bedürfnis zu telefonieren. »Ich finde, das hört sich ziemlich gefährlich an.« Verstohlen angelte er nach dem Handy, doch mit einer zufällig wirkenden, aber wohlkalkulierten Handbewegung schubste Nikki das Gerät aus seiner Reichweite.

Tempus wollte aufbegehren, beherrschte sich aber. »Müssen denn ausgerechnet wir die Welt retten ...«, er brach ab und suchte einen neuen Ansatz: »Vielleicht hat Swan sich geirrt. Was ist, wenn nun alles ganz normal weitergeht?«

»Findest du das normal, was du in den letzten beiden Tagen erlebt hast?«

»Nein, natürlich nicht, aber – vielleicht wird alles auch so wieder gut ...«

»... denn wir sind ja spitze«, fiel Nikki ihm spöttisch ins Wort.

Tempus schwieg einen Moment. »Weißt du, in dem Gang, direkt nachdem Swan gestorben ist, da bin ich noch fest entschlossen gewesen«, sagte er schließlich und schielte nach dem Handy. »Aber inzwischen habe ich nachgedacht ...«

»Du hast nicht nachgedacht, du hast telefoniert.«

»Was hast du denn immer mit diesem verdammten Telefonieren?«

»Was glaubst du eigentlich, wer dich ständig anruft?« explodierte Nikki.

»Keine Ahnung, ich kenne die Leute nicht.« Auch Tempus wurde laut.

»Und das wundert dich gar nicht?«

»Schon, aber es ist doch nichts dabei. Manchmal ist es sogar ganz nett. Ich fühle mich hinterher richtig gut.«

»Das ist dir also schon aufgefallen, immerhin.«

»Was meinst du damit?«

»Wann hast du vorgestern zum erstenmal telefoniert?« bohrte Nikki, ohne auf seine Frage einzugehen.

»Laß mich überlegen ... auf dem Platz-der-Erkenntnis-durch-Konsum. Ich kam auf den Platz, und mein Handy klingelte.«

»Wie hast du dich bei dem Telefonat gefühlt?« setzte Nikki ihr Verhör fort.

»Ich war völlig genervt. Ich kannte den Typen gar nicht, der mich da anrief. Er redete nur belangloses Zeug.«

»Genau. Und bis dahin war dir gar nicht bewußt, daß du überhaupt ein Handy besitzt, richtig?«

»Ja.« Tempus war verdutzt. Es stimmte. Er hatte einen Augenblick gezögert, dann jedoch ganz automatisch nach dem Handy gesucht und gleichzeitig mit dem Telefon den Schnuller gefunden. Wo war der Schnuller jetzt? Er hatte ihn vorhin fallengelassen.

»Jeder hat ein Handy. Und jeder benutzt es. Es ist so selbstverständlich wie ein Arm oder ein Bein. Und bei deinem nächsten Gespräch?«

»Laß mich überlegen. Das war die Frau, die wegen meiner Mindest-Telefonate anrief. Man hörte immerzu Geräusche in der Leitung, die bei Handys auftreten: Knattern und Aussetzer.«

»Und danach bist du mit all den anderen auf dem Platz in die Luft gesprungen und hast geschrien: Wir sind spitze! – und warst kein bißchen genervt – wieder richtig?«

»Ja. Ich denke das sowieso die ganze Zeit: Alles wird gut, denn wir sind spitze. Ich fühle mich wirklich gut. Und die Telefonate nerven auch nicht mehr.«

»Nein, besonders das Knattern und die Aussetzer gefallen dir.«

»Ja«, sagte Tempus verwundert. Das Knattern und die Aussetzer in Verbindung mit jemandem, der freundlich auf ihn einredete, erinnerten ihn an früher. Er war noch ganz klein und lag in seinem Kinderwagen. Um ihn herum herrschte geschäftiges Treiben. Stühlerücken, Tellerklappern, Stimmengewirr. Gelegentlich beugte sich ein lächelndes Gesicht über den Wagen, um nachzusehen, ob er auch zufrieden war. Ein wunderbares Ambiente, um beruhigt einzuschlafen. Seine tastende Hand fand endlich den Schnuller. Er wendete das Gesicht ab und steckte ihn verstohlen in den Mund.

Nikki schlug sofort zu. »Leg das verdammte Ding weg!« schrie sie ihn an.

»Bist du verrückt? Warum schlägst du mich?« Tempus hielt sich die schmerzende Wange. Der Schnuller war quer durch das Wrack geflogen und lag im Schmutz auf dem Boden.

»Du bist doch genau wie die anderen. Du kapierst überhaupt nichts. Wenn du noch ein bißchen telefonierst und an dem ekelhaften Gummiding rumnuckelst, ist ohnehin alles egal. Dann wirst du mir nicht mehr helfen wollen, Blutwich zu finden, sondern genau wie all die anderen nur noch auf dem Platz herumhüpfen und die Kaufhäuser stürmen.«

Sie konnten kaum dichter beieinander sein als in dem Wrack, doch die Entfernung zwischen ihnen wurde immer größer.

»Warum sollte ich das tun?«

»Weil sie dafür sorgen, daß du das tust.«

»Wie denn?«

»Überleg doch mal: Jeder hat ein Handy. Alle telefonieren. Immerzu. Zusätzlich gibt es ein Gesetz, das dich verpflichtet, täglich eine bestimmte Anzahl von Gesprächen zu führen. Mit irgendwelchen Leuten, die du gar nicht kennst. Du wählst eine beliebige Nummer und redest einfach los. Egal. Oder gar nicht egal, denn wenn du es nicht tust, dann wirst du polizeilich verfolgt. Warum wohl?«

»Keine Ahnung.«

»Das Knattern und die Aussetzer in deinem Handy verdecken nur die eigentliche Botschaft, die bei jedem Telefonat über eine Trägerfrequenz in deine Unterhaltung eingestreut wird: Wir sind spitze. Kümmere dich um nichts. Du denkst: Alles wird gut, weil sie dir eintrichtern, alles wird gut – und dazu nuckelst du glücklich an deinem Schnuller.«

»Du meinst, deswegen mag ich die Geräusche so gern?«

»Ja! Weißt du, wie sie das nennen? Wirklichkeitsmilderung. Klingt das nicht schön? Wirklichkeitsmilderung«, sie sprach das Wort mit übertrieben schwärmerischem Schwung. »Da sieht man doch sofort eine weichgezeichnete Blumenwiese in mildem Sonnenlicht.« Dann wütete sie weiter. »Sie tun es nur zu deinem Besten. Sie geben dir Lebenshilfe: Verdiene möglichst viel Geld und gib es möglichst schnell wieder aus. Gönn dir etwas, das hebt die Stimmung. Hör auf zu grübeln, das macht dich unzufrieden. Die ganze Gesellschaft bricht auseinander? Um so besser: Nutze die Lücken, um aufzusteigen. Hier herrscht Krieg aller gegen alle? Freu dich drüber: Einer wird gewinnen, und das bist du!«

Nikkis Sätze hämmerten auf Tempus ein. Ihre Augen blitzten, die Haare hingen ihr ins Gesicht.

»Das ist doch völlig übertrieben«, richtete er eine Wand zwischen ihnen auf, um sich gegen den Druck zu wehren, den sie auf ihn ausübte.

»Glaubst du, sonst würden die Leute sich so beeinflussen lassen? Diese ganzen Bauernfänger haben doch außer hohlen Sprüchen nichts zu bieten. Wer würde schon auf sie hereinfallen? Oder meinst du, die Leute sind wirklich so dumm?« Nikki hielt abrupt inne und sackte in sich zusammen. Ihre Hand strich durch den Schmutz auf dem Boden des Autowracks. Sie schüttelte den Kopf. »Du bist schon halb auf ihrer Seite. Wahrscheinlich werde ich dir mit jedem Wort fremder.« Der zerbrechliche Ausdruck kehrte in ihr Gesicht zurück. »Ich hatte gehofft, du würdest mir helfen, Blutwich wiederzufinden und ihn umzuprogrammieren.«

Tempus streckte die Hand nach ihr aus. »Das will ich ja auch.«

Nach kurzem Zögern ergriff Nikki sie. »Aber du bist nicht stark genug.«

Tempus schwieg beschämt. Schließlich fragte er: »Kann man denn die Wirklichkeitsmilderung nicht wieder aufheben. Es muß doch irgendeinen Weg geben. Ich strenge mich ja an, aber das Gefühl ist stärker. Was ich denke, ist völlig egal.« Er stockte, denn die folgende Erkenntnis erschreckte ihn. »Ich denke ganz oft auch gar nichts. Es ist, als wäre mein Gehirn ausgeschaltet.« Er zog Nikkis Hand an seine Stirn. »Nikki, ich will das nicht.«

»Ich weiß.« Nikki strich mit der freien Hand weiter abwesend über den Schmutz auf dem Boden des Wracks. »Es soll eine Gruppe von Menschen geben«, überlegte sie, »die ein Mittel besitzen, mit dem man die Manipulation der Regierung neutralisieren kann. Aber sie leben im Untergrund. Man weiß weder, wer noch wo sie sind.« Ihre Finger spürten plötzlich einen kleinen, runden Gegenstand und hielten ihn unwillkürlich fest. »Sie sind alle bei vollem Bewußtsein und klarem Verstand. Manchmal fallen sie auf, weil sie zu viele Fragen stellen oder Dinge wissen, um die kein Mensch sich mehr kümmert.«

»Was für Dinge?«

»Sie kennen ihre Rechte und die Pflichten der Regierung. Sie können erklären, wie Demokratie funktioniert und warum es wichtig ist, sich dafür einzusetzen ...«

»... sie kennen den Unterschied zwischen Bundestag und Bundesrat, sie wissen, warum Journalisten unabhängig berichten können müssen. Meinst du solche Sachen?« Tempus war ganz aufgeregt.

»Ja, genau.«

»Dann kenne ich einen von ihnen. Der Mann mit den blauen Haaren, den ich an der Sperre zum Platz aus dem Einsatzwagen befreit habe, hat immerzu von solchen Dinge geredet. Deswegen ist er auch verhaftet worden. Wenn wir ihn finden würden, könnte er uns bestimmt helfen.«

»Aber wo sollen wir ihn suchen?« Nikki schien ohne Hoffnung.

»Ich weiß es nicht. Vielleicht ist er noch auf dem Platz.«

»Das ist unwahrscheinlich. Außerdem ist das viel zu gefährlich für uns. Wir müssen uns vor Itors Leuten verstecken.«

»Laß uns trotzdem suchen, es ist unsere einzige Chance.«

»Selbst wenn wir Glück hätten ... bis dahin ...« Nikki stockte.

»Was ist bis dahin?«

Nikki zögerte.

»Nun sag schon.«

»Bis wir ihn gefunden haben, hast du mich vielleicht schon verraten«, platzte sie heraus. »Es macht mir Angst, daran zu denken.«

»Wie kommst du darauf? Das würde ich doch niemals tun! Wenn du so etwas sagst, dann machst *du* mir Angst.« Tempus drückte ihre Hand. Dabei spürte er den kleinen, runden Gegenstand und drehte ihre Hand um, so daß er ihn sehen konnte.

Beide starrten auf Nikkis Handfläche und das, was darin lag: eine kleine, blaßblaue Kugel.

Da wurden plötzlich die letzten Scherben des Fahrerfensters aus dem Rahmen geschlagen, und ein Revolver schob sich in das Innere des Wracks. Ganz ruhig und gelassen sagte jemand mit tiefer, brechender Stimme:

»Ich glaube, ihr habt beide Grund zur Angst.«

27.12.1999 • 0.18 UHR • -2100 PUNKTE (ALARM)

Weder Tempus noch Nikki gelang es, einen Blick auf ihren Gegner zu erhaschen. Er manövrierte sie mit barschen Kommandos durch das Wagenfenster in den hinteren Teil des Wracks und befahl ihnen, sich umzudrehen. Dann fesselte er sie, verband ihnen die Augen und klemmte sich selbst hinter das Steuer. Als er einen Schlüssel in das Zündschloß steckte, erklang tatsächlich das Geräusch eines Automotors, und das goldene Wrack begann zu vibrieren. Ein langes, hydraulisches Surren, ein starkes Rucken, ein leises Schleifen. Dann setzte er den Wagen mehrmals vor und zurück, um ihn aus der Schneewehe zu befreien. Sie fuhren längere Zeit durch die Stadt, den vielen Kurven und Unebenheiten zufolge ausschließlich durch kleine Nebenstraßen, um den Militärstreifen auszuweichen.

Schließlich hielten sie an. Der Kidnapper dirigierte sie mit der Pistole aus dem Wagen und befahl ihnen, sich mit dem Gesicht nach vorn gegen das Wrack zu lehnen. Wieder erklang das hydraulische Surren, der Wagen ruckte.

Tempus' Augenbinde hatte sich ein wenig verschoben, so daß er sehen konnte, wie sich aus einem Metallzylinder an der Seite der Karosserie ein langes, beindickes Gebilde herausschob, an seinem Ende einen Bogen bildete und sich quer über das Wagendach senkte. Es war die umgestürzte Laterne, die jetzt erneut zu flackern begann. Ein elektronisches Kunstwerk aus hauchdünnem Metall, erheblich leichter, als es zunächst den Anschein hatte.

Dann bemerkte Tempus die freie Hand des Revolvermannes, der aus einer kleinen Druckpatrone ein feines Gas über das Auto sprühte. Noch in der Luft verwandelte es sich in weiße Flocken, die sich in einer dichten Schicht über das gesamte Arrangement legten. Das goldene Wrack war wieder ein nutzloser Haufen Blech unter einem Wattebausch aus Schnee.

Der Kidnapper stieß sie einige Schritte vorwärts. Unvermittelt sagte er laut und deutlich »27.12.99, 0 Uhr 45«. Daraufhin öffnete sich, den Geräuschen nach zu urteilen, eine Tür.

Identifikation durch Frequenzanalyse, dachte Tempus.

Der Kidnapper entfernte ihre Augenbinden und stieß sie mit dem Revolver vorwärts. Sie liefen durch einen rundum mit weißem Marmor verkleideten Gang. Hin und wieder konnte man in Räume mit marmornen Bänken in unterschiedlichen Höhen und mit großen, rechteckigen Vertiefungen in den Böden sehen. Überall standen Säulen, die früher einmal Statuen oder Blumenkübel getragen haben mochten.

»Schlaft nicht ein«, drängte der Unbekannte. Seine Stimme war ein rauher Baß, der zu den Rändern hin brüchig wurde, manchmal fast splitterte und dabei kurz in ein hohes Kieksen ausbrach.

»Was hast du mit uns vor?« fragte Tempus. Er versuchte aus den Augenwinkeln nach hinten zu schielen.

»Guck nach vorn, oder du machst die Augen für immer zu.«

Schnell richtete Tempus den Blick starr geradeaus. »Aber wir haben nichts getan.«

»Ihr habt in dem Wrack gesessen – das reicht ja wohl.«

»Wir hatten doch keine Ahnung, daß das mehr ist als ein kaputtes Auto.«

»Ist es das?«

Tempus schwieg verwirrt.

»Bist du einer von Itors Leuten?« fragte Nikki.

Die Stimme lachte rauh: »Ausgerechnet.«

Tempus fiel auf, daß der Schatten des Mannes kürzer als sein eigener war. Wann immer sie zwischen zwei Scheinwerfern gingen, überholte er sie nur kurz und wurde dann vom nächsten Lichtkegel erneut verschluckt. Es war nur ein Indiz, doch Tempus nahm all seinen Mut zusammen: »Du brauchst die Knarre wohl, weil du so klein bist?« Vielleicht lockte seine Provokation den Kerl so weit aus der Reserve, daß sie wenigstens erfahren konnten, was ihnen bevorstand.

»Was willst du damit sagen«, blaffte der Mann hinter ihm mit Grabesstimme. »Soll ich dir gleich hier das Hirn wegpusten, Schlaumeier?« Das Kieksen in der Stimme verstärkte sich.

Nikki hieb Tempus in die Seite, doch der war nicht zu bremsen. Sie näherten sich einer weiteren Tür.

»Wahrscheinlich bist du ein kleines, dünnes Männchen und hast Mühe, die Waffe zu halten«, höhnte er.

»Halt die Schnauze, Idiot«, die Stimme brach jetzt, »oder ich leg dich um!«

Tempus bekam einen harten Stoß in den Rücken und stolperte einige Schritte vorwärts. Er tat, als würde er fallen, rollte über die Schulter ab, kam um 180 Grad gedreht wieder auf die Beine und hatte seinen Widersacher direkt vor Augen.

Es war ein zierlicher Junge von nicht mehr als 13 Jahren. Der Kleine hielt die Waffe mit ausgestreckten Armen und zielte direkt auf Tempus Bauch. Beiden stand die Panik ins Gesicht geschrieben.

»Mach jetzt keinen Fehler.« Tempus hob beschwichtigend die gefesselten Hände.

»Rühr dich nicht vom Fleck«, röhrte der Junge mit beeindruckendem Baß. Er trat nervös von einem Fuß auf den anderen.

»Was ist mit seiner Stimme?« Nikki war perplex. Auch sie hatte sich umgedreht.

»Stimmbruch«, vermutete Tempus.

Der Kleine grinste unsicher. Er trug offene Sneakers, Baggy-Pants, ein schlabberiges Sweat-Shirt und, tief in die Stirn gezogen, eine wollene Skimütze. Durch die veränderte Lage brach ihm der Schweiß aus; ohne den Blick von seinen beiden Gefangenen zu wenden, riß er sich die Mütze vom Kopf und wischte sich hastig über die Stirn.

Tempus lächelte erleichtert: der Junge hatte eisblaue Haare.

27.12.1999 • 0.53 UHR • -2073 PUNKTE (ALARM)

»Wenn ihr mich reingelegt habt, mach ich euch doch noch kalt.«

»Viel kälter geht nicht«, grinste Tempus. Die Atemluft

kondensierte vor seinem Mund. »Aber du kannst beruhigt sein, ich kenne ihn wirklich.«

Da er nun wußte, mit wem sie es zu tun hatten, machte ihm die Drohung keine Sorgen mehr. Zudem hatte sich die Waffe des Jungen als Spielzeugpistole entpuppt.

Der Junge dirigierte sie durch eine Tür. Überwältigt blieben sie stehen. Sie standen am Eingang einer unterirdischen Halle von den Ausmaßen eines Doms, über die sich eine riesige Kuppel wölbte. In schrägen Streifen fiel silbriges Mondlicht durch große Bullaugen im Dach. Tiefblaue Mosaiken mit goldenen Ornamenten bedeckten die Wände, von unzähligen Milchglaslampen auf schlanken Säulen spärlich erhellt. Der Marmorboden glänzte leicht.

Sie befanden sich in einem alten, bereits seit Jahren nicht mehr benutzten Schwimmbad. In dem tiefen Bekken, das sich fast über die gesamte Länge und Breite des Raumes erstreckte, war kein Wasser. Statt dessen ruhte darin, von unten angestrahlt, ein blau schimmernder Eisberg, der den riesigen Raum fast völlig ausfüllte.

»Ich hole jetzt Lazu. Ihr bleibt so lange hier.« Der Junge lief zu einer Gruppe von Menschen, die am Rand des Beckens standen. Sie hatten alle blaue Haare, trugen Designeranzüge über dicken Pullovern und Hanfstricke um den Hals.

Angestrengt versuchte Tempus zu erkennen, ob der Blaugelockte unter ihnen war, dem er zur Flucht verholfen hatte. Da kam er bereits mit dem Jungen auf sie zu. Er musterte sie von weitem. Dann erkannte er Tempus und lächelte. Er streckte ihm die Hand entgegen.

»Es ist gut, dich wiederzusehen, aber ihr dürftet nicht hier sein. Niemand darf wissen, wo er uns suchen muß.«

»Wir haben euch gefunden, bevor wir dazu kamen zu suchen.«

»Ja, das ist eines unserer Probleme«, antwortete Lazu ernst. »Wir haben zu wenig erfahrene Leute.« Er verstrubbelte die Haare des Jungen, der immer noch bei ihnen stand.

»Sie haben mich überlistet«, dröhnte der und setzte kieksend nach: »Aber sie hatten keine Chance. Schließlich waren sie gefesselt, und ich hatte die Waffe.«

Lazu mußte ein Lächeln unterdrücken. »Du hättest trotzdem niemals mit dem Wrack hierher kommen dürfen, Thil. Ist euch wirklich niemand gefolgt?«

»Ich habe nach dem Eistesten jede Menge Umwege gemacht. Mir ist niemand aufgefallen«, beteuerte Thil. Er zog den kleinen Beutel aus seiner Jacke, den er in dem dunklen Kühlraum gefüllt hatte. Darin klickte es leise.

»Sieh lieber noch einmal nach«, empfahl Lazu, »aber geh nicht allein.« Er nahm den Beutel an sich und winkte einem der Blauhaarigen vom Rande des Beckens, Thil zu folgen.

»Es gibt ein Gerücht ...«, setzte Tempus vorsichtig an.

»Ja, das ist ein weiteres unserer großen Probleme. Zu viele Leute reden zu viel.«

»... ihr würdet über eine Möglichkeit verfügen, die Wirklichkeitsmilderung auszuschalten.«

Lazu überspielte seine Betroffenheit, indem er den Beutel einer blauhaarigen Frau überreichte: »Verteile sie über den Berg.« Dann wandte er sich wieder Tempus zu. »Darüber wird auch bereits geredet? Ich dachte, sie sprechen nur von unserer Andersartigkeit. Davon, daß wir uns wehren und versuchen, den Dingen auf den Grund zu gehen. Selbst das kann schon gefährlich sein.«

»Ihr könntet uns helfen«, Tempus sah ihn offen an, »wenn ihr uns vertraut.«

Lazu erwiderte seinen Blick ebenso offen. »Wir wollen möglichst viele Menschen erreichen, um ihnen einen unverstellten Blick auf die Wirklichkeit zu verschaffen. Indem wir den Kontakt zu anderen suchen, setzen wir uns automatisch der Gefahr aus, von der Regierung ausspioniert und unterwandert zu werden. Die klassische Zwickmühle.« Er hob resigniert die Hände. »Man muß vertrauen und darauf hoffen, daß es gerechtfertigt war.«

Tempus sah Nikki an, sie nickte zustimmend. Tempus hob an: »Wir erzählen dir jetzt etwas. Wenn du es gehört hast, kannst du entscheiden, ob du uns vertrauen willst oder nicht.«

»Moment«, bremste Lazu ihn, »ich möchte, daß Beryl dabei ist.« Er führte sie zum Rand des Beckens. Dort stand die Frau mit der nadelspitzen, blauen Frisur, die Tempus ebenfalls an der Sperre zum Platz-der-Erkenntnis-durch-Konsum gesehen hatte. Sie lächelte ihn an.

Schnell schilderte er die Geschehnisse der letzten beiden Tage, erklärte, wer die 99ers waren, und die Konsequenzen von Blutwichs Jahrtausendfehler.

Lazu und Beryl hörten sehr aufmerksam zu. Anfangs stellten sie noch Zwischenfragen, wurden jedoch im Laufe der Geschichte immer stiller.

Als Tempus geendet hatte, versetzte Beryl: »Dafür, daß ihr wirklichkeitsgemildert seid, habt ihr euch bis jetzt ziemlich pfiffig verhalten.«

»Nikki ist sauber, und ich stehe erst seit kurzem unter dem Einfluß der Handys. Aber . . .«, Tempus errötete.

»Du bist bereits in der Phase, in der du dich abwendest, wenn ein Unrecht oder eine Gewalttat geschieht, gegen die man aufbegehren müßte«, vermutete Beryl.

»Genau.« Tempus mußte ihr recht geben.

»Ansonsten betest du das ›Alles wird gut‹-Mantra und freust dich auf dein nächstes Telefonat.« Beryl klang zwar durchaus verständnisvoll, doch Tempus war die Beschreibung seines Verhaltens unangenehm.

»Nun laß ihn mal«, beschwichtigte Lazu, »immerhin hat er mich befreit ...«

»... aus einer Lage, in die du dich durch deine mangelnde Selbstbeherrschung selbst hineinmanövriert hast«, ergänzte Beryl tadelnd. Sie griff Lazu zärtlich in die Haare und zog ein wenig daran.

»... und ist jetzt hier, um etwas an seinem Zustand zu ändern«, fuhr Lazu lächelnd fort.

»Aber er weiß noch nicht, daß er zunächst mit einem Wirklichkeitsschock zu rechnen hat«, gab Beryl zu bedenken.

»Wirklichkeitsschock?« Tempus sah zwischen den beiden hin und her. Er fröstelte.

»Er wird bei dir nicht so stark ausfallen, denn die Phase deiner Beeinflussung war nur kurz«, beruhigte Lazu ihn. »Trotzdem sieht die Realität grausamer aus, als du zur Zeit denkst. Du wirst plötzlich verstehen, was um dich herum geschieht, und in der Lage sein, Ursachen und Folgen zu erkennen. Bist du sicher, daß du das willst?«

»Ja, natürlich.«

In der Ferne war ein leichtes Grollen zu hören.

»Okay«, Lazu zögerte einen Moment. »Die Gerüchte sind wahr: wir verfügen über Mittel, die Wirklichkeitsmilderung aufzuheben. Danach ist man im Vollbesitz seiner geistigen Kräfte, seines Urteilsvermögens und der Empfindungen, die sich daraus ergeben. Mit allen Konsequenzen. Man spürt Schmerz, Frustration, Wut, Ohnmacht – aber auch den Wunsch, etwas zu verändern. Wir nennen dieses Mittel den Iceblues.«

»Moment«, Tempus wollte klarstellen, daß er auch alles richtig verstanden hatte. »Blues ist doch Musik.«

»Genau, Blues ist Musik, ein volles Herz und ein gequälter Geist. Blues ist Verzweiflung und Aufbegehren, Melancholie und Erkenntnis, Scheitern und Neubeginn. Dabei rede ich nicht nur von alten, schwarzen Männern, die Gitarre spielen. Der Blues ist ein Zustand. Er steckt in den Menschen – mal mehr, mal weniger. Je oberflächlicher sie werden, desto mehr fehlt er ihnen.«

»Und wie soll der Blues mir helfen, wieder einen klaren Kopf zu bekommen?«

Das Grollen außerhalb der Halle, inzwischen von rhythmischen Schlägen durchsetzt, wurde allmählich lauter.

»Es geht hier um die Essenz des Blues.«

»Wie soll das funktionieren?«

»Es gibt einen Forscher, sein Name ist Wedo Change...«

»Das war der Kollege meines Vaters«, entfuhr es Nikki.

»Wedo ist hochintelligent, aber er war lange ein Handlanger der Regierung. Nicht etwa linientreu, sondern schlicht unbedarft. Er widmete sich seinen Untersuchungen, ohne sich darum zu kümmern, was mit ihnen geschah. Der Gewinn, den seine Arbeit für die Menschheit darstellte, lag für ihn so offen auf der Hand, daß ein möglicher Mißbrauch ihm gar nicht in den Sinn kam. Doch eines Tages wurden ihm die Augen geöffnet. Er nahm an einem Förderprogramm der Regierung teil und bekam den Auftrag, ein Mittel zu erfinden, das die Erkenntniskraft beflügelt. Eine Art Weisheitsdoping. Ein Auftrag, der für Wedo den Höhepunkt seiner Forschung darstellte. Er fragte in seiner Begeisterung nicht, warum und wofür die Regierung das Mittel brauchte, er setzte einfach alles daran, es zu finden. Als er es hatte, nannte er es nach seiner Herkunft und Beschaffenheit ›1/x Kalb Muddy H_2O 485nm‹.

Es verbindet die Kühle und Klarheit eines Gletschers mit der Tiefe des Blues und erhellt die Welt mit eisblauem Licht. Das zumindest dachte er sich dabei. Der Name ist ziemlich wissenschaftlich. Iceblues trifft die Bedeutung, glaube ich, ganz gut.«

Die blauhaarige Frau kam mit dem leeren Beutel zurück und drückte ihn Lazu in die Hand. Er wies auf den Eisberg. »Ihr könnt es euch ansehen, wenn ihr wollt.«

»Ihr habt das Mittel hier?«

»Ja, Thil hat gerade eine neue Lieferung gebracht. Es ist nicht leicht zu lagern. Du kannst eine Bombe darauf werfen, und es geht nicht kaputt. Aber schon geringe Temperaturschwankungen zerstören seine Wirkung. Es braucht die natürliche Umgebung eines Gletschers. Die haben wir hier geschaffen.«

Der Eisberg wirkte riesig neben ihnen. Er reichte fast bis zum Scheitelpunkt der Kuppel. An seiner Flanke lagen in verschiedensten Schattierungen von Weiß bis Blau die schräg angeordneten Schichten des Eises offen.

Das Grollen außerhalb des alten Bades war mittlerweile zu einem bedrohlichen, dumpfen Knattern angeschwollen. Jetzt erkannte Tempus das Geräusch: eine Armada von Hubschraubern zog in einiger Entfernung über den Himmel.

»Obwohl Wedo eine Möglichkeit entwickelt hat, den natürlichen Entstehungsprozeß zu beschleunigen, hat uns der Aufbau des Gletschers einige Jahre gekostet«, zog Lazu Tempus' Aufmerksamkeit wieder auf sich. »Man benötigt Neuschnee. Der Schnee setzt sich und nimmt Wasser auf, schmilzt und gefriert wieder. So entsteht Firn, dieses weiße, feste Material aus runden Körnern, das noch Luft enthält.« Er wies auf die schrägen weißen Streifen. »Die Körner wachsen, die Luft wird aus dieser Schicht verdrängt, und schließlich bilden sich die sogenannten Blaublätter.« Er zeigte ihnen die blauen Streifen im Eis.

Tempus betrachtete den Gletscher. Während der Hauptblock eher rauh und kantig erschien, ragte neben ihm ein kleinerer, runder, glattpolierter Ausläufer aus dem Becken.

»Verdammtes Militär«, ärgerte sich Beryl über den Lärm, den die Hubschrauber machten. Sie schienen über einem bestimmten Gebiet zu kreisen und dabei langsam immer näher zu kommen. »Können die ihre Einschüchterungsversuche nicht woanders abhalten. Jeden Tag wird irgendein Stadtviertel terrorisiert. Heute sind offensichtlich wir dran.«

Lazu deutete auf den Eiskoloß. »Die Streifen entstehen durch den jahreszeitlich bedingten Wechsel der Firnschichtung. Mit jeder weiteren Schicht steigt natürlich auch der Druck. Gletschereis verformt sich unter Belastung und ermöglicht so das Fließen des Gletschers. An Stellen mit starken Geschwindigkeitsunterschieden treten in den oberen, starren Bereichen Spalten auf.«

Die Hubschrauber kreisten jetzt fast über ihnen. Lazu mußte die Stimme deutlich erheben, um sich verständlich zu machen. Er wies Tempus durch Handbewegungen auf den kantigen Gipfel des Gletschers hoch oben unter der Kuppel hin, auf dem etliche Pfeiler und Zacken aus Eis staken. »Wenn der Frost häufig seine Stärke wechselt, entsteht Zackenfirn. Die Schneedecke wird dabei in meterhohe Grate zerlegt, die sich in isolierte Pfeiler und Zacken auflösen. Im Volksmund heißen die Dinger Büßer. Die einzelnen Schneepfeiler sollen in Eis verwandelte Pilger sein.«

Sie standen zu viert vor dem Eisberg, die Köpfe im

Nacken. Andächtig betrachteten sie die Zacken, die fast die Decke des Bades berührten.

»Wedo hat gesagt, mindestens einer davon ist er«, lachte Lazu. »Er hätte wegen seiner wissenschaftlichen Verblendung so viele Dummheiten zu büßen, daß er ein Leben lang zu Eis erstarrt da oben stehen müßte, um alles wiedergutzumachen.«

»Ihr habt Kontakt zu ihm?«

Das Knattern der Hubschrauber war jetzt unerträglich. Sie konnten sich nur noch schreiend verständigen.

»Ohne ihn hätten wir es niemals geschafft, diese Anlage zu bauen und den Gletscher am Leben zu erhalten.«

»Und wo ist jetzt der Iceblues?« Tempus wurde ungeduldig. Die Hubschrauber steigerten seine Nervosität, die er angesichts der vor ihm liegenden, ungewissen Erfahrung des Wirklichkeitsschocks empfand.

Lazu trat an den runden, glattpolierten Ausläufer des Eisbergs heran. Er winkte Tempus und Nikki, ihm zu folgen.

»Dies ist die einzige Art, den Iceblues dauerhaft zu lagern. Gletschereis gehört zu seinen Bestandteilen. Ohne dessen natürliche Umgebung, seinen lebendigen Rhythmus verliert er seine Wirkung.«

Sie stellten sich auf die Zehenspitzen, um besser sehen zu können.

Der Rücken des samtig schimmernden Eises war von kleinen, glatten Mulden überzogen, die sich in der blauen Tiefe zu verlieren schienen. In jedem dieser wassergefüllten Nester schwamm der Iceblues, jene kleinen, blauen Kügelchen, die Tempus zum erstenmal bei Lazus Festnahme gesehen hatte.

Mitten in der Nacht ging die Sonne auf. Glutrot schien sie durch die Bullaugen des ehemaligen Schwimmbades.

Die silbrigen Lichtstreifen, die auf den Gletscher fielen, hatten sich zunächst rosa gefärbt und dann, wie kurz zuvor das ohrenbetäubende Knattern der Hubschrauber, stetig an Intensität zugenommen.

Anders als gewöhnlich schickte die Sonne nicht erste, tastende Strahlen, die ein wenig Licht spendeten, viel zu schwach, um Wärme zu erzeugen. Vielmehr glühte sie binnen kürzester Zeit direkt über dem Kuppeldach, schien durch jedes Fenster zugleich, heizte in Sekundenschnelle das ganze Gebäude auf und verwandelte es in eine Sauna.

Tempus und Nikki standen mit Lazu und Beryl neben dem Gletscher. Entsetzt starrten sie in die Höhe.

»Er schmilzt! Der Eisberg löst sich auf.« Tempus hatte es als erster bemerkt.

Zuerst sanken die Büßer in sich zusammen. Sie begannen zu tropfen, verloren ihre Köpfe, die Körper, den Halt und zerflossen über das rotdurchglühte Blau des Eises.

Dann begann der ganze Berg zu schwitzen. Das Wasser troff ihm von den Flanken, von der Stirn. An den Stellen, die der direkten Strahlung durch die Bullaugen ausgesetzt waren, fraßen sich wassergefüllte Löcher in seinen Rücken. Das Wasser strömte in jede Spalte. Es strudelte Höhlen aus und floß am Ende der Gletscherzunge durch ein stetig größer werdendes Tor in das Schwimmbecken, welches sich langsam füllte.

Die ganze Halle war in Aufruhr.

»Was zum Teufel ist das? Und was ist mit den Kühlaggregaten? Warum springt das Notsystem nicht an?« Lazu lief aufgelöst von einem zum anderen, rang die

Hände, gab Anweisungen und beobachtete immer wieder fassungslos die Katastrophe.

Selbst Beryl verlor die Beherrschung. Sie war unmittelbar nach dem Aufgang der künstlichen Sonne in die Betriebsräume des Bades gelaufen und konnte nur noch die Niederlage verkünden. »Die Kühlaggregate und das Notsystem sind zerstört. Die gesamte Stromversorgung funktioniert nicht mehr. Wir haben keine Chance, etwas zu tun.«

»Wie konnte das passieren? Dort sind doch Wachen postiert.«

»Die Wachen sind tot«, versetzte Beryl bitter.

»Und Thil?« fragte Lazu besorgt.

»Thil? Ich habe ihn nicht gesehen. Wo ist er?« Voll Schreck suchten ihre Augen die riesige Halle ab.

Lazu rannte los. »Thil«, schrie er, die Hände zu Fäusten verkrampft. Er hielt inne. »Rettet den Iceblues! Alles, was ihr sammeln könnt«, rief er Tempus und Nikki zu und stürzte auf der Suche nach dem Jungen aus der Halle.

Die beiden sprangen in das Becken und wateten durch das stetig steigende Wasser. Die Eisnester waren längst zu flachen Wannen zerlaufen, die kleinen, blauen Kügelchen fortgespült.

Hastig durchpflügten sie das Becken und seihten das Schmelzwasser durch die Hände. Sie fanden etliche Kügelchen, doch mit allen war ein auffällige Veränderung vorgegangen: sie waren nicht mehr blau, sondern kullerten ihnen nunmehr farblos in die Hände, ihrer ganzen Energie beraubt, nutzlos geworden.

Lazu kam zurück, weinend, den toten Jungen auf den Armen. Vorsichtig legte er ihn auf den Boden.

Beryl sank neben ihm nieder. »Thil ... das ist nicht wahr!« Sie bettete seinen Kopf in ihren Schoß und wiegte ihn leise.

Lazu beugte sich zu ihr, nahm sie bei den Schultern und schüttelte sie sanft. »Wir müssen hier raus. Wer weiß, was sie noch vorhaben«, schrie er gegen den Lärm der Hubschrauber an.

Beryl reagierte nicht. Ihre Tränen fielen auf das blasse Gesicht des Jungen, liefen in sein blutverklebtes Haar. Als sie es zurückstrich bemerkte Tempus, was ihn zusätzlich am Aussehen des toten Jungen bestürzt hatte: Thils Locken war vom Ansatz her die Farbe entwichen, sie waren weiß wie die eines alten Mannes. Da er den Iceblues genommen hatte, kannte er die Wirklichkeit.

Lazu nahm Thil wieder auf die Arme. Wie betäubt erhob auch Beryl sich.

Tempus zeigte ihnen die letzten verblichenen Kügelchen.

»Darum ist es ihnen gegangen.« Beryl rang um Fassung. »Sie warten nur noch, bis der Gletscher geschmolzen ist, um sicher zu sein, daß der Iceblues keine Wirkung mehr zeigt.«

»Danach werden sie uns angreifen und das ganze Gebäude zerstören«, ergänzte Lazu. »Los, folgt mir.« Er lief um das Schwimmbecken herum und aus der riesigen Halle heraus, so schnell Thils Gewicht es ihm erlaubte. Die glühenden Strahlen, die durch die Bullaugen drangen, verfielfachten seinen Schatten zu einem flüchtigen Sternenmuster.

Tempus warf einen letzten Blick zurück. Der Eisberg hatte bereits die Hälfte seiner ursprünglichen Masse eingebüßt. Auch die Bullaugen schmolzen und fielen zischend ins Wasser, das über den Rand des Beckens schwappte, während die ganze Halle im Druck der Rotorblätter vibrierte.

Ein trockenes Knacken, ein Knirschen, der Eisberg bekam einen Riß. Der Spalt zwischen den Hälften klaffte immer weiter auseinander, schließlich barst der Berg in der Mitte, und die Teile stürzten in das aufschäumende Wasser.

Bevor die Flutwelle Tempus erreichte, verschwand er eilig in dem Gang, durch den sie gekommen waren, und schlug die Tür hinter sich zu.

27.12.1999 • 1.53 UHR • -2217 PUNKTE (ALARM)

24 Kampfhubschrauber schwebten dröhnend in der glühenden Nacht. Sie bildeten einen Kreis über dem ebenerdigen Dach des Bades, auf dem zur Tarnung ein Garten angelegt worden war. Zwischen ihnen hing an Stahlseilen eine Maschine in der Größe eines Tennisplatzes. Ein künstliches Ungetüm aus Leuchtröhren und Reflektoren, das sengende Hitze verbreitete.

Der Schnee auf dem gesamten Areal war längst geschmolzen, der Boden ausgedörrt und rissig. Büsche und Bäume hatten Feuer gefangen. Der Sturm, den die Rotorblätter entfachten, trieb das Feuer zwischen die umliegenden Wohnhäuser.

Sirenen von Feuerwehrwagen mischten sich mit den Schreien aus dem Schlaf geschreckter Menschen, die ängstlich die Katastrophe beobachteten. Kolonnen von Militärlastwagen rumpelten durch die Straßen. Evakuierungsmaßnahmen wurden eingeleitet.

Ein Sprengkommando in Asbestanzügen huschte durch die Dunkelheit, begleitet von Befehlen aus seinen Funkgeräten.

Tempus, Nikki und Beryl verbargen sich hinter dem Wrack. Die Hitze hatte den goldenen Lack langsam abgelöst. Er hatte Blasen geschlagen und war verdampft. Darunter kam der Rost zum Vorschein.

»Jetzt retten sie heldenhaft die Menschen aus dem Inferno, das sie selbst verursacht haben.« Lazu steckte mit dem Oberkörper im Wagen und versuchte, ihn kurzzuschließen. »Und alle sind ihnen unendlich dankbar. Die Schuld weisen sie von sich, den Ruhm aber werden sie beschwören, wann immer es ihnen nützlich erscheint.« Er war so wütend, daß ihm die Drähte immer wieder aus den Händen rutschten. Der Anlasser jaulte mehrfach auf. »Was treibt uns eigentlich an, immer weiterzumachen? Das Ziel ist so fern. Unser Ziel. Ihres erreichen sie immer.« Er kam wieder zum Vorschein und schlug wütend mit der Hand auf die Motorhaube des Wracks.

»Lazu«, sagte Beryl leise, »es ist unmöglich, Thil mitzunehmen.« Sie wirkte sehr beherrscht.

»Bist du sicher?« Er verschwand erneut unter dem Lenkrad.

»Ich bin sicher.«

Der Motor stotterte und sprang an. Lazu richtete sich wieder auf. »Ich will ihn nicht hierlassen.«

»Ich auch nicht, aber man verliert keinen Menschen, der einem etwas bedeutet hat. Ohne ihn wärst du ein anderer. Er ist da, solange du da bist.«

Lazu nickte still.

Sie hatten Thil in einem der marmornen Räume zurückgelassen, aufgebahrt auf einem Steinsockel. Lazu hatte eine Druckpatrone aus der Jacke gezogen und so lange Schnee über Thil fallen lassen, bis er nicht mehr zu sehen war. Dann hatte er mit einer weiteren Patrone den Schnee in einen soliden Eispanzer verwandelt.

Als sie aus dem hellerleuchteten Gang in die lärmende, rotleuchtende Nacht getreten waren, hatte er wütend Thils Spielzeugpistole fortgeschleudert. »Ich habe es immer gehaßt, wenn er mit dem Ding gespielt hat, doch jetzt bereue ich fast, ihm keine richtige Waffe gegeben zu haben.« Die Pistole war am Bordstein neben dem Wrack zersplittert.

Die Hubschrauber stiegen plötzlich in den Himmel und zogen die künstliche Sonne mit sich in die Höhe.

Beryl drängte: »Wir müssen fort. Sie werden bald die Verfolgung aufnehmen.«

Die Hitze ließ langsam nach, das Rumpeln der Militärlastwagen wurde leiser, die Sirenen entfernten sich.

»Da unser Iceblues wertlos geworden ist«, erklärte Lazu, »gibt es nur noch einen einzigen Ort, an dem Tempus kuriert werden kann . . .«

Ein dumpfes Grollen ließ ihn abbrechen. Die Erde unter ihren Füßen bebte.

»Sie sprengen«, rief Nikki.

Die umliegenden Häuser schienen zu schwanken. Der Boden bekam Risse.

»Los, in den Wagen.« Lazu schob sie nacheinander in das Wrack. Er klemmte sich hinter das Steuer. Die Laterne wurde eingefahren, die Scheibenwischer kämpften sich durch den Schnee, dann ruckte das Wrack an, sie fuhren los.

Hinter ihnen stürzte mit lautem Getöse der Boden über dem alten Bad ein. Der sorgfältig geschlagene Marmor zersplitterte zu Staub, die blauen Mosaiken verloren ihre kunstvolle Ordnung, die Reste des geschmolzenen Eisberges verdampften zwischen den erhitzten Trümmern. Zurück blieb ein riesiger Krater, aus dem hier und da verkohlte Bäume ihre Äste in den Himmel reckten.

Tage später würden spielende Kinder zwischen ihren Wurzeln einige Glasmurmeln finden. Farblos, aber völlig unversehrt.

Während der gesamten Fahrt sprachen sie kaum ein Wort.

Beryl sah leise weinend aus dem Fenster des Wracks. Lazu drehte sich immer wieder zu ihr um. Er hatte selbst Mühe, die Beherrschung nicht zu verlieren. Tempus beobachtete, wie seine Kiefer mahlten und die Knöchel seiner Finger weiß unter der Haut spannten, während er das Steuer umklammerte.

Schließlich konnte Beryl nicht mehr an sich halten. »Hätten wir ihn nur nicht in die ganze Sache hineingezogen«, machte sie sich Vorwürfe. »Aber durch ihn ist eigentlich alles erst ins Rollen gekommen.«

»Durch Thil?« wunderte sich Tempus. »Er war doch noch ein Kind.«

»Das ist es ja gerade. Er ist schon in der Grundschule zum Eistester bestimmt worden. Einmal im Monat wurde er in eine der größten Speiseeisfabriken des Landes gefahren. Dort mußte er einen ganzen Tag lang neue Sorten probieren. Anhand des Urteils der Kinder wurde bestimmt, welche Geschmacksrichtungen produziert werden.«

»Und?«

»Wo kann man einfacher und unauffälliger einen Eisberg zur Herstellung des richtigen Lagerklimas für den Iceblues unterbringen als in einer Eisfabrik?« fragte Lazu rethorisch.

»Die Eisfabrik gehört der Regierung. Sie haben dort nicht nur Speiseeis, sondern auch den Iceblues produziert und auf einem Gletscher in einem der riesigen Kühlhäuser gelagert«, nahm Beryl den Faden auf.

»Wie habt ihr das herausgefunden?«

»Thil hat zufällig bei einem der Testtermine Wedo kennengelernt. Er ist auch Eistester.«

»Moment, ich denke, er ist Wissenschaftler«, warf Tempus ein.

»Ja, aber er ist auch . . .«, sie brach ab, ». . . ihr werdet ihn ja kennenlernen. Jedenfalls hat Thil ihn mit zu uns nach Hause gebracht. Durch unsere Gespräche stellten wir fest, daß wir viele Dinge ähnlich sahen. Wir waren uns einig, daß etwas geschehen mußte. Schließlich hatte Wedo die Idee, daß Thil, wann immer sich beim Eistesten die Möglichkeit ergab, versuchen sollte, in den Trakt der Iceblues-Produktion zu kommen und dort ein paar von den kleinen, blauen Kügelchen zu stehlen. Falls ihn jemand entdeckte, würde er nur ein Kind sein, das sich verlaufen hatte. Es hat tatsächlich funktioniert. Bis gestern.« Sie begann wieder zu weinen.

»Die Regierung war mit Wedos Erfindung hochzufrieden«, lenkte Lazu das Gespräch vorsichtig in eine andere Richtung. »Allerdings startete sie die Produktion des Iceblues nur in kleinsten Mengen. Wedo, der in seiner Erfindung eine Bereicherung für die ganze Menschheit sah, eine Möglichkeit, endlich sämtliche Bereiche unseres Gehirns auszunutzen, war maßlos enttäuscht. Erst jetzt versuchte er in Erfahrung zu bringen, wozu die kleinen, blauen Kügelchen wirklich benutzt werden sollten.« Er brachte den Wagen zum Stehen. Surrend fuhr die Laterne aus und legte sich über das Wrack.

»Was hat er herausgefunden?« fragte Tempus.

»Wir haben inzwischen einen Zustand erreicht, in dem die Regierung nicht mehr zu kontrollieren ist. Das Volk läßt sich ohne Gegenwehr in Schach halten. Die Großkonzerne gehen ungestört ihren Geschäften nach, die Regierung bekommt ihren Anteil, das Volk ist beliebig einsetzbare Verfügungsmasse. Mit den Mitteln der Wirklichkeitsmilderung funktioniert das ganz wunderbar. Bei vollem Bewußtsein könnten die Menschen ein ernstzunehmender Störfaktor werden. Allerdings nur, wenn sie logisch dächten und solidarisch handelten. Die Erfahrung zeigt, daß man davon nicht unbedingt ausgehen muß.« Lazu lächelte und fuhr fort: »Sorgt man dann noch dafür, daß der überwiegende Teil glaubt, es ginge ihm gut und er könne es schaffen, auf der Konsumleiter ein Stückchen nach oben zu krabbeln, hat man politisch und ökonomisch jede Freiheit.«

Die Scheiben des Wracks beschlugen langsam. Das gräuliche Tageslicht des vergehenden Wintertages zwischen den Jahren erhellte das Wageninnere nur spärlich.

»Allerdings wirkt die Wirklichkeitsmilderung nicht bei allen Menschen gleich zuverlässig. Außerdem besteht die Gefahr, daß sie aus technischen Gründen einmal ausfällt oder zu schwach wird. Darüber hinaus hat man herausgefunden, daß sie durch Extremsituationen außer Kraft gesetzt werden kann.« Er sah Nikki an. »Das war zum Beispiel bei dir der Fall. Als dein Vater umgebracht wurde, hat der Schock alle Rezeptoren für die Wirklichkeitsmilderung in deinem Gehirn blockiert. Seitdem bist du immun.«

»Und du? Hast du auch so ein schreckliches Erlebnis gehabt?«

»Nein. Die Regierung brauchte Testpersonen, um die Folgen des Wirklichkeitsschocks zu studieren. Ich war eines der Versuchskaninchen. Der Wirklichkeitsschock hat mir die Augen geöffnet, und ich habe sie einfach nicht wieder geschlossen.«

»Du warst aber schon immer ein schwieriger Fall.« Beryl strich ihm mit dem Finger über die Wange. Seine blauen Bartstoppeln knisterten.

Lazu lachte. »Manche Leute nennen mich Weltverbesserer. Ich weiß gar nicht, warum sie es für ein Schimpfwort halten.« Er hob lauschend den Kopf. »Ich glaube, es geht gleich los. Ich höre es schon leise rauschen. Laßt uns mal nachsehen.«

Sie pellten sich aus dem rostigen Wrack und traten ins Freie. Tempus sah sich um. Der Wagen parkte auf dem Boden eines wasserlosen Kanals aus Beton. Breit wie eine vierspurige Autobahn, hoch wie ein großes Mehrfamilienhaus, geformt wie ein behäbiges V. Unter ihren Füßen knirschte verharschter Schnee. Er war blau, wie alles im Umkreis von einigen hundert Metern. Der Boden des Kanals, seine Wände, die Ablagerungen auf seinem Grund, alles hatte die Farbe des Iceblues. 25 Meter über ihnen ragte das Ende eines doppelt mannshohen Rohres aus der Wand. Den Farbspuren nach zu urteilen die Quelle der blauen Flüssigkeit, die den Kanal eingefärbt hatte. Darunter befand sich ein halb gefrorener Berg aus grobem, blauem Schnee. Aus dem Rohr wehte eine bläuliche Dampffahne.

»Es kann nicht mehr lange dauern«, vermutete Lazu.

Tatsächlich begann jetzt ein blaues Rinnsal aus dem Rohr auf die Betonwand des Kanals zu plätschern, floß daran hinab und brachte knisternd etwas Schnee zum Schmelzen.

Tempus berührte den Schnee mit den Fingern. Sie wurden auf der Stelle blau. Er zuckte zurück. »Das ist ja heiß.«

»Ja, die ersten Schübe kochen fast, dann kühlt es sich nach und nach ab. Schließlich ist es kalt, und gelegentlich kommt der Rest sogar in Form eines Hagelschauers aus dem Rohr.«

In die Betonwand des Kanals waren Stufen eingelassen, die zu dem großen Rohr hinaufführten, aus dem das blaue Rinnsal tropfte. Sie machten sich auf den Weg.

Tempus war unruhig, weil er immer noch nicht wußte,

was ihm bevorstand. Er ging direkt hinter Lazu und fragte: »Was muß ich jetzt eigentlich tun?«

»Du mußt dich fluten lassen.«

»Du meinst ...«

»Ja. Du mußt dich in den Abwassersturzbach der Fabrik hängen, um möglichst viel von den in Wasser und Dampf gelösten Wirkstoffen aufzunehmen, die bei der Produktion des Iceblues entstehen. Aber mach dir keine Sorgen, ich werde dir zeigen, wie du es am besten anstellst. Hätten wir ein bißchen Iceblues retten können, wäre dir das erspart geblieben.«

Sie erreichten die Mündung des Rohres. Außer Atem blieben sie stehen. Lazu drehte sich zu Beryl um und bat sie um ihren Hanfstrick, den sie immer um den Hals trug. Dann zeigte er Tempus, wo er sich an der dicken Metallwand festhalten konnte. Er nahm einen Schritt Anlauf und schwang sich in das Innere der Röhre. Tempus folgte ihm, landete in einer blauen Pfütze, rutschte aus und stürzte zu Boden. Seine Hände, seine Kleidung, sogar seine Dreads wurden blau.

Lazu half ihm auf. »Jetzt siehst du schon aus wie einer von uns. Nur ein anständiger Anzug fehlt dir noch. Und natürlich ein Strick um den Hals.« Seine Stimme hallte in dem Rohr, dessen Ende sich im Dunkel verlor.

Tempus klopfte sich ab. »Ich wollte dich immer schon fragen, warum ihr alle blaue Haare habt.« Er hustete. Eine bläuliche Dampfwolke hüllte sie ein und verschwand ins Freie.

»Man kann nichts dagegen tun. Ein kleiner Haken an Wedos hervorragender Erfindung. Wenn man den Iceblues hat, bekommt man blaue Haare. Auch die Frisur ist nicht zu beeinflussen. Man erkennt einen Teil deines Wesens daran. Du kannst gespannt sein, wie du aussiehst, wenn du das hier überstanden hast.«

Ein Gluckern hallte aus dem Dunkel zu ihnen herüber, gefolgt von einem leisen Rauschen. Kurz darauf wurden ihre Füße von der blauen Flüssigkeit umspült. Sie floß aus dem Rohr und platschte erst nach einer langen Weile auf den Beton.

»Jetzt merkt man erst, wie hoch das hier ist«, flüsterte Tempus. Er wurde ein bißchen blaß. »Was passiert, wenn ein Schwall kommt und uns einfach rausspült?«

»Dann mußt du dir um deine Frisur keine Sorgen mehr machen.« Lazu wies auf die Rundung des Rohres. »Paß auf, es funktioniert ganz einfach.«

Er nahm seinen Hanfstrick ab und knotete ihn um eine Metallstrebe. Dann zog er Beryls Strick aus der Jakkentasche und machte es damit auf der anderen Seite ebenso. Schließlich schlang er sich das Ende seines Stricks mehrfach um die Hand. »Reich mir mal Beryls Strick.«

Tempus tat es und verfolgte aufmerksam, wie Lazu ihn sich um die andere Hand wickelte.

»Du darfst dich auf keinen Fall richtig festbinden. Damit du die Möglichkeit hast, die Flutung abzubrechen, wenn die Strömung zu stark oder die Temperatur zu hoch wird.«

»Vielleicht sollte ich mich doch lieber taufen lassen. Das erscheint mir deutlich ungefährlicher.«

»Durch die Taufe fällst du in die Hände meisterlicher Verwirrungsstifter. Hier fällst du in deine eigenen. Das ist zwar nicht unbedingt angenehmer, aber du weißt wenigstens, welcher Schmutz an ihnen klebt.«

»Du hast ja recht«, stöhnte Tempus, »aber ich habe trotzdem Angst.«

»Es käme mir seltsam vor, wenn es anders wäre.« Lazu löste eine seiner Hände wieder und nahm Tempus in den Arm. »Du wirst es schaffen.«

Erneut gluckerte es in dem Rohr, gefolgt von einem lauten Rauschen.

»Es ist fast soweit. Gleich wird die Welle kommen. Oft ist es nur ein Schub, manchmal sind es zwei oder drei hintereinander. Wir müssen uns beeilen.« Vergeblich versuchte er, seinen Arm aus der Schlaufe zu lösen.

Im Tunnel grollte es. Lazu sah auf und sagte betont ruhig: »Vielleicht solltest du dich vorsichtshalber an den Rand stellen. Der Strick hat sich verknotet. Wenn jetzt unverhofft ein Schwall Wasser angeschossen kommt, mußt du so schnell wie möglich aus dem Rohr heraus.«

»Und du?«

»Ich hänge ja fest«, sagte Lazu und riß an dem Seil, »mir kann nichts passieren.« Er probierte, den Knoten mit den Zähnen zu lösen. »Wie gut, daß ich das verdammte Ding nicht mehr um den Hals habe.«

Jetzt rauschte es im Tunnel, das Rohr vibrierte. Tempus wollte Lazu helfen, doch der wehrte ab. »Geh, ich habe es gleich.« Er mußte husten. Eine kompakte Wolke des blauen Dampfes wurde ins Freie getrieben. Tempus ließ sich nicht beirren. Würgend nestelte er weiter an dem Knoten. Ihm wurde schlecht von dem Dampf.

»Du bist völlig ungesichert! Verschwinde«, schrie Lazu ihn an.

Von außen riefen Nikki und Beryl nach ihnen, während das Rauschen weiter anschwoll und eine erste Welle um ihre Beine schwappte. Kniehoch und heiß.

»Au, das tut ja richtig weh«, Tempus zog die Beine aus dem Sud wie ein Storch.

»Tempus, geh! Kurz bevor du unten auf den Beton aufschlägst, wirst du denken ...« Lazu bewegte zwar die Lippen, doch der Rest seiner Worte ging im Getöse der herannahenden Welle unter.

Tempus schaffte es gerade noch, den Rand des Rohres

zu greifen und sich um die gewölbte Wand herumzuschwingen, da brach die Flut über Lazu herein.

Nikki und Beryl fingen Tempus auf. Zu dritt beobachteten sie, wie dampfendes, tiefblaues Wasser aus dem Rohr in den Kanal schoß. Drinnen schrie Lazu vor Schmerz. Beryl klammerte sich an den Rand des Rohres, um hineinzusehen. Aber schon nach kurzer Zeit mußte sie zurückweichen; das Wasser war zu heiß.

»Lazu«, schrie sie außer sich, »komm da raus!«

Tempus zog sie noch ein Stück zurück. Sie wehrte sich, doch als Nikki ebenfalls nach ihr griff, gab sie widerstrebend nach. Immer mehr Wasser strömte aus dem Rohr.

»Beryl«, der Schrei übertönte selbst das Tosen des Wassers. Plötzlich wurde Lazu aus dem Rohr herausgeschleudert, wirbelte mit dem Wasser durch die Luft und prallte 25 Meter tiefer auf den Betonboden des Kanals. Mit verdrehten Armen und Beinen blieb er reglos liegen, umspült von dampfend blauer Flüssigkeit.

»Lazu«, Beryl brach zusammen. »Lazu!« rief sie so laut sie konnte. Lazu rührte sich nicht.

So schnell, wie er gekommen war, versiegte der blaue Wasserstrom. Das Rohr wurde wieder still. Nur ein kleines Rinnsal tröpfelte noch von seinem Rand und fiel in die Tiefe. 25 Meter.

»Das halte ich nicht aus. Das kann ich nicht.« Beryl wippte vor und zurück. »Ich kann nicht zwei Tote mit mir herumtragen.« Sie hob den Kopf und sah Tempus und Nikki an. »Mir war manchmal schon das Gewicht ihres Lebens zu schwer.« Entschlossen stand sie auf. »Bitte denkt an uns.«

Dann sprang sie in die Tiefe.

Sie saßen seit Stunden wie betäubt neben dem Rohr. Unter ihnen lagen Lazu und Beryl auf dem Boden des Kanals.

»Als wir in dem Rohr waren, hat er noch zu mir gesagt: Kurz bevor du unten auf den Beton aufschlägst, wirst du denken . . ., und dann kam das Wasser. Was *er* wohl gedacht hat, als es soweit war?«

»Vielleicht ist er schon vorher tot gewesen.«

Tempus schüttelte den Kopf. »Wir möchten, daß es so war, aber ich glaube, Lazu hat alles gespürt. Er war bis zum Schluß bei vollem Bewußtsein.« Er versetzte sich in Lazus Situation. »Er war mit Brandblasen bedeckt und halb verrückt vor Schmerz, doch immer noch in der Lage, alles ganz klar aufzunehmen und zu verarbeiten.«

»Hör auf.«

»Er hat seine Verletzungen abgeschätzt, seine Chancen, wieder gesund zu werden. Er hat überlegt, ob er sofort oder vielleicht erst an den Folgen seiner Wunden sterben würde.«

»Wie kannst du so darüber reden?« Nikki hielt sich die Ohren zu.

Tempus sprach einfach weiter: »Als das Seil gerissen ist und seinen Arm endlich freigegeben hat, zur falschen Zeit, als er aus dem Rohr herausgeschleudert wurde, da hat er mit schrecklicher Gewißheit gewußt, daß dies unumkehrbar war. Jeden Zentimeter seines Sturzes hat sein Hirn ihm eingehämmert: es gibt kein Zurück. Dies ist das Ende.«

»Bist du krank?« Nikki hatte trotz der zugehaltenen Ohren alles mit angehört. »Wir gehen jetzt da runter und begraben die beiden. Dann hörst du vielleicht damit auf.«

»Wie sollen wir sie denn begraben. Da unten ist nur glatter Beton.«

Sie brüteten dumpf vor sich. Dann hob Tempus wieder an: »Und Beryl?«

»Tempus, bitte.«

»Sie ist freiwillig gesprungen. Hat sie wohl darauf gehofft, mit Thil und Lazu vereint zu sein, wenn sie erst den Aufprall hinter sich hatte? Meinst du, sie ist auch auf den letzten Metern noch gern gestorben? Ist sie vielleicht vor Angst fast verrückt geworden und hat sich nichts sehnlicher gewünscht, als ihre Entscheidung zurückzunehmen?«

»Du bist pervers. Du genießt das richtig. Wir müssen sie jetzt begraben.« Nikki sprang auf und zerrte an Tempus' Arm.

»Ich überlege nur, was ich wohl denke, kurz bevor ich auf den Beton aufschlagen werde.«

»Was soll denn das? Das wirst du nicht.«

»Aber ich muß gleich da rein.« Er wies mit dem Kopf auf das Rohr.

»Wir wissen doch gar nicht, ob überhaupt ein neuer Abwasserschwall kommt.«

»Aber wir hoffen es.«

Nikki nickte. »Ja, wir müssen es hoffen.«

»Wenn es soweit ist, werde ich mir wünschen, daß es schnell geht. Mit jedem Meter werde ich denken: schneller. Ich will härter aufprallen, ausgelöscht sein, mit einem Schlag. Wie eine Befreiung.« Tempus steigerte sich in eine unerklärliche Lust hinein, diesen Moment zu erleben. Eine rasende Wut richtete sich gegen ihn selbst.

Ein fernes Geräusch in dem Rohr riß ihn aus seinen Phantasien. Er mußte sich entscheiden und wußte, er hatte keine Wahl. Wenn sie Blutwich finden, ihn umprogrammieren und den Fortlauf der Zeit garantieren wollten, dann mußte er sich fluten lassen.

»Warum eigentlich ausgerechnet ich?«

Nikki sah ihn an.

»Okay.« Er versuchte sich nicht kleiner zu machen, als er war. »Nicht jeder von uns bekommt die Chance, Geschichte zu machen.« Er stand auf. »Aber vielleicht drücken sich die anderen einfach besser.«

Ohne Nikki anzusehen, zog er sich aus, sprang in das Rohr und legte sich die Stricke um die Handgelenke. Tosend schlug die heiße Flut über ihm zusammen. Sie raubte ihm den Atem, die Stricke zerrten an seinen Armen und scheuerten ihm die Handgelenke blutig. Sein nackter Körper hing aus dem Rohr heraus über dem Abgrund, vom wechselnden Druck der blauen Brühe immer wieder in die Waagerechte geschleudert. Der Brechreiz war unerträglich.

Nikki stand draußen vor dem Rohr und verging vor Angst. Wie von Sinnen schrie sie ihm zu, er solle durchhalten, schrie sich heiser, um ihre eigene Angst nicht zu spüren.

Die blaue Brühe wurde kühler, doch der Druck ließ nicht nach. Wie ein Spielball tanzte Tempus auf den Wogen. Er schnappte mühsam nach Luft und versuchte, Nikki zuzurufen, daß er noch lebte. Doch alles, was er von sich gab, wurde sofort vom Gurgeln und Tosen der Flut erstickt. Er war weit entfernt von seinem Schmerz, konzentriert auf einen Punkt in seinem Innersten, an dem nichts ihn erreichen konnte. Ich halte das durch, hämmerte er sich ein.

Da riß plötzlich einer der Stricke. Tempus wurde gegen die Metallwand geschleudert und strudelte sofort mit dem Strom dem Abgrund entgegen. Panisch versuchte er, mit der freien Hand Halt an einer der Metallstreben zu finden, mit denen der Mantel des Rohres verschraubt war. Was, wenn jetzt auch der zweite Strick riß? Wenn er jetzt Lazus Schicksal teilen müßte? Er klammerte sich an die Strebe.

Das Wasser wurde immer kälter. Er begann zu frieren, seine Zähne schlugen aufeinander. Wie lange würde das noch weitergehen?

Schließlich kam der Hagel. Erst kleine nadelspitze Geschosse, die auf seiner Haut brannten, dann immer größere Kugeln, die Blutergüsse verursachten. Das Rauschen des Wassers wurde zu einem Knattern, das Rohr dröhnte wie unter Trommelschlägen. Tempus senkte den Kopf, um wenigstens sein Gesicht vor Querschlägern zu schützen. Dann herrschte Stille.

Er hing entkräftet und halb bewußtlos an der Wand des Rohres, gehalten von dem Strick um sein blutiges Handgelenk. Seine Füße schleiften in dem blauen Rinnsal, dem Nachzügler der großen Flut.

»Tempus?« Nikki rief immer wieder nach ihm.

Er war zu schwach, um zu antworten, fast zu schwach, um zu atmen. Doch gleichzeitig wuchs in seinem Hinterkopf eine schreckliche Gewißheit: Er spürte nichts. Alles war umsonst gewesen.

»Tempus, was ist mit dir?« Nikki schob den Kopf um die Wand des Rohres.

»Ich merke nichts«, flüsterte er kaum hörbar und mußte husten.

»Ich komme zu dir.« Ihr Kopf verschwand wieder. Sie nahm einen kurzen Anlauf und sprang in das Rohr hinein. Sie landete in der blauen Pfütze, deren Brühe Tempus ins Gesicht spritzte. Nun mußte er sich doch noch übergeben.

»Ich merke nichts«, hauchte er wieder.

»Bleib ganz ruhig. Du hast es geschafft. Ich mache

dich los.« Sie durchtrennte den Strick, und Tempus sank kraftlos zu Boden.

Nikki ließ sich auf die Knie fallen, bettete seinen Kopf auf ihren Schoß und strich ihm die verklebten Haare aus dem Gesicht. Glücklich beugte sie sich über ihn, um ihn behutsam zu küssen.

Da begriff sie plötzlich, was er meinte. Tempus hatte nach wie vor seine dunkelblonden Dreads. Sie waren nicht blau. In dem Wasser waren nicht genug gelöste Wirkstoffe aus der Iceblues-Produktion gewesen, um die Wirklichkeitsmilderung aufzuheben.

29.12.1999 • 5.41 UHR • -2580 PUNKTE (ALARM)

Wütend hieb Tempus die Hände in die blauen Hagelkörner. Er schaufelte den Hagel von links nach rechts; mutlos, verzweifelt, traurig. Die Körner rannen ihm durch die Finger. Bei jedem Wurf fürchtete er sich vor dem Geräusch, das ihr Aufprall verursachte.

Immer wieder grub er sich in den Hügel und schleuderte Blau zur Seite. Schließlich war Beryl nicht mehr zu sehen.

Die nächste Ladung traf Lazus Gesicht. Es wurde zur Seite gestoßen. Der Hagel rieselte daran herab und türmte sich an den Seiten bis zu den Ohren. Er hatte exakt die Farbe von Lazus Locken.

Nikki arbeitete an seiner Seite. Tempus sah sie an. Sie schaufelte unermüdlich. Als ihre Blicke sich trafen, mußte er schlucken.

Eilig begann er, den Hagel wie ein Bagger zu schieben. Mit Händen und Füßen türmte er ihn auf Lazu, so schnell er konnte. Jetzt war auch Lazus Körper vollständig bedeckt, doch Tempus baggerte weiter, als griffen Dämonen nach ihm.

»Hör auf.« Nikki hielt ihn fest.

Langsam beruhigte sich Tempus. Er starrte durch den grauen Betonkanal in die Ferne. Einige Meter neben ihnen stand das Wrack. Das blaue Wasser hatte große Löcher in die Metallhaut gefressen und sich mit dem Schmutz auf dem Boden des Fahrzeugs zu einer trüben Brühe vereinigt.

Tempus half Nikki auf die Beine. Sie wateten durch den Hagel zu dem Wrack und ließen sich in die aufgeschlitzten Sitze fallen. Ratlos saßen sie ein Weile da, bis Tempus fragte: »Wollen wir Wedo Change trotzdem suchen?«

»Hat das Sinn?«

»Hat irgend etwas anderes mehr Sinn?«

Nikki schüttelte den Kopf. Sie überlegte. »Beryl hat mir gesagt, wo wir ihn finden könnten. Wir müssen zurück in die Stadt.«

Tempus trat die Kupplung. Wie in alter Routine langte er in seine Hosentasche, um den Wagenschlüssel hervorzuziehen. »Wir haben ja gar keinen Schlüssel. Ich muß ihn kurzschließen.«

»Kannst du das?«

»Ich glaube schon. Ich habe Lazu dabei beobachtet.« Er nestelte unter dem Steuer an einigen losen Drähten herum. Plötzlich richtete er sich auf, streckte sich in dem Sitz und griff erneut in seine Hosentasche. Langsam kam seine Hand wieder zum Vorschein. Noch langsamer öffnete er sie und zeigte Nikki seinen Fund: eine kleine, blaßblaue Kugel.

»Erinnerst du dich?«

Nikki brauchte einen Moment. »Bevor Thil uns geschnappt hat. Ich habe sie hier im Schmutz auf dem Boden gefunden.«

Tempus nickte. »Sie muß aus einer alten Lieferung sein. Sie lag nicht auf dem Gletscher, ist also auch nicht der Hitze der Höhensonne ausgesetzt gewesen.«

»Sie ist noch ein bißchen blau.«

»Soll ich es versuchen?«

»Vielleicht enthält sie den entscheidenden Tropfen.«

Tempus lehnte sich zurück. Er betrachtete die Kugel. Sie warf einen länglichen, blauen Schatten auf seine Haut. Er ließ sie in seiner Hand hin und herrollen. Sah sie wieder an. Ließ sie in die andere Hand fallen. Nahm sie zwischen Daumen und Zeigefinger. Führte sie schließlich zum Mund und schluckte sie hinunter.

Der Kanal lag öde unter Flutlicht. Grau und menschenfeindlich.

Nikki beobachtete ihn gespannt.

Betonplatten, die zu immer dünneren Strichen wurden und sich in der Ferne zu treffen schienen.

Nikki rutschte unruhig hin und her.

Da brach krachend eine riesige Blume durch den Boden des Kanals und schoß in den dunklen Himmel. Hoch wie ein Baum. Im kalten Licht der Laternen warf sie gespenstische Schatten. Mörtel und Betonstücke prasselten zu Boden. Die Nachtkerze, dachte Tempus, öffnet sich um achtzehn Uhr. Die Betonplatten schoben sich wieder zusammen und zerrieben den Stengel, die Blume knickte um und wurde unter den sich kurz öffnenden Platten begraben. Wie ein Spinnennetz durchteilten jetzt Risse den Kanal von Ufer zu Ufer.

»Was ist?« Nikki, für die all das nicht geschah, wartete ängstlich auf eine Reaktion.

Eine zweite Blume brach durch den Boden. Die weiße Seerose. Tempus fixierte den Punkt am Horizont, an dem die Linien sich trafen. Schließt sich um siebzehn Uhr. Die Blume wurde zwischen den Betonplatten zermahlen. Die

Verwerfungen im Boden erreichten das Wrack. Das Spinnennetz der Erinnerung, dachte Tempus.

»Sag doch was, Tempus.«

Wieder kämpfte sich eine Blume durch den Beton. »Wie schön«, murmelte Tempus. »Warum können sie nicht bleiben?«

»Wer kann nicht bleiben?«

»Die Blumen.« Schweiß brach ihm aus. Er stöhnte.

»Tempus, ist alles in Ordnung?«

Blume um Blume, Herbstdandelion, 15 Uhr, Karthäusernelke, 13 Uhr, Milchstern, elf Uhr, schoß vor Tempus aus dem Kanal in den Himmel und wurde vernichtet. Das Wrack zitterte. Die Blumen wuchsen immer schneller, nur um mit noch größerer Geschwindigkeit wieder zerstört unter dem Beton zu verschwinden. Die Tage rauschten rückwärts an Tempus vorbei. Die Sonne ging unter und wieder auf. Unter, auf. Immer schneller. Sie raste über den Himmel, bis ihr Bogen ein einziges, irres Flackern wurde.

»Die Laterne«, sagte Tempus ernst und hob die Hand schützend über die Augen, »jemand muß mal die Laterne an diesem Wrack überprüfen.«

Unermüdlich sprossen Blumen und sanken zerfetzt zu Boden. Der Kanal war ein Trümmerfeld. Das Wrack setzte sich in Bewegung.

»Nikki, wir fahren«, stöhnte Tempus, »aber ich gebe gar kein Gas.«

»Nein, wir stehen, Tempus, was ist denn mit dir los?«

Blaue Wassermassen schossen dampfend aus dem Rohr in der Wand und füllten den Kanal. Die Wogen ergriffen das Wrack. Es trieb im Slalom um die riesigen Blumen herum, polterte gegen Betonbrocken, die in der Strömung lagen, kreiselte in Strudeln, die durch Spalten im Boden entstanden. Es schlingerte um meterdicke

Stengel, wurde immer wieder von kolossalen Blütenblättern getroffen, die verwelkt zu Boden donnerten.

»Nikki, wir müssen verhindern, daß sie alle zerstört werden.«

Tempus schleuderte in seinem Sitz hin und her. Er duckte sich, riß die Arme vors Gesicht, streckte sie abwehrend wieder aus, stemmte die Füße in den Boden, klammerte sich an den Sitz und schrie auf. Das Wrack hatte fast den Punkt erreicht, an dem die Linien sich trafen. Jetzt raste es geradewegs auf den spitzen Winkel aus Beton zu.

Nikki hielt ihn mit Leibeskräften fest. Das Auto rührte sich nicht von der Stelle. Der Kanal erstreckte sich eintönig bis zum Horizont.

Tempus war nicht ansprechbar. In dem Betonwinkel stand ein Mensch vor einem riesigen Hebel. Mit Macht warf er den Hebel hin und her, ohne einen Blick für die Folgen seines Tuns zu haben. Tempus erkannte das System: Synchron zu den Bewegungen des Hebels fraß der Betonkanal die Blumen und zerstörte sich dabei selbst. Immer weiter raste das Wrack auf den Winkel zu. Gleich würde es zerschellen.

»Kurz bevor du auf den Beton aufschlägst, wirst du denken . . .« hatte Lazu gesagt.

»Schneller«, stöhnte Tempus. »Ich will härter aufprallen, ausgelöscht sein, mit einem Schlag. Ich will es – wissen.«

Er verfiel in eine angespannte Starre. Schweiß stand auf seiner Stirn, und wieder strich Nikki ihm die Haare aus dem Gesicht. Da bemerkte sie die Veränderung: Tempus' Dreads wurden von den Wurzeln an langsam blau, richteten sich mit dem Aufsteigen der Farbe auf, bis die gedrehten Zöpfe steil und starr in die Höhe standen, eisblau bis in die Spitzen.

Hinter sich die blau durchtoste Verwüstung, vor sich die unausweichliche Falle aus Beton, schoß Tempus auf den Menschen zu, der den Hebel bediente und mit aller Kraft an der Zerstörung arbeitete. Kurz bevor er ihn mit dem Wrack erreicht hatte, drehte der Berserker sich zu Tempus um.

Das Gesicht veränderte sich so schnell wie der rasende Lauf der Sonne. Mit jedem Aufflackern eines weiteren Tages erhielt es einen neuen Ausdruck, war es das Gesicht eines anderen Menschen. Männer, Frauen, jeden Alters, jeder Nationalität, blickten Tempus in die Augen. Bis schließlich das ganze schäumende Arrangement für einen Sekundenbruchteil wie eingefroren schien.

Der letzte Mensch sah Tempus an, den Hebel in der Hand.

›Deine Augen leuchten tieftürkis, wie das Meer an einem Sommertag‹, hatte Nanna immer gesagt.

Sie hat recht, dachte Tempus, während er sein Gegenüber anstarrte: sich selbst.

Mit aller Kraft warf er den Hebel herum.

Donnernd krachte das Wrack in den Winkel aus Beton. Gefolgt vom Trümmerstrom, den Blumen und dem blauen Sud, schoß die ganze Katastrophe in einen einzigen Punkt und verschwand zwischen den Linien, die einander nie berührten.

Tempus hatte den Wirklichkeitsschock.

30.12.1999 • 17.22 UHR • -1999 PUNKTE (ALARM)

»Meinst du wirklich, wir sind hier richtig?« fragte Tempus und machte einen Bogen um eine blaue Pfütze.

Nikki beobachtete ihn aufmerksam. Der Boden war

spiegelblank und sauber. »Es ist noch nicht vorbei, oder?« Sie streichelte ihn.

Tempus schüttelte müde den Kopf. Sein ganzer Körper schmerzte, vor seinen Augen flimmerte es beständig. Sie schlenderten bemüht entspannt durch die Eingangshalle des größten Kaufhauses am Platz-der-Erkenntnis-durch-Konsum, wo eine Orgie aus Kristallglas, poliertem Messing, weißem Lack und Tausenden von Halogenstrahlern sie empfing.

»Da müssen wir hin.« Nikki zeigte auf ein Transparent, das verkündete, die gesamte oberste Etage des Konsumtempels stehe unter dem Motto ›Das intelligente Haus und seine Diener‹.

In einer endlos scheinenden Spirale schraubten sich acht gläserne Rolltreppen aus dem Erdgeschoß in die Höhe und wieder hinab. In ihrer Mitte verband ein gläserner Fahrstuhl die einzelnen Stockwerke.

Sie schwebten auf einer der Rolltreppen durch das Kaufhaus und sahen sich staunend um. Die Stockwerke waren angefüllt mit Kostbarkeiten und Luxusgütern aller Art. Überall wimmelte es von Menschen in abgenutzter Kleidung. Die meisten hatten sorgenvolle, verbrauchte Gesichter, doch sie betrachteten ernsthaft jedes Angebot und unterhielten sich über seine mögliche Verwendung.

»Ich müßte allerdings meine Konsumgeschmeidigkeit ein wenig erhöhen«, hörte Tempus eine Frau zu ihrer Freundin sagen.

»Ach, das habe ich letzte Woche auch getan. Der Kanzler hat doch gesagt, die Zukunft wird so strahlend sein, daß wir nur noch mit Sonnenbrillen vor die Tür gehen können. Das hat mich richtig positiv gestimmt. Mein Mann war auch schon hier. Hast du deinen Ausweis mit?«

»Warum, braucht man den?«

»Beim ersten Mal schon. Wenn du allerdings bereits einen Kredit hast ...«

»Sei still«, fiel ihre Freundin ihr ins Wort und wandte sich ab, »jetzt will ich nicht mehr.«

»Aber warum denn nicht?«

»Du hast das Wort gesagt.«

»Ach komm, stell dich nicht so an. Hast du denn schon einen?«

»Zwei«, druckste die Frau.

»Dann ist das alles doch kein Problem. In diesem Fall brauchst du nicht mal den Ausweis.«

Plaudernd gingen sie zu einem der vielen Schalter, vor denen sich lange, nach Alter und Geschlecht getrennte Schlangen gebildet hatten. Über jedem stand ein anderer Slogan: Verdrehen Sie ihm den Kopf – mit Konsumgeschmeidigkeit. Erobern Sie die Frau Ihrer Träume – mit Konsumgeschmeidigkeit. Konsumgeschmeidigkeit – voll cool.

Auf einer der hinabfahrenden Rolltreppen kam ihnen Notger entgegen, der wütende Fernsehredakteur.

»Den kennen wir doch von der Demonstration.«

Notger murmelte beständig etwas vor sich hin und wurde immer lauter:

»... stillgehalten, den Kopf gesenkt. Sich jahrelang hohnlachende Moralpredigten von Verzicht anhören müssen. Dann wieder freudig durch Konsum den Binnenmarkt beflügelt.« Er sah sich um und hob beschwörend die Arme. »Was wollt ihr alle hier? Euch gegenseitig totschlagen, um die Reste dessen zu stehlen, was ohnehin euch gehört. Wer produziert denn den ganzen Mist, den letztlich niemand braucht. Die Statussymbole, die Ablenkungsmanöver ...«

»Hör auf zu predigen, Idiot«, schrie ein Kunde auf einer anderen Rolltreppe ihm zu, »... besserwisserisches Geschwätz.«

Rundum, auf jeder Etage, traten Wachmänner an die Balustraden. Schwarz uniformiert, die Hand an der Waffe, mit drohendem Blick. Seit den letzten Plünderungen war ihre Anzahl verdoppelt worden.

Notger redete einfach weiter. »Nicht leise, zaghaft mal warum gefragt, sondern sich möglichst schnell der Verantwortung entzogen. Lieber was Schönes gekauft, da fühlt man sich so gut«, deklamierte er jetzt so laut, daß es durch das ganze Kaufhaus schallte. »Sofort erschreckt die Hand vor den Mund geschlagen und alles erstickt, wenn der Unmut kam oder das Aufbegehren.«

Am Kopf der Rolltreppe entstand ein Gedränge. Zwei der Ordner arbeiteten sich fluchend durch die Schlange nach unten. Grob stießen sie die Kunden beiseite und näherten sich Notger. Der sah sie kommen, kümmerte sich jedoch nicht um sie.

»Brav den Gürtel enger geschnallt, für die Gewinne der anderen. Oder besser noch selbst ein bißchen mitgemischt, wenn es gerade günstig lief. Ein bißchen abgesahnt und Dümmere betrogen.«

Die Wachmänner erreichten Notger und nahmen ihn in den Polizeigriff. Er ließ sich nicht beirren und schrie, bereits gekrümmt vor Schmerz: »Und so gut es geht das Geld in Einkaufspassagen, Autohäusern und Reisebüros gelassen. Spaß gehabt und doch meist mehr getrunken als gelacht. Das Zweifeln totgeschlagen, oder das Leid, das man lieber erträgt als begreift.«

Während Notger abgeführt wurde, verdichtete sich das Flimmern vor Tempus' Augen zu einem Schriftzug, der sich wie ein Textblatt über sein gesamtes Gesichtsfeld spannte. Vor dem Hintergrund des überladenen

Kaufhauses rollten die Daten von Blutwichs Bildschirm vor ihm ab.

»Politiker werden. Mit hehren Zielen starten und, auf dem Wege längst korrumpiert, mit verlogenen Glaubensbekenntnissen als Rattenfänger enden«, hallte Notgers Stimme nach.

Tempus mußte sich auf die Stufen setzen. Der gläserne Fahrstuhl, der an ihnen vorbei nach oben schoß, verwandelte sich in eine riesige Blume, die bis zur Decke des Kaufhauses emporwuchs. Sofort stürmten weitere Wachmänner herbei und durchtrennten ihren Stengel mit einer Motorsäge.

Nikki beugte sich zu Tempus herab. »Halte durch«, flüsterte sie ihm ins Ohr. »Die Anfälle werden im Laufe der Zeit seltener.« Ihre Nase strich über seine Wange. »Wir müssen zu Wedo.« Sie küßte ihn auf den Hals.

Tempus schloß die Augen und atmete tief durch. Er war froh, Nikki bei sich zu haben.

»Euch geht es doch allen viel zu gut«, war Notger immer noch aus der Ferne zu hören. »Millionen Arbeitslose, aber ihr leidet noch nicht genug. Selbst die Sozialhilfe ist noch zu hoch. Ihr merkt doch gar nichts mehr.«

Betonbrocken kullerten die Rolltreppen hinab und begruben die Kunden unter sich.

»Nikki, so viel Blut«, stöhnte Tempus. Er hatte wieder Schweiß auf der Stirn.

30.12.1999 • 17.45 UHR • -1999 PUNKTE (ALARM)

»Ich kann mir nicht vorstellen, daß er sich ausgerechnet hier aufhält.«

»Beryl hat gesagt, hier würden wir ihn finden. Nein,

stimmt nicht«, korrigierte Nikki sich gleich darauf, »hier würde er uns finden. Wir sollen ihn auf keinen Fall suchen oder nach ihm fragen. Er wird von sich aus merken, daß wir zu ihm wollen, und sich zu erkennen geben.«

»Aber wir laufen hier herum wie auf dem Präsentierteller. Jeder, der uns anspricht, kann genauso gut zu Itors Leuten gehören, und wenn die uns hier erwischen, dann sitzen wir in der Falle.«

Sie gingen durch die Ausstellung über das ›intelligente Haus und seine Diener‹ im obersten Stockwerk des Kaufhauses. Auf einem weißen Podest saß ein Musiker in einem weißen Anzug vor einem weißen Flügel und spielte dezent verjazzt den Schlager ›Schön ist es, auf der Welt zu sein‹. Seine messingverzierten weißen Lackschuhe klopften den Takt, er lächelte sie mechanisch an und nickte freundlich. Tempus musterte ihn von oben bis unten.

»Der doch nicht«, wies Nikki ihn zurecht.

»Woher willst du das wissen. Es kann jeder sein. Hat sie dir denn gar nicht gesagt, wie er aussieht?«

»Nein. Es ist auch für ihn gefährlich, Kontakt zu uns aufzunehmen. Er soll sich den Zeitpunkt und die Art und Weise selbst aussuchen können.«

»Dann laß uns ein bißchen herumgehen, damit er die Chance hat, uns zu sehen. Vielleicht zu dem Haus da hinten.«

Die Etage war so groß und hoch, daß mehrere Musterhäuser dort Platz hatten. Tempus und Nikki näherten sich dem Eingang eines dieser Häuser. Vor der verschlossenen Tür blieben sie stehen.

»Wollen wir mal reingehen? Ich würde mich gerne einen Moment ausruhen.« Tempus wollte die Türklinke herunterdrücken, als eine Frauenstimme säuselte:

»Einen Moment bitte.«

Erstaunt zog er seine Hand zurück und wartete. Sie musterten die Tür und versuchten herauszufinden, woher die Stimme kam. Sekunden später meldete sie sich wieder.

»Es tut mir leid, aber Sie sind leider nicht befugt, dieses Gebäude zu betreten. Die biometrische Analyse hat ergeben, daß weder Ihre Stimme noch Ihre Fingerabdrücke, Blutbahnen und Wärmefelder mit den Profilen der berechtigten Personen übereinstimmten.«

»Was soll der Quatsch?« beschwerte sich Tempus.

»Allerdings ist es möglich«, fuhr die Stimme einschmeichelnd fort, »daß Sie nur aufgrund einer Meßungenauigkeit abgewiesen werden. Sollte Ihre Identifikation bei der Initialisierung des Systems ausschließlich über Blutbahnen und Wärmefelder erfolgt sein, so kann die Tatsache, daß Sie am ganzen Körper mit Blutergüssen übersät sind, das Ergebnis verfälschen. Bitte wenden Sie sich an Ihren Systemadministrator.«

»Das kann doch nicht wahr sein«, raunte Tempus Nikki zu. »Woher weiß diese Haustür, daß ich lauter Blutergüsse habe?« Er zog seine Jacke zu. »Sieht man irgend etwas?«

Nikki schüttelte den Kopf.

»Das ist interessant, was?« Ein gut gekleideter Herr in den Fünfzigern mit einigen Prospekten in der Hand kam lächelnd auf sie zu. Im Schlepptau hatte er eine Gruppe von Kunden. »Schon erstaunlich, was diese Systeme leisten. Aber Sie sollten erst mal sehen, was sich im Inneren des Hauses verbirgt. Ich bin immer wieder stolz darauf.«

Tempus und Nikki, die den Mann zunächst mißtrauisch gemustert hatten, warfen sich einen Blick zu. Wenn er so stolz darauf war, hatte er es vielleicht entwickelt. Traf dies zu, konnte er Wedo Change sein.

»Wollen Sie vielleicht an unserer kleinen Führung teilnehmen, meine Herrschaften? Es ist ganz unverbindlich«, versicherte der Mann eilig und rückte eine rahmenlose Brille auf seiner Nase zurecht.

»Wenn Sie meinen. Vielleicht haben Sie uns ja etwas Interessantes über die neuesten Erfindungen zu erzählen«, versuchte Tempus sich in Zweideutigkeiten.

»Worauf Sie sich verlassen können.« Der Mann lachte. »Dieses Haus hier verwaltet sich rundum selbst. Es sieht Ihren Terminkalender durch und weckt Sie mit Ihrer Lieblingsmusik rechtzeitig für Ihre erste Besprechung. Der Kaffee ist dann bereits gekocht, und die Croissants sind getoastet. Wenn Sie abends zurückkommen, empfängt es Sie mit einem geöffneten Garagentor, regelt passend zu Ihrem Eintreffen das Licht und die Raumtemperatur und hat bereits Ihren Videorecorder programmiert, wenn Filme im Fernsehen kommen, die Ihrem Geschmacksprofil entsprechen.«

»Ansehen darf ich die Filme aber noch selbst, oder?« fragte eine skeptische Kundin aus dem Pulk.

Der Mann ging nicht weiter auf den Einwurf ein. »Die Fenster regulieren sich selbst. Sie erkennen, ob sie geöffnet oder geschlossen sind, wie warm es draußen ist, oder ob jemand versucht einzubrechen. Scheint die Sonne zu stark, verdunkeln sie sich automatisch, wird die Raumluft zu schlecht, lassen sie Frischluft hinein.«

»Hauptsache, es läßt auch mich hinein«, frotzelte die Frau wieder.

»Guter Witz«, lächelte der Verkäufer gekünstelt. »Die biometrische Identifikationsanlage haben Sie ja bereits kennengelernt«, wandte er sich wieder an Tempus. »Auch innerhalb des Hauses ist sie immer über Ihren Aufenthaltsort informiert. So brennt nie ein überflüssiges Licht, und das Telefon klingelt nur dort, wo Sie den Anruf annehmen werden. Aber das ist lange noch nicht alles: Die Waschmaschine weiß, wieviel Waschmittel Ihre Wäsche braucht, und programmiert sich anschließend selbst. Der Herd berechnet, wann der Braten gar ist, und verändert entsprechend seine Temperatur. Der Kühlschrank kennt seinen Inhalt, weiß, wann etwas verdorben ist oder wann eingekauft werden muß. Er gibt über das Internet automatisch eine Bestellung auf, so daß seine Bestände immer Ihren Mindestvorgaben entsprechen. Sollte er einmal kaputtgehen, so informiert der Zentralrechner, an den alle technischen Geräte angeschlossen sind, automatisch den Reparaturdienst. Der erhält die genaue Typenbezeichnung und den Fehlercode, so daß sein Systemcomputer sofort überprüfen kann, welche Ersatzteile benötigt werden, und dem Monteur, der Ihnen am nächsten ist, die Nachricht auf sein Handy weiterleitet. Ein Navigationssystem errechnet aus den Adressdaten den optimalen Kurs zu Ihnen und holt Informationen über die Straßenbeschaffenheit und die Verkehrslage ein. So kann der Monteur auf dem schnellstmöglichen Wege zu Ihnen kommen und den Auftrag erledigen. Die Rechnung bekommen Sie per E-mail, und nach Ihrer Bestätigung wird der Betrag automatisch von Ihrem Konto abgebucht. Faszinierend, nicht?«

»Allerdings«, sagte ein technikbegeisterter Mann. »Und alles im Dienste unserer Bequemlichkeit.«

Der Verkäufer lächelte. »Sobald Sie zum Kauf entschlossen sind, können Sie natürlich jederzeit bei mir bestellen. Ihre Nachbarn werden vor Neid platzen.«

Tempus nutzte die Chance. »Unsere Nachbarn waren bereits hier. Es hat ihnen sehr gut gefallen.« Er senkte die Stimme und sah dem Mann in die Augen. »Kennen Sie sie vielleicht?«

»Das kommt darauf an. Wie ist denn ihr Name?« antwortete der Mann mit routinierter Freundlichkeit. Sein Blick blieb an Tempus' zu Berge stehenden, leuchtendblauen Dreads hängen. »Haben sie auch so bemerkenswerte Frisuren wie Sie?« setzte er mit einem Augenzwinkern hinzu.

»Ja«, sagte Tempus erfreut. »Sie heißen Lazu und Beryl. Erinnern Sie sich?«

Der Verkäufer musterte Tempus und Nikki von oben bis unten. Ihre gesamte Erscheinung verriet die Strapazen, die sie in den letzten Tagen hinter sich gebracht hatten. »Darüber müßte ich mal nachdenken.« Er sah sich auf der Etage um. »Aber vielleicht beginnen wir erst einmal mit unserer kleinen Besichtigung.«

Ohne ihnen Gelegenheit zu einer Reaktion zu lassen, winkte der Mann der Gruppe von Schaulustigen, sich ihnen anzuschließen. Auch eine Reihe von Kindern, die zwischen den Ausstellungsstücken herumtobten, gehörte dazu.

»Warum macht er es denn so kompliziert«, flüsterte Tempus Nikki zu.

»Keine Ahnung. Er muß eben vorsichtig sein.«

Der Mann stellte sich vor die Haustür und erhob die Stimme: »Meine sehr verehrten Damen und Herren ...«

Die Kinder kamen herbeigerannt und mischten sich kichernd unter die Erwachsenen. Ein etwa zwölfjähriger Junge blieb unmittelbar vor Tempus stehen. Er stemmte die Arme in die Seiten. »Du siehst ja bescheuert aus.«

Tempus sah auf ihn herunter und zog die Augenbrauen hoch. »Sonst noch was?«

Der Kleine schnitt eine Grimasse und äffte ihn nach: »Sonst noch was? Mehr fällt dir dazu nicht ein? Kein Wunder, bei der beknackten Frisur. Hast wohl in die Steckdose gefaßt?«

»Sag mal, willst du Ärger?« fragte Tempus, der sich

tatsächlich provoziert fühlte. »Was bläst du dich so auf?«

»Meine Damen und Herren, wenn vielleicht die Eltern des Jungen ...« versuchte der Verkäufer den Schaden zu begrenzen und schickte suchende Blicke in die Runde. Die Kunden blickten sich ebenfalls um. Niemand schien sich für den Jungen verantwortlich zu fühlen.

»Halt die Klappe, Penner«, pöbelte der Kleine jetzt den Verkäufer an. »Wenn ich dem Blaulicht hier mal die Meinung sage, geht dich das einen feuchten Dreck an. Sing mal«, wandte er sich wieder an Tempus, »Lalülala.« Er schüttete sich aus vor Lachen.

»Unglaublich«, staunte Nikki, eher fasziniert von so viel Frechheit als verärgert. Sofort wurde auch sie zur Zielscheibe des Jungen.

»Sei du mal ganz still, Japsentusse ...«

»Es reicht«, schritt Tempus ein und griff den Jungen hart am Arm.

»Laß ihn doch«, rief Nikki, doch der Junge riß sich los und spuckte nach Tempus, der ihm sofort nachsetzte. »Tempus, bitte.« Nikki wollte ihn aufhalten.

»Läßt dich von der Japsentusse rumkommandieren«, hämte der Bengel und tänzelte rückwärts. Er achtete sorgfältig darauf, nicht in Tempus' unmittelbare Reichweite zu geraten.

»Nenn sie nicht immer Japsentusse!«

»Wie soll ich denn sagen: Schlitzi?«

Tempus platzte der Kragen. Mit einem Satz sprang er auf den Jungen zu, der konnte ausweichen und rannte los. Tempus spurtete ihm nach, dicht gefolgt von Nikki, die immer wieder rief: »Tempus, laß dich doch nicht provozieren.«

Der Junge durchquerte in halsbrecherischem Slalom die überfüllte Etage und lief zielstrebig auf einen mit dem

Slogan ›Das intelligente Haus und seine Diener‹ bedruckten Vorhang zu. Dort angekommen, blickte er sich noch einmal um, sah, daß Tempus und Nikki ihm folgten, und verschwand hinter der riesigen Stoffbahn. Eine Tür fiel ins Schloß.

Tempus wühlte sich durch den aufgebauschten Vorhang, bis er die Klinke fand. Er riß daran, die Tür ließ sich öffnen. Dahinter lag ein schäbiges Treppenhaus. Den Geräuschen nach zu urteilen, floh der Junge abwärts, Tempus setzte ihm nach.

Er nahm immer zwei, drei Stufen auf einmal, schwang sich am Geländer über die Plateaus der einzelnen Stockwerke und holte deutlich auf. Über ihm fiel die Tür erneut ins Schloß.

»Tempus?«

»Ich bin hier unten. Ich hab ihn gleich.«

»Jetzt laß doch den Quatsch. Wir haben wirklich Wichtigeres zu tun.« Nikki folgte ihm dennoch.

Tempus nahm das letzte Stockwerk wie im Flug und bremste atemlos vor einer weiteren Metalltür. Sie war verschlossen. Wütend rüttelte er daran. Die Tür gab keinen Millimeter nach. Schwer atmend ließ er sich auf die unterste Stufe der Treppe fallen.

Nikki kam angelaufen. »So ein Glück. Ich dachte, du prügelst dich tatsächlich mit diesem Knirps. Was ist denn in dich gefahren?«

Tempus stand wieder auf. »Keine Ahnung.« Wütend trat er gegen die Tür.

Jetzt sprang sie auf.

»Das gibt es doch nicht.« Tempus trat näher. Eine Flucht von hohen Lagerräumen tat sich vor ihm auf.

»Laß uns zurückgehen.«

»Nur mal gucken«, murmelte Tempus und passierte die Schwelle.

»Tempus, wir müssen zu Wedo.« Nikki lief ungehalten hinter ihm her und wollte ihn am Ärmel zurückziehen.

Plötzlich fiel die Tür hinter ihr ins Schloß.

»Das hast du jetzt davon.« Sie drückte die Klinke nieder, doch die Tür blieb verschlossen.

»Da treibt doch irgendwer ein blödes Spiel mit uns.«

»Und du bist ihm auf den Leim gegangen.«

Tempus rüttelte wieder an der Tür. »Es tut mir leid. Und was machen wir jetzt?«

»Am besten folgt ihr mir einfach weiter.« Der freche Junge trat feixend hinter einem Metallregal vor.

Tempus ging drohend auf ihn zu. »Sorg dafür, daß wir hier wieder rauskommen, sonst kriegst du doch noch Prügel.«

Der Junge ließ sich nicht einschüchtern. »Und ich dachte schon, ihr wollt zu Wedo Change.« Er lehnte sich lässig an das Regal.

»Was geht dich das an?«

»Ich weiß, wo er ist.«

»Und das sollen wir dir glauben?«

»Müßt ihr ja nicht.« Er drückte auf einen hinter dem Regal verborgenen Knopf, die Tür sprang wieder auf.

Tempus musterte den Jungen mißtrauisch, Nikki drängte sich an ihm vorbei.

»Jetzt ist nicht der Moment für blöde Witze. Wir müssen dringend zu Wedo Change. Wenn du wirklich weißt, wo er ist, dann führ uns hin.«

»Also doch. Ganz wie ihr wollt.« Der Junge drückte erneut den Knopf, die Tür schloß sich wieder. Er winkte locker mit der Hand, sie sollten ihm folgen, und führte sie durch eine Reihe schummriger Lagerhallen, bis sie schließlich vor einem Musterhaus standen, das dem in der Ausstellung genau glich. »Hier wohnt er zur Zeit.«

Kaum hatten sie den Flur des Hauses betreten, ging das Licht an, und leise Musik erklang.

»Sein Arbeitszimmer ist da vorn.« Er ging vor. Die Tür öffnete sich von selbst. »Hier sitzt er für gewöhnlich.« Er wies auf einen leeren Stuhl vor einem ebenfalls leeren Schreibtisch.

»Aber wo ist er jetzt? Wir müssen ihn sprechen.«

Der Junge hockte sich auf den Stuhl, zog die Beine an und grinste.

»Dann fangt mal an.«

»Ich habe es doch geahnt. Er hat uns reingelegt.« Tempus wurde wieder wütend. Er wandte sich an Nikki: »Laß uns gehen, bevor wir noch mehr Zeit verschwenden.«

In diesem Moment flammte ein Licht auf und projizierte einen Bildschirm, eine Tastatur, ein Telefon und ein Schaltpult auf den leeren Schreibtisch.

»Schön, daß du wieder zu Hause bist«, säuselte die ihnen aus dem ersten Musterhaus bereits bekannte Frauenstimme, »darf ich dir kurz einen Statusbericht geben?«

»Wir haben Gäste, ich glaube, das wäre ein wenig indiskret«, antwortete der Junge.

»Entschuldigung, das habe ich nicht gemerkt. Du hattest die Haustür deaktiviert. Dann werde ich zunächst die Wünsche unserer Gäste analysieren. Herzlich willkommen«, schmeichelte die warme, rauchige Stimme.

»Ist sie nicht sexy?« freute sich der Knirps.

»Weißt du überhaupt schon, was das heißt?« fragte Tempus genervt. »Ich habe keine Lust auf diese Mätzchen. Kriegen wir Wedo jetzt endlich zu sehen oder nicht?«

»Du solltest ein paar deiner Vorurteile abbauen«, wies der Junge ihn altklug zurecht.

»Und du solltest dir mal ein bißchen Respekt anoperieren lassen«, konterte Tempus.

»Was habt ihr denn erwartet? Einen gesetzten Herrn im weißen Kittel mit Brille auf der Nase? In einem chaotischen Labor mit tausend Bauplänen und herumfliegendem Werkzeug?«

»Keine Ahnung, ich habe gar nichts erwartet. Ich will nur zu Wedo Change. Du hast gesagt, du führst uns zu ihm.«

»Das habe ich auch getan. Ihr sprecht bereits mit ihm.«

»Machst du Witze?« Tempus war auf dem Weg zur Tür.

»Nicht im geringsten«, hielt ihn die ernste Stimme des Jungen auf.

Tempus drehte sich um und kam zurück. »Du willst allen Ernstes behaupten, *du* bist Wedo Change?«

Der Junge nickte. »Willst du meinen Ausweis sehen?«

Tempus sah Nikki an. Sie hob nur stumm die Hände.

»Wie alt bist du? Elf?« fragte Tempus fassungslos.

»Zwölf«, korrigierte Wedo ihn, »fast dreizehn, um genau zu sein.«

Er grinste sie an und baumelte mit den Beinen.

30.12.1999 • 18.05 UHR • -1753 PUNKTE (ALARM)

»Meine Eltern konnten von Anfang an nichts mit mir anfangen. Alle haben mich immer für einen miesen, kleinen Streber gehalten. Nur weil ich mit sechs schon alles wußte, was man in der Schule lernt.«

Wedos Augen folgten einem pfenniggroßen Radfahrer, der, von einer Fernbedienung in seinen Händen gelenkt, über den Schreibtisch kurvte. Er schniefte und wischte sich die Nase an seinem Ärmel ab.

»Wieso weißt du denn so viel?« versuchte Tempus das Gespräch in Gang zu halten.

»Keine Ahnung.« Eine große Träne kullerte über die samtige Kinderwange. »Mit vier Monaten konnte ich sprechen, mit neun Monaten habe ich beim Autofahren immer die Reklameschilder vorgelesen. Mit zwei habe ich bei Gesellschaftsspielen so gut geschummelt, daß es keiner gemerkt hat. Mit drei wollte ich immer ins Technikmuseum. Aber das wurde auch schnell langweilig, weil ich bald alle Konstruktionspläne auswendig kannte.«

Wedo bremste den Radfahrer. Tempus wollte ihm über den Kopf streichen, doch Wedo wich ihm aus. Er setzte sein Spiel mit einem kleinen Rennwagen fort, der auf einem Markstück Platz gehabt hätte. Sirrend ließ er ihn über den Boden jagen.

»Ist dir das nicht selber komisch vorgekommen?« Irritiert zog Nikki ihren Fuß hoch, denn das winzige Auto war mit erstaunlicher Wucht gegen ihren Schuh geknallt. Energisch hatte es immer wieder dagegen gedrückt, bis der Widerstand beseitigt war.

»Nein, ich fand das ganz normal. Ich habe mich nur unglaublich schnell gelangweilt. Die anderen Kinder haben immer irgend etwas Blödes gespielt, ich unterhielt mich lieber mit Erwachsenen. Aber die waren auch schnell genervt, weil ich sie immerzu mit Fragen bombardierte. Oft bin ich heimlich in die Bibliothek gegangen und habe gelesen und gerechnet. Mathe und Physik fand ich klasse, und mit fünf habe ich die Philosophen entdeckt. Das war richtig spannend.«

Auch der Rennwagen schien nicht mehr interessant. Wedo navigierte ihn zu sich, hob ihn hoch und stellte ihn neben den Radfahrer.

»Thil und ich, wir waren beide Eistester«, sagte er unvermittelt. »Dabei haben wir uns kennengelernt.« Wieder bahnte sich eine Träne ihren Weg. »Thil war mein einziger wirklicher Freund.«

Nikki sah ihn mitfühlend an. »Beryl hat es uns erzählt.«

Wedo drückte auf die Fernbedienung, im Nebenzimmer begann etwas zu summen, und plötzlich kam ein kirschgroßer Hubschrauber um die Ecke geflogen. Sein Aussehen und Flugverhalten standen einem normalen Helicopter in nichts nach.

Tempus zog schnell den Kopf ein, denn das kleine Flugobjekt hätte ihn bei einem waghalsigen Manöver fast gerammt.

»Meinen Eltern war das alles peinlich, die dachten, ich sei nicht normal«, nahm Wedo den Faden wieder auf, während er hochkonzentriert den Mini-Hubschrauber durch das Zimmer fliegen ließ. »Die anderen Eltern haben auch gesagt, ich sei kopflastig und völlig verhaltensgestört. Nur weil ich mehr wußte als sie und viel allein war. Aber die Bücher waren unheimlich spannend, da habe ich das gar nicht so gemerkt.«

»Und die Schule?«

Er schien die Frage überhört zu haben. »Streck mal die Hand aus«, forderte er Nikki auf und warf ihr einen kurzen, tränenschimmernden Blick zu. Nikki hielt ihre Hand in die Luft. Der Hubschrauber setzte zum Sturzflug an.

»Die Schule war tödlich öde. Am Anfang habe ich immer nur Mist gemacht, hab gestört und Witze erzählt. Geprügelt habe ich mich auch manchmal.«

»Nerven kannst du tatsächlich ziemlich gut, das haben wir ja schon gemerkt«, stichelte Tempus und beobachtete, wie Wedo den Hubschrauber zielgenau auf Nikkis Hand landen ließ. Was für schöne Finger sie hat, dachte er.

»Ich kann doch nichts dafür. Ich kann eben gut denken. Na und?«

Der Hubschrauber hob wieder ab und flog direkt auf Tempus zu. Bedrohlich summte er mit leicht gesenkter Nase vor dessen Gesicht hin und her.

»Ich habe es doch nicht so gemeint«, bereute Tempus seinen Spott sofort. »Wie hast du denn die Kurve gekriegt?«

»Ich hatte Glück. Lazu hat etwas gemerkt. Er hat mit meinen Eltern geredet und dafür gesorgt, daß ich in die Hochbegabtenförderung aufgenommen wurde. Da waren endlich lauter Kinder wie ich. Ich habe eine Menge Aufgaben bekommen, bei denen ich etwas lernte und wirklich nachdenken mußte. Und dann habe ich angefangen, selber Sachen zu erfinden.«

»Wie den Rennwagen und den Hubschrauber«, fragte Tempus. Er versuchte, an dem kleinen Störenfried vorbeizusehen, doch Wedo steuerte die Maschine so geschickt, daß sie immer wieder Tempus Blickfeld verstellte.

»Nein, die haben andere schon vor einiger Zeit erfunden. Aber Mikrosystemtechnik fasziniert mich. Das ist eine der Schlüsseltechnologien des kommenden Jahrhunderts.«

Unverhofft durchbrach der Wissenschaftler den Trauerschleier, der das Kind umgab.

»Aber der Iceblues ist doch von dir, oder?« versuchte Tempus ihn an der Oberfläche zu halten.

»Ja, der Iceblues war mein Durchbruch, aber die Regierung benutzt ihn ganz anders, als ich es wollte. Die setzt ihn ausschließlich in ihrem Programm zur Erforschung des Wirklichkeitsschocks ein. Moment mal«, unterbrach Wedo sich selbst. Deutlich war ihm die Verbitterung über den Mißbrauch seiner wegweisenden Erfindung anzumerken, er ähnelte plötzlich in nichts mehr einem Kind. Sorgfältig ließ er den Hubschrauber auf dem Schreibtisch neben dem Radfahrer und dem Rennwagen landen und lauschte dann.

Ein leichtes Rieseln wie von Nieselregen war zu hören.

»Scheinbar ist niemand wirklich daran interessiert, die Ressourcen des menschlichen Gehirns nutzbar zu machen.« Jetzt war er ganz der reife, gesetzte Forscher. »Bilde ich mir das ein, oder wird der Regen lauter?« fügte er nahtlos hinzu. Er lauschte wieder.

Tempus und Nikki konzentrierten sich gleichfalls auf das Rieseln. Tempus fiel ein, daß das Haus, in dem sie sich befanden, im Keller des Kaufhauses stand. Es konnte also gar nicht regnen. Trotzdem war ein deutliches Tröpfeln zu vernehmen.

»Die Geräusche sind mir vorhin noch nicht aufgefallen«, bestätigte er.

»Und vor allen Dingen ist vorhin noch kein Wasser an den Wänden heruntergelaufen«, ergänzte Nikki. Sie sprang auf. »Hast du irgendwo einen Lappen?«

»Das ist kein echtes Wasser«, beruhigte Wedo sie.

Nikki ging zu einer Wand und legte die Hand darauf. Die Wand war trocken, obwohl deutlich sichtbar Tropfen an ihr herunterliefen. Zudem verfärbte sie sich. Ihr Grundton war ein freundliches Sonnengelb, doch jetzt flammte sie an manchen Stellen orange, an anderen sogar rot.

Nikki setzte sich wieder hin. Ihr Stuhl war einen halben Zentimeter höher geworden, doch sie bemerkte es nicht.

»Das gefällt mir nicht«, grübelte Wedo besorgt. »Irgendwer spioniert mir nach. Ich habe dieses Haus mit meinem Labor vernetzt. Der Regen und die Farbveränderung sind ein Ambient-Indikator für fremde Computeraktivitäten im Zusammenhang mit meinen Tätigkeiten und meinem Aufenthaltsort. Wahrscheinlich war es ganz gut, daß ich vorübergehend hierher gezogen bin.« Er fiel in sich zusammen.

Tempus und Nikki beobachteten ihn beunruhigt.

»Und sie sind wirklich tot?« fragte er leise in den Raum hinein, ohne sie anzusehen.

»Ja, Wedo.« Nikki legte ihre Hand auf sein Knie.

Diesmal ließ er es geschehen. Dann drehte er sich unvermittelt zu der Tastaturprojektion um und tippte etwas ein. Obwohl die Tastatur nur eine Illusion war, klickte es bei jedem Buchstaben. Die Bildschirmprojektion zeigte die Umgebung des Kaufhauses und den Platz-der-Erkenntnis-durch-Konsum. Tempus und Nikki erhoben sich, um besser sehen zu können.

»Woher kommt dieses Bild? Hast du überall Kameras installiert?«

Wedo schüttelte den Kopf. »Nein, es sind winzige Siliziumchips, auf deren Oberfläche sich eine halbe Million noch viel winzigerer Spiegel befinden. Sie lassen sich alle unabhängig voneinander hin- und herkippen. Mit ihrer Hilfe kann man Licht lenken und zu brillianten Projektionsbildern bündeln. Viel größer, als ihr es hier seht. Sie können bereits fertige Signale wie Fernsehprogramme übertragen, aber auch wie eine Kamera alles zeigen, was sich in ihrem Blickfeld befindet.«

Sie betrachteten das Bild, während Wedo den ganzen Platz abzoomte. Da sie nichts Auffälliges entdecken konnten, setzten Tempus und Nikki sich wieder. Nikkis Stuhl war ein wenig seitlich verschoben, doch der Unterschied war so gering, daß sie ihn nicht bemerkte.

»Mirabella?« rief Wedo in den Raum.

»Ja bitte?« meldete sich die Frauenstimme.

»Ist heute irgend etwas Außergewöhnliches in meiner Abwesenheit vorgefallen?«

»Es gab ungewöhnliche Aktivitäten auf deiner Homepage. Jemand hat immer wieder versucht, den Standort des Servers herauszufinden und in ihn einzudringen. Außerdem habe ich wiederholt Richtstrahlen von professionellen Lauschempfängern bemerkt.«

»Konntest du die Signale zurückverfolgen?«

»Leider nicht, aber ich glaube, es war eine mobile Quelle in einigen Kilometern Entfernung.«

»Kann denn jemand deine Computer aus so einer Entfernung drahtlos anzapfen?« fragte Tempus.

»Theoretisch ja. Schon mit einem alten, leicht modifizierten Schwarzweißfernseher hast du die Möglichkeit, über einige Meter Entfernung und durch Zimmerwände hindurch zu lesen, was jemand nebenan auf seinem Bildschirm hat. Mit entsprechenden Geräten kannst du alles anzapfen. 1984 hat die Stasi die US-Botschaft in Berlin abgehört. Und vor vier Jahren hat ein New Yorker Sicherheitsspezialist ohne Probleme alle Daten der Vereinten Nationen, diverser Banken, der Wall Street Broker und anderer Institutionen emfangen – von ihren Parkplätzen aus.«

Er wurde unterbrochen, denn Nikki sprang auf: »Mein Stuhl bewegt sich.« Tatsächlich schien ihr Stuhl einen halben Zentimeter über dem Boden gemächlich durch das Zimmer zu schweben.

Wedo lachte leise. »Das sind nur meine Titan-Ameisen.« Für einen kurzen Moment schwand die Trauer aus seinem Gesicht. Das Kind, das sich über ein Spielzeug freut, kam wieder zum Vorschein. Er hob den Stuhl an, und tatsächlich krabbelte unter jedem Stuhlbein ein winziges, stählernes Insekt.

»Sie könnten ganz nützlich sein, um fremde Planeten zu erforschen. Man schickt sie ohne Gefahr für Menschen und mit wenig Rohstoff- und Energieverbrauch in winzigen Raumschiffen ins All und wartet einfach ab, was sie an Ergebnissen zur Erde funken. Sie könnten auch in radioaktiv verseuchten Räumen von Atomkraftwerken aufräumen oder Inspektionsaufgaben übernehmen. Es sind hochkomplexe kleine Maschinen, genau wie diese Mikroreaktoren.« Er wies auf eine sorgfältig aufgebaute Reihe kleiner Halbkugeln in einem Regal.

»Ich dachte, das wären Fingerhüte«, staunte Tempus.

»Nein«, lachte Wedo. »Das sind komplette chemische Produktionsanlagen. Sie gewährleisten eine sehr genaue Steuerung der darin ablaufenden Prozesse. Die Ameisen sind mir aber lieber. Erstens krabbeln sie wie echte kleine Tiere durch die Gegend – das mag ich. Und zweitens sind sie unglaublich praktisch. Ich beschäftige sie zur Zeit als Bauarbeitertrupp. Diese Häuser sind so schlampig zusammengebaut, daß jede Menge Ausbesserungsarbeiten anfallen. Ich habe sie einfach entsprechend programmiert. Jetzt ziehen sie durch das ganze Haus, und wenn sie fertig sind, melden sie sich wieder bei mir.«

Nikki bückte sich und hob eines der künstlichen Tierchen auf. Es krabbelte über ihre Hand. »Und die haben soviel Kraft?«

»Jedes einzelne davon könnte dich alleine durch die Gegend schleifen. Und je nachdem, mit was für Werkzeugen du es bestückst, kann es sägen, fräsen, raspeln, schrauben, alles, was du willst.«

»Und wie sagst du ihnen, was sie machen sollen?«

»Mit einer Fernsteuerung, wie bei dem Hubschrauber.«

»Wenn ich euch kurz unterbrechen darf«, meldete Mirabella sich zu Wort, »die Lauschtätigkeit hat ein wenig nachgelassen.«

Tatsächlich lief weniger Wasser an den Wänden des Raumes herab. Auch das Rauschen des Regens war leiser und die Farbe der Wände wieder blasser geworden.

»Trotzdem muß hier irgendwo eine undichte Stelle sein«, ärgerte sich Wedo. »Ich hab mich bei der Isolierung des Hauses auf eine Abschirmtapete aus elektrisch leitfähigem Material verlassen. Angeblich soll sie einen faradayschen Käfig ersetzen. Ich hatte keine Lust, für die kurze Zeit hier extra Metallplatten an die Wände zu schrauben. Offenbar hätte ich es tun sollen.«

»Ich glaube, ich weiß, wo deine undichte Stelle ist.« Tempus bückte sich und kroch unter den Tisch. Als er wieder hervorkam, hielt er zwei der Titanameisen in der Hand. »Die sägen an der Wand herum.«

»Das darf doch nicht wahr sein.« Wedo kroch ebenfalls unter den Tisch. »Die bauen genauso viel Mist wie echte Handwerker. Ich muß einen Fehler bei der Programmierung gemacht haben. Sie haben lauter Löcher in die Wand gebohrt und dabei die Tapete zerstört. Kein Wunder, daß man uns aufspüren kann. Diese Stelle ist noch klein, aber wer weiß, wie es in meinem Labor aussieht. Da sind die Ameisen auch im Einsatz. Ich muß das so bald wie möglich kontrollieren.«

»Wer ist denn eigentlich hinter dir her?« fragte Tempus, als Wedo wieder zum Vorschein kam.

»Die gleichen Leute, die auch euch jagen. Die Regierung versucht, mich an der Arbeit zu hindern. Denn mein Ziel ist es, ihre menschenfeindliche Politik zu unterlaufen.« Sein Alter und sein jungenhaftes Aussehen standen in krassem Gegensatz zu dem Ernst, mit dem Wedo sprach. »Und Itor will um jeden Preis seine selbstherrliche Forderung durchsetzen: Ihr sollt euch keine Bilder machen neben den meinigen«, zitierte er verächtlich. »Der Kerl ist größenwahnsinnig. Aber es wird immer Träumer geben, die versuchen, ihre Visionen zu verwirklichen. Das kann er nicht verhindern.«

»Wie weit sind denn deine Untersuchungen zur Digitalisierung aller Stoffe?« platzte Nikki heraus.

Wedo war offensichtlich erstaunt. »Woher weißt du davon?«

Bevor Wedo antworten konnte, rief Tempus aufgeregt dazwischen: »Seht mal. Da ist der MON-Wagen, der mich schon auf dem Platz verfolgt hat.« Er zeigte auf die Monitorprojektion. »Und der Biker ist auch in der Nähe.«

Die winzigen Mikrosystemspiegel fingen ein brillantes Bild des Bikers ein, der in sein Funkgerät sprach.

»Das sieht mir aber recht harmlos aus«, beruhigte Wedo sie. »Sie wissen scheinbar nicht, wo sie euch suchen sollen, und hoffen, euch zufällig zu entdecken.« Er wandte sich wieder von dem Schirm ab. »Der Digitalisierer ist fertig«, sagte er dann fast nebenbei.

»Was soll das sein?« fragte Tempus.

»Ein Gerät, mit dem man alles . . .«, Wedo konnte einen Anflug von Stolz nicht verhehlen, ». . . jeden Gegenstand, dich, mich, dieses Kaufhaus, egal wie groß oder aus welchem Material, einfach alles in einen Datenstrom verwandeln und per Computer speichern, bearbeiten sowie über Leitungen oder Leitstrahlen transportieren kann.«

»Du meinst, du kannst mich, so wie ich hier stehe, einfach verschwinden lassen, und ich stecke danach in einem Computer?«

»Ja.« Für Wedo schien das ganz selbstverständlich zu sein.

»Und dann kannst du mich wie eine e-mail irgendwohin schicken?« Tempus wurde die Tragweite von Wedos Erfindung erst nach und nach bewußt. »Das ist ja wie Beamen.«

»In etwa.« Wedo machte ein schulmeisterliches Gesicht. »Im Gegensatz zum Beamen funktioniert meine Erfindung aber wirklich.« Er wandte sich an Nikki: »Damit könntet ihr zum Beispiel ...«

»... die Militärketten um die Großstadtzonen umgehen und nach Neuschwanstein kommen ...«, fiel sie ihm aufgeregt ins Wort.

»... um dort den Schlüssel für Blutwichs Umprogrammierung zu suchen«, ergänzte Tempus begeistert.

»Wedo«, strahlte Nikki, beugte sich hinab und fiel ihm um den Hals, »du bist einfach genial.«

»Na ja«, lächelte Wedo verlegen, »ich bin erst zwölf.« Aber er drückte Nikki so fest er konnte.

30.12.1999 • 22.25 UHR • -1321 PUNKTE (ALARM)

Mirabella zeigte sich von ihrer nettesten Seite: Der Raum war warm, das Licht gedämpft; die Luft ganz weich, von einem leichten Duft durchweht. Selbst das leise rieselnde Wasser an den glimmenden Wänden wirkte beruhigend.

»Ich mache euch noch ein wenig Musik«, sagte sie, und schon schwebten sanfte Klangwellen durch das Musterhaus. Eine ganze Nacht lag vor ihnen, Tempus und Nikki hatten erstmals Zeit nur füreinander.

Wedo hatte sie verlassen, um den Digitalisierer aus seinem Labor zu holen. Niemand wußte, wo sie sich aufhielten, kein Verfolger blies ihnen seinen heißen Atem ins Genick. Sofort nach Wedos Rückkehr wollten sie sich auf den Weg in das Schloß der Zeitlosigkeit machen.

»Ich werde mich jetzt ein wenig zurückziehen und meine Sensoren deaktivieren«, säuselte Mirabella. »Die hohe Spannung, die in der Luft liegt, kann ich allerdings nicht beeinflussen. Sie hängt nicht mit der Stromversorgung des Hauses zusammen, sondern muß andere Ursachen haben.«

Tempus war nicht sicher, ob sie das rein analytisch oder nicht eher etwas amüsiert bemerkte. Verhüllte doch das geschickt kalkulierte Halbdunkel des Raumes das Flattern seiner Nerven nur unzulänglich.

Jede von Nikkis Bewegungen weckte in Tempus das Bedürfnis, sie zu berühren. Seit er sie kannte ließ er keine Gelegenheit verstreichen, heimlich ein bißchen Haut zu erspähen, mit einem schnellen Blick eine Rundung zu stehlen. Er wollte sie endlich nackt.

Doch jetzt, kurz vor der Erfüllung seiner Wünsche, fühlte er sich wie in Quarz gegossen – sichtbar, aber unbeweglich und stumm. Als wäre er gefangen in dem durchsichtigen Block, traute er sich nicht, einen Muskel zu rühren oder ein Wort zu sagen; jede Vorstellung blieb ein Bild und schmerzlich körperlos.

Er sah Nikki an.

Sie streckte die Hand nach ihm aus.

Alles andere kam von ganz allein . . .

Moussierend stieg ihnen ihre Liebe zu Kopf. Eine nicht abreißende Kette funkelnder Perlen mit einer kleinen Krone aus Schaum.

Später lagen sie in der lauen Dämmerung. Selbst zwei Perlen, ein weiß schimmernder Schatz.

Doch dann dachte Tempus an Nanna. Wann würde Nikki wieder gehen, senkte sich der Stachel in sein Fleisch.

»Wie kannst du so etwas denken?« brauste sie neben ihm plötzlich auf und erhob sich.

»Habe ich etwas gesagt?«

»Allerdings.«

Tempus sah sie aus halbgeschlossenen Augen an. »Leg dich wieder hin, sonst falle ich über dich her«, drohte er und lächelte.

Nikki legte sich wieder hin. Er fiel trotzdem über sie her.

Bald darauf aber kehrten die Zweifel zurück. Ich weiß fast nichts von mir, nur, daß ich sie liebe. Tempus legte den Arm über die Augen. Aber was weiß ich von ihr? Viel weniger, als Nanna mir von sich erzählt hat.

Nikki schob mit ihrer Nase seinen Arm beiseite. »Was hast du denn?«

»Wenn du gehst, bin ich nicht mehr da.« Er bekam ein wenig Angst.

Nikki zog sich schuldbewußt zurück. »Ich bin anders, als du glaubst.«

Tempus hielt es für eine Beteuerung, Nikki hingegen weinte. Mirabella seufzte leise, das Wasser an den Wänden rauschte etwas lauter.

»Ich fürchte mich davor, daß der Wind dich wieder fortweht, so wie er dich zu mir gebracht hat.« Seine Finger strichen über ihren Rücken.

»Das war kein Zufall, auf dem Platz. Ich habe dich gesucht.« Mehr konnte sie nicht sagen. Schnell leckte sie die Tränen von Tempus' Hals. »Versprichst du mir«, sie sah ihm in die Augen, »was immer geschieht, du wirst nicht denken, ich habe es getan, um dir wehzutun.«

Tempus rollte sich zusammen und atmete an ihren Bauch.

Sie fuhr mit den Fingern zwischen seine Dreads und zog ihn sachte zu sich hoch. »Ich wußte ja nicht, daß du so sein würdest.« Mit vollen Lippen küßte sie seinen Mund.

»Ich seh den Abschied, wie du traurig winkst.«

»Vielleicht. Ich weiß es nicht. Ich liebe dich.« Sie wandte sich ab. »Sieh weg! Ich bin nicht nackt.« Sie hob die Hand vor ihr Gesicht, »ich liebe dich. Ich meine es ernst«, und weinte wieder.

31.12.1999 • 00.09 UHR • -1580 PUNKTE (ALARM)

»Einmal Fritten rot-weiß«, forderte der bullige Mann, der aussah wie der Bundeskanzler persönlich. Dabei zog er umständlich seine Hose über den Bauch, stützte die Hände auf den schmierigen Tresen und legte sein ganzes Gewicht darauf. Das Blut wich aus seinen dicken Fingern, die Aluplatte dellte sich mit einem Ploppen ein. »Eine Riesencurrywurst, extrascharf, und ein Bier.« Er beugte sich weit über den Tresen. »Behältst du das auch alles, Kleiner?«

»Klar, kommt sofort«, versicherte Wedo ernsthaft, während er ein Stück zurückwich. Der Mann war betrunken; er stank nach Alkohol und abgestandenem Zigarettenrauch. Der gewinnt jeden Kanzler-Look-Alike-Wettbewerb, dachte Wedo, bückte sich eilig und öffnete den Kühlschrank unter dem Tresen. Gegen den Gestank, der ihm von dort entgegenschlug, roch die Alkoholfahne fast angenehm. Zwischen dicken Schimmelwülsten fand Wedo eine letzte Wurst in dem ansonsten leeren Gerät. Schnell griff er sie und bugsierte sie mit einer schwarz verkrusteten Rohrzange in das aufspritzende Fett der Friteuse hinter sich. »Bitte setzen Sie sich doch. Ich bringe Ihnen gleich alles zusammen an den Tisch.«

»Wo ist eigentlich der Mann geblieben, der früher hier gearbeitet hat?« Der Kanzlerdoppelgänger richtete sich auf, die Aluplatte ploppte erneut. Er starrte Wedo inquisitorisch an.

»Ich weiß es nicht, ich bin neu hier«, versuchte Wedo einem Gespräch auszuweichen.

»Er steht vor dir«, triumphierte der Doppelgänger. »Dieser Imbiß war mal mein Reich.« Er sah sich um. »Das war in den alten Zeiten, noch bevor ich richtig erfolgreich war. Aber auch später ging es hier jede Nacht hoch her, da wurde noch richtig gefeiert. Heute gibt es immer nur Sekt und Kaviar, und ich muß mich heimlich fortschleichen, wenn ich mich mal an früher erinnern will«, erzählte er wehmütig. »Die alten Gäste kommen auch nicht mehr. Wer sind denn die neuen Betreiber?« Bevor Wedo sich eine Ausrede ausgedacht hatte, setzte der Doppelgänger lauernd nach: »Haben die überhaupt eine Lizenz?«

»Sind Sie von der Gesundheitspolizei?« fragte Wedo und musterte ihn mißtrauisch.

»Sag nicht, du erkennst mich nicht«, empörte sich der Mann. Er beugte sich wieder ganz dicht zu Wedo herab und tauchte ihn in seinen Gestank. »Wie sehe ich denn aus? Na?«

»Keine Ahnung«, gab Wedo sich unwissend. Er dachte: Den Gefallen tue ich dir nicht, sonst werde ich dich nie wieder los.

»Du kennst also den Bundeskanzler nicht«, ärgerte sich der Mann. »Ich glaube, du solltest lieber etwas für deine Bildung tun, als hier in dieser runtergekommenen Spelunke ...«, er sah sich um, als inspiziere er den Imbiß etwas genauer, »... wahrscheinlich muß ich die Kollegen von der Gesundheitspolizei doch mal vorbeischicken.«

»Läßt sich das nicht vermeiden?« fragte Wedo, gleichermaßen wütend und besorgt, vielleicht doch in Scherereien verwickelt zu werden.

»Nur wenn die Portion, die du da vorbereitest, groß genug ist.« Der Doppelgänger sah ihn noch einmal drohend an. Dann schlurfte er quer durch den kahlen Raum, ließ sich in einen alten Plastikstuhl fallen und fegte mit einer ausgreifenden Bewegung leere Bierdosen und kalte Pommes Frites von der Tischplatte zu dem übrigen Schmutz auf den Boden.

Winzige stählerne Ameisen machten sich sofort daran, den neuen Unrat Stück für Stück auf einen ordentlichen Haufen zu schichten. Der Mann bemerkte es nicht. Statt dessen legte er die Unterarme auf den Tisch, von dessen Rändern sich die Kunststoffbeschichtung löste, bettete seinen Kopf darauf und schloß die Augen. »Weck mich, wenn die Geschichte nach mir verlangt«, grinste er schelmisch. »Du weißt schon, was ich meine: wenn das Essen fertig ist.« Unmittelbar darauf begann er zu schnarchen.

Wedo starrte erschöpft auf den Tresen. In der öligen Schmutzschicht hatten die Hände des Mannes zwei deutliche Abdrücke hinterlassen. Soll so unser Leben für immer aussehen, fragte er sich. Seufzend drehte er sich um und fischte einen löchrigen Lappen aus einem Becken, das mit grauem Wasser gefüllt war. Zwischen den Fettaugen schwammen undefinierbare Schmutzpartikel und Reste von Hühnerhaut. Wedo angelte in der trüben Brühe, bis er den alten Strumpf fand, der den Abfluß abdichtete. Er zog ihn heraus und sah gedankenverloren in den Strudel, während sich das Becken gurgelnd leerte. Wenn ich nicht aufpasse, geraten wir mit in den Sog. Wir verschwinden in der Kanalisation. Weggespült.

»Wedo, die Pommes verbrennen doch.« Eine abgehärmte Frau mit einem Glas in der Hand trat hinter den Tresen. Sie strich sich eine unnatürlich blonde Haarsträhne mit blauem Ansatz aus dem Gesicht. In ihrem

Rücken klimperten die Perlenschnüre, die den Imbiß von den dahinterliegenden Räumen trennten.

Wedo schreckte auf. »Ja, Mama.« Er griff nach der heißen Friteuse.

31.12.1999 • 00.12 UHR • -1580 PUNKTE (ALARM)

»Was summst du denn die ganze Zeit vor dich hin?« Der Fahrer des MON-Übertragungswagens suchte sich in dem engen Führerhaus eine neue Position für seine Beine. »Das macht mich ganz verrückt.«

»So, verrückt mach ich dich also, Schätzchen«, säuselte Lola, während er sich vor einem kleinen, herzförmigen Handspiegel sorgfältig die Lippen nachzog und etwas Rouge auflegte, »davon habe ich in den vergangenen Stunden aber nichts gemerkt.«

»Manchmal frage ich mich, ob du überhaupt noch etwas merkst.«

»Aber natürlich, mein Wilder. Soll ich dir zeigen, wo? Gib mir mal deine Hand.«

Die Tür des Wagens wurde geöffnet, der Biker kletterte herein. Er trug einen Verband um den Kopf und einen Arm in der Schlinge. »Geht ihr euch schon wieder auf die Nerven?«

»Fang du nicht auch noch an zu sticheln. Es reicht schon, daß ich den ganzen Abend meinen Kommentar zu dreißig verschiedenen Lippenstiftfarben abgeben mußte.« Der Fahrer hatte wirklich schlechte Laune.

»Guckt ihr ab und zu auch mal auf den Monitor, ob der Staub noch in der Luft ist?«

»Wenn du bei mir bist, ist nur noch Liebe in der Luft«, trällerte Lola, schob dann aber nach: »Sieh doch selbst.«

Der Biker blickte ihm über die Schulter. Auf einem der Monitore war der düstere Himmel über dem Platz-der-Erkenntnis-durch-Konsum und den angrenzenden Kaufhäusern zu sehen.

»Das ist die Normalansicht und das«, Lola drückte einen Knopf, »die Ansicht, in der du den Staub sehen kannst.«

Eine riesige, dunkle Wolke lag bewegungslos über dem Platz. Einige Fetzen hingen tief zwischen den Kaufhäusern.

»Die ist schon ganz schön tief gesunken. Wir können nur hoffen, daß er bereits etwas früher da durchgekommen ist, sonst ist er vielleicht mißtrauisch geworden.«

»Wenn es ihn so erwischt wie mich, äh dich«, bemerkte Lola. Er fuhr dem Biker liebevoll mit der Hand durch die Haare und schenkte ihm einen besonders verführerischen Augenaufschlag.

»Lola-Schatz, gibst du denn nie auf?« beschwerte sich der Biker.

»Was bist du nur für ein eindimensionaler Mensch«, empörte sich Lola. »Immer nur das eine im Kopf. Und obendrauf – das hier.« Er streckte dem Biker die Hand entgegen. Zwischen Daumen und Zeigefinger hielt er einen kaum einen Zentimeter langen Staubfaden. »Aufklärungsstaub«, lächelte Lola unschuldig, konnte sich dann jedoch wieder nicht beherrschen, »dabei dachte ich, das mit der Aufklärung hättest du längst hinter dir.« Er machte eine affektierte Bewegung mit der freien Hand und lächelte betörend.

»An deiner Seite gelingt es niemandem, unaufgeklärt zu bleiben«, wurde der Fahrer munter. Er kletterte ebenfalls in den hinteren Teil des Wagens. »Zeig mal her, ich habe das Zeug noch nie gesehen.«

Lola hielt den winzigen Faden vor seinen Augen in die Höhe. »Dieses unverschämte, kleine Samenfädchen ...«

»Lola«, unterbrach ihn der Fahrer, »kannst du dich bitte mal fünf Minuten zusammenreißen und das für den nur durchschnittlich schwanzgesteuerten Hetero absolut entsexualisiert ausdrücken?«

»Aber natürlich, mein kleiner Abstinenzler.« Lola machte einen Kußmund. »Dieses kleine Wunderding ist Bestandteil eines sogenannten Mikrostruktursystems. Es kann biologische und chemische Kampfstoffe erschnüffeln, man kann es mit einem Störsender versehen und so die gegnerischen Radar- und Lenksignale verwirren, es lassen sich damit aber auch großräumig und trotzdem gezielt Gebiete überwachen und Personen mit bestimmten Merkmalen suchen. Das hier«, er wies auf ein hauchdünnes bewegliches Hütchen an der Spitze des Fadens, »ist ein steuerbarer Minifallschirm, der sich aufklappt, sobald der Staub in die Luft geschossen worden ist. Er hält ihn nicht nur in der Luft, sondern ist gleichzeitig das Lenksystem. Außerdem dient er als Sender. Und das«, er zeigte dem Fahrer eine kleine Verdickung am Ende des Fadens, »ist der Versorgungsstempel. Darin ist die Batterie. Sie nimmt am meisten Platz weg, ungefähr einen Millimeter. Außerdem stecken hier jede Menge Sensoren, Infrarotdetektoren und der Prozessor, über den der kleine Samenfaden seinem Ziel entgegengesteuert wird. Je nachdem, welches Blümelein bestäubt werden soll, kann man die Sensoren und Detektoren unterschiedlich programmieren.«

»Und jetzt ist der Staub auf diese beiden 99ers programmiert, die uns in der Zentrale entwischt sind?«

»Auf die und auf Wedo Change. Wir arbeiten diesmal mit körpereigenen Gerüchen. War eine Idee von mir. Ich mag Gerüche, die sind so erotisch.« Lola schnüffelte genüßlich in Richtung Biker. »Du duftest auch ganz gut.«

Der Biker roch nervös an seinem Pulli.

»Schon kleinste Spuren werden von dem Staub erfaßt«, fuhr Lola lächelnd fort. »Wedo Change ist aus seiner Zeit, in der er für die Regierung gearbeitet hat, sowieso noch registriert. Von dem Mädchen haben wir einen Pulli in dem Gewächshaus gefunden, und dem hübschen Bengel mit den Dreads hat unser brutaler Biker ein Stück aus dem Strumpf gerissen, als der Kleine ihm im Gewächshaus entwischt ist.«

»Wenn einer von ihnen durch das Verbreitungsgebiet des Staubs geht, wird er entdeckt, sobald auch nur eines der kleinen Fädchen in seine Nähe kommt«, lächelte der Biker grimmig.

»So wie ich dich unter Tausenden gefunden hätte, mein Stinkerlein«, plinkerte Lola ihn an. »Willst du es sehen?« Er drückte ein paar Knöpfe, auf dem Monitor erschien die Eingabemaske für die gesuchten Personen. »Schau, hier stehst auch du mit einer Duftprobe drin. Bei unserem letzten Tête à Tête habe ich dir einen Slip geklaut, und du hast es gar nicht ...«

»Lola!« warnte ihn der Biker.

»Schon gut, schon gut«, kicherte Lola.

»Du hast doch nicht wirklich mit Lola ...«, der Fahrer hatte große Augen bekommen.

»Natürlich nicht, du kennst ihn doch«, verteidigte sich der Biker, der rot geworden war.

»Aber heimlich würde er gerne«, insistierte Lola. »Jedenfalls«, fuhr er dann ernsthaft fort, »kann ich euch jetzt zeigen, daß der Staub mir auf den Meter genau sagt, wo mein kleines Bikerlein steckt.«

Er drückte einige weitere Tasten, bis der Monitor einen Stadtplan zeigte, auf dem ein kleines Kreuz blinkte. Lola vergrößerte Schritt für Schritt den Ausschnitt, bis der Platz-der-Erkenntnis-durch-Konsum zu erkennen war.

»Hier sind die beiden Prachtstraßen, hier ist die Börse, hier das große Kaufhaus, in dem gerade die Ausstellung über das intelligente Haus läuft, und hier«, er zeigte zunächst auf das kleine blinkende Kreuz, »genau vor diesem Imbiß«, er lenkte ihren Blick aus dem Fenster auf ein kleines, heruntergekommenes Haus mit einer schmutzigen Leuchtreklame, das sich verloren zwischen die Konsumtempel drückte, »hier stehen wir.«

»Und das hat dieser klitzekleine Spion, den der Biker in den Haaren hatte, dem Computer gemeldet?«

»Ganz genau. Es dürfen nur keine allzu starken anderen Gerüche den Zielgeruch überdecken«, schränkte Lola ein. »Aber selbst dann findet der Staub früher oder später immer das Objekt seiner Begierde.«

31.12.1999 • 00.17 UHR • -1635 PUNKTE (ALARM)

Mit einem unterdrückten Schrei ließ Wedo die Friteuse fallen. Das Fett spritzte nach allen Seiten und verdampfte zischend auf der heißen Oberfläche des Grills zu einer öligen Wolke. Hustend sprang Wedo einen Schritt zurück, drehte den Wasserhahn auf und ließ kaltes Wasser über seine Hand laufen.

Seine Mutter knallte ihr Glas ungewollt etwas zu stark auf den Tresen. »Hast du dir weh getan, mein Kleiner?« Besorgt griff sie nach seiner Hand, pustete vorsichtig, wo sie den Schmerz vermutete, und drückte Wedo einen Kuß auf die Wange. Dann griff sie nach einem Zipfel ihrer geblümten Schürze und versuchte den Schaden zu beheben. Aber sie verteilte dabei nur mit unkoordinierten Bewegungen den übergeschwappten Alkohol und das Fett über die Aluplatte.

Wedo drehte den Wasserhahn zu, stellte das Glas aus der Reichweite seiner Mutter und griff nach einem Lappen. »Ich mach das schon, Mama. Geh ruhig wieder nach hinten und ruh dich noch ein bißchen aus.« Er sah auf die Uhr. »Ich kann nicht mehr lange bleiben.«

»Wo willst du denn schon wieder hin?« fragte seine Mutter. »Wenn wenigstens dein Vater hier wäre, aber ...«

»Wo bleibt denn mein Essen?« rief der Doppelgänger des Bundeskanzlers, der wieder aufgewacht war. Er wies auf einen Fernseher in einer Ecke auf einem Tisch. Das Gerät bildete einen krassen Gegensatz zum restlichen Mobiliar, denn es war nagelneu. »Funktioniert der?«

»Ja«, antwortete Wedos Mutter, »aber ich will nicht, daß er läuft.«

»Und wen kümmert das?« Er winkte herrisch nach Wedo. »Mach die Kiste an.«

Wedo sah seine Mutter an.

»Wird's bald?« forderte der Mann. »Schließlich bin ich euer Landesvater. Außerdem ist der Kunde König, und wie es aussieht, habt ihr nicht so wahnsinnig viele davon. Also strengt euch an, daß ich zufrieden bin, sonst komme auch ich nicht mehr.«

»Der lebt doch sowieso auf unsere Kosten«, murmelte Wedos Mutter wütend. »Wenn er jedes zweite Mal bezahlt, ist das schon viel.«

»Wieso läßt du dir das gefallen?« flüsterte Wedo.

»Was soll ich denn tun? Er redet immer von Gesetzen, und daß er die Macht besäße, eine Überprüfung zu veranlassen. Was ist, wenn er recht hat? Das wäre wohl das letzte, was wir gebrauchen können, oder?«

»Du glaubst doch nicht ernsthaft, daß dieses aufgeschwemmte Großmaul der Bundeskanzler ist?«

»Weiß man es? Manchmal verhält er sich so, daß man

es fast glaubt. Du hast doch für die Regierung gearbeitet. Kennst du ihn nicht?«

»Ich habe nie einen von ihnen zu Gesicht bekommen.« Wedo schüttelte den Kopf. Er versuchte sich zu erinnern. »Es gab nur Schriftverkehr.«

»Was ist jetzt?« drängelte der Doppelgänger.

Seine Mutter nickte resigniert, und Wedo stellte den Fernseher an.

». . . ab 21.00 Uhr wieder die schockierende Sex-Beichtshow mit fünf Kandidaten jeden Alters«, grölte das Gerät los. Erschreckt drehte Wedo den Ton leiser.

»Mach das wieder laut, ich will wissen, was da sonst noch läuft«, griff der Doppelgänger ein. »Vielleicht kommt ja was über mich.«

Dieser Durchgeknallte hat uns gerade noch gefehlt, stöhnte Wedo innerlich und stellte den Ton wieder etwas lauter. Auf der Mattscheibe leuchteten fluoreszierend rot oben links die Buchstaben MON. Ansonsten war der Bildschirm schwarz. Nur in seiner Mitte hatte man ein kleines schlüssellochförmiges Fenster gelassen, das jedoch von zwei schwarzen Balken gekreuzt wurde, so daß man nicht hindurchsehen konnte. »Messer, Gabel, Schere, Licht sind für schmutz'ge Spiele nicht. Auch von Katze, Hund und Kuh läßt bestimmt die Finger du«, intonierte ein unsichtbarer Chor.

»Wo kommt denn der Fernseher plötzlich her?« Wedo war wieder zu seiner Mutter zurückgegangen. Er sprach mit verhaltener Stimme, damit der Mann, der gebannt dem Programm folgte, ihn nicht hören konnte.

»Den hat dein Vater neulich von einer Plünderung mitgebracht. Wir haben gleich Streit bekommen. Ich habe gesagt, das ist unrecht, er soll ihn zurückbringen, aber er hat mich nur ausgelacht. Willst du etwa einen kaufen, hat er mich gefragt, wovon denn? Wir brauchen so was, die Gäste wollen das, hat er gesagt. Sonst kommt bald gar keiner mehr. Vielleicht hat er ja recht.« Sie angelte sich das Glas und nahm einen großen Schluck daraus.

Wedo nahm es ihr aus der Hand. »Laß das, Mama. Hast du die Tropfen nicht genommen, die ich dir gegeben habe?«

»Ach, Junge, seit du mir diese blauen Pillen gegeben hast, bin ich immer nur deprimiert.« Sie hob das Glas und sah durch die Flüssigkeit hindurch. »Ich habe Angst, jetzt auch noch Tropfen zu nehmen. Wer weiß, was dann mit mir passiert. Dein Vater hat sie in die Toilette geschüttet. Du weißt ja, was er von deinen Experimenten hält. Erst neulich hat er wieder gesagt: Nur Wedos unsinnigen Spielereien haben wir es zu verdanken, daß wir jetzt in diesem Loch von Imbiß stecken – unter falschem Namen – und uns vor der Polizei verbergen müssen wie Verbrecher.«

»Mama, es tut mir ja leid. Ich habe doch versucht, es euch zu erklären«, entschuldigte sich Wedo. »Es war eine Gewissensentscheidung, ich konnte nicht länger für die Regierung arbeiten. Die Ergebnisse meiner wissenschaftlichen Arbeit sind mißbraucht worden. Meine Erfindungen haben dazu beigetragen, daß vielen Menschen Leid zugefügt wird. Ich konnte doch nicht einfach so tun, als wüßte ich nichts davon. Schlimm genug, daß ich mich so lange vor der Erkenntnis gedrückt habe.«

»Junge, wie du immer redest. Du bist mir ganz fremd. Könntest du nicht einfach aufhören, dich mit diesen Sachen zu beschäftigen, und Fußball spielen, wie ein ganz normales Kind? Herrjeh, wie sehr habe ich mir immer gewünscht, daß du mit Gleichaltrigen über eine Wiese tollst. Statt dessen immer nur Bücher und Computer und hochgelehrtes Zeug. Ich habe immer gewußt, daß das kein gutes Ende nehmen würde.« Sie griff wieder nach dem Glas, nahm einen kräftigen Schluck und wischte sich eine Träne aus dem Augenwinkel.

»Sieh dich doch um«, fuhr sie fort. »Ich fühle mich, als hätte ich mein ganzes Leben hier zugebracht. Und draußen sieht es auch nicht anders aus. Schmutz und Armseligkeit. Das färbt ab, Wedo.« Sie betrachtete das Glas mit dem Alkohol. »Das Zeug hier macht es auch nicht besser. Man kommt sich vor wie ein weggeworfener Putzlappen. Kannst du nicht dagegen mal eine Pille erfinden?«

»Eine Pille wäre nicht der richtige Weg, an diesem Problem etwas zu ändern. Aber ich kümmere mich darum.« Wedo wienerte den Tresen, um seine Mutter nicht ansehen zu müssen. »Halte bitte noch ein Weilchen durch. Wenn sie mich suchen, seid ihr auch in Gefahr. Es ist besser, eine Weile unterzutauchen ...«, er verstummte, denn die Tür öffnete sich, und neue Kundschaft kam herein.

Ein Mann und eine Frau mittleren Alters setzten sich an den einzigen weiteren Tisch, mit dem der Imbiß aufwarten konnte. Sie wirkten übernächtigt, waren ärmlich, doch feierlich gekleidet und konnten in dem grellen Neonlicht nicht verheimlichen, daß sie geweint hatten. Sie zündeten einen mitgebrachten Kerzenstummel an und stellten ihn vorsichtig auf den wackligen Tisch.

»Kümmerst du dich um die? Ich bringe dem Großmaul eben sein Essen«, sagte Wedo leise zu seiner Mutter.

»Nein, warte«, sie hielt ihn am Arm fest. Dann fischte sie die Currywurst mit der Rohrzange aus dem Fett und warf sie auf einen bereits benutzten Plastikteller.

»Warum nimmst du keinen neuen?« fragte Wedo ein bißchen angeekelt.

»Wir haben keine mehr. Kein Geld. Aber da war vorher genau dasselbe drauf, das macht also nichts.«

Das gleiche, berichtigte Wedo im Geiste. Er schüttelte sich angeekelt bei der Vorstellung, wieviele Gäste wohl bereits von dem Teller gegessen hatten, ohne daß er abgewaschen worden war.

Seine Mutter hatte derweil das tiefbraune Fett von den Pommes Frites abtropfen lassen und sie in eine verkrustete Plastikschüssel geschüttet. Nun nahm sie einen Salzstreuer aus Aluminium, groß wie eine Bierflasche, und ließ äußerst freigiebig Salz auf die viel zu dunklen Kartoffelstäbchen rieseln.

»Hauptsache, salzig«, sagte sie mit einem Zwinkern zu Wedo, »etwas anderes schmecken die sowieso nicht. Soviel habe ich schon gelernt. Du kannst ihnen vorsetzen, was du willst. Wenn du es nur überschwenglich genug lobst, fressen sie dir buchstäblich aus der Hand. Auch das ist genau wie da draußen. Vielleicht habe ich schon immer in diesem Imbiß gelebt und es nur nicht gemerkt.«

Sie lachte bitter, griff mit der bloßen Hand in die Plastikschüssel, rührte die kümmerliche Portion Pommes Frites kräftig um und schaufelte sie zu der Currywurst auf den benutzten Teller. Dann scheuchte sie ein paar Fliegen von einem verschmierten Eimer mit einem Rest Mayonnaise darin, langte mit den Fingern hinein und klaubte die angetrocknete, gelbliche Masse heraus, um sie mit einem schwungvollen Schlenker der ganzen Hand auf die Pommes Frites zu schleudern. Den Rest wischte sie sorgfältig wieder am Rand des Eimers ab und leckte sich schließlich alle Finger.

»Wo bleibt mein Essen«, rief der Doppelgänger ungeduldig, ohne den Kopf zu wenden. Er starrte unentwegt auf den Fernseher, auf dem jetzt fünf nackte Menschen beiderlei Geschlechts zwischen 15 und 65 zu sehen waren. Sie hielten sich große Papptafeln mit Zahlen darauf vor den Körper und mieden mit gesenkten Köpfen peinlich berührt jeden Blick in die Kamera.

»Das sind unsere heutigen Kandidaten, die jede ihrer perversen Verfehlungen live zum Besten geben werden. Nicht nur in Worten, nein, auch in Taten. Damit Sie, meine Damen und Herren, genau wissen, was Sie niemals tun sollten, wenn Sie es nicht eines Tages auch vor all ihren Bekannten, Freunden und Kollegen hier bei uns in der skandalösen Sex-Beichtshow von Mind of Nations vorführen wollen«, kommentierte eine aufgedrehte Stimme süffisant aus dem Off und brach in lautes Gelächter aus.

»Wem du's heute kannst besorgen, den vertröste nicht auf morgen«, schmetterte der Chor im Hintergrund.

»Das Essen kommt gleich«, rief Wedos Mutter dem Doppelgänger zu und bremste ihren Sohn, der bereits nach dem Teller gegriffen hatte, um ihn an den Tisch zu tragen. »Moment noch.« Sie wischte sich die Hände an der Schürze ab, nahm noch einen schnellen Schluck aus dem Glas, rülpste leise und eilte an den Tisch mit den neuen Gästen.

»Mutti, ich habe nicht so viel Zeit.« Wedo dachte an Tempus und Nikki. Sie würden schon ungeduldig auf ihn warten. Seine Mutter hörte nicht zu, sondern nahm die Bestellung auf, die der Mann gerade leise aufgab.

»Wir hätten für unser Leben gern beide ein halbes Hähnchen und ...«

»Oh, das tut mir leid«, fiel Wedos Mutter ihm bedauernd ins Wort, »wir haben nur noch Currywurst.«

»Schade«, die beiden sahen sich traurig an und schwiegen einen Moment. Schließlich tätschelte der Mann seiner Frau begütigend die Hand und nickte aufmunternd. »Dann nehmen wir beide eine Currywurst und Pommes Frites mit Ketchup, bitte.«

»Ich bin untröstlich, aber wir haben nur noch Mayonnaise.« Wedos Mutter war aufrichtig unglücklich, ihre Gäste schon wieder enttäuschen zu müssen.

Wedo stockte der Atem. Er sah auf den Eimer mit dem letzten Rest Mayonnaise, den seine Mutter sich eben von den Fingern gekratzt hatte. Sie würde niemals für zwei Portionen Pommes Frites reichen.

Der Mann und die Frau diskutierten leise. Schließlich erklärte der Mann: »Wir haben heute unseren Sohn begraben. Er ist letzten Freitag auf dem Platz-der-Erkenntnis-durch-Konsum von einem der Kaufhäuser gesprungen. Den ganzen Abend haben wir dort im Gedenken an ihn verbracht. Dieses Essen soll sein Totenschmaus sein. Normalerweise könnten wir uns das gar nicht leisten«, schob er hinterher, »Sie wissen ja, wie die Zeiten sind. Ist es nicht vielleicht doch möglich, ein wenig Ketchup zu bekommen? Wir haben schon so lange keines mehr gegessen.«

Wedos Mutter sah ganz bekümmert aus. »Das tut mir leid, aber ich kann Ihnen wirklich nichts anderes anbieten.«

Du kannst ihnen eigentlich gar nichts anbieten, dachte Wedo, denn inzwischen war ihm eingefallen, daß die Schüssel mit den Pommes Frites leer war und der Kühlschrank auch – bis auf den Schimmel. Woher sollten sie zwei Portionen Essen zaubern?

»Vielleicht sollten wir noch woanders gucken«, schlug die Frau zögernd vor.

»Oh nein, bitte nicht«, bat Wedos Mutter. »Ich hatte die ganze Woche noch keine anderen Kunden, ich meine . . .«, sie schlug die Hand vor den Mund, ». . . ich meine, keine so netten Kunden . . . bitte bleiben Sie.«

Wedos Herz krampfte sich zusammen. Was habe ich ihnen angetan? Wie kann ich das jemals wiedergutmachen? Sogar das Geld für den Iceblues hat die Regierung zurückgehalten. Wer weiß, wie es mit anderen Projekten gewesen wäre? Immer wieder hatte er mit der Versuchung zu kämpfen, wie früher einen Auftrag einfach anzunehmen und auszuführen, ohne danach zu fragen, welchem Zweck er dienen sollte. Er liebte die wissenschaftliche Herausforderung und wurde für sein Vergnügen auch noch bezahlt. Warum diese wunderbare Kombination durch unnötige Fragen aufs Spiel setzen?

»Mein Essen, verdammt nochmal«, schrie jetzt der Doppelgänger und hieb auf den Tisch. Er hatte sich von dem Fernseher losgerissen, der gerade drohend verkündete: »Auch Ihre Einberufung zur jährlichen Sex-Beichtshow folgt bestimmt. Bekennen Sie Ihre Sünden – und Ihnen wird vergeben werden. Führen Sie Ihre Sünden vor – und Sie werden sehen: Die Reue macht auch noch Spaß.«

»Ihr Essen ist in zwei Sekunden da, Herr Bundeskanzler«, rief Wedos Mutter dem Doppelgänger aufgelöst zu. Dann wandte sie sich nochmals an das Ehepaar, das unvermittelt aufgesprungen war.

»Oh, Herr Bundeskanzler«, rief die Frau und musterte ihn etwas irritiert, »auf dem Pin Up, das ich von Ihnen habe, sind sie aber schlanker«, bemängelte sie.

Der Doppelgänger wurde ein wenig rot. »Ja«, lachte er verlegen, »die Bilder sind noch aus meiner Zeit als aktiver ...«

Der Mann unterbrach ihn eilig. Er fühlte sich offenbar unwohl und versuchte, den Fehltritt seiner Frau auszugleichen. »Wir sind beide große Fans von Ihnen.«

Der Doppelgänger lächelte geschmeichelt. »Oh, danke. Ich danke Ihnen. Wenn Sie ein Autogramm möchten ...« Er wischte sich mit einer Serviette die Stirn und kritzelte dann ein paar Worte darauf. »Mit meinem persönlichen Schweiß«, lächelte er die Frau an und reichte ihr die Serviette.

»Möchten Sie unter diesen Umständen vielleicht doch unsere Gäste bleiben«, Wedos Mutter sah ihre Chance gekommen. »Ich werde Ihnen dasselbe Essen wie dem Bundeskanzler zaubern.«

Das gleiche, dachte Wedo wieder.

»Aber natürlich, großartig. Dasselbe Essen wie der Kanzler, wunderbar.« Das Ehepaar war begeistert.

Erleichtert lief Wedos Mutter hinter den Tresen. »Das erste Mal, daß dieser Spinner zu etwas nutze ist«, murmelte sie und verschwand hinter den Perlenschnüren im Dunkel des Hinterzimmers.

Als sie zurückkehrte, hielt sie einen zweiten großen Salzstreuer in der Hand. Im Gegensatz zu dem anderen allerdings glänzte dieser wie neu, abgesehen nur von ein paar fettigen Fingerabdrücken, die sie darauf hinterlassen hatte.

»Was hast du da?« fragte Wedo mißtrauisch.

»Nichts«, antwortete seine Mutter schnell.

Sie schnappte sich das Essen des Doppelgängers, stellte es auf eine Ablage unter dem Tresen und wandte Wedo den Rücken zu. Vergeblich versuchte er, an ihr vorbeizuspähen, um zu sehen, was sie tat. Doch sie ließ ihm keine Chance. Als er ihr in den Arm fiel, um sie herumzudrehen, gab sie ihm eine Ohrfeige.

»Laß das«, rief sie wütend, stellte jedoch den blitzenden Salzstreuer sofort ab und drückte den Jungen an sich. »Das wollte ich nicht«, bedauerte sie ihren Ausbruch, »bitte sei mir nicht böse.«

Wedo hielt sich die schmerzende Wange. »Das ist mein Salzstreuer. Wo hast du ihn her?« Er reckte weiter den

Hals, um zu sehen, was sich hinter ihr auf der Ablage befand.

»Du hast neulich mal vergessen abzuschließen, da habe ich ein bißchen bei dir aufgeräumt und . . .«

»Du warst in meinem Labor? Tausendmal habe ich dir gesagt, du sollst dort nichts anfassen.«

»Junge, sag nicht immer Labor zu deinem Kinderzimmer. Kannst du nicht einmal sein wie ein normales Kind? Schlimm genug, daß da diese ganzen merkwürdigen Apparate stehen.« Sorgenvoll schüttelte sie den Kopf und strich ihm über die Wange. Sie stutzte plötzlich, pflückte etwas von seinem Pullover und warf es fort. »Seit wann gibt es mitten im Winter Pusteblumen? Die Welt ist wirklich völlig aus den Fugen.«

Wedo achtete weder auf ihre Worte noch auf den Fussel, der langsam zu Boden segelte, denn durch ihre Bewegung hatte seine Mutter endlich den Blick auf die Ablage freigegeben. Was er dort sah, beunruhigte ihn sehr.

Hat sie also doch keinen Fehler gemacht, dachte er. Es war nicht das gleiche, es war tatsächlich dasselbe Essen.

Und zwar dreimal.

31.12.1999 • 00.41 UHR • -1530 PUNKTE (ALARM)

Vorsichtig balancierte Wedo das Tablett an den Tisch des Doppelgängers. Mit einem unsicheren Lächeln stellte er ihm den Teller mit der Currywurst und den Pommes Frites mit Mayonnaise vor die Nase. Dabei verdeckte er mit seinem Körper sorgsam das Tablett, auf dem die beiden anderen Teller standen.

»Wurde ja auch Zeit«, knurrte der Mann.

»Wollen Sie vielleicht auch gleich die Rechnung?« Wedo konnte sich den Seitenhieb nicht verkneifen.

»Seit wann schreibt das Volk dem Kanzler eine Rechnung?« grinste der Doppelgänger ihm schmatzend ins Gesicht. »Einladung des Hauses, zu Ehren des Landesvaters.«

Wedo wandte sich wütend ab und ging zum Tisch des Ehepaares. Das Menu der beiden glich dem des Doppelgängers bis ins Detail. Die Teller waren sich in jedem Fleck, bis in die Knicke im Plastik absolut gleich, die Pommes Frites in Form und Farbe identisch und die Mayonnaisekleckse nicht voneinander zu unterscheiden. Damit das Arrangement an Perfektion verlor, stieß Wedo schnell mit dem Finger zwischen die Pommes Frites und drehte eine der Currywürste.

Wieder hinter dem Tresen flüsterte er seiner Mutter zu: »Wie hast du das gemacht? Ich wußte selbst nicht, daß das geht.«

»Das darfst du mich nicht fragen. Ich habe den Salzstreuer zwischen deinen Sachen gefunden, mich gefragt, was macht der denn hier, ihn mit nach vorne genommen und bei meinem nächsten Kunden einfach benutzt.«

Sie führte ihm vor, was geschehen war. »Ich nehme ihn in die Hand, drehe ihn um wie immer, schüttele, aber es kommt kein Salz. Also haue ich ihn ein paarmal mit der Kante auf den Tresen, weil ich meine, das Ding könnte nur verstopft sein. Ich versuche es wieder und plötzlich ist das Essen weg. Ich dachte, mich trifft der Schlag.«

Wedo nahm den Salzstreuer in die Hand. »Das ist meine neueste Erfindung, ein Digitalisierer. Ich konnte ihn selbst noch gar nicht ausprobieren und habe ihn nur zur Tarnung in den Salzstreuer eingebaut. Falls mal jemand unsere Sachen durchwühlt, sollte er nicht sofort darüber stolpern.« Er zeigte auf zwei kaum sichtbare

Felder an der Seite des Streuers, die sich durch eine minimal andere Struktur des Metalls auszeichneten. »Hier sind zwei Sensoren, mit denen man die Hauptfunktionen steuert. Die mußt du aus Versehen aktiviert haben. Was geschah denn weiter?«

»Ich habe das Ding wieder geschüttelt und zack – war das Essen wieder da. Ich schüttele noch mal, weil ich denke, das kann doch gar nicht sein, und schon steht eine zweite Portion auf dem Tisch.« Sie nahm einen Schluck aus dem Glas und grinste besäuselt. »Zauberei.«

Wedo wollte seine Mutter nicht betrunken sehen. Er wandte sich ab.

Sie spürte, was in ihm vorging, und verteidigte sich. »Zuviel getrunken hatte ich ganz bestimmt nicht an dem Tag. Na ja, ich bin nicht sicher. Ich habe das eine Essen dann einfach serviert, das andere hier am Tresen behalten und so getan, als wäre nichts passiert. Ein bißchen unheimlich war mir das Ganze schon.«

»Und jetzt machst du das immer so?«

»Wir haben doch fast nie Geld, um neue Ware zu kaufen. Mir hat das einfach keine Ruhe gelassen, und da habe ich ausprobiert, ob es noch mal funktioniert.« Sie zuckte mit den Schultern. »Hat es. Das erste Mal, daß eine deiner verrückten Spielereien tatsächlich von Nutzen ist.«

Sie lachte leise, sah Wedo liebevoll an und beugte sich vor, um ihm einen Kuß zu geben. Dabei hielt sie inne und fischte ihm etwas aus dem Kragen. »Schon wieder ein Fussel. Wo hast du dich nur rumgetrieben?« Wedo bekam seinen Kuß, und sie schnupperte an seinem Hals. »Jetzt bist du schon zwölf und riechst immer noch wie ein Baby, ein bißchen nach Milch.« Sie drückte ihn. »Mein Kleiner.«

Wedo kicherte. »Du kitzelst mich.« Er wand sich aus

ihrer Umarmung und fragte: »Warum kopierst du nicht gleich das Geld? Das wäre doch viel leichter.«

Seine Mutter wehrte entrüstet ab. »Das ist gegen das Gesetz. Ich verdiene mein Geld auf ehrliche Art und Weise.« Dann ergänzte sie stolz: »Bei mir hat sich noch keiner beschwert, er wäre nicht satt geworden«, und schnippte den Fussel in den Ausguß.

Er fiel in eine Pfütze und leuchtete kurz auf; das Bild des Fernsehgerätes bekam plötzlich lauter Streifen.

Wedo brauchte einen Moment, um den Zusammenhang zu begreifen. Dann entfuhr ihm: »Ach du Schande.«

Er hob den Fussel auf, der wie ein Löwenzahnsamen aussah, drehte und schwenkte ihn hin und her. Im Fernsehen wurde gerade eine Rede des Bundeskanzlers angekündigt. Mit einem Mal rauschte das Bild, wurde gestaucht und verzerrt.

»Hey, was ist denn das für eine miese Glotze? Seht zu, daß die Kiste wieder läuft, gleich komme endlich ich«, pöbelte der Doppelgänger.

Wedo beachtete ihn gar nicht. Er hielt den Faden dicht vor seine Augen, pustete leicht dagegen und bekam einen Schreck. Auf dem störanfälligen Fernseher erschien plötzlich sein Name, außerdem ein Koordinatensystem mit einem blinkenden Kreuz.

Wedos Atem hatte eine kleine Schneise in den alles beherrschenden Gestank nach altem Fett und Rauch gerissen, sein eigener Geruch für einen Moment den bis jetzt durch die Ausdünstungen des Imbisses so trefflich lahmgelegten Sensor erreicht. Die kleine Maschine arbeitete zuverlässig und schickte ihre Erkenntnisse in den Übertragungswagen auf dem Platz-der-Erkenntnis-durch-Konsum.

Der Biker sah das Bild mit glänzenden Augen und triumphierte: »Zeit für die Putzkolonne. Laßt uns gehen, bevor unser Kleiner an einer Staublunge stirbt. Itor will ihn lebendig.« Er griff nach seinem Messer. »Lola-Schatz, schnapp dir die Kamera, wir brauchen Bilder für die Morgenshow.«

»Was soll der Mist«, heulte in diesem Moment der Bundeskanzler-Doppelgänger vor dem flackernden Fernseher auf. »Mich will ich sehen, mich.« Er drehte sich entrüstet zu Wedo und seiner Mutter um, die schon an der Tür waren.

»Moment, Moment, hiergeblieben«, polterte er, sprang auf und griff Wedo grob am Arm. Er riß ihm den Salzstreuer aus der Hand und warf ihn hinter den Tresen. »Ich komme jetzt im Fernsehen. Erst sorgt ihr gefälligst dafür, daß ich anständig zu sehen bin.«

In dem Augenblick flammten draußen Scheinwerfer auf, und der Biker öffnete die Tür.

Bekommt dieser Idiot doch tatsächlich noch recht und landet im Fernsehen, war das einzige, was Wedo noch denken konnte. Dann übermannte ihn die Angst.

31.12.1999 • 7.47 UHR • -1750 PUNKTE (ALARM)

Donner krachte, Blitze zuckten und ein lautes Rauschen wie bei einem Sturm war zu hören.

»Wacht auf, sie haben Wedos Labor entdeckt«, rief Mirabella. Selbst ihrer sanften Stimme war die Panik anzuhören.

Tempus und Nikki schreckten aus dem Schlaf. Benommen löste Tempus sich von Nikki, die er eng umschlungen hielt, und richtete sich auf.

Das Wasser lief in Schlieren an den rotglühenden

Wänden herab. Ein Gewitter tobte durch die Muschel. So schien es zumindest für seine Augen und Ohren. Doch weder wurden sie naßgeregnet, noch fuhr der Wind in ihre Haare.

»Wo ist Wedo?« rief Tempus und sprang auf, inzwischen hellwach.

»Er ist noch nicht wieder hier. Ich fürchte, sie haben ihn erwischt. Moment, ich empfange gerade neue Informationen.« Mirabella machte eine kurze Pause. »Ich habe alle Fernsehprogramme gescannt. Ich schalte euch das Gerät ein, dann könnt ihr es sehen.« Mirabella klang bestimmt und besorgt zugleich. Sie aktivierte die Monitorprojektion, und auf dem Schreibtisch erschien eines der aktuellen Morgenmagazine. Links oben im Bild leuchtete rot das Label ›MON‹.

». . . gleicht einer Sensation, denn Wedo Change, der Staatsfeind Nummer Eins, wurde heute Nacht von unserem Bundeskanzler höchstpersönlich gestellt«, referierte eine bildhübsche Nachrichtensprecherin mit einem bezaubernden Lächeln.

Hinter ihr wurden Bilder von Wedos Verhaftung eingeblendet. Gleißendes Licht erhellte den schmuddeligen Imbiß. Der Doppelgänger war tatsächlich der Bundeskanzler. Er blinzelte verblüfft in die Kamera und hielt Wedo mit eisernem Griff fest. Da stürzte der Biker mit gezücktem Messer auf die beiden zu. Der Kanzler dachte, der Angriff gelte ihm, prallte zurück und ließ Wedos Arm fahren.

Der Biker griff sich Wedo, dem man selten sein Alter so genau angesehen hatte wie in diesem Moment, und setzte ihm das Messer an die Kehle. Wedos Gesichtsausdruck war ein einziger Hilferuf.

»Was sollen wir denn jetzt tun?« stöhnte Tempus. »Wir müssen ihn da irgendwie wieder rausholen.«

». . . und so freuen wir uns, Ihnen in diesem Zusammenhang eine ganz besondere Attraktion für den heutigen Nachmittag ankündigen zu können«, fuhr die Nachrichtensprecherin fort. »Wie uns soeben mitgeteilt wurde, wird es mitten in der Stadt auf dem Platz-der-Erkenntnis-durch-Konsum eine öffentliche Erleuchtung geben.« Sie strahlte, während hinter ihr das Bild des Stadtzentrums eingeblendet wurde. Darüber schwebte das Gesicht des Medienmoguls Itor.

»Was ist eine öffentliche Erleuchtung?« fragte Tempus, während er eilig in seine Hose fuhr.

Nikki saß benommen auf dem Fußboden, immer noch nackt.

»Itor«, fuhr die Sprecherin fort, bevor Nikki oder Mirabella Tempus antworten konnten, »der Besitzer von ›Mind Of Nations‹, dem größten Fernsehsender der Welt, stellt seine berühmte Lichtschleuder zur Verfügung, um ein verirrtes Schaf auf den rechten Weg zurückzubringen.«

»Das können sie nicht machen«, murmelte Nikki und strich sich langsam die Haare aus dem Gesicht.

»Jetzt erkläre mir doch mal jemand, was das alles bedeutet«, beschwerte sich Tempus und warf Nikki ihre Bluse zu. »Und zieh dich bitte an, sonst kann ich mich überhaupt nicht konzentrieren.« Er gab ihr einen schnellen Kuß und trieb sie zur Eile. Dann wandte er sich wieder dem Monitor zu.

»Die Vorbereitungen auf dem Platz-der-Erkenntnis-durch-Konsum sind bereits in vollem Gange«, fuhr die Nachrichtensprecherin fort, »wir schalten zu unserem Reporter Selmar van Eydel.«

Van Eydels selbstgefälliges Lächeln füllte den Bildschirm, während Nikki schwerfällig aufstand und sich anzog. Ihre Bewegungen waren ungeschickt, als müsse sie erst wieder lernen, wie man einen Fuß durch ein Hosenbein schiebt oder eine Bluse zuknöpft. »Das können sie nicht machen«, wiederholte sie.

Van Eydel plapperte inzwischen aufgekratzt im Hintergrund: »Wie Sie hinter mir sehen können«, er drehte sich halb um die eigene Achse und wies mit den Unterlagen in seiner Hand auf eine Baustelle im Zentrum des Platzes, »wird die kostbare Lichtschleuder bereits installiert.«

Die Regie schnitt auf die Baustelle. Tempus erkannte eine Unmenge von Computern und Kabeln, eine Stahltrommel von den Ausmaßen eines LKWs und daran ein riesiges Rohr, das die Installation wie eine überdimensionale Kanone wirken ließ.

»Die Erleuchtung wird pünktlich um 15.00 Uhr stattfinden«, fuhr van Eydel fort, »Wedo Change gilt als hochintelligenter, pathologischer Querulant. Aus der Tatsache, daß bei der heutigen Erleuchtung zum ersten Mal die Inhalte aller verfügbaren Fernsehprogramme gleichzeitig zum Einsatz kommen sollen, läßt sich schließen, daß man ihn an höherer Stelle für sehr gefährlich hält.« Van Eydels Worte standen in lächerlichem Gegensatz zu dem Eindruck, den die Einspielung von der Überwältigung des Kindes hinterlassen hatte. »Itor, Herr über ›Mind Of Nations‹, zu Recht Ihr absoluter Favorit unter allen ...«

Seine Stimme wurde vom Rauschen des Ambient-Indikators übertönt. Inzwischen lief das Wasser nicht mehr nur an den Wänden herab, sondern es bildeten sich große Pfützen auf dem Boden, in die der Regen zu prasseln schien.

Nikki die sich gerade zum wiederholten Male abmühte, einen Strumpf überzustreifen, hielt einen Moment inne. Mutlos ließ sie die Hand mit dem Strumpf auf ihr nacktes Bein sinken. »Ich zieh ihn gar nicht erst an. Er wird ja doch nur naß«, überlegte sie, obwohl sie im Trockenen saß.

»Nikki«, Tempus kniete vor ihr nieder, »was hast du denn nur?«

Nikki senkte den Blick. »Nichts.«

Tempus umschloß ihr Gesicht mit den Händen und drehte behutsam ihren Kopf, so daß er ihr in die Augen sehen konnte.

»Du wirst nicht vergessen, was ich dir heute Nacht gesagt habe?« flüsterte sie. Ihr Blick wanderte zärtlich über sein Gesicht und blieb an seinem Mund haften. Sie küßte ihn stürmisch.

Tempus schmeckte Salz, hielt sie ein wenig von sich fort und musterte sie erneut. Gerade begann er, ihr die Tränen von den Wangen zu küssen, als Mirabella sich einmischte:

»Das Ergebnis der Analyse eurer momentanen Bedürfnisse ist mit der aktuellen Lage nicht in Einklang zu bringen. Bei einer Erweiterung des Zeitrahmens stelle ich jedoch fest, daß sich euer Problem auch mittelfristig lösen läßt. Wedos Situation hingegen erlaubt keinerlei Zögern, und wenn man die Anzeige des Ambient-Indikators hinzunimmt, schwebt auch ihr inzwischen in nicht unerheblicher Gefahr.«

Das Wasser floß jetzt in Strömen. Es gurgelte um ihre Füße und schwappte gegen die Wände.

»Weißt du, warum die Anzeige immer stärker wird?« fragte Tempus Mirabella.

»Ich denke, daß infolge der Vernetzung für den Datentransfer nach der Stürmung des Labors dieses Musterhaus besser geortet werden kann. Mit anderen Worten: Sie arbeiten daran, auch diesen Schlupfwinkel auszuräuchern. Ich stelle den Ton des Ambient-Indikators jetzt ab und richte statt dessen ein Statusfenster auf dem Bildschirm ein. Man versteht ja sein eigenes Wort nicht mehr.«

Die schlagartig einkehrende Ruhe wurde nur von van Eydel gestört, der ölig vom Bildschirm lächelte. Er stand neben der Stahltrommel und referierte:

»Die Wirksamkeit dieses Wunders der Technik, der sogenannten Zentrifuge, wurde noch deutlich verbessert. Hier werden alle für die Erleuchtung benutzten Fernsehprogramme eingespeist und anschließend durch Rotation mit Höchstgeschwindigkeit in ihre Bestandteile zerschlagen – in bedeutungsfreie Lichtfetzen. Das auf diese Weise entstandene reine Licht wird anschließend durch dieses Rohr«, er strich mit der Hand an der Kanone entlang, »gebündelt auf den Kandidaten geschossen. Wie das aussieht, können wir Ihnen anhand einer Aufnahme der letzten öffentlichen Erleuchtung vorführen.«

Die Regie zeigte Archivmaterial des von Menschen bedeckten Platzes-der-Erkenntnis-durch-Konsum mit der Lichtschleuder in seinem Zentrum. Auf einem Podest stand ein hohler, gläserner Würfel mit einer Kantenlänge von ungefähr fünf Metern. Darin lief wie eine Labormaus aufgeregt ein Mann hin und her. Er preßte die Hände an die Glaswände und schrie mit geschwollenen Halsadern beschwörend in die Menge, ohne gehört zu werden. Der Würfel war schalldicht.

»Die Versuchsanordnung wird heute in einem wichtigen Detail von den Bildern abweichen, die Sie hier sehen, meine Damen und Herren. Diesmal wird der Kandidat sich nicht in einem solchen Würfel befinden, sondern wegen der besonderen Widerstandsfähigkeit seines Gehirns der ungehemmten Kraft des reinen Lichtes ausgesetzt sein.«

Tempus und Nikki hockten dicht nebeneinander vor der Monitorprojektion. Der Eingeschlossene trommelte voller Angst mit den Fäusten gegen den Würfel, während die Lichtschleuder langsam ausgerichtet wurde. Das Kanonenrohr zielte ins Zentrum des Würfels, die Zentrifuge setzte sich in Bewegung.

»Wie die folgenden Bilder eindrucksvoll darlegen, reflektiert nämlich der Würfel einen Teil des Lichtes und mildert so dessen Wirkung. Das soll heute vermieden werden.«

Ein weißglühender Strahl schoß aus der Lichtschleuder und erfaßte den gesamten Kubus. Der Kandidat stand wie angewurzelt in seiner Mitte, vom Licht so hell überstrahlt, daß er wie ausgelöscht wirkte. Ein weißer Fleck mit der Kontur eines Menschen, der fast nicht zu erkennen war angesichts des gleißenden Flackerns, das sich über die Außenhaut des Würfels zog. Leuchtendbunte Bildschnipsel irrlichterten über das Glas. Fetzen bekannter Moderatoren, Bruchstücke von Studiodekorationen und zerhackte Werbeblöcke flammten auf, um sofort wieder zu verschwinden, alle durchsetzt mit dem deutlichen Zeilenraster von Fernsehbildern.

»Und nun, meine Damen und Herren, schauen Sie, wie trotz der damals noch nicht bis zur heutigen Reife entwickelten Technik der Erleuchtete reagiert«, weidete van Eydel sich an der Tortur, die dem Eingesperrten widerfuhr.

Die Kamera zoomte auf den Lichtfleck, hinter dem der Mensch sich verbarg, und suchte seinen Kopf. Der ganze Körper zitterte und zappelte, doch es dauerte nur einen Moment, bis die Linse eine Position gefunden hatte, in der sie das Gesicht des Gemarterten verläßlich fixieren konnte. Dann rückte sie noch ein wenig näher heran.

Der Mann hatte die Lider weit aufgerissen, seine Augäpfel waren nach hinten gerollt. Aus weißen, blicklosen Augen starrte er mit verzerrtem Gesicht in die Linse.

»Wie können sie das nur tun«, rief Tempus und stutzte. »Den kenne ich«, rief er überrascht, »den habe ich schon einmal gesehen. Du warst sogar dabei«, wandte er sich an Nikki.

Die hatte längst die Hände vor die Augen geschlagen, um die Folterung nicht mitansehen zu müssen. Jetzt überwand sie sich und betrachtete das Gesicht des Mannes genau, glich ihre Erinnerungen mit dieser exemplarisch vorgeführten Fratze des Leids ab. Dann fiel es ihr ein. »Auf dem Platz, während der Demonstration der 99ers.«

»Genau«, bestätigte Tempus aufgeregt. »Der Mann, der uns die Flugblätter geben wollte.« Er hörte im Geiste die Worte des entrückt wirkenden Mannes, der ihm einen Zettel in die Hand gedrückt hatte. »Und ich dachte, der Typ sei religiös verzückt oder von MONEY erleuchtet. Zu dir hat er doch mit genau demselben Gesichtsausdruck exakt dasselbe wie zu mir gesagt. Wie eine Maschine.«

»Sei dabei! Genieße die Live-Übertragung der Abschlußveranstaltung der bundesweiten Sheer Gold Galatournee! Jetzt!« wiederholte Nikki und imitierte den leiernden Tonfall, während sie den Mann auf dem Bildschirm voller Mitleid beobachtete.

»Nach der Erleuchtung werden sie bis zu ihrem körperlichen Tod als MONEY-Einpeitscher benutzt«, bestätigte Mirabella trocken.

Eine letztes Geschwader Blitze knisterte über den Erleuchteten hinweg, dann erlosch die Lichtschleuder. Der Mann sackte in sich zusammen. Die Kamera hielt weiter auf sein Gesicht. Langsam öffnete er die Augen. Seine Augäpfel rollten zurück, die Pupillen kamen wieder zum

Vorschein, doch kein persönlicher Ausdruck kehrte in sie zurück. Stumpf stierten die Augen ins Nichts, erloschen.

»Modernes Fernsehen in seiner Vollendung«, schwärmte van Eydel pathetisch. »All seine eigenen Gedanken und inneren Bilder sind auf immer überstrahlt. Er ist bis zum Überlaufen voll mit Fernsehbildern von ›Mind Of Nations‹, Ihrem Lieblingssender. Wenn ich mir vorstelle, daß ich mit meiner Arbeit zur Erleuchtung anderer Menschen beitragen kann, überkommt mich ein ganz erhabenes Gefühl. Dankbarkeit und Stolz sind zu kleine Worte, um auszudrücken, was ich empfinde. Es ist . . .«, er machte eine bedeutsame Pause und bemühte sich um ein ergriffenes Gesicht, ». . . die Nähe des Göttlichen.«

Wie ein Bündel leerer Kleider lag der Erleuchtete in dem Würfel. Hin und wieder schlug er die Stirn auf den Boden. Aus seinem Mund rann Speichel. Dann tropfte das Rinnsal zu Boden, und der Erleuchtete rollte mit der Wange in die kleine, klebrige Pfütze, die sich bereits gesammelt hatte. So lag er schließlich still.

»Und genau das wollen sie auch aus Wedo machen.« Tempus war zutiefst erschüttert.

31.12.1999 • 14.05 UHR • -1750 PUNKTE (ALARM)

›Ihr sollt euch keine Bilder machen neben den meinigen‹ stand auf dem langen Spruchband, das ein Zeppelin über den trüben Winterhimmel zog. Auf der bauchigen Außenhaut des Luftschiffs wiederholte sich immer wieder der gleiche Ausschnitt des Films, den Tempus und Nikki bereits am Morgen im Fernsehen verfolgt hatten: Die

Lichtschleuder beschoß den Mann in dem Glaswürfel, er sank zu Boden und wurde überstrahlt von dem Schriftzug: Erleuchtet durch ›Mind Of Nations‹.

Aus der Ferne kroch das 120-Beats-per-Minute-Gehämmer tiefer Trommeln heran. »MON«, erscholl eine elektrisch verstärkte Frauenstimme im Takt der Beats, gefolgt von einem dumpfen Echo aus tausend Kehlen. »MON!«

Tempus und Nikki standen auf dem Dach des Kaufhauses und überblickten den ganzen Platz-der-Erkenntnis-durch-Konsum. Die Ankündigung der öffentlichen Erleuchtung hatte noch mehr Schaulustige mobilisiert als die Freitagsansprache des Kanzlers sieben Tage zuvor. Entsprechend groß war das Gedränge. Die Masse wogte zwischen den Kaufhäusern hin und her. Jeder versuchte, möglichst dicht an die hell erleuchtete Bühne zu kommen, auf der Wedo Change in wenigen Minuten mit der Lichtkanone beschossen werden sollte. Ohne Unterlaß strömten Menschen über die beiden Prachtstraßen auf den Platz.

Tempus kickte eine Ansammlung feuchter Zigarettenkippen beiseite. Vorsichtig setzte er zwei Aluminiumkoffer ab.

Mirabella hatte ihnen gesagt, die Daten aus Wedos Labor ließen darauf schließen, er sei durch Aufklärungsstaub entdeckt worden. Falls der Staub auch auf sie beide programmiert sei, sollten sie unbedingt ihre persönlichen Merkmale ändern oder sie, so gut es gehe, überdecken. Der Staub mußte verwirrt werden. Also hatten sie sich in Windeseile im Kaufhaus mit den notwendigen Dingen eingedeckt. Mirabella hatte elektronisch bezahlt.

So krempelte Tempus sich jetzt die Ärmel eines Designeranzugs hoch und stopfte verärgert die störende Krawatte in sein neues Seidenhemd. Dann klappte er die

Koffer auf und machte sich daran, ihren Inhalt auszubreiten.

Nikki setzte sich eine Fernglasbrille mit Nachtsichtoption auf. Aus alter Gewohnheit wollte sie ihre Haare aus dem Gesicht streichen, doch es waren keine mehr da. Tempus hatte ihr eine Kurzhaarfrisur geschnitten und anschließend dabei geholfen, sie weißblond zu färben.

Sie trug ein elegantes Kostüm, das er für sie ausgesucht hatte. Dank der Lichtglocke, einer Neuigkeit in der Abteilung für Damenoberbekleidung, saß es wie angegossen. Das Gerät hatte Nikki einmal komplett mit Licht überflutet, sie vom Scheitel bis zur Sohle exakt vermessen und digital moduliert. Mit den so ermittelten Daten wurde noch im selben Augenblick in der kaufhauseigenen Schneiderei begonnen, das gewünschte Kleidungsstück millimetergenau für sie herzustellen.

Tempus war fast ein wenig eifersüchtig geworden, als er sich vorstellte, wie das Licht Nikkis Körper abtastete.

Trotz ihrer Eile hatte der Verkäufer darauf bestanden, ihnen einen weiteren Vorzug der Lichtglocke vorzuführen. »Hier im Haus sitzt ein Technikfreak mit einer ausgeprägten Phantasie. Er hat etwas Geniales ausgetüftelt. Das kennen noch nicht mal unsere Kollegen, es funktioniert nämlich erst seit gestern abend.«

Ein Knopfdruck, und schon stand Nikki in einer Drei-D-Projektion plötzlich als körperlose Lichtgestalt im Raum, eingehüllt in das Kostüm, das sie sich soeben ausgesucht hatte. Ein weiterer Fingerdruck, und die Nikki-Illusion schlenderte mit dem gekonnten Hüftschwung eines Models vor ihnen auf und ab. »So können Sie sich wenigstens noch einmal begutachten.«

»Du siehst super aus«, bewunderte Tempus die Gestalt, doch Nikki hielt ihm gleich die Augen zu.

»Hey, ich bin hier. Die da ist nicht wirklich.«

Als Tempus Nikki jetzt auf dem Dach sah, bekleidet mit Seidenstrümpfen und dem Kostüm, dezent geschminkt, mit Gel im Haar und Pumps an den Füßen, hatte er das Gefühl, innerhalb kürzester Zeit zwei gleichermaßen begehrenswerte Frauen auf einmal kennengelernt zu haben.

Nikki bemerkte seinen Blick und sah an sich herunter. »Unglaublich, wie schnell du einen anderen Menschen aus mir gemacht hast.« Sie wirkte fast ein wenig verstört. »Äußerlich und innerlich.«

»Wie immer du gerade aussiehst – ich bin sehr glücklich, nicht nur die Illusion bei mir zu haben.«

Nikki lächelte.

Der Versuch, Tempus' zu Berge stehende, blaue Dreads ebenfalls zu blondieren, war fehlgeschlagen. Seine Haare ließen sich weder bleichen noch zu einer anderen Frisur kämmen. Lazu hatte recht behalten: Der Iceblues verlieh ihnen Farbe und Form, daran war nichts zu ändern. Doch ihre Verfolger kannten ihn mit dunkelblondem Haar. Außerdem veränderten Anzug, Hemd und Krawatte seine Erscheinung so sehr, daß Tempus, genau wie Nikki, auf den ersten Blick nicht wiederzuerkennen war.

Der lauter werdende Beat bemächtigte sich langsam des Menschengewimmels. Ein Nicken und Stampfen ergriff die Masse und vereinigte sie in einem gemeinsamen Rhythmus. Jetzt kam Sheer Golds Tieflader wie ein Schiff im Strom der Menschen auf den Platz geschwommen.

Nikki suchte mit den Augen nach dem Biker und dem MON-Übertragungswagen und entdeckte schließlich beide direkt neben der Lichtkanone. Der Biker stand in der Menge, musterte jeden Menschen in seiner Umgebung mit wieselflinkem Blick und sprach unentwegt in sein Funkgerät.

Tempus hatte seine Vorbereitungen abgeschlossen, einen Koffer beiseite gestellt und den zweiten mit offenem Deckel vor sich aufgebaut. Jetzt schnippte er mit den Fingern. Auf der Innenseite des Deckels erschien die Monitorprojektion von Wedos Schreibtisch, auf dem Boden des Koffers die dazugehörige Tastatur.

»Wie gut, daß du so genau über das Forschungsmaterial in dem Musterhaus Bescheid wußtest, Mirabella«, freute sich Tempus.

Mirabella antwortete nicht.

»Mirabella?« Tempus regelte die Lautstärke etwas höher.

»Thought I heard my baby, my baby call my name . . .«, hörte er Mirabella leise mit dunkler Stimme einen Blues singen.

»Laß sie. Sie macht sich Sorgen um Wedo. Wir sprechen sie nur an, wenn wir sie wirklich brauchen«, schlug Nikki vor.

Tempus nickte. Mit wenigen Eingaben sorgte er dafür, daß Wedos winzige Spiegelkameras den Platz aus verschiedensten Perspektiven auf den Monitor beförderten. Er zoomte auf die Lichtschleuder.

»Wer ist der Schlägertyp in dem Kommandostand hinter dem MON-Wagen?«

Nikki fokussierte ihre Fernglasbrille. »Das ist Itor persönlich. Der Besitzer von ›Mind Of Nations‹.«

»Im Fernsehen, während der Ankündigung der Erleuchtung, sah sein Gesicht ganz anders aus. Da wirkte er wie der eiskalte, aber gebildete Managertyp. In Wirklichkeit hat er mit dem allenfalls den teuren Anzug gemein.«

»Unterschätze ihn nicht. Er hat sein Unternehmen nicht umsonst in diese Position gebracht.«

Itor verließ den Kommandostand und ging zur Bühne,

die wie ein Boxring von Seilen umgeben war. In ihrer Mitte richteten Helfer gerade einen Pfahl auf. Itor gab ihnen kurz einige Anweisungen.

»Warum macht er das alles selber? Warum ist er persönlich hier auf dem Platz? Für so etwas muß er doch seine Leute haben. Außerdem ist Wedos Verfolgung eine Angelegenheit der Regierung. Schließlich hat er ihr ins Ruder gegriffen. Mit ›Mind Of Nations‹ hat das doch alles gar nichts zu tun. Auch die Predigerin paßt nicht so recht in diesen Rahmen.« Tempus fixierte den Tieflader.

»MON – ist Erleuchtung – MONEY – die Kraft!« schrie Sheer Gold gerade.

»MON – ist Erleuchtung – MONEY – die Kraft!« antwortete das Publikum.

Die Predigerin begann im Takt der Trommelschläge zu hüpfen. Die Menge machte es ihr sofort nach. Einer nach dem anderen fiel ein, bis der ganze Platz ein kollektives Wogen war. Sheer Gold verfeinerte die Choreographie und wagte einen Ausfallschritt. Die Menge zog mit: Ausfallschritt mit dem linken Bein, Ausfallschritt mit dem rechten Bein, Hüpfen.

»Da ist Wedo«, rief Nikki aufgeregt.

Wie bei der Freitagsansprache stand in der Mitte des Wagens das riesige Fernsehgerät. Direkt vor dem Bildschirm konnte Tempus Wedos Silhouette erkennen; bereits jetzt überstrahlt von der flimmernden Wiederholung der Parolen, mit denen Sheer Gold die Masse in Ekstase versetzte. Man hatte ihn mit gespreizten Armen und Beinen an das Stahlgerüst gekettet. Er war so klein, das jeder einzelne Buchstabe auf der Mattscheibe ihn bei weitem überragte.

»MON ist das Ende des Denkens . . .«, schrie die Predigerin und hüpfte.

»MON ist das Ende des Denkens . . .«, antwortete die Menge und hüpfte.

». . . MONEY Erlösung und Glück!« Sheer Gold machte einen Ausfallschritt.

». . . MONEY Erlösung und Glück!« Die Menge kopierte sie.

Mit einem herrischen Wink brachte Sheer Gold den Beat zum Schweigen. »Heute noch wird MONEY, der Herr, auf die Erde herniederkommen! Freut ihr euch?« schrie sie in die plötzliche Stille.

»Ja«, schallte es aus Tausenden von Kehlen zurück.

Die goldene Kanone schoß in hohem Bogen einen goldenen Schnullerregen über die Versammlung. Der Platz begann zu brodeln wie ein mit Fischen überfülltes Aquarium bei der Fütterung. Jeder versuchte, einen Schnuller zu ergattern.

Der Beat setzte wieder ein. Sheer Gold und die Menge hüpften.

»Ich will eure Hände sehen«, schrie Sheer Gold. Sie riß die Arme im Takt der Beats hoch und ließ sie wieder fallen, hoch, herunter, hoch, herunter.

Die Menge johlte und ahmte sie nach, nuckelnd.

Der Tieflader erreichte die Bühne.

»Es wird nicht mehr lange dauern«, vermutete Tempus. »Du solltest jetzt losgehen. Vergiß die Gasmasken nicht.« Er nahm Nikki in die Arme. »Tust du mir einen Gefallen?« flüsterte er ihr ins Ohr.

Sie nickte. Der Flaum ihrer Wange strich über sein Gesicht.

Er zog sie noch ein wenig enger an sich. »Ich vertraue dir jetzt das Wichtigste an, das ich habe. Paß gut darauf auf.«

Nikki sah ihn erstaunt an. »Willst du es nicht lieber bei dir behalten?«

»Doch, sehr gerne«, sagte Tempus ernst, »aber wenn du hierbleibst, wer ist dann unten bei Wedo, wenn es losgeht?«

31.12.1999 • 14.12 UHR • -1750 PUNKTE (ALARM)

Die MON-Soldaten zerrten Wedo von Sheer Golds Tieflader auf die Bühne. Grob wurde er zu dem Pfahl in ihrer Mitte gestoßen und an Händen und Füßen gefesselt dort angekettet.

Halt durch, Kleiner, dachte Tempus, wir holen dich da raus.

Systematisch zoomte er auf der Suche nach Nikki die Menge ab. Fast hätte er ihren platinblonden Schopf in dem Gewimmel alkoholgeröteter Gesichter mit Schnullern im Mund übersehen, denn er hatte nach langen, dunklen Haaren Ausschau gehalten. Den Kopf gesenkt, ein Taschentuch vor ihrem Gesicht, als sei sie stark erkältet, arbeitete Nikki sich langsam an die Bühne heran.

Die Tarnung wird funktionieren, machte Tempus sich Mut.

Plötzlich wischten bunte Lichter über den Himmel. Tempus hielt sich die Ohren zu, denn inzwischen wußte er, was folgen würde: ohrenbetäubendes Krachen, gefolgt von elektrischem Knistern.

Schon erschien das Fernsehtestbild auf der niedrigen Wolkendecke. Von seinem erhöhten Standpunkt aus konnte Tempus beobachten, wie es sich über die ganze Stadt erstreckte und erst zum Horizont hin langsam verblaßte.

Helfer räumten den Platz hinter der Bühne, weil er eventuell der Strahlung der Lichtschleuder ausgesetzt sein würde. Dann wurde die Kanone ausgerichtet. Ihr Rohr senkte sich langsam herab und zielte genau auf Wedo.

Das Testbild verschwand, und flammendrote Buchstaben erschienen am Himmel. Ihr Strahlen prägte sich wie ein Brandzeichen in die Menge auf dem Platz: ›MON‹.

»Meine sehr verehrten Damen und Herren«, donnerte ein Sprecher aus den Wolken, »Sie hören eine Ansprache Ihres Bundeskanzlers.«

»Nein«, schrie Itor, der wieder im abgeschirmten Kommandostand der Lichtschleuder saß. »Keine Ansprache des Bundeskanzlers.« Wütend bellte er in ein Mikrofon: »Ü-Wagen, sofort melden. Ü-Wagen.«

Der MON-Übertragungswagen antwortete nicht.

»Liebe Mitbürgerinnen und Mitbürger«, der Kanzler lächelte selbstzufrieden vom Himmel, »Sie alle konnten heute morgen im Fernsehen verfolgen, wie ich mit heldenhaftem Einsatz den Staatsfeind Wedo Change zur Strecke gebracht habe.«

Alle Augen waren auf ihn gerichtet.

Der Kanzler sah einen Moment unsicher an der Kamera vorbei. Ist das gut so, schien sein Blick zu fragen.

Itor war außer sich. »Was zum Teufel ist das für eine Rede? Ü-Wagen, meldet euch!«

Auf dem Boden des Kaufhausdachs kniend, kontrollierte Tempus ein letztes Mal die Einsatzbereitschaft seiner Mikrosystemtruppe. Er hatte sie mit Mirabellas Hilfe aus Wedos Laborbeständen zusammengestellt und in den Alukoffern auf das Kaufhausdach transportiert.

»Ich weiß, Sie sind alle stolz auf mich und möchten mich sicherlich ein wenig feiern«, fuhr derweil der Kanzler fort, machte eine Kunstpause und blickte, wie er es gelernt hatte, scheinbar jedem in die Augen.

Das Publikum johlte.

Tempus aktivierte die Fernbedienung, mit der Wedo während ihres ersten Gespräches seine hochkomplexen Spielzeuge befehligt hatte. Darauf erhob sich wie ein Schwarm Hummeln eine Armada winziger Transporthubschrauber in die Luft. Tempus ließ sie eine Proberunde über seinem Kopf drehen.

Der Kanzler lächelte verschmitzt. »Ich habe mir für den heutigen Tag eine besondere Überraschung für Sie ausgedacht.«

»Die ist dir geglückt, Idiot«, giftete Itor. Er hämmerte auf die Kommandotaste. »Ü-Wagen, diese Rede ist nicht autorisiert! Dreht dem Kanzler den Saft ab!« Seine Stimme überschlug sich fast.

Die Leitung des Ü-Wagens blieb tot.

Die Armada der Hubschrauber nahm Kurs auf die Bühne. Mit kaum vernehmlichem Sirren jagte der Schwarm auf einer Höhe mit dem Kaufhausdach direkt über den Punkt des Platzes, an dem Wedo an den Pfahl gefesselt in die Mündung der Lichtschleuder starrte.

Der Fetzen eines bayerischen Volksliedes fegte über den Platz. Niemand nahm davon Notiz.

»Eine Überraschung«, dehnte der Kanzler die Ankündigung in unzumutbare Länge, »die ...«, jetzt sah er hilflos ins Off und lauschte einen Moment, während ihm offenbar souffliert wurde. Dann hellte sich seine Miene wieder auf, er nickte. »Eine Überraschung, die Sie Ihre Alltagssorgen vergessen lassen und jede Menge erhabene Gefühle in Ihnen wecken wird«, beendete er fröhlich den Satz und grinste.

Die Menschen auf dem Platz starrten gebannt auf sein Videokonterfei, das von der dichten Wolkendecke zurückgeworfen wurde. Die kleine Ansammlung dunkler Punkte, die kurz über das Gesicht des Kanzlers huschte, wurde allgemein als unwesentliche Störung des riesigen

Zeilenrasters abgetan; ihr zartes Geknatter ging im Echo der Kanzlerworte unter.

»Was sollen die vielen Worte«, beendete der Kanzler seine Bemühungen, eigenständig eine Rede zu halten. Voll Ungeduld kam er endlich zum Kern seiner Botschaft: »Ich werde heute, wie man so schön sagt, ein Bad in der Menge nehmen«, verkündete er gönnerhaft und provozierte ein Raunen. »Und zwar jetzt gleich.«

»Nein! Alles, nur das nicht!« Itor pellte sich aus dem Sitz hinter der Zielvorrichtung und verließ eilig den Kommandostand.

Winternachmittagsgrau senkte sich über den Platz, als das Gesicht des Kanzlers vom Himmel verschwand. Die Menge wartete.

Tempus kontrollierte fieberhaft die Koordinaten seiner Einsatztruppe. Im Schutz eines Mastes der hochaufragenden Scheinwerfer senkten sich die Hubschrauber über der Bühne ab. Wenn nicht bald etwas geschah, das die Leute wieder beschäftigte, würde es unmöglich sein, sie unbemerkt landen zu lassen.

In diesem Moment erklang erneut die bayerische Musik. Ein Pixelschwarm rieselte über die Wolkendecke. Er formte einen roten Punkt, der zum Zentrum eines weißen Stirnbandes wurde. Darunter tauchte das Gesicht des jungen Japaners auf, der bereits die Freitagsansprache gestört hatte.

»Sehr geehrte Deutsche, wir achten Ihre nationale Souveränität und möchten uns in keiner Weise in Ihre inneren Angelegenheiten einmischen. Die politischen, wirtschaftlichen und sozialen Umstände in ihrem Land kümmern uns nicht. Unsere einzige Forderung ist leicht zu erfüllen.«

Irgendwoher kenne ich seine Augen, dachte Tempus.

Ein neuer Pixelschwarm, das Gesicht des Japaners

wich dem romantischen Bild vom Paradies der 99ers, die bayerische Musik wurde lauter.

»Freier Zugang zum touristischen Kleinod Neuschwanstein . . .«, hob der Japaner an, doch bevor er seinen Satz beenden konnte, zischte es ohrenbetäubend. Das Bild am Himmel schrumpfte zu einem waagerechten, weißen Strich und schnurrte dann in einem glühenden Punkt zusammen. Ein lautes Ploppen, Dunkelheit – die Smogglockenprojektion war abgestürzt.

Ratlos stand die Menge auf dem Platz und wartete, was weiter geschehen würde.

Nikki hatte inzwischen die Bühne fast erreicht, da sagte unmittelbar hinter ihr jemand: »Blond steht dir gut, Schlampe! Fast hätte ich dich nicht erkannt. Aber wer könnte jemals diese Figur vergessen?«

31.12.1999 • 14.21 UHR • -1802 PUNKTE (ALARM)

Itor stand im MON-Übertragungswagen, den Hauptstecker noch in der Hand. Krachend hatte er die Tür aufgestoßen und ihn aus dem Mischpult gerissen, um den Kanzler, den Japaner, einfach alle, die sich seiner Smogglockenprojektion bemächtigen könnten, zum Schweigen zu bringen.

Der Fahrer rutschte mit dem Pinsel ab und stieß ein Fläschchen mit Nagellack um. Eine blutrote Pfütze breitete sich vor ihm auf dem Schaltpult aus. Jetzt versikkerte sie dickflüssig zwischen den Reglern und tropfte zäh auf den Boden. Mit einem Aufschrei zog Lola die Beine an. »Was soll denn das? Du ruinierst ja alles.«

»Warum zum Teufel antwortet ihr nicht?« schäumte Itor.

»Reg dich doch nicht schon wieder auf, mein ungestümes Bikerlein. Der Funk ist leise gestellt. Wir wollten ein bißchen unsere Ruhe haben«, flötete Lola, während er mit spitzen Fingern in seiner Handtasche nach einem Taschentuch wühlte. »Wenn sich hier jemand ärgern muß, dann doch wohl ich. Guck dir an, was passiert ist!« Er reckte einen Fuß in die Luft. Drei Zehennägel waren bereits ungeschickt lackiert, der vierte völlig verschmiert. »Na ja«, plapperte er resigniert weiter, »von einem hauptberuflichen Kraftfahrer kann man auf diesem Gebiet wohl keine Perfektion erwarten.« Er lächelte in sich hinein. »Aber immerhin habe ich ihn dazu gebracht, sich ein wenig um mich zu kümmern. Schließlich vernachlässigst du mich immerzu.«

Der Fahrer, der kaum fassen konnte, wie Lola das Unheil stetig verschlimmerte, schnitt noch eine warnende Grimasse. Dann zog er sich schnell in das Führerhaus des Wagens zurück.

»Sieh mich gefälligst an, wenn ich mich mit dir rede, und sprich nicht in diesem Ton mit mir!« fauchte Itor.

Dieser Satz sorgte dafür, daß Lola endlich die Stimme seines Chefs erkannte, der ihn sonst nur über den Bildschirm anblaffte. Er schleuderte auf dem Drehstuhl herum.

Ungezügelt stieß Itor einen Schwall wütender Fragen hervor: »Erstens: Wie konnte zum zweiten Mal innerhalb einer Woche der Kanzler zu einer nicht genehmigten Ansprache kommen? Zweitens: Wie konnte darüber hinaus diese Ansprache, die, wie an ihrem Inhalt offensichtlich zu erkennen war, nicht von mir verfaßt worden ist, heimlich vorproduziert werden? Drittens: Wie schaffen es diese verfluchten Japaner immer wieder, unsere Sendungen zu stören? Und viertens: Wie kann der Kanzler ankündigen, live auf dem Platz zu erscheinen, und niemand, ich wiederhole, niemand hindert ihn daran?«

»Ich weiß es nicht«, wisperte Lola eingeschüchtert. Er wedelte heimlich unter dem Pult mit den Füßen, damit der Nagellack trocknete. »Ich habe aus dem Funkhaus das übliche Signal bekommen und dann nur den Ablauf befolgt, der für jede Smogglockenprojektion gilt«, versuchte er sich zu verteidigen, während er seine Seidenstrümpfe vom Pult verschwinden ließ und nach seinen Schuhen angelte. »Über die Inhalte bin ich nie informiert. Die interessieren mich sowieso nicht. Ich sende sie nur.«

Itor trat noch einen Schritt näher und musterte Lola ungläubig. Er schien erst jetzt zu registrieren, wie der Techniker aussah. Sein Blick wanderte von den rot gefärbten, sorgfältig gelegten Locken über die stark getuschten, künstlichen Wimpern, das grelle Make Up, den übertrieben ausgestopften Busen, den hautengen Lackminirock und die behaarten Beine bis hin zu den rosa Pompons auf seinen Riemchensandaletten. »Sind wir hier eigentlich im Zoo?«

Lola sah ihn verständnislos an. »Wie bitte?«

»Bist du völlig übergeschnappt, oder was soll dieser Tuntenaufzug?«

»Finden Sie, das ist der richtige Ton, um mit einem Mitarbeiter zu reden?« meldete sich der Fahrer aus seiner Deckung. Er sah um die Ecke. »Okay, er hat einen Fehler gemacht ...«

Itor zögerte keinen Moment. Ohne Vorwarnung schlug er zu und traf den Fahrer mitten ins Gesicht. Der knallte mit dem Kopf an das Lenkrad und sackte zusammen.

Lolas Augen wurden schmal, er dehnte den mächtigen Brustkorb und erhob sich halb. Da wirbelte Itor schon herum und verpaßte auch Lola rechts und links einen schnellen Satz harter Ohrfeigen.

»Versuch das nicht noch mal«, sagte Itor ausdruckslos und ruckte seine Manschetten zurecht. Er wies mit dem Kopf auf den Fahrer. »Sonst kannst du dein Lokkenköpfchen gleich dazubetten. Und jetzt schaff mir eine Verbindung zum Headquarter, und bring den Biker an den Start, aber schnell.« Er stöpselte den Stecker wieder ein.

Lola sagte kein Wort. Er hatte seine angeklebten Wimpern verloren, sein Lippenstift war verschmiert. Langsam wischte er den Nagellack mit dem Ärmel von seinem Pult, drückte einen Knopf und sprach in sein Mikrofon: »Biker, komm sofort zurück zum Wagen.«

»Was ist los?«

»Frag nicht, komm.«

»Ich habe das Mädchen geschnappt. Der Junge treibt sich garantiert auch hier herum. Sie sagt mir bestimmt, wo, wenn ich sie freundlich bitte.«

Im Lautsprecher war deutlich zu hören, wie etwas gegen das Funkgerät des Bikers schlug. Nikki stöhnte kurz auf.

Lola sah Itor an.

»Zuerst müssen wir diese Erleuchtung hinter uns bringen«, entschied Itor. »Er soll zum Kommandostand der Lichtkanone kommen.«

Lola gab den Befehl weiter. Der Biker schwieg.

»Er soll bestätigen«, blaffte Itor.

»Biker ...«

Der Biker schwieg immer noch.

Itor drängte Lola beiseite und beugte sich über das Mikrofon. »Du bewegst deinen Arsch jetzt hierher, Junge, oder deine Bewährungsprobe gilt als nicht bestanden. Du weißt, was das heißt, oder?«

Die Leitung rauschte einen Moment. Dann war der Biker zu hören. »Ich komme.«

Zufrieden gab Itor Lola einen Wink. Der hackte auf seine Tastatur ein. Auf dem Monitor vor ihm erschienen die drei roten Buchstaben ›MON‹, darunter die Zeile ›Mind War Headquarters‹.

»Wie weit sind wir mit der Kanzler-Animation?« Itor drängte sich an Lola vorbei zu einem Fenster.

»Fertig, wir können sie jederzeit einsetzen.« Lola gab weitere Tastaturbefehle, auf dem Monitor erschien das Gesicht des Kanzlers.

»Laß das mal anlaufen.«

Lola drückte eine Taste, der Kanzler begann zu sprechen. »Meine sehr verehrten Damen und Herren, ich bedanke mich für das Vertrauen, das Sie mir ...«

»Sieht absolut echt aus. Jetzt langsam die Manipulation einschleifen.«

Lola tippte eine Tastenkombination, Gesicht und Stimme des Kanzlers veränderten sich. »Funktioniert.«

»Zurückfahren und startbereit machen.« Itor beobachtete die Bühne durch die Scheibe. »Ich geh da jetzt raus. Auf mein Zeichen projizierst du das auf die Smogglocke, ich rede ein paar Takte, und danach wird erleuchtet, klar?«

Lola nickte.

»Und sorge dafür, daß diese verdammten Japaner uns nicht wieder dazwischenfunken.«

Lola nickte wieder.

»Wenn ich nur herausfinden könnte, was diese Idioten eigentlich wollen.« Itor ging zum Ausgang des Wagens. Er hielt inne, kehrte noch einmal zurück, nahm Lolas Kinn zwischen Daumen und Zeigefinger und zischte: »Ich war mir noch nie zu schade für die Drecksarbeit. Sie macht mir sogar Spaß. Das war schon immer so. Frag den Kanzler, solange das noch geht.«

Dann stieß er Lola mitsamt dem Stuhl einfach um.

»Natürlich werde ich auf die Bühne gehen, ich will zu meinem Volk«, rief der Kanzler auf Sheer Golds Tieflader. »Und du kommst mit, das bist du mir schuldig.« Die Predigerin im Schlepptau, verließ er den Tieflader.

Alle Aufmerksamkeit des Publikums richtete sich nun auf die beiden, so daß Tempus auf die Fernbedienung drückte. Der Hubschrauberschwarm sirrte an Wedos Kopf vorbei. Erstaunt beobachtete der Junge, wie die winzigen Maschinen direkt neben seinen Füßen landeten, dabei vorsichtig nach allen Seiten sichernd, ob auch niemand sonst die kleine Invasion bemerkte.

Der Kanzler und Sheer Gold erreichten das Podest. Routiniert wie ein Boxer tauchte der Kanzler zwischen den Seilen hindurch, die die Bühne begrenzten.

»Du weißt genau, daß das Ärger mit Itor gibt«, zeterte Sheer Gold unterdrückt.

Ohne auf ihren Widerspruch einzugehen, zog der Kanzler sie hinter sich her. »Du eröffnest die Show. Mach alles genau wie früher«, befahl er.

Beeilt euch doch, feuerte Tempus inzwischen seine Mikrosystemtruppe an, als sich schon die Ladeluken der Hubschrauber öffneten und etliche stählerne Handwerker-Ameisen herauskrabbelten. Ausgestattet mit Säge-, Bohr- und Fräswerkzeugen, kletterten sie auf Wedos Schuhe. Dort teilten sie sich auf; eine Hälfte verschwand hinter seinen Füßen, die andere arbeitete sich an der Rückseite seiner Beine zu seinen Händen hoch.

Zufrieden vergrößerte Tempus den Ausschnitt des Platzes, den die Monitorprojektion abbildete, und suchte wieder nach Nikki.

Unverhofft entdeckte er sie. »Nein!« Er schlug die

Hände vors Gesicht. Einen Moment später beugte er sich wieder über den Bildschirm.

Die Hände auf den Rücken gefesselt, stolperte Nikki durch die Menge, rücksichtslos von dem Biker vor sich hergestoßen. Sie knickte ein, er riß sie grob wieder hoch; sie versuchte, sich loszumachen, er schlug ihr ins Gesicht.

»Tempus.«

Tempus fuhr auf und sah sich nach allen Seiten um. Das Dach war leer. Seine Nackenhaare sträubten sich.

»Ich bin es«, sagte die Stimme. Sie sprach über den Lautsprecher der Monitorprojektion zu ihm.

Erst jetzt erkannte Tempus Mirabella. »Hast du gesehen, was Nikki passiert ist?«

»Ja«, bestätigte Mirabella leise. »Es tut mir so leid.«

»Hast du eine Idee, was wir tun können?«

»Nein«, mußte Mirabella zugeben. »Ich fühle mich ganz leer. Die Sache mit Wedo ... und jetzt auch noch Nikki.« Ihre Stimme wurde noch leiser, dann begann sie eilig wieder zu singen. »Drinkin', drinkin', drinkin' ...«

»Mirabella ...«

»Ja, ich weiß.« Sie kämpfte um Selbstbeherrschung.

Deprimiert beobachtete Tempus, wie Itor den MON-Übertragungswagen verließ und zurück zum Kommandostand der Lichtschleuder ging, wo der Biker schon auf ihn wartete.

»Wo ist das Mädchen?«

Der Biker machte ein Zeichen mit dem Kopf. »Steckt gefesselt im Kommandostand.«

Itor öffnete die Tür und musterte Nikki. Sie würdigte ihn keines Blickes. An ihrer Schläfe lief Blut herab.

»Guck dir das an«, rief Tempus Mirabella zu. »Und ich hocke hier oben in Sicherheit auf dem Dach. Warum bin nicht ich auf den Platz gegangen?«

»Nikki wird sich zu helfen wissen«, versuchte Mirabella ihm Mut zu machen. »Meine Analyse ihrer Daten hat gezeigt, daß sie über erstaunliche verborgene Fähigkeiten verfügt. Ich bin ganz sicher, sie wird es schaffen.«

Eine Fanfare erscholl, die Bühne wurde wieder rundum von Scheinwerfern erleuchtet. Wedo blinzelte in das gleißende Licht.

Tempus wußte nicht, wohin er seine Aufmerksamkeit zuerst richten sollte. Er zoomte auf den Jungen und beobachtete, wie die stählernen Ameisen emsig arbeiteten. Vier von ihnen mußten mit ihrer Last unentdeckt bis auf Wedos Kopf vordringen, was durch die helle Beleuchtung deutlich erschwert wurde.

Glücklicherweise schob der Kanzler jetzt Sheer Gold in die Mitte des Rings. Ihr hautenges, goldenes Trikot vollzog jede Welle mit, die das Fett an ihrem Körper schlug, und die Stiletto-Absätze ihrer goldenen Pantoffeln bogen sich unter ihrem Gewicht bei jedem Schritt. Ohne die wallenden, weißen Gewänder und die Unterstützung des Beats büßte sie viel von ihrer dämonischen Ausstrahlung ein, wirkte fast ein wenig gehemmt.

Vom Kommandostand der Lichtkanone aus beobachtete Itor nervös den sich anbahnenden Auftritt. »Laß das Mädchen nicht aus den Augen«, befahl er dem Biker. »Wir benutzen sie später als Lockvogel für den Jungen. Ich muß jetzt auf die Bühne, bevor dieser Trottel noch mehr Unheil anrichtet. Übernimm du die Erleuchtung.« Er zog ein Kästchen in der Größe einer Zigarettenschachtel aus der Tasche und reichte es dem Biker.

»Was ist das?«

»Die Lichtschleuder.«

»Ich dachte, dieses Ungetüm da sei die Lichtschleuder.« Der Biker zeigte auf die riesige Zentrifuge mit dem Kanonenrohr.

Itor winkte ab. »Reines Theater.« Er wies über die nuckelnde Menschenmenge auf dem Platz. »Glaubst du, diese Kretins können sich vorstellen, daß eine so großartige Erfindung wie die Lichtschleuder so winzig ist? Dazu reicht ihre Phantasie nicht aus. Willst du große Gefühle in ihnen wecken, mußt du ihnen eine große Inszenierung bieten. Alles andere, und sei es noch so weltbewegend, ist ihnen zu abstrakt. Ich könnte den Jungen schließlich auf jede beliebige Art und Weise aus dem Verkehr ziehen. Aber das hätte überhaupt keinen Unterhaltungswert. Weder für diese Bande vergnügungssüchtiger Schwachköpfe ...«, er grinste, »... noch für mich.«

»And now, ladies and gentlemen ...« Sheer Golds Stimme überschlug sich fast. Von dem gleißenden Licht animiert, warf sie sich in die Brust und trippelte geziert über die Bühne, im Gesicht einen Ausdruck, den sie gleichzeitig für charmant und verrucht hielt. Hüftschwenkend strich sie an den Seilen des Rings entlang und rief dabei mit übertriebener Intonation: »The one and only, the ...«, sie zögerte einen Moment, denn die Vokabel fiel ihr nicht ein, »... the heldenhafte ...«, rettete sie sich unbeholfen. Das Publikum sah es ihr nach, Hauptsache, ihr goldenes Trikot glitzerte.

Geistesgegenwärtig nutzte Tempus die Gunst des Augenblicks, um die Hubschrauber zurückzuordern. Denn Sheer Gold schien fest entschlossen, ihre Ansage zu einem aufmerksamkeitsheischenden Crescendo zu steigern.

»... and großherzige ...«

Die Rotorblätter setzten sich in Bewegung. Einen Moment später schwebten die kleinen Helicopter dicht über dem Boden leise knatternd von der Bühne. Doch gleich bemerkte Tempus etwas, das ihm neue Sorge bereitete: In Wedos Gesicht zuckte es beständig. Der Junge bemühte sich, alle Muskeln unter Kontrolle zu halten, doch es gelang ihm nicht. Schweißperlen sammelten sich auf seiner Stirn. Er schloß die Augen.

Sheer Gold dehnte derweil die zweite Silbe des überfälligen Finales bis zum Zerreißen und zog sie dabei in die Höhe, so daß das darauffolgende Wort wie eine Erlösung aus ihr herausbrach, ». . . Bundeeees – kanzler!«

Die Hand mit dem Mikro in die Höhe gereckt, die andere präsentierend auf den Kanzler gerichtet, strahlte Sheer Gold nach allen Seiten in die Menge. Die stand in andächtigem Schweigen.

Schon im Gehen gab Itor dem Biker letzte Instruktionen. »Du siehst durch das Zielfernrohr und peilst genau den Kopf des Jungen an. Auf mein Zeichen drückst du diesen Knopf.« Er zeigte ihm die entsprechenden Vorrichtungen. »Es muß unbedingt alles so wirken, als würde die Erleuchtung durch die Kanone vorgenommen. Und laß das Mädchen nicht aus den Augen.«

»Geht alles klar.« Der Biker setzte sich hinter das Steuerpult im Kommandostand der vermeintlichen Lichtschleuder. Er zerrte Nikki zu sich heran, zwang sie, sich neben ihm auf den Boden zu legen und stellte grob seinen Stiefel auf ihre gefesselten Hände. »Damit du immer schön dicht bei mir bist.«

Nikki verbiß sich jeden Schmerzenslaut und versuchte, ihre Hände wieder unter dem Fuß des Bikers hervorzuziehen. Der aber trat jetzt erst richtig kräftig zu. Nikki schrie kurz auf.

»Du kannst dir selbst aussuchen, wie lustig unser Rendezvous noch wird. Ich meine«, er sah sie abschätzig an, »bevor wir richtig zur Sache kommen, Schätzchen.«

Tempus schlug mit der flachen Hand ohnmächtig auf den Boden. Als er sie wieder hob, klebten zwei Zigarettenstummel daran. Angeekelt schnippte er sie fort.

Mirabella blieb besonnen. »Hoffentlich hört sie auf damit. Der Biker ist extrem unbeherrscht. Es ist ihm zuzutrauen, daß er sie bewußtlos schlägt. Dann hätte sie keine Chance zu fliehen.«

Nikki ruckte wieder, der Biker trat noch fester zu. Nikki ruckte erneut, und schon geschah, was Mirabella befürchtet hatte: Der Biker sprang auf und zog sein Messer. Sofort wich Nikki zurück.

»Jetzt bekommst du Angst, was?« Grinsend ging er auf sie zu und holte aus.

»Nein«, rief Tempus und sprang auf.

Der Biker stach zu. Nikki schrie vor Angst und Schmerz.

Einen schrecklichen Moment lang wartete Tempus darauf, sie mit dem Messer im Körper zu Boden sinken zu sehen. Doch es war ihr nichts Ernstes geschehen.

Zielgenau hatte der Biker die Ärmel ihres Kostüms am Boden festgenagelt, weshalb sie sich nicht fortbewegen konnte. Das Messer war so nah an ihren Händen durch den festen Stoff gefahren, daß es ihr ein Handgelenk aufgeritzt hatte. Blut quoll aus dem Schnitt.

Schnell klemmte der Biker sich wieder hinter das Kommandopult der Lichtschleuder, denn jetzt eilte tatsächlich der Kanzler mit drei lockeren Sprüngen ins Zentrum des Rings. Er verbeugte sich nach allen Seiten, posierte wie ein Bodybuilder und ließ die Muskeln spielen, wobei sein ohnehin recht enger Anzug sich gefährlich spannte. Danach riß er die Arme hoch und fror in Erwartung aufbrausenden Beifalls in dieser Haltung ein.

Bevor die Menge noch reagierte, erklang ein kleines, hysterisches Kichern. Der Kanzler veharrte in seiner Pose, nur sein Kopf drehte sich verblüfft.

Wedo stand gefesselt an seinem Pfahl und biß sich verzweifelt auf die Lippen.

»Lachst du etwa über mich?« fuhr der Kanzler ihn an. Drohend trat er einen Schritt auf ihn zu.

»Nein, das würde ich niemals tun«, beeilte sich Wedo, sein Fehlverhalten zu mildern. Aber schon konnte er sich wieder nicht beherrschen; ein Glucksen brach aus ihm hervor.

Jetzt gehen ihm die Nerven durch, begriff Tempus schlagartig die Situation. Er ist eben doch erst zwölf Jahre alt, egal, was sein Gehirn bereits an Erfindungen hervorgebracht hat. Er wird den ganzen Plan ruinieren. Tempus zoomte noch näher an Wedo heran. Die vier Ameisen, die auf dessen Kopf klettern mußten, krabbelten gerade zwischen Hals und Kragen.

Der Kanzler trat so dicht an Wedo heran, daß ihre Nasen sich fast berührten. »Ich vermisse den nötigen Respekt, mein Junge«, drohte er.

Die Ameisen reagierten auf seinen Schatten und verschwanden in Wedos Hemd. Ein Schauder überlief Wedo, er schloß die Augen.

Der Kanzler fixierte ihn wütend. Wedo zuckte.

»Mirabella, was hat er?« fragte Tempus. »Ist er wirklich der Situation nicht mehr gewachsen?«

»Ich wollte dir nicht die Zuversicht nehmen, denn dein Plan ist gut. Deswegen habe ich eine Kleinigkeit nicht erwähnt, als wir darüber sprachen«, gestand Mirabella zaghaft. »Es hätte ebensogut sein können, daß es gar keine Rolle spielt.«

Da brach Wedo in brüllendes Gelächter aus. Er prustete dem Kanzler mitten ins verdatterte Gesicht.

»Was ist es? Sag es mir! Sofort!« Tempus verlor allmählich die Beherrschung. Zuviel hing vom Gelingen seines Planes ab: Nikkis Leben, Wedos Geisteszustand, das nächste Jahrhundert und nicht zuletzt seine eigene Zukunft.

Mirabella sah ein, daß sie Tempus nicht länger hinhalten konnte. »Wedo ist . . . unglaublich kitzelig.«

31.12.1999 • 14.38 UHR • -1802 PUNKTE (ALARM)

»Danke, Herr Bundeskanzler«, nutzte Itor die Unterbrechung und sprang auf die Bühne, ein Mikrofon in der Hand. »Vielen Dank für diese wundervolle Abschiedsvorstellung.« Dann gab er Lola im MON-Übertragungswagen das verabredete Zeichen.

Am Himmel baute sich das Testbild auf.

Publikum und Kanzler hatten gleichermaßen Schwierigkeiten, den Ereignissen zu folgen. »Wieso Abschiedsvorstellung? Jetzt geht es doch erst richtig los.« Der Kanzler ließ von Wedo ab, der inzwischen ungehemmt vor sich hingackerte.

Tempus' ganze Sorge galt jetzt den Ameisen. »Mirabella, kannst du mir sagen, ob wir schnell genug vorwärts kommen.«

»Die Zeit könnte knapp werden. Wenn Wedo nicht so zappeln würde, könnten die Ameisen besser arbeiten. So verzögert sich alles. Der Sondertrupp ist noch nicht einmal auf seinem Kopf angelangt.«

»Kannst du sie nicht anweisen, sich zu beeilen?«

»Es ist zu riskant, bereits jetzt die Verbindung zu ihnen aufzunehmen. Wenn die Ameisen entdeckt werden, läßt sie sich ohne Probleme zurückverfolgen.«

Mirabella wurde von lautem Beifall unterbrochen. Itor hatte sich gerade an die Menge gewandt: »Ich denke, unser Bundeskanzler hat einen großen Applaus verdient.«

Er winkte einen Trupp MON-Soldaten heran. Dann

richtete er sich wieder an das Publikum und versicherte leutselig: »Natürlich sind wir alle von den jüngsten Wahlergebnissen überrascht worden.«

Die Soldaten kletterten in den Ring und griffen den Kanzler rechts und links bei den Armen.

»Aber in einer Demokratie ist der Wille des Volkes das Gesetz«, verkündete Itor.

»Wahl? Was für eine Wahl? Es gab keine Wahl.« Der Kanzler wehrte sich gegen die Umklammerung der Soldaten.

In der Menge entstand Unruhe. Rund um die Bühne wurde diskutiert: Hatte es tatsächlich Wahlen gegeben? Oder hatte der Kanzler recht mit seiner Behauptung? Niemand konnte sich erinnern.

Die kleinen Hubschrauber trafen wieder auf dem Dach des Kaufhauses ein. Sorgfältig überwachte Tempus ihre Landung.

Itor gab Lola ein weiteres Zeichen, schon donnerte der Sprecher in bewährter Manier aus den Wolken: »Meine sehr verehrten Damen und Herren, Sie hören eine Ansprache Ihres Bundeskanzlers.«

Alle Blicke richteten sich auf das Bild des Kanzlers am Himmel. Es war das erste Mal, daß der sich selbst aus dieser Perspektive sah. Angesichts der ungeheuren Größe der Projektion lächelte er geschmeichelt.

»Liebe Mitbürgerinnen und Mitbürger, ich danke Ihnen für das Vertrauen, das Sie mir in der vergangenen Legislaturperiode entgegengebracht haben«, deklamierte die Kanzlerprojektion würdevoll. »Ich habe mein Bestes gegeben, damit wir weiter spitze sind. Doch nun haben Sie, die Wähler, entschieden, daß es eine Veränderung geben soll. Ich beuge mich diesem Votum und wünsche meinem Nachfolger viel Erfolg.«

»Das bin ich nicht«, schrie der Kanzler. »Das haben

wir nie aufgenommen, ich weiß es genau! Ich will keinen Nachfolger, ich will weiter Kanzler sein!«

Ein Wink Itors, und der strampelnde Kanzler wurde von den MON-Soldaten abgeführt. Niemand nahm davon Notiz, die Smogglockenprojektion war zu beeindruckend.

»Ein bißchen Abwechslung tut immer gut«, zeigte sich die Kanzlerprojektion im Gegensatz zu ihrem Vorbild sehr einsichtig, »schließlich wollen Sie auch nicht jeden Tag das gleiche essen.«

Wedo, der weiter kleine Lachsalven von sich gab, kicherte: »Ihr bekommt sowieso jeden Tag dasselbe vorgesetzt, ihr merkt es nur nicht. Ihr habt es längst verdaut, wieder ausgeschieden und fast vergessen, da landet es erneut vor euch auf dem Tisch. Ein ewiger Kreislauf.« Er schüttete sich aus vor Lachen. »Die Geschichte ist eine unendliche Currywurst. Vorne stopft man sie uns hinein, hinten kommt sie wieder heraus, nur um vorne wieder ...«, er schwieg und verzog das Gesicht, denn plötzlich fand er diese Vorstellung doch etwas eklig. »Aber so ist das Leben. Und solange die Pommes gut gesalzen sind und die Mayonnaise immer schön fettig ist, machen wir dem Wirt gar keinen Vorwurf. Im Gegenteil: Er bekommt ein reichliches Trinkgeld. Wir werden Stammgäste. Hurra!«

Tempus beobachtete ihn befremdet. »Wenn das so weitergeht, müssen sie ihn gar nicht mehr erleuchten.«

Er sah wieder zum Himmel. Ihm schien, das Gesicht und die Stimme der Kanzlerprojektion hätten sich mit jedem Wort, das er bis jetzt gesprochen hatte, ein wenig verändert. Nur weil er zwischenzeitlich Wedo beobachtet hatte, fiel ihm die Verwandlung so deutlich auf. Noch hätte er nicht sagen können, worin sie genau bestand, doch inzwischen blickte ein anderer Mensch auf den Platz-der-Erkenntnis-durch-Konsum herab.

Auch der Tenor seiner Rede wandelte sich: »Angesichts der schlechten Verfassung des Landes, angesichts von Armut und Arbeitslosigkeit, der Ausbreitung von Anarchie und Gesetzlosigkeit und angesichts der Allgegenwart und Rücksichtslosigkeit des Militärs ist eine neue Regierung mit Sicherheit die beste Lösung.«

»Richtig«, tönte es aus der Menge, »die Zustände sind unhaltbar geworden. Und wer leidet darunter? Wir.«

»Wir brauchen jemanden, der unsere Interessen vertritt, der für unsere Rechte wirklich kämpft und nicht nur große Reden schwingt«, kam Unterstützung von anderer Stelle.

»Das ist doch kein Leben mehr. Sind wir denn der Schmutz von der Straße?«

Zufrieden beobachtete Itor, wie Lebensangst und Frustration sich in wütenden Protesten entluden. Er deckte das Mikrofon mit der Hand ab, beugte sich zu Sheer Gold hinüber und befahl: »Verschwinde auf den Tieflader und mach dich fertig für die Wahlshow! Wenn du gut bist, verzeihe ich dir vielleicht deinen sentimentalen Rückfall in alte Zeiten.«

Sheer Gold drückte ihm dankbar die Hand. Funkelnd verschwand ihr goldenes Trikot im Dunkel des Tiefladers.

»Was haben die eigentlich vor?« fragte Tempus Mirabella.

»Sie zersägen eine Jungfrau namens Bundeskanzler«, antwortete Mirabella sibyllinisch.

Der Kanzler am Himmel war jetzt zweifelsfrei nicht mehr der, den alle kannten, sondern der Neue, der Gewinner der Wahl, die nie stattgefunden hatte. »Ich als Ihr Landesvater«, gab er sich kämpferisch, »werde mich für Ihre Belange stark machen. Ich bin auf der Seite der Geplagten, der Unterdrückten, der unschuldigen Opfer.«

»Ja«, schmetterte die Menge.

Bumm, fuhr ein tiefer Trommelschlag von Sheer Golds Tieflader zur Unterstützung dazwischen.

Von der Fassade des Kaufhauses, auf dem Tempus sich versteckt hielt, platzte ein mehrere Quadratmeter großes Stück Putz ab und prasselte zu Boden. Fluchend vertrieb Tempus die Staubschwaden. Er war gerade damit beschäftigt, die hochempfindlichen Helicopter für einen neuen Einsatz vorzubereiten.

Die Predigerin trat in den Lichtkreis, den die Scheinwerfer für sie bildeten, und gellte in ihr Mikro: »Wo findet heute die Party der Geplagten statt?«

»Hier«, schrie die Menge und zappelte erwartungsvoll.

Bumm, krachte der Beat und startete erneut sein Stakkato.

»Wo findet heute die Party der Unterdrückten statt?« brüllte Sheer Gold. Sie wippte mit dem Beat.

»Hier!« antwortete die Menge und wippte begeistert mit.

»Und wo ist die Party der unschuldigen Opfer?« Sheer Golds Stimme überschlug sich. Sie schwang den polierten Schädel in der Form einer liegenden Acht, des Zeichens für die Unendlichkeit.

Tempus wurde allein vom Zusehen schwindlig.

»Hier ist die Party!« Die Menge auf dem Platz brach in entfesseltes Hüpfen aus.

Nun schaltete der neue Bundeskanzler sich wieder ein. Er hatte ein fanatisches Flackern im Blick. »Ihr habt die Schnauze voll, liebe Freundinnen und Freunde!«

»Schnauze voll, Schnauze voll!« echote das hüpfende Volk, angefeuert von Sheer Gold, die wieder Ausfallschritte vorgab.

Die Schnuller flogen auf den Boden, wurden zertreten und zerstampft.

»Ihr wollt diesen ganzen Mist am liebsten abschalten!« Der Blutdruck des Kanzlers schien gestiegen zu sein, worauf sein hochrotes Gesicht und die geschwollenen Adern auf Stirn und Schläfen schließen ließen.

»Abschalten, abschalten!« grölten die Menschen, während auf dem Tieflader das Fernsehgerät pulsierte: »Abschalten, abschalten!«

Der Platz dampfte vom Schweiß der vielen erhitzten Körper.

»Ihr wollt ein völlig neues Leben!« Der Kopf des Kanzlers verschwand immer wieder aus dem Bild, so wild gestikulierte er im Eifer.

Sheer Gold war auf den bulligen Fernseher gesprungen. Sie stampfte mit den Füßen, daß der Marmorsockel Risse bekam.

»Neues Leben, neues Leben!« Die Masse war am Ende ihrer Kraft. Nicht alle hatten noch genug Luft mitzuschreien. Einige stützten sich bereits keuchend auf ihre Knie, husteten und spuckten auf den Boden.

Doch wohlkalkuliert wurden sie weiter angetrieben, an dieser Stelle ihr Letztes zu geben. »Neues Leben, neues Leben«, kreischte Sheer Gold und hieb im Takt mit dem Mikrofon wie mit einer Axt auf den Fernseher ein.

»Neues Leben, neues Leben«, verausgabte sich die Masse, doch die Rufe klangen heiser. Erschöpfung griff um sich, immer mehr Menschen mußten sich setzen.

Der Kanzler sammelte sich für den Gnadenstoß. Seine Züge waren strenger geworden, die Bewegungen herrischer. »Oder . . .«, malte er plötzlich ein Bild des Schrekkens auf die Wolken, ». . . droht dann vielleicht das Chaos?«

Nach einem letzten krachenden Bumm setzte der Beat plötzlich aus und ließ die wenigen verbliebenen Hüpfer abrupt innehalten. Sheer Gold fror mitten in der Bewegung ein.

»Chaos, Chaos«, holperte die Menge arhythmisch, noch im Automatismus des befreienden Ausbruchs gefangen, doch der Gleichklang war dahin. Verwirrung vertrieb den letzten Enthusiasmus.

»Wird ein so radikaler Umschwung nicht zu gänzlich unberechenbaren Zuständen in unserem Land führen?« Das Gesicht des Kanzlers mutierte zu einer dämonischen Fratze, die die Bedrohlichkeit seiner Vision wirkungsvoll verstärkte.

Sheer Gold stürzte schwer zu Boden und wälzte sich im Staub. »Konfusion und Unberechenbarkeit«, gurgelte sie zerstört. »Das ist das Ende.« Wieder und wieder schlug sie den Kopf gegen den Bühnenrand. Zeitgleich hieb sie, gedeckt von ihrem fülligen Körper, heimlich das Mikrofon auf den Boden, um die Schläge schmerzvoller erscheinen zu lassen. Dann schüttelte sie sich wie in Krämpfen und blieb schließlich leblos liegen.

Wieder machte sich das Gesicht des Kanzlers unmerklich auf den Weg zu einem neuen Ausdruck. »Vertrauen wir auf Altbewährtes. Entscheiden wir uns für Sicherheit und Disziplin. Nur Ruhe und Ordnung lassen uns nachts zufrieden schlafen.« Die Züge des alten Kanzlers gewannen allmählich wieder die Oberhand.

Sheer Gold bewegte den Kopf, setzte sich auf und schlug den Staub aus den Gewändern. Wie neugeboren schaute sie zum Kanzler auf, um sich gleich darauf mühelos zu erheben, wie von seiner Ausstrahlung angezogen.

Die Menschen auf dem Platz wurden von neuer Kraft erfüllt. Während die Nebelschwaden sich langsam verzogen, lockerten sie die überanstrengten Muskeln und atmeten tief durch. Die Luft füllte sich mit dem Klingeln zahlloser Handys.

Auch Tempus wurde angerufen, aber er unterbrach sogleich die Verbindung.

»Unsere Gewißheit kehrt zurück, der Glaube an die uns innewohnende Kraft.« Der Kanzler lief zu altgewohnter Form auf, seine Augen versendeten wieder das übernatürliche Leuchten.

Da Tempus nicht mehr unter dem Einfluß der Handy-Suggestion stand, konnte er den Kanzler selbst in dieser Phase gefahrlos ansehen. Überrascht stellt er fest, daß der Ausdruck seines Gesichtes einem rasenden Wandel unterworfen war. Sekundenschnell wechselte er von liebenswürdig über gütig und aufmunternd zu selbstbewußt, väterlich und streng, wurde intelligent, kompetent, humorvoll, optimistisch und lebensbejahend, ja sogar ekstatisch, verführerisch und erregt. Jedem Menschen, der ihn ansah, bot er ein spezielles Gesicht und erfüllte sein Dasein buchstabengetreu: als perfekte Projektionsfläche.

»Und so wollen wir voller Zuversicht in die Zukunft blicken«, hob er zum Finale an. »Ich verspreche Ihnen: Alles wird gut.« Er lächelte verschmitzt, denn auf dem Platz standen alle schon bereit. »Wir werden wie immer schaffen, was wir uns vornehmen.« Er machte eine kleine, gemeine Pause, um die Spannung weiter zu steigern.

Die Menge konnte sich kaum noch bremsen.

Dann endlich erlöste er sie mit dem ersehnten Satz, und alle schrien ihn in ganzer Länge mit: »Denn wir sind . . . spitze.«

»Du siehst«, genoß Mirabella die Richtigkeit ihrer Prognose, »jetzt ist die zersägte Jungfrau wieder heil.«

»Zwei Legislaturperioden inklusive Volksaufstand und Happy End in einer knappen Viertelstunde«, kommentierte Tempus trocken, »das ist tatsächlich Zauberei.«

Auf dem Platz-der-Erkenntnis-durch-Konsum herrschte jetzt lockere Volksfeststimmung. Flächendeckend brannten die roten Buchstaben ›MON‹ vom Himmel. Die Kanzlerprojektion war abgeschaltet, die Bühne hell erleuchtet.

»Nun, meine sehr verehrten Damen und Herren«, Itor stellte sich breitbeinig in das Zentrum des Rings, »nachdem wir diese kritische Situation gemeinsam erfolgreich gemeistert haben, krönen wir diesen wundervollen Tag mit einer Erleuchtung der Luxusklasse.«

Tempus schickte die Hubschrauber in die Luft, ließ sie aber noch über dem Kaufhaus kreisen. Unter jedem der kleinen Flugobjekte hing jetzt einer der fingerhutgroßen Mikroreaktoren.

Dann zoomte er schnell auf Nikki. Erst als er genau hinsah, bemerkte Tempus, daß sie sehr vorsichtig die Handgelenke bewegte. Sie versuchte, die Fesseln an dem Messer zu zerschneiden, mit dem ihr Kidnapper sie an den Boden genagelt hatte. Der Biker wartete konzentriert auf seinen bevorstehenden Einsatz und merkte nicht, daß Tränen in Nikkis Augen standen. Sonst zeigte ihr Gesicht keine Regung, während bei jeder Bewegung das Messer ein wenig durch die Wunde fuhr, die er ihr zugefügt hatte.

Tempus konnte nicht länger hinsehen, er suchte Wedo. Der gluckste weiter vor sich hin. Den Fortschritt seiner Ameisen konnte Tempus kaum kontrollieren, denn sie arbeiteten hinter Wedos Rücken. Allein auf seinem Kopf war jetzt das Sonderkommando zu erkennen. Allerdings nur, wenn man wußte, worauf man achten mußte.

Itor baute sich mit einem gemeinen Lächeln vor Wedo auf. Die Scheinwerfer wanderten mit ihm und beleuchteten den Jungen.

»Hier sehen Sie Wedo Change. Trotz seiner jungen Jahre ein begnadeter Wissenschaftler, der seine besonderen Gaben allerdings allein dazu eingesetzt hat, unserer Gesellschaft zu schaden. Er glaubt, seine Intelligenz erlaube ihm, Gesetze zu unterlaufen und die Arbeit der Regierung zu torpedieren. Er ist derjenige«, präzisierte Itor seine Vorwürfe, »der die teuflischen blauen Kügelchen entwickelt hat, die schon unzählige Menschen in den Tod getrieben haben.«

»Warum haben wir das nicht eher gewußt?« schrie eine Frau gequält auf.

Ihr Ehemann ruderte durch die Menge. Er erreichte die Bühne, griff nach den Seilen und enterte das Podest. Erst kurz bevor er sich an Wedo vergreifen konnte, wurde er von herbeigeeilten MON-Soldaten aufgehalten. Der Mann wand sich in ihrem Griff und spuckte Wedo ins Gesicht; wenige Stunden zuvor hatte der ihm noch Pommes Frites mit Currywurst serviert.

»Mein Sohn ist dazu verführt worden, eines dieser Kügelchen zu nehmen. Danach war er seines Lebens nicht mehr froh. Er hat nur noch mit uns diskutiert, unser Land und die Regierung schlecht gemacht. Jetzt ist er tot.«

Anklagend wies der Mann auf das Kaufhaus, auf dessen Dach Tempus sich versteckte.

»Er muß über zwei Stunden dort oben gestanden haben. Das hat die Polizei aus den Zigarettenkippen geschlossen, die sie dort gefunden hat. Mein Sohn hat sich zwei Stunden lang überlegt, ob er wirklich springen soll. Dann hat er es getan, weil er lieber tot sein wollte, als weiter die Wirkung dieser grauenhaften Kügelchen auszuhalten.«

Tempus blickte vor sich auf den Boden, wo die Zigarettenstummel lagen, die er gerade weggeschnippt hatte.

»Was mit Ihrem Sohn geschehen ist, tut mir sehr leid«, sagte Wedo leise. Dann rief er, so laut er konnte. »Diese blauen Kügelchen sind keine Droge. Sie sorgen im Gegenteil dafür, daß man die Wirklichkeit ungefiltert wahrnehmen kann und nicht länger den Lügen der Regierung ausgesetzt ist. Wenn die Wirklichkeit so schrecklich ist, daß jemand lieber stirbt, als sie zu ertragen, sollte sie verändert werden. Das ist unser Ziel. Jeder, der diese Kügelchen von uns bekommen hat, wurde vorher über ihre Wirkung aufgeklärt. Wir haben niemanden verführt, sie zu nehmen. Sollte sich jemand unter Druck oder aufgrund falscher Versprechungen dazu bereit erklärt haben, so ist dies auf Initiative der Regierung geschehen. Sie hat die Kügelchen bei Menschenexperimenten eingesetzt, um herauszufinden ...«

Mit zwei Schritten war Itor bei Wedo und hieb ihm ins Gesicht. »Unverschämter Lügner!«

Entsetzt beobachtete Tempus, wie ein kleines, funkelndes Stück Metall aus Wedos Haaren flog. »Ich verstehe ja, daß er sich verteidigen will, aber wenn er so weitermacht, wird ihm die ganze Sondertruppe vom Kopf geprügelt«, sagte er zu Mirabella.

»Sie sehen, meine Damen und Herren«, Itor bemühte sich, die Fassung wiederzugewinnen, »wie gefährlich dieser vermeintlich unschuldige Junge ist. Wir sollten umgehend mit der Erleuchtung beginnen, bevor er sein Teufelswerk selbst auf dem Scheiterhaufen noch betreibt. Wie früher die Verbrennungen der Ketzer deren Seele reinigen sollten, werden wir die Seele dieses Jungen retten. Doch wird er nach unserer Behandlung nicht tot sein, sondern durch die ungehemmte Kraft des reinen Lichtes wieder ein nützliches Mitglied unserer Gemeinschaft.«

Er zischte Wedo ins Gesicht: »Wir jagen dein Bewußtsein durch den Reißwolf. Dein Kopf wird voll Bildkonfetti und Buchstabensalat sein, dein Spiegelbild ein Puzzle prominenter Fratzen, dein Gehirn ein überquellender Papierkorb, in dem permanent Wirbelsturm herrscht. Und nichts, gar nichts gibt jemals wieder einen Sinn.«

»Bringst du das wirklich fertig?« fragte Nikki den Biker.

Der gab sich gleichgültig. »Es ist mein verdammter Job.«

»Aber sieh ihn dir doch an. Er ist noch ein Kind.«

»Er ist ein Intelligenzbolzen, der zufällig erst zwölf Jahre alt ist. Na und?«

»Und was er sagt, berührt dich gar nicht?«

Der Biker verlor langsam die Geduld. »Er hat sein Wissen gegen die Regierung eingesetzt und muß nun die Konsequenzen tragen. Ich erleuchte einen Verbrecher. Das ist ein Dienst an der Gesellschaft.«

Itor wandte sich strahlend dem Publikum zu. »And now, ladies and gentlemen«, er lief mit ausgebreiteten Armen durch den Ring, »it's showtime!« Er betonte die Worte genauso übertrieben, wie Sheer Gold es bei der Ankündigung des Kanzlers getan hatte.

»Mirabella, was machen die Ameisen?«

»Sind gleich soweit.«

»Okay, ich schicke die Hubschrauber los.«

Erneut sirrte die Armada in Richtung Bühne. Diesmal allerdings bildete sie eine Kette zwischen dem angestrahlten Podest und der Ausfallstraße, die unmittelbar neben dem Kaufhaus verlief. Wartend schwebten die kleinen Maschinen in der Luft.

»Wenn ich nur wüßte, wann Itor das Kommando gibt. Es hängt so viel vom richtigen Timing ab. Sind wir zu früh, wird möglicherweise alles entdeckt, sind wir zu spät, wird Wedo von den Strahlen getroffen. Aber wir können nicht länger zögern. Sag den Ameisen, sie sollen Wedo sein Diadem anlegen.«

Auf Wedos Kopf entstand Bewegung. Die verbliebenen drei Ameisen näherten sich vorsichtig seiner Stirn und ließen etwas bis zum Haaransatz hinabgleiten. In dieser Position verharrten sie, bereit, auf ein Signal Mirabellas ihren Auftrag zu vollenden.

Itor blühte in der Rolle des Entertainers auf. »Erleben Sie die letzte öffentliche Erleuchtung dieses Jahrtausends. Ein Höhepunkt der Geschichte, von dem Sie noch Ihren Enkelkindern erzählen werden. Die Rückführung eines verirrten Schafes in die Herde unserer Gemeinschaft. Eine Vorstellung Ihres Lieblingssenders ›Mind Of Nations‹ zu Ehren des Erlösers, der da kommen wird. MONEY ist unser Gott und MON sein Prophet.« Er machte eine Pause und rief dann: »Licht aus!«

Auf dieses Zeichen legte Lola eine Schwarz-Projektion über den Himmel. Dunkelheit senkte sich über den Platz-der-Erkenntnis-durch-Konsum.

»Runter auf die Stirn mit dem Chip«, kommandierte Tempus, der vor Spannung nicht mehr stillstehen konnte. Mirabella gab den Befehl weiter, die Ameisen senkten ihre Last bis über Wedos Nasenwurzel.

Itor riß die Arme in die Luft. »Spot an!« Schnell sprang er von der Bühne, um dem zerstörerischen Licht auszuweichen.

Auf diesen Moment hatte der Biker gelauert, doch als er jetzt den Knopf drücken wollte, um die Lichtschleuder auszulösen, sprang Nikki auf und stieß ihn vom Pult fort. »Das wirst du nicht tun«, rief sie und hieb auf ihn ein. Sie hatte ihre Fesseln tatsächlich durchtrennt. Ihr Blut verschmierte Gesicht und Schultern des Bikers. Der war zwar kurzfristig überrumpelt, gewann jedoch sofort wieder die Oberhand und streckte Nikki mit einem Faustschlag nieder. Dann drückte er auf den Knopf, der die Lichtschleuder startete.

Ein Summen erklang, das sich nach und nach zu einem Sausen steigerte, zu einem Jaulen anwuchs und schließlich schrill heulend alle Geräusche der Menschenmenge auf dem Platz übertönte. Die riesige Zentrifuge hatte sich in Bewegung gesetzt. Jeden Augenblick würde die Kanone schießen.

»Den Chip aktivieren, schnell!« Tempus zappelte, als stünde er unter Strom.

Da brach der Lichtstrahl aus dem Stahlrohr und erfaßte Wedo. Wie der Kandidat der letzten Erleuchtung wurde er komplett überstrahlt. Sein Körper war ein einziges Gleißen, doch gab es einen Unterschied: Wedo warf das Licht zurück.

»Es funktioniert!« schrie Tempus.

Eine halbe Million winziger Spiegel auf einem Chip, wie Wedo sie als Kameras und Projektoren benutzte, reflektierte den vernichtenden Strahl, die Summe aller Fernsehprogramme, das reine, bedeutungsfreie Licht, mit dem Wedo bis zur kompletten Idiotie erleuchtet werden sollte. Der wichtigste Punkt seines Körpers, sein Gehirn, war geschützt.

Ein großer Teil des Lichtes verteilte sich hunderttausendfach gebrochen in feinen Strahlen über den dunklen Platz. Der Rest bildete einen dicht geflochtenen Lichtkranz um Wedo herum. Jeder, der sich ihm näherte, lief Gefahr, überstrahlt und erleuchtet zu werden.

»Die Spiegel ausrichten, um den Biker auszuschalten. Vielleicht können wir tatsächlich noch in einen Vorteil verwandeln, daß er Nikki gefangen hat. Sie wird die Kontrolle über die Lichtschleuder übernehmen.«

Hunderttausende von Spiegelchen schwenkten, bündelten einen neuen Strahl und richteten ihn zurück auf den Kommandostand der Lichtschleuder. Kurz bevor der Biker davon erfaßt wurde, arbeitete Nikki sich benommen vom Boden hoch. Dabei tauchte sie kurz in das Gleißen ein.

»Umschwenken! Sofort!« befahl Tempus.

Der Strahl fuhr über den Platz und schlug eine zukkende Schneise durch die Menge. Dann wanderte er hoch zum Himmel, wo er ein riesiges Loch in die Wolkendecke dampfte. Nikki war sofort in Deckung gegangen.

»Zurück auf den Biker.«

Die Spiegel änderten ihren Winkel, der Strahl schlug zurück in den Kommandostand. Trotzdem versuchte der Biker, seine Position zu halten. Ungeschützt stand er in dem Licht und wurde weißglühend überstrahlt. Schon nach Sekunden rollten seine Augäpfel nach hinten, mit Schaum vor dem Mund sank er zitternd zu Boden. Seine Hände krampften sich hilfesuchend um Nikkis Arme, die entsetzt vor ihm zurückwich, doch der kleine Kommandostand ließ ihr keine Chance. Der Biker hatte sie im Klammergriff, die Lichtschleuder strahlte weiter auf Wedo.

»Was machen wir jetzt?« fragte Tempus Mirabella. »So funktioniert der Plan nicht mehr. Ich muß auf den Platz und ihnen helfen.«

»Wedo könnte sich theoretisch inzwischen selbst befreien. Die Ameisen hatten Zeit genug, seine Fesseln zu zerlegen. Aber er muß stillhalten, sonst trifft ihn womöglich doch noch das Licht. Ob Nikki den Biker abschütteln kann, weiß ich nicht.«

Tempus zögerte nicht länger. »Fünf Hubschrauber zu Wedo, fünf zu Nikki«, er griff sich eine Gasmaske, »den Rest runter über die Menge, auf eine Höhe von drei Metern. Und wirf die Reaktoren an.«

Eilig verließ Tempus das Kaufhausdach und fuhr mit dem gläsernen Fahrstuhl ins Erdgeschoß. Da sich Wedos öffentliche Erleuchtung als absoluter Publikumsmagnet erwiesen hatte, war das Kaufhaus wie leergefegt. Nur in der Abteilung für Damenoberbekleidung johlten ein paar Männer. Als Tempus auf diese Etage zuglitt, sah er drei Verkäufer, die begeistert beobachteten, wie Nikki in ihrem neuen Kostüm vor ihnen auf und ab ging.

»Das ist doch unmöglich.« Verwirrt legte Tempus den Nothaltehebel des Fahrstuhls um. Ein Ruck, und das Gefährt hing zwischen den Etagen. Gebannt beobachtete er, wie Nikki lasziv die Knöpfe des Kostüms öffnete. Ohne nach rechts und links zu sehen, ließ sie ihre Jacke elegant zu Boden gleiten. Nach ein paar Schritten war sie an den Verkäufern vorbei und machte wieder kehrt. Dabei warf sie die Haare zurück.

Etwas an dieser Geste ließ Tempus stutzen. Er brauchte einen Moment, um zu realisieren, was es war: Nikki hatte keine langen Haare mehr. Dies war die Luft-Frau, die Lichtglocken-Illusion. Offenbar hatte der Technikfreak des Hauses seine praktischen Erfindung um zusätzliche Funktionen erweitert, die den Kundinnen ganz bestimmt nicht gefallen würden.

So sehr Tempus sich ärgerte, daß die Männer Nikkis Abbild begafften, so klar war ihm, daß er daran im Moment nichts ändern konnte. Er mußte schnellstens auf den Platz. Also drückte er den Nothaltehebel wieder in seine ursprüngliche Position, doch nichts geschah. Tempus klappte den Schalter mehrfach hin und her, aber der Fahrstuhl reagierte nicht.

Knopf für Knopf öffnete die Nikki-Illusion inzwischen ihre Bluse, schlug sie auseinander und ließ sie von den Schultern rutschen. Sie entblößte einen hauchdünnen Spitzen-BH, der mehr enthüllte als verbarg.

Wütend klopfte Tempus an die Scheibe des Fahrstuhls, doch die Verkäufer hörten ihn nicht. Sie waren zu sehr auf Nikkis Zwilling konzentriert.

Die Illusion setzte sich wieder in Bewegung. Die Hände in die Taille gestemmt, das Becken leicht abgeknickt, schenkte sie den drei Männern einen filmreifen Augenaufschlag über die Schulter. Dann schlug sie einen neuen Bogen und griff mit den Händen hinter sich, um den Verschluß des BHs zu öffnen. Die Angestellten feuerten sie an.

Tempus prügelte währenddessen mit beiden Händen auf die Fahrstuhlknöpfe ein. Erfolglos.

Die Licht-Nikki hatte den BH geöffnet, preßte ihn jedoch noch an sich. Die zarten Finger und ihr schmales Handgelenk verdeckten allerdings kaum, was die Verkäufer so dringlich zu sehen begehrten. Sie hielt genau vor ihnen, doch als einer der drei nach dem Mädchen griff, fuhren seine Finger ins Leere.

Tempus stampfte auf den Boden, er schrie und trat gegen die Wände des Fahrstuhls. Der jedoch verharrte bewegungslos zwischen den Etagen.

Ein letztes aufreizendes Lächeln, ein letzter dunkler Blick unter schweren Lidern, ein letztes Beben der Nasenflügel und Zucken des leichtgeöffneten Mundes und – die supererotische Nikki-Illusion verwandelte sich, wie von einem Zauberstab berührt, mit einem Glitterschweif in – Wedo Change.

»Dieser verdammte Bengel!« Tempus schnappte nach Luft. »Warte, bis ich dich gerettet habe.«

Grinsend verbeugte Wedos kleines Double sich wie ein Clown nach allen Seiten. Er dankte dem Publikum mit erhobenen Händen, zerstob in einen Seifenblasenschauer und schwebte buntschillernd zu Boden, wo die Illusion leise ploppend zerplatzte.

Jetzt endlich bemerkten die Verkäufer Tempus. Einer von ihnen lief zur Fahrstuhltür des Stockwerks und drückte den Knopf. Sofort setzte der Fahrstuhl sich in Bewegung und hielt wie gewünscht in der Abteilung für Damenoberbekleidung.

Mit einem groben Fluch drängte Tempus aus der Zelle, stieß den verdutzten Verkäufer zur Seite und stürmte auf die Rolltreppe zu. Kurze Zeit später erreichte er das Wrack, das sie direkt neben dem Ausgang des Kaufhauses auf der Prachtstraße geparkt hatten. Schnell wischte er den Tarnschnee von der Windschutzscheibe und fuhr die flackernde Laterne ein. Dann schloß er den Motor kurz, setzte seine Gasmaske auf und fuhr auf den Platz.

Er folgte genau der Kette der Hubschrauber, die von der Mündung der Prachtstraße bis ins Zentrum des Platzes eine Schneise geschaffen hatten. Die fingerhutgroßen Reaktoren, die unter den Helicoptern hingen, produzierten ein stinkendes, starke Übelkeit erregendes Betäubungsgas, das die Menge veranlaßte, sofort zurückzuweichen. Rechts und links der Schneise bildete sich bereits ein Wall ohnmächtiger Menschen, die erst in einer Stunde wieder zu sich kommen würden.

Waghalsig steuerte Tempus das Wrack durch den dichten Gasnebel auf die Bühne zu. Immer wieder geisterte Streulicht aus der Lichtschleuder durch die Löcher in der Karosserie. Tempus versuchte, sich keinem der Strahlen länger auszusetzen. Er schaukelte und wand sich hinter dem Steuer. Einige Meter vor dem Podest bremste er und sprang aus dem Wrack. Den Motor ließ er laufen.

Die fünf Hubschrauber, die Tempus zu Wedo beordert hatte, bildeten einen Kreis um das Podest. Ihre Reaktoren waren noch nicht aktiviert. Vom Wrack gedeckt sah

Tempus sich um, ob Nikki mit der zusätzlichen Gasmaske für Wedo bereits in Sicht war, doch er konnte sie nirgends entdecken.

Itor und die MON-Soldaten konzentrierten sich auf Wedo. Sie suchten nach einer Möglichkeit, den Strahlenkranz zu durchdringen, den der Spiegelchip als Schutz aufgebaut hatte. Tempus zögerte. Er konnte nur zu Wedo gelangen, wenn Mirabella den Strahlenkranz abstellte. Doch diesen Moment würden auch Itor und seine Leute nutzen. Wo blieb Nikki nur?

»Zwei Mann rein«, schickte Itor seine Soldaten rücksichtslos ins gleißende Licht.

Die Soldaten sahen sich unschlüssig an. Sie waren seit längerer Zeit dem Streulicht ausgesetzt und befürchteten bereits davon unabsehbare Schäden. Itor kümmerte das nicht; brutal stieß er die Nächststehenden in den Strahlenkranz. Sofort leuchteten ihre Körper auf und sanken zu Boden. Das komplizierte Kreuzgeflecht, das die Spiegel hergestellt hatten, verstärkte die Wirkung des reinen Lichtes noch.

Plötzlich spürte Tempus Itors Blick auf sich. Intuitiv hatte der in Tempus sofort den Feind erkannt.

Doch noch bevor Itor den Befehl gab, ihn zu verhaften, griff Mirabella ein. Die Reaktoren begannen zu sprühen, Itor und die Soldaten wichen zurück. Innerhalb von Sekunden sahen sie nichts mehr, dann wurde ihnen übel, schließlich sanken sie bewußtlos zu Boden.

Tempus war durch die Gasmaske geschützt. Er kletterte auf den Bühnenrand, tauchte durch die Seile und duckte sich unmittelbar vor dem Strahlenkranz, um nicht von dem Hauptstrahl getroffen zu werden. Die Hubschrauber sorgten für die nötige Sicherheitszone, indem sie den Kreis um die Bühne weiteten. Gleich darauf kippten die Spiegel, der Strahlenkranz sammelte sich und fuhr zum Himmel. Wieder dampfte er ein Loch in die Wolkendecke. Tempus sprang gebückt zu Wedo an den Pfahl; schon kippten die Spiegel erneut, der Kranz schloß sich wieder.

Wedo war wegen des Gases bereits benommen. Mit letzter Kraft preßte er den Kopf an den Pfahl, damit der Hauptstrahl der Lichtschleuder auf dem Spiegelchip landete und keine ungeschützte Stelle traf.

Tempus stützte seinen Kopf. »Kannst du deine Hände und Füße bewegen?«

»Noch nicht ganz. Die Ameisen brauchen noch einen Augenblick.«

»Halte deinen Kopf nur eine Sekunde selbst.« Tempus ließ ihn los, kniete nieder und griff nach den Ketten an Wedos Füßen. Die Handwerker-Ameisen waren tatsächlich fast fertig. Sie hatten mit ihren Fräs- und Bohrwerkzeugen die Ketten nahezu vollständig zerlegt, so daß Tempus mit einem einzigen Ruck die Rückstände der Kettenglieder durchbrechen konnte.

Danach richtete er sich sofort wieder auf, um erneut Wedos Kopf zu stützen. Keinen Moment zu früh, wie sich herausstellte, denn Wedo verlor das Bewußtsein. Blitzschnell zog Tempus seinen Oberkörper aus dem Strahl der Lichtschleuder, woraufhin der Strahlenkranz sofort zusammenbrach. Dahinter tauchte endlich Nikki auf. Das Kostüm zerschnitten und voller Schmutz, die Seidenstrümpfe zerissen, die blondgefärbten Haare blutverklebt wie das verletzte Handgelenk.

»Nikki.« Tempus streckte eine Hand nach ihr aus, während er mit der anderen Wedo hielt, und zog sie an sich. Aber die Gasmasken hinderten sie daran, sich zu küssen.

Gemeinsam befreiten sie Wedo von den letzten Resten der Ketten. Tempus nahm ihn auf die Arme, dann machten sie sich im Schutz des Gaswalls der Fingerhutreaktoren auf den Weg zum Wrack.

Sobald Wedo sicher auf dem Boden des Wagens lag, jagten sie durch die gasgeschaffene Gasse davon.

Immer noch schoß die Lichtschleuder den geistversengenden Erleuchtungsstrahl über den menschenwimmelnden Platz.

Durch die beiden Löcher in der Wolkendecke konnte man den blauen Himmel sehen. Dort oben schien die Sonne.

31.12.1999 • 16.12 UHR • -1328 PUNKTE (ALARM)

»Er singt.« Tempus näherte sein Ohr Wedos Mund.

Sie standen auf einem Waldweg direkt neben einer wilden Müllkippe am Rande der Großstadtzone. In der hereinbrechenden Dämmerung verschmolz das schneegetarnte Wrack mit seiner Umgebung. Kreischende Möwen kreisten über verschneiten Abfallbergen und ausrangierten Haushaltsgeräten, in der Ferne rollte eine Kolonne Panzer. Feuchtigkeit kroch in den Wagen. Sie froren.

Wedo lag benommen auf dem Boden des Wracks. Seine Lippen bewegten sich, und kleine Dampfwolken stiegen von seinem Mund auf.

»Kannst du verstehen, was er sagt?« Nikki zog sich die Gasmaske vom Kopf.

»Nein, aber es kommt mir bekannt vor.« Tempus sah sie an und bekam einen Schreck. »Wie ist denn das passiert?« Er nahm ihr Gesicht in die Hände.

Nikki drehte den Rückspiegel so, daß sie sich sehen konnte. Der Hieb des Bikers hatte ihr ein blaues Auge eingebracht. »Die Erinnerung, die wir ihm verpaßt haben, wird ihm länger zu schaffen machen«, tröstete sie sich. »Wenn er sich überhaupt jemals wieder an etwas erinnert.«

Vorsichtig drehte Tempus ihren Arm, um sich die Verletzung am Handgelenk anzusehen. »Tut es sehr weh?«

Nikki zuckte mit den Schultern.

Tempus hielt ihre Hand wie einen kleinen Vogel. Sachte pustete er über die Wunde. »Wie bist du überhaupt von ihm losgekommen?«

»Ich habe ihm die Finger gebrochen.«

»Du hast was?«

»Er hat sich so verkrampft, ich hatte keine andere Wahl.«

Tempus musterte Nikki nachdenklich. »Ich bin wirklich gespannt, wieviele Seiten ich noch an dir entdecken werde.«

Wedo bewegte sich. »Mmh, mmh, ... drei, drei, drei ...« Er schnippte mit den Fingern.

»Hoffentlich hat er keinen bleibenden Schaden genommen.« Nikki schien die Ablenkung willkommen zu sein. Sie strich Wedo das Haar aus der Stirn.

»Der Strahl ist nur von seinem Gehirn ferngehalten worden, der Rest seines Körpers hat einiges abbekommen. Ich weiß nicht, ob das Licht vielleicht absorbiert und weitergeleitet wird.«

»Null Hundertneunzig, drei, drei, drei und viermal die Sechs«, trällerte Wedo.

»Das glaube ich nicht. Hast du gehört, was er singt?«

»Scharfe Girls, heißer Sex«, schmetterte Wedo.

Tempus wußte nicht, ob er verzweifelt oder amüsiert sein sollte. »Dieser verdammte kleine Erotomane. Erst programmiert er Mirabella eine supersinnliche Stimme, dann bastelt er strippende Lichtglockenmodels, und jetzt singt er Telefonsexnummern, dabei ist er erst zwölf.«

»Die Pubertät setzt heutzutage immer früher ein«, kommentierte Wedo altklug und stützte sich benommen auf die Ellenbogen. Er musterte Nikki von oben bis unten. »Siehst scharf aus in den Seidenstrümpfen und dem engen Rock.« Seufzend ließ er sich wieder auf den Boden sinken. »Nur mit dem Make-up um die Augen stimmt etwas nicht. Ist ein bißchen dunkel geraten.« Er schloß die Augen. »Mit Face-Repair von Foxy Lady wäre auch die Buntwäsche wieder unter die Sieger im Test streifenfreien Schlemmerglücks gekommen«, behauptete er ernsthaft.

»Wedo?« Tempus beugte sich über ihn und legte ihm die Hand auf die Stirn. Schnell gewann die Sorge wieder die Oberhand. »Ich glaube, er hat Fieber.«

»Wie hast du das mit den strippenden Lichtglockenmodels gemeint?« fragte Nikki. »Die führen doch nur die Kleidung vor, die man anprobiert hat.«

»Das denkst du.« Schnell erzählte Tempus von seinem Erlebnis im Fahrstuhl.

»Dieser kleine, hinterhältige Schuft.« Nikki mußte unwillkürlich lächeln. »Andere Jungs versuchen in dem Alter, im Schwimmbad durch ein Loch in der Wand in die Mädchenkabinen zu linsen. Nehmen wir zu seinen Gunsten an, daß die Lichtglocke sich auf dieser Ebene bewegt.«

»Ob der sträflich verführerische CW-Wert dieser aufregenden Zehnjahrespackung mit dem Anti-Schuppen-Effekt allerdings das Fett so zuverlässig in ein gebührenfreies Girokonto verwandelt wie die neue Pizza mit der Sonnenscheinformel aus dem Extrakt natürlicher Experten, das klären wir heute abend ab zwanzig Uhr fünfzehn in unserer Show ›Der Doktor, der Pfarrer, die Musi und der Schlächter aus dem Rotlichtviertel‹«, mischte Wedo sich wieder ein. »Porentiefe Unterhaltung für die ganze Küche in extrem sparsamer Atmosphäre.«

»Er hat doch zuviel von der Strahlung abbekommen.« Nikki nahm Wedos Hand und schüttelte besorgt den Kopf.

»Vielleicht sollten wir uns richtig mit ihm unterhalten. Dann kann er sich den ganzen Müll von der Seele reden, bis er wieder bei klarem Verstand ist.«

»Ein formschönes Argument aus unserer Sendung ›Dumm, aber glücklich‹ mit freundlicher Unterstützung der Gesellschaft zur Förderung des breitenwirksamen Alkoholismus«, salbaderte Wedo. »Präsentiert von ›Mind Of Nations‹, garantiert kalorienarm und reflexionsfrei, aufgeschäumt mit Stickstoff und künstlichen Aromastoffen.«

»Oder wir müssen ihn einem vergleichbar starken Erlebnis wie der Erleuchtung aussetzen, damit er wieder zu Bewußtsein kommt«, setzte Tempus seine Überlegungen fort.

»Das klingt nach Elektroschocks. Das ist mir zu brachial.«

»Ich dachte eher an ein positives Erlebnis.«

Nikkis Gesicht hellte sich auf. »Das ist eine gute Idee.« Sie dachte eine Weile nach. »Wir wissen doch inzwischen, daß er ein kleiner, pubertierender Erotomane ist.« Dabei knöpfte sie die Jacke ihres Kostüms auf. »Dann verschaffen wir ihm jetzt ein Erlebnis, das einer Erleuchtung absolut ebenbürtig ist.«

»Was hast du vor?«

Nikki öffnete auch ihre Bluse. »In extremen Situationen muß man zu extremen Mitteln greifen.« Sie nahm Wedos Hand und legte sie auf ihren Busen. »Das dürfte ja wohl besser sein als jede Lichtglockenillusion.« Sie beugte sich über den Jungen. »Hey Kleiner, wenn du überhaupt noch etwas merkst, dann wäre jetzt der Zeitpunkt, in aufrichtige Begeisterung auszubrechen.«

Wedo lag totenstill auf dem Boden.

»Wedo?« Sie tätschelte sein Gesicht.

Da zuckten seine Nasenflügel. Zaghaft bewegte er seine Finger, ein seliges Lächeln breitete sich auf seinem Gesicht aus.

»Botschaft angekommen, Ende des Experiments.« Nikki zog Wedos Hand wieder aus ihrer Bluse. »In vier oder fünf Jahren, wenn du diese Erfahrung zum erstenmal wirklich machst, darfst du gerne eine Kerze für mich anzünden. Das hier war nur ein schöner Traum. Und jetzt zeig uns, daß mein beherzter körperlicher Einsatz dich ganz und gar hat gesunden lassen.«

Wedo wurde ein wenig rot. Er hielt die Augen fest geschlossen. »Ihr macht euch über mich lustig«, beschwerte er sich matt. »Glaubt ihr etwa, es ist angenehm, voller sinnentleerter Licht- und Tonfetzen zu stecken?«

»Er kann noch normal denken und reden.« Tempus seufzte erleichtert. »Bin ich froh. Jetzt mach die Augen auf, Wedo. Ich verspreche dir, wir tun so, als wäre nichts gewesen.«

»Bestimmt?«

»Wir sind von dir abhängig, du bist der Herr über den Digitalisierer. Da würden wir es uns doch nicht mit dir verscherzen.«

Wedo schlug die Augen auf, heftete den Blick aber starr an die Decke des Wracks. »Das klingt ironisch.«

»Nein, Wedo, wirklich. Wir brauchen dich.«

»Wehe, ihr lacht, dann bekommt ihr einen unwiderstehlichen Schokoladenüberzug zur Abwehr der neuen Lust am Promitalk mit . . .« Er zuckte zusammen. ». . . ich will das nicht! Hoffentlich hört dieser Mist bald wieder auf!« Er richtete sich auf. »Hab ich eine Angst gehabt.« Dann fiel er Tempus und Nikki um den Hals und brach in Tränen aus. »Ich bin so froh, daß ihr mich befreit habt.«

Nur langsam ließ die Anspannung nach, und die Tränen versiegten. Nach einer Weile des Schweigens trällerte Wedo plötzlich leise an Tempus' Schulter: »Die neue Sinnlichkeit, frischeversiegelt aus der praktischen Plastikbox!«

Lachend schlugen Tempus und Nikki nach ihm, um ihn gleich darauf wieder zu umarmen.

Da klingelte Tempus' Handy.

Schlagartig erstarb ihr Gelächter.

Tempus nestelte das Gerät vom Gürtel. »Hoffentlich haben sie nicht versucht, uns zu orten. Wir müssen unbedingt den Standort wechseln.« Er schloß das Wrack kurz. »Allerdings wissen sie immer noch nicht, wer ich bin. Demzufolge haben sie auch keine Ahnung, wessen Telefon sie anpeilen sollen.«

Das Handy klingelte weiter.

»Wer soll mich schon anrufen? Allenfalls wieder so ein Spinner, der fragt ›na, wie geht's‹, und währenddessen knattert die Regierung mir Weichspüler ins Gehirn.«

Tempus warf das Handy auf das Armaturenbrett. Es rutschte herunter und fiel kopfüber auf Nikkis Fuß, dabei wurde die Gesprächstaste aktiviert. Leise sprach eine Stimme aus dem Lautsprecher. Tempus hob das Gerät hoch, um es auszuschalten, doch die Stimme klang nicht nach einem normalen Anrufer. Er hielt das Handy an sein Ohr.

». . . offizielle Einberufung zur einzigartigen Sexbeichtshow von ›Mind Of Nations‹. Jeder Bürger ist gesetzlich verpflichtet, in regelmäßigen Abständen an dieser Einrichtung zur Aufrechterhaltung der Volksmoral teilzunehmen. Bitte machen Sie sich umgehend auf den Weg in die MON-Studios und melden Sie sich für Ihren

Auftritt am 31.12.1999 bei der Redaktion ›Skandalös und schonungslos‹. Im Falle einer Zuwiderhandlung haben Sie eine hohe Freiheitsstrafe zu erwarten. Ich wiederhole: Dies ist Ihre offizielle Einberufung zur Sexbeichtshow ...«

Tempus ließ den Hörer sinken. »Ich soll zu dieser Sexbeichtshow kommen. Sie drohen mit polizeilicher Verfolgung, wenn man der Einberufung nicht Folge leistet.«

»Verfolgt werden wir sowieso. Deswegen müssen wir uns also keine Sorgen machen.« Nikki beugte sich nach vorn und rieb sich den schmerzenden Fuß, während Wedo, der scheinbar selbstvergessen eine Werbemelodie summte, die Chance nutzte, ihr in den Ausschnitt zu linsen. Als Nikki aufblickte und bemerkte, was er tat, hielt sie ihm die Augen zu. »Als Spion mußt du noch eine Menge lernen. Wenn man sich so ungeschickt anstellt, wird man nie einen Blick hinter die Kulissen erhaschen.«

»Das ist es!« Tempus schnippte mit den Fingern. »Der Blick hinter die Kulissen. Natürlich gehe ich zu der Sexbeichtshow. Das führt uns doch direkt in Itors Zentrale. Wenn es einen Ort gibt, an dem wir etwas über Blutwich erfahren können, dann dort.«

»Aber was ist, wenn Itor dich erkennt?«

»Er hat mich noch nie gesehen. Auf dem Platz habe ich die Gasmaske getragen. Er weiß also nicht, wie ich aussehe. Und der Biker schwebt im Fernsehnirvana.«

Tempus gab Gas. Das Wrack holperte über den Waldweg und entfernte sich langsam von der Müllkippe. Die Möwen waren verstummt.

»Aber vorher müssen wir noch den Digitalisierer holen«, warf Wedo ein.

»Stimmt! Wo ist er?«

»Bei meinen Eltern. Hoffe ich jedenfalls.«

»Wo also müssen wir hin?«

»Auf den Platz-der-Erkenntnis-durch-Konsum.«

»Das ist nicht dein Ernst.«

»Leider doch.«

Nikki legte ihre Hand auf Tempus' Bein. »Ich finde, das ist zu gefährlich für dich.«

»Was ist denn in dich gefahren? Denkst du gar nicht mehr an unseren Auftrag? Und wieso zu gefährlich für mich? Wir riskieren doch alle unser Leben.«

Nikki schwieg. Sie beugte sich zu ihm herüber und gab ihm einen Kuß.

Wedo beobachtete sie interessiert von hinten. »Heiße Liebe im kalten Herzen der Großstadt – immer jung, immer hübsch. Mit dem dynamischen Feuchtigkeitsflies aus dem platinveredelten Hochland. Sensationelle Gäste, geerntet von gesunden Sondertarifen und extra Stahlgürtelreifen. Jetzt neu mit Timerfunktion und Supergewinnspiel«, plapperte er vor sich hin. »Eine Frage hätte ich allerdings noch.« Er blickte zwischen Tempus und Nikki hin und her. »Was willst du denn in der Sexshow beichten?«

»Keine Ahnung. Ich werde mir etwas ausdenken.«

»Du meinst, es gibt gar keine realen Sünden, die du vielleicht ...«

»Wedo, findest du, daß dich das etwas angeht?«

»Immerhin habt ihr eine ganze Nacht allein in meinem Musterhaus verbracht. Da habe ich doch ein gewisses Recht zu erfahren, was dort vorgefallen ist.«

»Sag mal, mit was für Sendungen haben die dich eigentlich beschossen? Das Kinderprogramm scheint es kaum gewesen zu sein.«

Wedo sah aus dem Fenster und sang leise: »Null hundertneunzig – scharfe Girls, wilder Sex.«

»Wir sind wahnsinnig.«

Langsam schob sich das Wrack gegen den Strom durch eine nicht abreißende Flut aufgekratzter Menschen; sie fuhren auf der von Laternen erleuchteten Prachtstraße zum Platz-der-Erkenntnis-durch-Konsum.

»Wenn uns auch nur ein Mensch hier erkennt, stecken wir hoffnungslos in der Falle.« Nikki bedeckte zur Tarnung ihr Gesicht mit einer Hand.

An den Kreuzungen standen Panzerwagen, Soldaten regelten den Verkehr. Die Erleuchtung war zwar erfolglos gewesen, doch einen aufregenden Nachmittag hatte das Publikum trotzdem erlebt. Jetzt strebten alle nach Hause, um sich das mißglückte Spektakel noch einmal im Fernsehen anzusehen.

»Haben wir eine Wahl?« fragte Tempus, während er hart auf die Bremse trat.

Vor ihnen hüpften zwei Betrunkene auf und ab. »MON ist das Ende des Denkens«, grölten sie. Bier spritzte aus den Dosen, die sie in ihren rotgefrorenen Händen schwenkten.

»Ich wünschte, wir hätten eine. Ich wünschte, wir könnten einfach raus aus der Stadt ans Meer fahren und glücklich sein.« Nikki wischte sich eine Träne aus dem Augenwinkel.

»Was hast du?« Tempus griff nach ihrer Hand und küßte ihre Fingerspitzen.

»Nur der Strand, das Wasser, der Himmel und wir. Wär das schön.«

»Das machen wir, wenn all das hier vorbei ist«, versprach Tempus. Seit sie miteinander geschlafen hatten, schien Nikki ihm verändert. Sie sah ihn immer wieder heimlich von der Seite an, zärtlich und schmerzlich zugleich. »Sobald wir Blutwich umprogrammiert haben und der Eintritt ins nächste Jahrtausend gesichert ist, sind wir nur noch füreinander da.«

»Ja«, sagte Nikki wenig überzeugt.

»Zwischen uns ist doch alles in Ordnung, oder?«

Jemand schlug heftig auf das Dach des Wracks.

Nikki zuckte zusammen. Sie begann zu weinen. »Zwischen uns ist alles sehr schön«, flüsterte sie.

Wedo räusperte sich. »Wir sind gleich da. Da vorne ist es.« Er zeigte auf das kleine Haus mit der schmutzigen Leuchtreklame, das in der Dunkelheit und dem Gedränge fast ganz zwischen den Kaufhäusern verschwand.

Vor dem Haus stand eine Traube Menschen, die darauf wartete, den kleinen, völlig überfüllten Imbiß betreten zu können. Tempus parkte das Wrack am Straßenrand.

»Du mußt hier warten«, sagte er zu Wedo, »es waren zuviele Leute nah genug an der Bühne. Irgend jemand könnte dich wiedererkennen.«

»Aber meine Mutter kennt euch nicht. Sie wird euch niemals den Digitalisierer geben.«

Nikki hatte sich wieder gefangen. Sie drückte Wedo resolut ihre Gasmaske in die Hand. »Dann setz dir das Ding auf, wir müssen es riskieren.«

Der Strom der Menschen flutete so dicht um das Wrack, daß kaum Spiel blieb, die Türen zu öffnen. Sobald sie den Wagen verlassen hatten, drängten sie sich unter Flüchen und Stößen der Wartenden durch die Traube vor dem Imbiß in den Schankraum hinein. Drinnen herrschte noch größere Enge und lautes Stimmengewirr. Wedos merkwürdige Aufmachung schien niemandem weiter aufzufallen.

»Stell dir vor: Hier hat der alte Kanzler den Verbrecher geschnappt.«

»Zweimal Pommes und ein halbes Hähnchen.«

»Wir haben nur noch Currywurst.«

»Das ist sie, das ist seine Mutter. Kaum zu glauben, daß ein normaler Mensch ein solches Monster gebären kann.«

»Nur noch Currywurst?«

»Es tut mir leid, aber diese Wurst schmeckt wirklich sehr gut. Alle Gäste, die sie bisher gegessen haben, waren absolut zufrieden.«

»Sie wirkt eigentlich ganz nett. Daß sie gar nicht verhaftet wird.«

»Mich wundert viel mehr, daß sie hier seelenruhig hinter dem Tresen steht, wo es doch ihrem Sohn heute an den Kragen gehen sollte.«

In den Krach mischte sich der Ton des Fernsehgerätes, auf dem die Nachberichterstattung der Erleuchtung lief.

». . . die Terroristen fliehen konnten. Zuvor hatten sie mit unvorstellbarer Grausamkeit einen Angestellten dieses Ihres Lieblingssenders ›Mind Of Nations‹ den verheerenden Strahlen der Lichtschleuder ausgesetzt. Ein erbarmungsloses Verhalten, das den geistigen Tod des Opfers billigend in Kauf nahm. Itor, der Besitzer Ihres Lieblingssenders ›Mind Of Nations‹, der eigenhändig die Moderation der Erleuchtung übernommen hatte, kündigte bereits an, die Verfolgung der Flüchtigen mit allen ihm zur Verfügung stehenden Mitteln zu betreiben. Dieser barbarische Verstoß gegen die Menschlichkeit müsse mit größter Härte geahndet werden, sagte er im Anschluß an . . .«

»Bei mir war die Erleuchtung noch ein Dienst an der Menschheit«, rief Wedo Tempus ins Ohr. Er schlängelte sich bis zum Tresen durch und wollte gerade dahinter verschwinden, als seine Mutter, vollauf mit den Friteusen beschäftigt, ihn mit der Hand zurückschob.

»Hier darf nur Personal ...«, sie stieß einen Schrei aus. Erst jetzt hatte sie sich umgedreht und als erstes die Gasmaske gesehen.

»Nicht so laut, Mama, ich bin es«, flüsterte Wedo.

»Junge, nimm doch das Ding ab, du erschreckst mich ja zu Tode.«

»Es darf mich niemand sehen. Ich muß nach hinten.«

»Du siehst doch, wieviel ich zu tun habe. Kannst du mir nicht ein bißchen helfen? Wo warst du denn die ganze Zeit?«

Wedo ließ sich auf keine Diskussion ein. Offenbar hatte sie von seiner Verhaftung nichts mitbekommen. Er duckte sich, lief an ihr vorbei hinter dem Tresen entlang und verschwand durch die Perlenschnüre im Wohnbereich des Hauses. Von dort machte er Tempus und Nikki ein Zeichen, sie sollten ihm folgen. Die beiden hatten sich bemüht unauffällig zwischen den vielen Gästen herumgedrückt; nun verschwanden sie eilig an Wedos verdutzter Mutter vorbei in der Wohnung.

»Was soll das? Wer sind Sie überhaupt?« Unschlüssig blieb sie einen Moment bewegunsglos stehen. Einerseits durfte sie sich das unverhoffte gute Geschäft nicht entgehen lassen, andererseits wollte sie unbedingt wissen, was diese Fremden in ihrer Wohnung machten.

Kurzentschlossen griff Wedo durch den Perlenvorhang nach ihrer Schürze und zog sie zu sich. »Ich brauch den Digitalisierer. Wo hast du ihn hingetan?«

»Was willst du denn damit?«

»Mama, ich habe keine Zeit für lange Erklärungen. Jeden Augenblick kann die Polizei oder das Militär kommen, um mich zu verhaften. Wir müssen sofort wieder verschwinden. Bitte gib mir den Digitalisierer.«

»Was hast du bloß wieder angestellt?« Mißtrauisch musterte sie Tempus und Nikki. »Und wer sind die beiden?«

»Hast du denn gar nicht mitbekommen, was los war? Hier läuft doch den ganzen Tag der Fernseher.« Wedo suchte den Imbiß mit den Augen nach dem Digitalisierer ab.

Seine Mutter verstellte ihm den Blick. »Du weißt doch, daß ich da sowieso nicht hingucke. Das Ding sorgt nur für ein Hintergrundgeräusch. Ich kann dir den Digitalisierer jedenfalls nicht geben.«

»Warum nicht?«

»Bedienung«, rief draußen ein Gast.

»Ich komme sofort«, antwortete sie laut. Dann drehte sie sich wieder zu ihrem Sohn um. »Ich brauche ihn, um die Leute zu bewirten. Solange dein Vater nicht mit der neuen Ware vom Großmarkt zurückkommt, muß ich Essen damit kochen, sonst kann ich gleich schließen. Weiß der Himmel, warum hier plötzlich so viel los ist.«

»Mutti, ich kann dich verstehen«, gab Wedo sich betont diplomatisch, um seine Mutter nicht noch mehr aufzuregen, »aber ich fürchte, was wir mit dem Gerät machen müssen, ist wichtiger.«

»Wichtiger, als Geld zu verdienen?«

Da seine Mutter sich so wenig einsichtig zeigte, setzte Wedo sich kurzerhand die Gasmaske wieder auf und lief hinter den Tresen. Schnell drehte er jeden der dort stehenden Salzstreuer einmal um, doch aus allen rieselte Salz.

»Bekommt man hier auch etwas zu essen? Oder zahlt man nur fürs Warten?« drängelte lautstark ein weiterer Gast.

Wedo ignorierte ihn und verschwand wieder hinter dem Vorhang. »Wo hast du ihn hingetan?«

»Bin schon da!« antwortete Wedos Mutter dem Gast.

Sie wollte an Wedo vorbei wieder hinter den Tresen, doch ihr Sohn hielt sie fest. Er bemühte sich, eine kurze, aber nachvollziehbare Erklärung zu finden. »Tempus und Nikki müssen unbedingt einen Computer finden, der die Zeit beherrscht. Wenn ihnen das nicht bis heute abend gelingt, müssen wir alle das ganze Jahrhundert mit allen Kriegen und sonstigen Grausamkeiten wiederholen. Deswegen müssen wir sofort nach Neuschwanstein und ...«

Mit einer entschiedenen Handbewegung schnitt seine Mutter Wedo das Wort ab. »Das reicht! Ich will nichts mehr davon hören.« Sie nestelte ihr Handy aus der Schürzentasche.

»Aber Mama, das Schicksal der Menschheit hängt davon ab.«

»Was interessiert mich das Schicksal der Menschheit, wenn hier endlich mal die Kasse klingelt.« Plötzlich lenkte sie ein. »Ist schon gut, mein Junge.« Sie strich ihm über den Kopf und bedachte Tempus und Nikki mit einem finsteren Blick. Dann wählte sie eine Nummer.

»Was machst du da?«

»Gibt es hier auch Senf?« fragte jemand laut durch den Vorhang.

»Steht auf den Tischen«, rief Wedos Mutter und lauschte in den Hörer. »Ich rufe die Polizei – für die beiden. Und danach rufe ich den Arzt – für dich. Daß du mir deine Drogendealer, oder was sonst der mit den blauen Haaren sein mag, jetzt schon ins Haus schleppst, werde ich dir allerdings nicht so schnell verzeihen. Ja, hallo ...«

Beherzt griff Nikki zu und riß ihr das Handy aus der Hand.

»Was soll denn das? Geben Sie mir das Telefon zurück!«

»Der Senf auf den Tischen ist alle!«

»Moment bitte.« Wedos Mutter lief hinter den Tresen und öffnete den Kühlschrank, als sie erleichtert ihren

Mann erblickte, der sich durch die Gästeflut kämpfte. »Gut, daß du kommst. Man ist ja in seinen eigenen vier Wänden nicht mehr sicher.« Wedos Vater war beladen mit Pappkartons und Plastikeimern. Einer der Kartons geriet ins Rutschen. Wedos Mutter fing ihn in letzter Sekunde auf und bat gleichzeitig über die Schulter den Gast: »Nehmen Sie sich den Senf bitte selbst aus dem Kühlschrank, ja?« Dann verschwand sie hinter dem Vorhang, gefolgt von ihrem Mann.

Der Gast ging hinter den Tresen und holte sich ein Glas Senf. Dabei entdeckte er den glänzenden Salzstreuer. »Komischer Ort, um das Salz aufzubewahren. Na ja, wenigstens sauber ist das Ding.« Er nahm den Streuer, schloß den Kühlschrank und drängte sich zurück an seinen Tisch.

Wedos Vater setzte ächzend seine Last ab. »Warum herrscht denn sogar hier hinten so ein Menschenauflauf? Reicht es nicht, daß draußen schon ...« Er musterte Nikki feindselig. »Was macht die Japsentusse in meiner Wohnung. Raus hier, aber schnell.« Er griff sie grob am Arm.

»Finger weg.« Tempus trat drohend auf ihn zu.

Wedos Vater stutzte. »Sag mal, euch kenne ich doch.«

Jetzt erkannten auch Tempus und Nikki den Mann. Er war der Plünderer, der Nikki bereits vor dem Kaufhaus angegriffen hatte.

»Papa, hör auf. Sie ist meine Freundin.« Wedo hängte sich in seinen Arm. Doch sein Vater schüttelte ihn ab wie ein lästiges Insekt und hielt Nikki weiter eisern fest. »Was läufst du hier eigentlich mit dieser albernen Gasmaske herum?« fragte er.

Nikki nutzte die Ablenkung und trat ihm gezielt zwischen die Beine. Mit einem Stöhnen klappte er zusammen und ließ ihren Arm fahren.

»Achtung, draußen hält eine Militärstreife«, rief Tempus, der sich innerlich schon daran gemacht hatte, ihren Rückzug vorzubereiten.

»Mama, gib mir jetzt den Digitalisierer.«

»Ich kann ihn dir nicht geben. Nimm deine Freunde und geh.«

»Wo ist mein Essen geblieben?« rief draußen der Gast, der sich den Senf geholt hatte.

Wedo hob den Kopf und lauschte. Mit einem Satz sprang er durch den Perlenvorhang in den Imbiß. Tempus und Nikki liefen ihm nach. Wedo war bereits bei dem Gast. Er griff sich den Salzstreuer, der neben dem Senfglas stand, und wollte damit losspurten, als der Gast ihn festhielt.

»Gehörst du hier dazu? Der Teller mit meinen Pommes Frites und der Currywurst ist verschwunden. Das geht doch nicht mit rechten Dingen zu. Ruf mal jemand die Soldaten von draußen rein. Hier wird man um sein Essen betrogen.«

Schon sahen die Soldaten vor der Tür auf und wurden hereingewunken.

»Haben Sie Sehstörungen? Hier ist doch Ihr Essen«, rief Wedo und schüttelte den Salzstreuer über dem Tisch. Doch das Essen tauchte nicht wieder auf. Statt dessen verschwand das Glas mit dem Senf.

»Wedo«, rief Tempus, »wir müssen weg.«

Die Soldaten ruderten jetzt durch die Gästeschar auf den Tisch zu, an dem Wedo mit dem Gast stand.

»Sofort.« Wedo schlug den Salzstreuer auf die Tischkante, dann schüttelte er ihn erneut. Das Essen tauchte auch jetzt nicht auf, allerdings stand das Senfglas wieder an Ort und Stelle.

»Wo ist das verdammte Schlitzauge«, schrie Wedos Vater außer sich vor Wut, während er noch leicht gekrümmt durch den Perlenvorhang in den Imbiß trat. Er griff sich eine der heißen, fettriefenden Friteusen.

»Wedo, komm jetzt!« Tempus zog Nikki zu sich heran. Gemeinsam stemmten sie sich möglichst unauffällig gegen die Gäste, so daß die Soldaten es schwer hatten, sich ihren Weg zu bahnen. Gleichzeitig behielt er Wedos Vater im Auge.

»Wedo?« fragte der Gast. »Wedo Change?« Er versuchte, Wedo die Gasmaske vom Gesicht zu ziehen. »Bist du etwa der Bengel, der heute erleuchtet werden sollte?«

Wedo schlug ihm mit dem Salzstreuer auf die Hand – und plötzlich war der Mann verschwunden. Wedo bekam einen solchen Schreck, daß er rückwärts zu Boden fiel. Schnell krabbelte er zwischen den Beinen der Umstehenden hindurch auf den Ausgang zu. Den Salzstreuer fest umklammert, obwohl ihm die Vorstellung, daß sein Widersacher nun in dem Metallzylinder gespeichert sein mußte, ziemlich unheimlich war.

Inzwischen hatten die Soldaten bemerkt, daß Tempus und Nikki versuchten, sie am Vorankommen zu hindern. Sofort nahmen sie Kurs auf die beiden. »Hey, Sie da, hören Sie auf zu stören und bleiben Sie stehen.«

Tempus fühlte sich wie im Zentrum einer Zielscheibe, auf die von zwei Seiten gleichzeitig geschossen wurde. Wedos Vater war fast bis auf Armeslänge an sie herangekommen und hob bereits die Friteuse, während die Soldaten schon die Hände nach ihnen ausstreckten. Plötzlich zog es heftig an seinem Hosenbein.

»Laßt euch fallen, hier unten kommt man besser durch!« rief Wedo.

Instinktiv gingen Tempus und Nikki sofort zu Boden. Keinen Augenblick zu früh, denn Wedos Vater hatte ausgeholt und zugeschlagen. Die heiße Friteuse traf einen der Soldaten. Das Fett spritzte nach allen Seiten. Schon entstand über ihnen ein heftiges Handgemenge, in das immer mehr verärgerte Gäste hineingezogen wurden.

Rücksichtslos um sich schlagend, kämpften Tempus, Nikki und Wedo sich zwischen den Beinen von Menschen, Tischen und Stühlen auf den Ausgang zu. Wedos Vater wurde gerade trotz wütender Gegenwehr von den Soldaten überwältigt, als sie den Tisch mit dem Fernsehgerät passierten.

»Heute, direkt nach der einzigartigen Sexbeichtshow ›Skandalös und schonungslos‹, sehen Sie bei ›Mind Of Nations‹ die ultimative Sylvestershow der Superlative. Spaß ohne Ende – Party bis zum Hirnstillstand. Und als absoluter Höhepunkt wird mit dem Beginn des neuen Jahrtausends MONEY, der Herr, auf die Erde niederkommen. Live und exklusiv aus dem Thronsaal von Neuschwanstein: The Downcoming of MONEY – nur bei MON!« dröhnte das Gerät.

»Ich komme sofort«, rief Nikki den beiden anderen zu und stand auf. »Hey Langnase«, rief sie Wedos Vater zu und winkte mit den Armen, bis er sie sah. »In deiner Kaschemme läuft ein japanischer Fernseher. Das kann sich doch eigentlich nicht mit deiner Gesinnung vertragen.«

Die Aufmerksamkeit des ganzen Lokals richtete sich auf sie.

Nikki lächelte zuckersüß. »Ich befreie dich von dem Konflikt«, versprach sie und schob genüßlich das Gerät ganz langsam auf die Tischkante zu.

»Untersteh dich«, rief Wedos Vater. Er kämpfte gegen die Umklammerung der Soldaten.

Nikki hielt die Hand hinter ein Ohr. Sie machte eine übertrieben fragendes Gesicht. »Ich nix velstehn, ich Ausländel.«

Immer weiter freundlich lächelnd, drückte sie unerbittlich so lange gegen den Fernseher, bis er tatsächlich vom Tisch kippte und auf den Boden krachte. Sein Gehäuse splitterte, doch Bild und Ton liefen weiter. »MON ist das Ende des Denkens«, hämmerte jetzt einer der beliebtesten Slogans aus den Lautsprechern, begleitet vom Pulsieren der drei flammendroten Buchstaben.

Nikki drängte die Umstehenden beiseite, drehte den Ton bis zum Anschlag auf und griff sich einen Stuhl. »Du das hölen?« brüllte sie Wedos Vater entgegen, der sie mit glühenden Augen anstarrte.

»MON ist das Ende des Denkens!« versprach der Fernseher mit von der Lautstärke vibrierendem Gehäuse.

»Du haben diese Lektion gut gelelnt – du haben Sendepause veldient.« Nikki hob den Stuhl über den Kopf. »Wil machen Pause mit deutsche Gländlichkeit – nix japanische Schlitzi-Pfusch.« Mit voller Wucht donnerte sie den Stuhl auf den Bildschirm. Wieder und wieder holte sie aus und genoß jeden Aufprall.

Glas splitterte, das Bild erlosch. »MON ist das Ende ...« grölte der Fernseher ein letztes Mal.

Nikki schleuderte den Stuhl gegen Wedos Vater und rannte aus dem Imbiß zum Wrack, das mit laufendem Motor im dunkeln auf der Straße stand.

»Wo bleibst du denn?« rief Tempus besorgt und wütend zugleich.

Nikki schlug die Tür zu und lächelte zufrieden. »Ich habe mich nur noch eben verabschiedet. Das gehört sich doch so unter zivilisierten Menschen.«

»Immerhin wissen wir jetzt, woher du den Ausdruck Japsentusse hast.« Tempus lenkte das Wrack um eine langgestreckte Kurve. Schon seit einiger Zeit warfen die Wolken am dunklen Himmel ein gespenstisches Rot auf die Stadt zurück. Es spiegelte sich in den Pfützen auf der Straße und färbte den Nebel, der langsam zwischen die Häuser kroch. Kein Mensch war zu sehen, hinter keinem Fenster brannte Licht.

»Man kann sich seine Eltern nicht aussuchen«, murmelte Wedo kleinlaut.

»Aber in jedem Fall lernt man von ihnen. Was immer es auch sein mag«, versetzte Nikki ein bißchen kühler, als sie eigentlich beabsichtigt hatte.

»Nun sei nicht so zynisch. Die Situation ist verfahren genug. Sie denken und sagen fast ausschließlich Dinge, mit denen ich nicht einverstanden bin. Trotzdem habe ich sie gern.«

»Sie setzen die Welt für dich zusammen, und du mußt sie wieder in Stücke schlagen, bevor du daran gehen kannst, dir dein eigenes Bild zu machen.« Tempus versuchte, das Ende der Straße einzusehen. Helle Strahlen mischten sich in das Rot. Doch noch gaben die Kurve und der Nebel den Blick auf die Lichtquelle nicht frei. »Wir müssen gleich da sein.«

»Wieviele Menschen riskieren denn tatsächlich, sich ein eigenes Bild zu machen?« Nikki war immer noch ungehalten. »Die meisten starren ihr Leben lang auf den blassen Schatten, den die Kopie der Kopie auf der Wand hinterlassen hat, und denken, sie sehen aus dem Fenster.«

»Wenn sie dabei zufällig so etwas entdecken«, Tempus wies nach vorn und hielt den Wagen an, »dann verstehen sie die Welt ohnehin nicht mehr.«

Sie hatten den Auslauf der Kurve erreicht. Mit ihr schien die Stadt hier zu Ende zu gehen. In einiger Entfernung tauchte ein riesiges Gebäude auf, dessen Fassade von allen Seiten angestrahlt wurde. Das gleißende Licht schnitt es aus dem roten Nebel heraus, in dem es wie ein außerirdisches Raumschiff zu schweben schien.

»Das ist es?«

»Ja, das ist der Sitz von ›Mind Of Nations‹.«

»Dieser Itor muß noch viel durchgeknallter sein, als wir dachten.«

Vor ihnen stand ein gigantischer, vierzig Stockwerke hoher Einkaufswagen. Die Eingänge des Bauwerks befanden sich in vier überdimensionalen Rädern, die Aufzüge in den Streben, die den Korb hielten. Empfang, Fuhrpark und Versorgungseinrichtungen hatte man in der unteren Ablagefläche untergebracht, deren Ebene als weitläufiges Parkdeck diente. Ein Gerüst aus verchromten Stahlträgern imitierte das Geflecht des Wagenkorbs, in dem die Büros und Sendestudios wie Waben hingen.

Von außen glich jeder Raum einem Produkt. Bunt durcheinandergewürfelt enthielt der Wagen Putz- und Waschmittel, Nudelpackungen und Zahnpastaschachteln, Bier und Zigaretten, Konserven, Wein, Wurst und Käse, Süßigkeiten und Tiefkühlkost, einfach alles, was ein gut sortierter Supermarkt zu bieten hatte. Hinzu kamen Spielzeug und Sportartikel, Automodelle, Kühlschränke, Herde, Handys, Reisekataloge und riesige Logos von Versicherungen.

Quer über die ganze Länge des vollgestopften Einkaufswagens zuckte eine geschwungene Neonschrift, die verhieß: Denn wir wissen, für wen wir senden!

Gekrönt wurde das Gebäude von den drei Buchstaben MON, die noch einmal halb so hoch wie das gesamte Arrangement aufragten. Sie waren die Quelle des roten

Lichtes, das normalerweise weit sichtbar den Himmel über dem ganzen Stadtviertel, jetzt aber den immer dichteren Nebel rot färbte.

»Ist euer Nihilismus ansteckend, oder beginne ich aus anderen Gründen, an der freien Entfaltung des Geistes zu zweifeln?« Wedo drängte sich zwischen sie, um besser sehen zu können.

So saßen sie eine Weile schweigend in dem Wrack und staunten.

»Wir haben noch fünf Stunden, um Blutwich zu finden. Das ist fast nichts. Wie wollen wir jetzt vorgehen?« überlegte Tempus. »Eigentlich habe nur ich die Aufforderung bekommen, mich bei MON zu melden. Wie erklären wir eure Gegenwart?«

»Die können wir nicht erklären. Wir müssen einen Weg finden, heimlich in das Gebäude zu kommen.«

Während sie noch überlegten, durchstießen weit hinter ihnen zwei Scheinwerfer den roten Nebel. Tempus drehte den Rückspiegel, um sie besser beobachten zu können. »Wahrscheinlich gibt es wenig Dinge in diesem Land, die so gut bewacht werden wie die MON-Zentrale. Da wird sich kein einziges Schlupfloch finden.«

Die Lichtkegel wuchsen gleichmäßig an. Tempus löschte die Wagenbeleuchtung.

»Ist irgend etwas nicht in Ordnung?« fragte Nikki.

Tempus wies mit dem Daumen nach hinten, während er weiter in den Rückspiegel sah. »Wir bekommen Besuch.«

Die Strahlen schwenkten ein, strichen über das Wrack und die Häuserzeile neben ihnen, richteten sich wieder parallel zur Straße aus und stoppten direkt hinter ihnen.

»Wenn das mal keinen Ärger gibt.«

Türen schlugen, zwei Männer kamen auf sie zu. Sie trugen Uniformen.

Kopflos gab Tempus Gas, bis die Räder des Wracks auf der feuchten Straße durchdrehten. Dann schoß es mit einem Satz nach vorne.

»Was machst du denn?«

»Sollen wir uns einfach von der Straße wegfischen lassen? Da bin ich doch lieber ein Haifisch als ein Hering!«

Die Soldaten liefen zurück zu ihrem Wagen und nahmen die Verfolgung auf. Nach nur wenigen hundert Metern schlossen sie auf und setzten zum Überholen an. Tempus versuchte sie durch waghalsige Lenkmanöver daran zu hindern. Das Wrack schleuderte gegen den Bordstein, fing sich wieder und raste auf den Einkaufswagen zu; weder rechts noch links gab es eine Abzweigung.

Versiert berechneten ihre Verfolger die Regelmäßigkeiten in Tempus' Schlingerkurs, stießen zielsicher durch eine Lücke und zogen an ihnen vorbei, um ihren Wagen schließlich mit quietschenden Reifen vor dem Wrack querzustellen. Tempus mußte anhalten.

»Wedo, setz die Gasmaske auf, schnell.«

Die Soldaten, auf deren Uniformen rot die Buchstaben MON leuchteten, stiegen aus. Einer von ihnen klopfte an die Scheibe der Fahrertür. Tempus versuchte, das Fenster herunterzukurbeln, doch der Mechanismus funktionierte nicht mehr. Sie saßen tatsächlich in einem Wrack, und viel mehr als dieser Haufen Blech war ihre Zukunft jetzt wohl auch nicht mehr wert. In der Erwartung, gleich in die Mündung einer Waffe zu starren oder sofort aus dem Wagen herausgerissen zu werden, öffnete Tempus die Tür einen Spaltbreit.

»Etwas düstere Gegend hier, nicht wahr?« Der Soldat hob die Finger zum Gruß an die Mütze. »Die meisten Leute reagieren etwas panisch, wenn hinter ihnen plötzlich jemand hält.«

»Ja«, lächelte Tempus einfältig.

Der zweite Soldat leuchtete mit einer Stablampe in das Wrack. Er bemerkte Nikkis blaues Auge, ihr blutverkrustetes Handgelenk, das zerschnittene Kostüm. Dann verharrte der Lichtstrahl auf Wedos Gasmaske. »Sexbeichtshow-Kandidaten, was?«

Wieder war Tempus nur imstande, ein dümmliches »Ja« von sich zu geben.

»Na, dann folgen Sie uns mal. Wir bringen Sie sicher auf das Parkdeck. Wenn Sie erstmal dort sind, kann Ihnen nichts mehr passieren.« Ein weiteres Tippen an die Mütze, die Soldaten gingen zurück zu ihrem Wagen, die Taschenlampe erlosch.

Tempus sank mit einem Stoßseufzer in die zerfetzten Polster. Nikki stützte den Kopf in die Hand und begann zu lachen.

Wedo zog sich die Gasmaske vom Gesicht. »›Mind Of Nations‹ – bei uns wird Service groß geschrieben«, grinste er und rollte mit den Augen.

31.12.1999 • 20.13 UHR • -953 PUNKTE (ALARM)

Tempus lief über das Parkdeck und betrat die MON-Zentrale. Nikki und Wedo waren im Wagen geblieben, denn bislang hatten sie keine Idee gehabt, wie sie unbemerkt zu dritt in das Gebäude gelangen sollten.

Die Eingangshalle der MON-Sendezentrale war gestaltet wie die Kassenzone eines Supermarktes. Ein einziges Portal gestattete den Eintritt in die Tiefen des Gebäudes. Darüber blinkten abwechselnd in roten Lettern die Worte: 1. die Quote, 2. die Quote, 3. die Quote! Die Quote ist das Programm – das Programm ist dein Leben!

Der Weg hinaus führte ausschließlich an Registrierkassen vorbei. Erstaunt beobachtete Tempus, wie manche der MON-Angestellten von einer Sperrvorrichtung der Kassen am Verlassen des Gebäudes gehindert und zurück in ihre Büros geschickt wurden.

Endlich hörte er zwei Mitarbeiterinnen im Vorbeigehen über einen Kollegen reden. »Siehst du, heute ist bereits der dritte Tag in dieser Woche, an dem die Kasse ihm nachweisen kann, daß er nicht genug Werbeeinnahmen für MON erarbeitet hat. Wenn das so weitergeht, muß er noch zum Fronteinsatz in die Supermärkte.«

Bewaffnete MON-Soldaten mit den roten Logos auf ihren Uniformen kontrollierten alle Personen, die sich dem Portal und den dahinter liegenden Fahrstühlen näherten. Offenbar war man nur mit einem Ausweis berechtigt, in die oberen Stockwerke zu fahren, denn alle zeigten einen kleinen Gegenstand aus Plastik vor.

Zaghaft ging Tempus auf die Rezeption zu. Die Empfangsdame verfolgte aufmerksam das MON-Programm auf einem LKW-großen Fernsehgerät, das mitten in der Eingangshalle von der Decke hing.

»Guten Tag, ich habe eine Aufforderung bekommen, mich bei der Redaktion ›Skandalös und schonungslos‹ als Kandidat für die Sexbeichtshow zu melden.«

»Ah ja«, sie sah ihn kaum an. »Zimmer 69, im Untergeschoß.«

»Im Untergeschoß? Komme ich gar nicht hoch in den Warenkorb?«

»Natürlich nicht. Die Show ist eine unterirdische Produktion. Das ganze Blut, die Exkremente und sonstigen Körperflüssigkeiten können so besser entsorgt werden. Brauchen Sie Träger?«

»Träger?«

»Irgendwelche Utensilien, die in die Redaktion geschafft werden müssen?«

»Entschuldigung, ich verstehe Sie nicht.«

»Machen Sie das zum erstenmal?« Endlich löste die Rezeptionistin den Blick von dem Fernseher und richtete das Wort direkt an ihn. »Sie wollen doch wohl nicht ohne Ihre Luststeigerungsapparate und Assistenten in der Show auftreten. Wie wollen Sie da anständig beichten, geschweige denn vorführen?«

Tempus zögerte. »Nein, natürlich nicht.« Ratlos studierte er seine Fußspitzen. Plötzlich jedoch erkannte er die Möglichkeit, die ihre Frage ihm eröffnete. »Ich bin gleich wieder da. Alles, was ich brauche, befindet sich noch in meinem Wagen. Aber es kann alleine laufen. Ich benötige keine Träger, vielen Dank.«

Die Rezeptionistin reagierte nicht. Sie hatte längst jegliches Interesse an ihm verloren und widmete sich wieder dem Fernsehprogramm.

Schnell lief er zurück auf das Parkdeck, um Nikki und Wedo zu holen. Als sie zu dritt an der Rezeption standen, füllte die Empfangsdame ein Formular an ihrem Computer aus.

»Ein Sexbeichtshow-Kandidat, männlich, mit folgenden Lustobjekten: Erstens ein Kind, ebenfalls männlich, zweitens eine Ausländerin, weiblich. Zusätzlich eine Gasmaske und ein Salzstreuer. Die Lustobjekte müssen nicht gesondert transportiert werden, der Kandidat haftet für die ordnungsgemäße Verbringung in die Redaktion.«

Die Rezeptionistin blickte auf und musterte Tempus mißbilligend. »Kinder und Ausländer? Mehr fällt Ihnen nicht ein? Da werden Sie aber ein paar passende Worte von unserer Redakteurin zu hören bekommen.«

Tempus, Nikki und Wedo wollten sich schon abwenden, als die Rezeptionistin sie noch einmal zurückrief. »Moment, Sie bekommen noch Ihre Ausweise.« Sie drückte ihnen jeweils einen Chip in die Hand, mit denen in Supermärkten Einkaufswagen von ihren Ketten gelöst werden. »Schließlich müssen Sie Ihren Unterhaltungs- und damit Ihren Waren-Wert kennen.« Sie schenkte ihnen ein kleines, gemeines Lächeln.

Tempus blickte auf den Chip in seiner Hand. Darauf stand: 0

Sie wandten sich ab und gingen zu den Fahrstühlen, vor denen die MON-Soldaten Wache hielten. Tempus legte die Arme um Nikki und Wedo und drückte sie verstohlen. Sie waren alle drei erstaunt, wie problemlos sie die zunächst unüberwindbar erscheinende Hürde genommen hatten, in die MON-Zentrale zu gelangen.

Doch schon rief die Rezeptionistin sie zurück. »Was denken Sie denn? Sie können doch nicht einfach frei im Gebäude herumspazieren, wie es Ihnen beliebt. Sexbeichtshow-Kandidaten gehen hier entlang.«

Sie wies auf einen Gang aus Gitterstäben wie im Zirkus. An seinem Eingang war ebenfalls eine Gruppe von MON-Soldaten postiert. Wortlos streckte ihr Anführer die Hand aus, eingeschüchtert legte Tempus seinen Chip hinein. Der Soldat warf einen Blick darauf und lächelte hämisch. »Umdrehen!« blaffte er.

Zögernd drehten sie sich um. Erst jetzt sahen sie die rote Leuchtschrift, die in steter Wiederholung über die Längswand der Eingangshalle verlief: ›Dies ist MON – Mind Of Nations – Unser Bewußtsein ist euer Bewußtsein – Ihr denkt, was wir denken – Wir sind eins – Wir sind das Bewußtsein von Nationen! – Wir geben euch alles, was ihr braucht – Sagt uns, was ihr wollt! – Dies ist MON . . .‹

Mit einem Schritt waren sechs Soldaten hinter ihren

Rücken getreten. Jeweils zwei von ihnen griffen einen der drei bei den Schultern und hielten sie eisern fest.

»Was soll das?«

»Hände auf den Rücken!«

Tempus wehrte sich. »Warum?«

Grob brachten die Soldaten ihn zur Ruhe. »Frag nicht so viel.«

Blitzschnell legten sie Tempus, Nikki und Wedo Handschellen an.

»Auf das Band treten, los!«

Der Anführer wies auf ein Transportband, das den Boden des vergitterten Ganges bildete und sich mit einem Ruck in Bewegung setzte. Als sie sich dem Befehl nicht sofort beugten, wurden sie wieder bei den Schultern gegriffen und gewaltsam auf das fahrende Band gestellt. Schwankend rangen sie um ihr Gleichgewicht, während sie langsam aus der Halle in den Gittergang hineinfuhren.

»Viel Spaß auf dem Weg in die Unterwelt«, höhnte der Soldat. »Aber nicht zuviel – verausgaben sollt ihr euch erst später. Schließlich hat euer Lieblingssender ›Mind Of Nations‹ noch einiges mit euch vor.«

Abrupt wurde ihnen schwarz vor Augen. Der Gang verwandelte sich in einen Tunnel, rundum lichtdicht gummiert, ohne jede Beleuchtung. Dann wurde Tempus der Boden unter den Füßen weggerissen. Erschrocken schrie er auf und prallte hart auf das Transportband. Sofort darauf hörte er die Schreie und den Fall von Nikki und Wedo, denen das gleiche geschehen war. Hilflos kullerten sie durcheinander. Das Band hatte seine Neigung geändert.

Es fuhr nun in die Tiefe.

Level Drei: Alles Falsch

31.12.1999 • 20.28 UHR • -1218 PUNKTE (ALARM)

»Wie konnten wir nur so naiv sein?« In Tempus stritten Angst und Wut, während das Transportband sie ruckend in die Dunkelheit trug. Ein schwaches Rot glomm tief unter ihnen.

»Wahrscheinlich landen wir direkt in der Hölle«, orakelte er, »ich sehe bereits die Glut.«

»Es reicht, Tempus! Ich habe ohnehin genug Angst.«

Tempus lag auf seinen gefesselten Händen. Er hörte ein Reiben neben sich und bewegte den Kopf. Seine Wange fand Nikkis Wade mit den zerrissenen Seidenstrümpfen. Er küßte ein Fleckchen nackter Haut.

Das Leuchten wurde stärker und wischte wie ein roter Blitz über sie hinweg.

»Was war das?«

»Der Teufel wirft mit brennenden Holzscheiten nach uns.«

»Tempus, du sollst damit aufhören!«

Der nächste rote Blitz fuhr über sie hinweg.

»Was sie wohl mit uns machen werden?«

»Das gilt auch für dich, Wedo!«

Wieder ein Blitz.

»Ich glaube, diesmal habe ich etwas erkannt.«

Sie warteten in der undurchdringlichen Dunkelheit.

»Da!«

Erneut zischte Rot aus der Tiefe über ihre Köpfe hinweg und verschwand hinter ihnen.

»Es wird jedesmal etwas langsamer.«

»So freut man sich über jedes bißchen Licht im Leben – und wenn es nur der Widerschein des Verderbens ist.«

Nikki zog ihr Bein weg; Tempus rückte unbeholfen hinter ihr her.

Rot.

»Es sind Buchstaben.« Ihr Bein kam zurück.

Rot.

»Übrigens bewegen wir uns im Kreis.«

»Wir werden nicht auf dem direkten Weg in die Hölle befördert, sondern in Serpentinen. Damit uns auch noch schwindelig ist, wenn wir unten ankommen.«

»Tempus.«

Rot.

»Es sind wirklich Buchstaben. Das war ein M.«

»Ein M? Tausend zu Eins, der nächste ist ein O.«

Rot.

»Was habe ich gesagt? O!«

Rot.

»N.«

»Willkommen bei ›Mind Of Nations‹«, sagte eine freundliche Frauenstimme.

Tempus brach in hysterisches Lachen aus. »Nicht mal die Hölle ist echt. Wer weiß, wessen Fleisch da schmort, wenn sie mich gleich braten.«

»Es ist alles gut«, beschwichtigte Tempus Nikki und Wedo. »Ich bin jetzt wieder ganz normal.«

Sie lagen alle drei auf dem Rücken. Die Blitze waren eingefroren. An der Decke des Tunnels leuchteten die roten Buchstaben MON und wanderten mit ihnen in die Tiefe.

»Während Sie auf dem Weg in unsere beliebte Sexbeichtshow ›Skandalös und schonungslos‹ sind, meine Damen und Herren«, plapperte die freundliche Stimme, »unterhalten wir Sie ein wenig mit unserem aktuellen Programm. Zur Zeit sehen Sie ›Der Aufklärer – Nachrichten aus Politik, Wirtschaft und Gesellschaft – knallhart recherchiert, fachkundig präsentiert‹. Viel Spaß mit ›Mind Of Nations‹ und – machen Sie keine Dummheiten, dafür ist gleich noch Zeit genug.«

»Versteht ihr das?«

»Nein.«

»Wenn sie uns nichts tun wollen, warum haben sie uns dann gefesselt?«

»Ich weiß es nicht.«

»Jemand, den man umbringen oder foltern will, unterhält man nicht vorher noch mit dem aktuellen Fernsehprogramm.«

»Wahrscheinlich ist das der Anfang der Folter.«

Das MON-Logo wischte davon; statt dessen erschien über ihnen an der Decke des Tunnels das laufende Programm.

›Der Aufklärer – informativ, unbestechlich, aktuell‹ verhieß eine Schrift im Hintergrund.

Notger, der Fernsehredakteur, den sie wegen seines rebellischen Auftritts im Kaufhaus verhaftet glaubten, moderierte ein Nachrichtenmagazin. ». . . gibt es neue Erkenntnisse über die Veruntreuung von Steuergeldern, die zeigen, wie sehr unser Staat zu einem Selbstbedienungsladen verkommen ist.«

Mit keinem Wort, mit keiner Regung ging er darauf ein, daß direkt vor ihm auf dem Tisch ein Mädchen in einem knallengen, sehr kurzen Knautschlackkleid tanzte. Selbstvergessen vollführte sie ekstatische Verrenkungen und kaute dabei gelangweilt ein Kaugummi.

»So haben zum Beispiel der Minister für . . .«

Ohne das Ende seines Satzes oder gar des Beitrags abzuwarten, fuhr die Regie mit einem marktschreierischen Jingle dazwischen. »Aus aktuellem Anlaß unterbrechen wir das Programm«, plapperte eine aufgedrehte Frauenstimme. »Soeben ist die Bademode der nächsten Saison eingetroffen. Wo sehen Sie sie zuerst? Natürlich bei uns, bei M-O-N! Mind Of Nations: immer am Puls der Zeit!«

Während Notger ernsthaft weitersprach, wurde ein Potpourri beliebter Melodien eingespielt, das seine Worte zuverlässig überdeckte. Statt eines Fotos des straffällig gewordenen Ministers sah man einen sonnigen Südseestrand. Knapp bekleidete Grazien stürmten das Studio und räkelten sich auf dem Boden. Gerade als man den Namen des Ministers von Notgers Lippen zumindest hätte ablesen können, sprangen die Models auf, strahlten hinreißend in die Kameras und hüllten ihn in bunte Tücher. Kurz darauf verschwanden sie anmutig in der Kulisse.

»MON, das Action-TV! Wir zeigen, was Sie wirklich bewegt!« betonte die Frauenstimme. Die Musik wurde ausgeblendet.

». . . sollte demnächst Konsequenzen für die ganze Regierung haben«, war Notger wieder zu verstehen.

Das Mädchen auf dem Schreibtisch hatte die ganze

Zeit weitergetanzt. In zwanzig Zentimeter hohen Plateaustiefeln stakste sie über Notgers Unterlagen und wirbelte sie durcheinander.

Notger guckte mal rechts, mal links an ihren Beinen vorbei. »Auch die aktuelle Arbeitslosenstatistik gibt Anlaß zur Sorge. So ist die Zahl der Langzeitarbeitslosen dramatisch auf über . . .«

Erneut schepperte ein Jingle aus der Regie, und die aufgedrehte Frauenstimme versprach: »Wir schreiben Service groß! ›Mind Of Nations‹, Ihr persönlicher Ratgeber! Heute mit Informationen zum Thema: Abnehmen leicht gemacht – essen, bis der Arzt kommt!«

Während Notger unter dem Musikteppich die Zahlen einer Statistik interpretierte, prasselte ein bunter Pillenregen auf ihn, das Mädchen und den Schreibtisch nieder. Eine Einblendung zeigte die Wirkung des Wundermittels im direkten Vergleich: Links eine erschreckend übergewichtige, geschmacklos gekleidete Frau mit fettigen Haaren und Hornbrille in einer heruntergekommenen Sozialwohnung; rechts ein lächelndes gertenschlankes, blondes, fast nacktes Model neben dem Swimming Pool einer Villa in Florida.

»Sehen Sie selbst«, ereiferte sich die Sprecherin, »Mimi T. vor und nach ihrer Superdiät. Nun entscheiden Sie, wie Sie aussehen und sein möchten. Dick, arm und einsam oder schlank, reich und glücklich. Kaufen Sie Instant-Beauty! Abnehmen leicht gemacht, und trotzdem essen, bis der Arzt kommt! Und mit etwas Glück«, sie gab ihrer Stimme einen schelmischen Unterton, »kommen Sie schon bald gemeinsam mit ihm!«

». . . stellen diese Zahlen nachhaltig die Stabilität unseres Gesellschaftsvertrages in Frage«, durfte Notger seinen Satz beenden.

Das Mädchen auf dem Schreibtisch beugte sich weiter

tanzend nach vorne in die Kamera und gewährte unbeteiligt einen Blick auf seine tätowierten Wonderbra-Brüste. Auf jedem der hochgepreßten Bälle prangten die Buchstaben MON. Dann richtete sie sich wieder auf und schlängelte die Arme gen Himmel. Dabei fegten ihre Füße die letzten Manuskriptseiten zu Boden.

Notger ließ sich nicht beirren. »Zum Schluß dieser Sendung eine Enthüllung, die einen Aufschrei der Empörung hervorrufen wird. Es geht um Wahlbetrug. Gestern wurde uns auf dem Platz-der-Erkenntnis-durch-Konsum der neue Bundeskanzler vorgestellt, der angeblich ...«

Zum drittenmal wurde Notger vom Getöse eines Jingles mundtot gemacht. »Gleich live, nur hier bei ›Mind Of Nations‹, ›Skandalös und schonungslos‹, *die* Sexbeichtshow! Mit Kandidaten jeden Geschlechts, jeden Alters, jeder Perversion! Garantiert unzensiert! Garantiert nicht psychologisch, soziologisch oder philosophisch aufbereitet! Garantiert das wirkliche Leben! Schockierend, schmutzig, grauenvoll und geil! Das ist Kult! Die Sexbeichtshow der Superlative! Nur echt von M-O-N!«

»... verkommt jegliche Politik zur Farce. Ich danke Ihnen für Ihre Aufmerksamkeit. Auf Wiedersehen.« Notger war am Ende seines Beitrag angelangt.

Das Mädchen auf dem Schreibtisch fiel teilnahmslos lächelnd in den Spagat. Sie machte eine große Blase mit ihrem Kaugummi und ließ sie platzen. Während sie sich die Fetzen mit der Zunge aus dem Gesicht fischte, suchte Notger unter dem Schreibtisch seine Unterlagen zusammen.

»Der Aufklärer – präsentiert von ›Mind Of Nations‹!« Die Stimme des Sprechers klang aufgewühlt. »Heiße Top-Stories aus Politik, Wirtschaft und Gesellschaft! Analytisch durchleuchtet und kritisch kommentiert!

Denn es geht um Ihr Leben!« Die Stimme wurde kurzfristig besorgt und vertraulich, »Vergessen Sie nicht: Sie haben nur eines«, um gleich darauf wieder loszuschreien: »Der Aufklärer – ein Service von M-O-N!«

Mit den letzten Worten riß die Fernsehübertragung auf der Tunneldecke ab. Das Transportband ruckte um eine enge Kurve und spuckte seine Last in ein gummiertes Auffangbecken. Unsicher blinzelten die drei in das grelle Neonlicht, das einen komplett gekachelten Raum erleuchtete.

Ein uniformierter Aufseher studierte die Liste auf seinem Klemmbrett. »Sie werden gleich in die laufende Show integriert.« Er gab gab ein paar MON-Soldaten einen Wink. »Die Handschellen können bereits entfernt werden.« Er wandte sich an Tempus, Nikki und Wedo. »Aber reißen Sie sich zusammen. Kein heimliches Gefummel oder sonstige Unbeherrschtheiten!«

Während die drei sich noch aufrappelten, traten MON-Soldaten auf sie zu und befreiten sie von den Handschellen.

»Was für Unbeherrschtheiten?« wunderte sich Tempus.

Der Aufseher lachte nur und drohte mit dem Finger. Dann ratterte er geschäftsmäßig weitere Anweisungen herunter. »Maschinen und anderes schweres Gerät hier herüber, Tiere werden dort drüben gelagert. Einfaches Werkzeug wie Messer, Zangen und Brenneisen in diese Behälter, Menschenmaterial kommt gesondert in den Raum dort hinten.« Er musterte sie. »Sie haben ja kaum etwas dabei. Wer ist denn überhaupt der Kandidat?«

»Ich.« Tempus hob zögernd die Hand.

»In Ordnung, die beiden anderen in die Wartezelle.« Die Soldaten griffen Nikki und Wedo.

»Warum müssen die beiden in eine Zelle? Gibt es keinen Gemeinschaftswarteraum?«

»Das könnte dir so passen, was? Um dann dort bereits dein ganzes Pulver zu verschießen. Damit haben wir lange genug Theater gehabt. Keiner kann es abwarten, und in der Show sind alle völlig ausgepumpt. Das läuft nicht, dein Spielzeug wird gesondert aufbewahrt. Wir führen es dir dann im richtigen Augenblick zu.«

»Ich will aber nicht von ihnen getrennt werden.«

»Keine Widerrede, sonst kommen die Kollegen zum Einsatz.« Er wies auf die Soldaten. »Aber nicht, daß du glaubst, du würdest anständig verprügelt oder gefesselt und geknebelt. Nichts dergleichen! Allenfalls wirst du eiskalt abgesprüht. Solltest du sogar das mögen, fällt uns schon etwas ein, dir den Spaß zu verderben. Selbst wenn du auf Unterwerfung stehst, wissen wir, was zu tun ist, und ignorieren dein Fehlverhalten so lange, bis du vor lauter Nachsicht eingehst. Denk immer daran: Dein Auftritt findet erst in der Show statt. Also mach dir keine Hoffnungen, und erspar uns den Aufwand.«

Nikki und Wedo wurden abgeführt und landeten in einem Raum, der komplett in einem Guß aus Kunststoff gefertigt und völlig leer war. Aus der Wand ragte eine Sitzbank, auf der sie sich eingeschüchtert niederließen.

Noch während die Tür hinter ihnen geschlossen wurde, betrat die Redakteurin der Beichtshow den gekachelten Raum und sprach Tempus an: »Sie sind also der Sonderling, der mir die Show ruinieren will.« Offenbar war sie bereits informiert. »Was soll denn das für eine Beichte werden?«

Die Frau kam Tempus bekannt vor. »Das weiß ich auch nicht. Ich habe eigentlich gar nichts zu beichten«, antwortete er, während er überlegte, wo er ihr bereits begegnet war.

»So sehen Sie aus.« Sie bedachte Tempus mit einem abfälligen Blick. »Das einzige, was Sie halbwegs spannend macht, ist der Salzstreuer. Ich bin wirklich neugierig, was Sie damit anstellen. Auch die Gasmaske ist in Ordnung, aber damit kommt eigentlich schon jeder Zweite. Haben Sie nichts Schockierendes zu bieten?«

»Nein, wozu denn?«

Sie schüttelte resigniert den Kopf. »Mit wem kann ich Sie bloß kombinieren? Da brauchen wir ja einen wirklichen Hammer, um so einen Langweiler wie Sie auszugleichen. Kommen Sie mal mit.«

Tempus folgte ihr bis vor eine Tür, über der ein roter Schriftzug leuchtete: Achtung Sendung! Bitte Ruhe!

Der wüste Lärm dahinter konterkarierte die Aufforderung trefflich.

Plötzlich wußte Tempus, wer die Redakteurin war. Er kannte sie glatzköpfig, mit goldenem Trikot und wallendem Umhang. Jetzt trug sie rote Haare und ein teures Kostüm. »Sie sind die Redakteurin dieser Show?« fragte er verwundert.

»Ja natürlich, was dachtest du denn?«

»Predigerin.«

Sheer Gold lachte. »Ich bin das Mädchen für alles.« Sie öffnete die Tür und schob Tempus hinter die Kulisse des Studios, in der die Sexbeichtshow schon auf vollen Touren lief:

»Und dann nehme ich ihn und mache immer das«, gestand gerade eine Frau und keuchte.

Das Publikum grölte.

»Und das.« Sie stöhnte.

Das Grölen wurde lauter, ein Sprechchor formierte sich: »Schneller! Schneller!«

»Ist das nicht schrecklich peinlich?« Die Frau klang

gequält. »Und dabei denke ich immer an …«, sie stöhnte wieder, »… an … ich kann es nicht sagen!«

»Sagen! Sagen!« schrie das Publikum rhythmisch.

»Dabei denke ich immer an … den Bundeskanzler«, kreischte die Frau. »Was bin ich für ein Flittchen. Sagen Sie selbst: Bin ich nicht unglaublich verdorben?«

»Verdorbenes Flittchen! Verdorbenes Flittchen!« Das Publikum stampfte bösartig im Takt mit der Beschimpfung auf den Holzboden der Tribüne.

Aufgeregt kam die nackte Kandidatin hinter die Kulisse gerannt, einen mannsgroßen Teddybären hinter sich herziehend. »Wie war ich? War ich gut?«

Eine Assistentin fing sie ab und hüllte sie in einen Bademantel mit dem roten MON-Label. »Sie waren nicht schlecht, wirklich nicht«, log sie routiniert.

»Ob ich damit in die Jahresauswertung komme? Vielleicht werde ich ja ein Star. Den Körper dafür habe ich.« Sie riß den Bademantel auf. »Was meinen Sie?«

»Bestimmt! Sie kommen sicher noch mal ganz groß raus.« Resolut führte die Assistentin die Frau aus dem Studio.

Sheer Gold sah auf die Uhr. »Dieses schlichte Gemüt hat gar nicht bemerkt, daß es im Kinderprogramm lief. Die richtige Show geht jetzt erst los.«

»Ihr Kinderlein, nicht weinen, bis hier war's für die Kleinen, jetzt gibt's was für die Großen, mit Rammeln und mit Stoßen«, sang ein Chor vom Band.

»Skandalös und schonungslos! Die Sexbeichtshow von ›Mind Of Nations‹! Unterhaltung für die ganze Familie! Und hier …«, die Stimme des Sprechers überschlug sich fast, »… ist Ihr neuer Kandidat!«

Beifall brandete auf.

»Passen Sie mal auf: Sie gucken sich jetzt gut an, was Ihr Vorgänger macht, und dann überlegen Sie sich irgend etwas Spektakuläres, womit Sie seinen Auftritt noch toppen. Sie wissen schon, wovon ich rede. Nicht von den schönsten Seiten Ihrer wertvollen Persönlichkeit, sondern von Ihrem ...« Sie wies in seine Körpermitte.

Tempus sah ein wenig unglücklich drein. »Um ehrlich zu sein ...«

»Meine Güte, von welchem Stern kommen Sie eigentlich? Sie gehen gleich raus auf die Bühne und breiten lang und schmutzig aus, was angeblich niemand sehen soll. Führen Sie mit mikroskopischer Genauigkeit genüßlich jeden noch so kleinen Abgrund vor, den Sie zwischen Ihren Schamhaaren entdecken können. Und sorgen Sie verdammt noch mal dafür, daß er wie der Grand Canyon des Sex wirkt! Sonst sorge ich dafür, daß Sie auf immer im Sankt-Andreas-Graben des Vergessens verschwinden! Tun Sie es auf jede erdenkliche Art und Weise. Je abwegiger, desto besser! Es geht hier um Unterhaltung. Un-ter-hal-tung! Die ganze überreizte Affenbande von Nation guckt Ihnen zu. Wenn sie sich nicht wenigstens gekitzelt fühlt, stimmt die verdammte Quote nicht, und wenn die Quote nicht stimmt, bin ich tot. Aber eins verspreche ich Ihnen: Sie nehme ich mit ins Grab!«

Sheer Gold winkte einer weiteren Assistentin, die sich gerade mit einem Arzt unterhielt. Der Mann sortierte allerlei Instrumente und legte eine Bluttransfusion bereit. Zwei Helfer stellten eine Trage neben ihm ab.

»Das ist der Killer der heutigen Show«, erklärte Sheer Gold der Assistentin mit einem verächtlichen Kopfnikken in Tempus' Richtung. »Halt ihn gut fest, sonst schläft er dir im Stehen ein. Ich sage dir, wann er auf die Bühne soll.« Dann ließ sie die beiden allein.

»Was macht denn der Arzt hier?« fragte Tempus die Assistentin.

Die zuckte gleichmütig die Schultern. »Der Kandidat wird ihn brauchen.«

Damit lenkte sie Tempus' Aufmerksamkeit wieder auf die Show. Die Stimme des Kandidaten kam Tempus bekannt vor, doch er konnte sich nicht erinnern, wo er sie bereits gehört hatte.

»Komm her«, bellte der Mann gerade, woraufhin etwas durch die Luft pfiff und laut klatschte. »Für die groberen Angelegenheiten habe ich einen Afrikaner. Ein bißchen langsam, aber im großen und ganzen willig«, erläuterte er, um gleich darauf schneidend zu befehlen: »Hier, nimm das und schlag zu!« Ein erneutes Klatschen, der Mann stöhnte, das Publikum quittierte es mit kurzem Beifall. »Und die Kleine habe ich mir aus Asien mitgebracht. Man muß ihnen nur gleich zeigen, wer der Herr im Haus ist. Dann ... Asiatinnen haben sehr geschickte Hände. Praktisch, wenn sie mit spitzen oder scharfen Gegenständen ... los, los, nicht so zaghaft«, verwandelte sich sein Dozententon in ein gereiztes Kommando.

Das Publikum hielt den Atem an.

Tempus konnte nicht sehen, was auf der Bühne geschah; er wollte es auch nicht. Es war ihm bereits unangenehm, einen Teil der Zuschauer im Blick zu haben.

Ein kurzer Schmerzensschrei, ein weiteres Stöhnen. Das Publikum applaudierte.

»Das ist doch wirklich unanständig, oder?« Der kokette Unterton in der Stimme des Kandidaten entlarvte den rhetorischen Charakter der Frage. »Und dann noch mit Exoten.«

»Du Sau«, schrie jemand im Publikum begeistert.

»Ach wie schön, das habe ich gebraucht«, bedankte sich der Kandidat. »Wenn ich soweit bin, scheuche ich die Angestellten weg. Man muß immer klarstellen, daß sie nur die niederen Tätigkeiten verrichten. Sonst meinen sie noch, man sei intim mit ihnen.« Sein Atem ging stoßweise. »Dann rufe ich meinen Dackel. Der weiß genau – ahh, ja, braver Hund, ja, brav . . .«

Das Publikum johlte und pfiff.

». . . und gleichzeitig . . .« Ein rhythmisches, metallisches Schaben begleitete seine Worte.

Da tippte jemand Tempus auf die Schulter. Dankbar für dic Ablenkung wandte er sich um; Nikki und Wedo waren zu ihm gebracht worden.

»Ich glaube, wir brauchen ziemlich schnell eine gute Idee, wie wir hier wieder rauskommen. Wir haben schon wieder eine Stunde verloren«, rief er gegen den Lärm an, der jetzt ausbrach.

»Härter, härter!« schrie das Publikum und klatschte anfeuernd.

Die Geräuschkulisse ließ keinerlei Schlüsse mehr zu, was auf der Bühne geschah, allerdings steigerte die Aktivität sich merklich. Schließlich erklang ein langgezogener Schrei. Der Arzt hob den Kopf, die Assistentin, die auf Wedo aufpaßte, gab das Zeichen weiter. Unter brausendem Applaus wurde der blutende Kandidat von der Bühne getragen. Bis auf ein Paar hoher Stiefel war er nackt. Neben ihm lag eine Reitpeitsche. Hinter der Trage trotteten gesenkten Hauptes die Asiatin und der Afrikaner. Sie schoben einen Rolltisch mit bizarren, medizinischen Instrumenten zwischen sich. Der Dackel trippelte aufgekratzt neben den Sanitätern her und leckte die Bluttropfen seines Herrchens vom Boden.

»Jetzt muß ich den nicht nur nähen, sondern auch noch alles wieder aus ihm rausoperieren«, beschwerte sich der Arzt und beugte sich über den Mann. Als der seinen Kopf anhob, wußte Tempus, warum er sich an die

Stimme erinnert hatte: Auf der Trage lag der Kommandeur, der ihn mit Lazu auf dem Platz-der-Erkenntnis-durch-Konsum verhaftet hatte.

Draußen gellte das Publikum: »Geile Show! Geile Show! Der Nächste! Der Nächste!«

»Das war ja richtig kraß, so macht das Beichten Spaß! Besser als jede Zote hebt Vormachen die Quote!« schmetterte der Chor.

»Skandalös und schonungslos! Die Sexbeichtshow von ›Mind Of Nations‹! Schenken Sie der Welt Ihr kleines, schmutziges Geheimnis und werden Sie ein Star! Genau wie . . .«, die Stimme des Sprechers kippte vor Aufregung ins Falsett, ». . . Ihr neuer Kandidat!«

»Sie sind dran«, fällte die Assistentin das Urteil, vor dem Tempus sich sich die ganze Zeit gefürchtet hatte. Unerbittlich schob sie ihn ins Scheinwerferlicht auf die Bühne. »Geben Sie uns ein Zeichen, wenn Sie Ihre Lustobjekte brauchen.«

31.12.1999 • 21.18 UHR • -1327 PUNKTE (ALARM)

»Der ist doch nicht normal, oder?« Sheer Gold wies entrüstet auf die Wand mit den Fernsehmonitoren in der MON-Sendezentrale. »Der hat schon am Empfang den Null-Chip bekommen.«

Itor lehnte sich in seinem Ledersessel zurück und betrachtete mit zusammengekniffenen Augen das Geschehen in der Show.

Tempus stand verloren auf der Bühne und blinzelte in die Scheinwerfer. Was tat er hier überhaupt? Sie mußten unbedingt Blutwich finden, doch er sah sich mit der aufgeputschten Meute des Publikums konfrontiert, die danach gierte, ihn in Aktion zu erleben. »Ausziehen! Ausziehen!« schrien die Zuschauer nach Leibeskräften.

Tempus hob die Hand über die Augen, aber er konnte niemanden erkennen. Das Licht war zu stark. »Also ich glaube, ich soll hier etwas über Sex erzählen«, hob er unsicher an.

Das Publikum brach in Gelächter aus.

»Guter Witz! Erzählen? Vormachen!« rief jemand und erntete weitere Lacher.

»Vormachen!« dröhnte es von den Rängen.

Tempus wartete, bis wieder ein wenig Ruhe eingekehrt war. »Neulich habe ich eine sehr süße Frau kennengelernt.«

Nikki ging unwillkürlich in der Kulisse einen Schritt nach vorn. Sie hörte noch gespannter zu.

»Ich fand sie so bezaubernd, daß ich gar nicht mehr richtig denken konnte.«

»Denken ist hier auch gar nicht gefragt!« tönte es aus dem Gleißen des Scheinwerferlichts. »Wir wollen Action, Junge!«

»Action! Action!« Das Publikum nahm zuverlässig jede Anregung auf.

»Allerdings mißtraute ich meinen Gefühlen. Ich wollte gern mit ihr reden, um zu erfahren, wie sie wirklich war. Aber sie machte mich viel zu nervös.«

»Was kümmert dich, was sie redet? Entweder du willst ran an den Speck oder nicht.«

»Sie hatte einen Blick . . .«, er zögerte, ». . . ich konnte nicht anders: Während ich noch mit ihr sprach, wanderte ich im Geiste bereits mit meinen Händen und Lippen über ihren ganzen Körper.«

Nikki schloß die Augen. »Schuft.«

Das Publikum schöpfte Hoffnung: »Das wollen wir hören. Runter mit den Klamotten!«

»Ausziehen! Ausziehen!« tönte es aus einer anderen Ecke.

Tempus ließ sich nicht beirren. »Gleichzeitig hatte ich ein bißchen Angst, sie könnte sich abwenden und mich im nächsten Augenblick vergessen.«

»Das hast du nicht wirklich geglaubt«, empörte sich Nikki leise.

»Sie roch so aufregend«, erzählte Tempus weiter. »Am liebsten wäre ich ganz dicht an ihrer Halsbeuge gewesen, um den Geruch zusammen mit ihrer Wärme aufzunehmen. Mir wurde sogar ein bißchen schwindlig.«

»Es ist gut, daß du mich gerufen hast«, murmelte Itor. »Da ist tatsächlich etwas nicht in Ordnung.«

»Fast spürte ich ihre Haut«, fuhr Tempus fort, »den Flaum, ihr Ohrläppchen. Ich wollte sie vorsichtig in die kleine Kuhle am Schlüsselbein küssen, aber ich traute mich nicht.«

»Ist der niedlich«, seufzte die Assistentin in der Kulisse.

Nikki lächelte.

Auf der Publikumstribüne sprang jemand auf. »So wird das doch nie was! Ist das hier eine Geographiestunde? Ohrläppchen, Schlüsselbein – Arsch und Titten, Mann, Arsch und Titten! Komm langsam zur Sache!«

»Arsch und Titten! Arsch und Titten!« Das Publikum stampfte rhythmisch mit den Füßen.

»Habt ihr ihn schon durch die Datenbank laufen lassen?« fragte Itor Sheer Gold.

»Nein, noch nicht? Warum?«

»Immerhin hat er blaue Haare.« Itor drückte einen Knopf und beugte sich über ein Mikrofon in dem Pult vor der Monitorwand. »Überprüft mal, ob der Sexbeichtshow-Kandidat, der gerade draußen auf der

Bühne ist, an den Experimenten des Wirklichkeitsschock-Programms teilgenommen hat.«

Er beobachtete wieder die Monitore. Plötzlich beugte er sich vor und fixierte einen Punkt am Rand der Bühne, wo jemand in der Kulisse stand und versuchte, einen direkten Blick auf Tempus zu erhaschen.

»Was macht denn Notger in diesem Studio?«

»Ich weiß es nicht«, entgegnete Sheer Gold. »Er wollte eigentlich den Kanzler trösten.«

»Dieser unverbesserliche Romantiker.« Dann sprach Itor wieder in das Mikro. »Wie weit ist die Anfrage?«

»Moment«, kam die Antwort aus einem kleinen Lautsprecher, »der Rechner arbeitet noch.«

Mißmutig lehnte Itor sich zurück und befahl der Regie: »Bringt den Kerl mal auf Trab.«

Die Assistentin in der Kulisse griff sich an den Knopf im Ohr und lauschte. Schnell eilte sie zu Tempus auf die Bühne. »Sollen wir Ihnen vielleicht Ihre Lustobjekte bringen? Sie müssen endlich aktiv werden!«

Tempus legte beschwichtigend seine Hand auf ihren Arm. Keinesfalls durften Nikki und Wedo auf der Bühne erscheinen, das würde sie sofort verraten. Bei der Berührung lächelte die Assistentin ihn an.

Das Publikum reagierte sofort auf den Körperkontakt zwischen den beiden. Vielleicht sollte die Assistentin, die alle seit langem nackt sehen wollten, endlich in die Show einbezogen werden. »Leg sie flach! Leg sie flach!« skandierte hoffnungsvoll der Saal.

Tempus verzweifelte langsam. Er mußte von dieser Bühne herunter und beschloß daher, einige Stufen der Annäherung auszulassen. »Dann verbrachten wir plötzlich die erste Nacht miteinander«, erzählte er entschlossen.

»Rangehen! Rangehen!« gierte das Publikum.

»Kriegt er doch noch die Kurve?« Itor trommelte nervös mit den Fingern auf die Sessellehne.

»Ich weiß nicht, wie es Ihnen geht, aber ...«, Tempus zögerte, »... egal, wie sehr eine Frau mich anzieht, ich bin oft auch ein bißchen unsicher.«

»Unsicher, unsicher. Rein das Ding!« störte ein Rufer seine Erinnerungen.

»Rein das Ding! Rein das Ding!« Das Publikum war inzwischen kaum noch zu halten. Es erhob sich von den Plätzen, stampfte und wippte mit den Oberkörpern.

»Ich spüre sie in meinen Armen, sie ist einfach ... unwiderstehlich, doch plötzlich ... springt mein Gehirn an und beginnt zu denken.«

»Jetzt reicht es aber!« zerschnitt ein Schrei die Luft. »Bist du krank, Mann? Du sollst sie endlich ficken!«

»Ficken! Ficken!« donnerte Tempus der Volkswille entgegen.

»Ich frage mich, ob ich alles richtig mache, ob sie sich wirklich gut fühlt. Ich frage mich, ob sie nicht viel zu klug und schön für mich ist und morgen für immer wieder aus meinem Leben verschwindet.«

Nikki hielt es nicht mehr in der Kulisse. Ungeachtet der vielen Hände, die sie auf dem Weg zurückhalten wollten, erreichte sie die Bühne und fiel Tempus um den Hals. »Du machst alles richtig, ich habe mich noch nie so gut gefühlt. Du bist das Beste, was mir in meinem ganzen Leben passiert ist.« Überwältigt von ihren Gefühlen weinte sie hemmungslos.

»Ficken! Ficken!« forderte der Chor der Zuschauer noch lauter und krönte den Wunsch mit einem dreifachen Händeklatschen, begleitet von einem wilden »Tscha, tscha, tscha«. Erste Kleidungsstücke flogen auf die Bühne.

»Chef«, meldete sich der kleine Lautsprecher, »er gehört nicht zu den Leuten, an denen die Wirklichkeitsschock-Experimente vorgenommen wurden. Wir haben ihn nicht in den Unterlagen.«

»Verdammt!« Itor hieb auf das Pult, daß die Monitore flackerten. »Dann ist er ein Illegaler!« Er blickte auf die Fernsehschirme und zuckte zusammen. »Was ist das? Wo kommt der Knirps denn her?«

Wedo war Nikki gefolgt und versuchte gemeinsam mit Tempus, sie zu beruhigen. Sekunden später erkannte er seinen Fehler und starrte entsetzt in die Kameras, die sein Gesicht ins Visier nahmen. Überlebensgroß erschien es auf jedem Monitor über dem Pult, an dem Itor saß und fluchte.

»Sofort festnehmen. Die ganze Bande sofort verhaften!« Schäumend wandte er sich an die Regie. »Auf der Stelle die Live-Übertragung stoppen und irgendeine Wiederholung senden!«

Mit zwei Schritten war er an der Tür und riß sie auf.

Lola, der gerade den Raum betreten wollte, prallte zurück. »Der Hubschrauber ist startbereit.«

»Aus dem Weg, verdammte Schwuchtel! Ich komme sofort, aber vorher werde ich diese Schweine eigenhändig erwürgen.« Wütend stieß er Lola beiseite und rannte zu dem Studio, aus dem die Sexbeichtshow übertragen wurde.

»Ficken! Ficken!« Das Publikum kannte jetzt kein Halten mehr. Es schwappte von der Tribüne und befolgte jeden seiner Wünsche an den Kandidaten buchstabengetreu selbst.

»Laßt mich durch!« Itor brüllte wie ein Stier. »Wo bleibt der Sicherheitsdienst?« Wütend trat er um sich, doch an ein Durchkommen war kaum zu denken.

Tempus, Nikki und Wedo standen hilflos in dem pumpenden Chaos aus halb entblößten Körpern.

»Kommt hier herüber.«

Tempus spürte, wie jemand an seinem Arm zog. Es war Notger, der sie in einen schmalen Gang der Kulisse lotste.

Tempus drehte sich noch einmal um. Mitten auf der Bühne stand die Assistentin und lächelte ihm nach.

Itor arbeitete sich zu ihr vor. Hektisch redete er auf sie ein. Die Assistentin schickte aus dem Augenwinkel einen letzten Blick in den dunklen Gang, in dem Tempus gerade verschwunden war. Dann wies sie Itor freundlich nickend in die entgegengesetzte Richtung.

31.12.1999 • 21.33 UHR • -1578 PUNKTE (ALARM)

»Hier herein.«

Notger lotste Tempus, Nikki und Wedo in eine Garderobe. Darin stand ein Schminktisch mit einem großen Spiegel, außerdem ein Spind, zwei Stühle und ein Garderobenständer. Auf dem Tisch herrschte ein Durcheinander aus Cremetiegeln, Puderdöschen, großen Pinseln, make-up-verschmierten Papiertüchern und Wattepads, einem Fön, einer Schere, einem zerbrochenen Handspiegel und einem zerfledderten Buch über Rhetorik.

»Wer ist da?«

Sie zuckten zusammen. Die Frage schien aus dem Nichts zu kommen. Dann entdeckten sie eine zweite Tür im Schatten der ersten. Sie war nur angelehnt, dahinter brannte Licht. Ein schmaler Rand Kacheln, der durch den Spalt zu sehen war, deutete auf ein Bad hin.

»Ich bin es, Notger.«

»Bist du allein?«

Notger spähte noch einmal auf den Flur. »Nein, ein

paar Freunde sind bei mir.« Er drehte den Schlüssel im Schloß. »Du mußt uns einen Augenblick beherbergen.«

»Wer sind diese Leute?«

Die Tür zu dem Bad öffnete sich, der Kanzler stand vor ihnen.

»Das ist doch eine Falle«, rief Tempus. »Lassen Sie uns wieder raus.«

»Ich schwöre, daß es im Moment in diesem Haus keinen Ort gibt, an dem ihr sicherer seid«, beteuerte Notger.

»Ausgerechnet bei der Inkarnation all dessen, wogegen wir kämpfen.« Nikki musterte den Kanzler feindselig.

»Notger, was soll das?« Der Kanzler klang fast ein wenig weinerlich. »Das paßt mir alles gar nicht. Du weißt, in was für einer Stimmung ich bin.«

Jemand polterte von außen gegen die Tür. »Sofort aufmachen!«

»Da sind sie schon. Das haben Sie fein hingekriegt«, giftete Tempus und sah sich um. Der Raum war fensterlos, und Tempus verfluchte sich für die Dummheit, dem Redakteur vertraut zu haben.

»Öffnen Sie die Tür!« wiederholte draußen jemand die Forderung.

Kurz entschlossen schnappte Nikki sich die Schere vom Schminktisch, sprang auf den Kanzler zu und setzte sie ihm an den Hals. »Ein falsches Wort ...«

Der Kanzler wirbelte so behende herum, wie man es ihm aufgrund seiner Körperfülle niemals zugetraut hätte. Bevor Nikki sich versah, preßte er ihre Handgelenke in einer seiner großen Hände zusammen und entriß ihr mit der anderen die Schere. »Wenn du mich besser kennen würdest, hättest du nicht einmal daran gedacht, so etwas zu versuchen.« Er stieß sie von sich.

»Verdammt noch mal, Notger, was hast du hier für Psychopathen angeschleppt?

»Reg dich nicht auf.« Notger gab sich Mühe, den Kanzler zu beschwichtigen. »Sie hat es nicht so gemeint.«

»Dann möchte ich nicht wissen, was sie tut, wenn sie es tatsächlich mal ernst meint.«

»Sie haben große Angst.«

»Was glaubst du, wie ich mich mit der Schere am Hals gefühlt habe?« Der Kanzler trat einen Schritt auf Wedo zu. »Den Knirps kenne ich doch. Solltest Du nicht heute nachmittag erleuchtet werden?« Er drehte sich zu Notger um. »Ich glaube, diese Menschen tragen alle nicht dazu bei, meine Laune zu verbessern.«

Jemand warf sich von außen gegen die Tür. »Wenn Sie nicht sofort öffnen, verschaffen wir uns mit Gewalt Zugang.«

»Was ist das für ein Ton?« regte der Kanzler sich auf. Mit einem Ruck riß er die Tür auf. Davor stand ein MON-Soldat mit gezückter Waffe. Ohne ein Wort zu sagen, schlug der Kanzler dem Mann die Waffe aus der Hand und riß ihn an seiner Uniform in die Garderobe, wo er ihn kurzerhand bewußtlos schlug. Dann lehnte er das leblose Bündel an eine Wand, schloß die Tür und baute sich vor Notger auf. »Würdest du mich jetzt bitte aufklären, was hier vor sich geht?«

»Du mußt uns helfen«, sagte Notger so eindringlich er konnte, nachdem er den Schlüssel wieder im Schloß gedreht hatte. Als der Kanzler nicht sofort reagierte, setzte er nach: »Ich habe dir auch geholfen.«

»Und mit welchem Erfolg? Es hat alles nur verschlimmert.« Er ließ Nikki nicht aus den Augen.

»Das kannst du mir nicht zum Vorwurf machen«, verteidigte sich Notger mit unterdrückter Stimme. »Ich habe dazu beigetragen, dir deinen größten Wunsch zu erfüllen: das Bad in der Menge. Ohne mich hättest du die Projektion nicht aufzeichnen können. Jetzt brauche ich deine Hilfe.«

»Sag mir erst, vor wem ihr euch versteckt?«

Notger sah ihn einen Moment prüfend an. »Vor Itor.«

Wieder hämmerte jemand gegen die Tür. »Herr Bundeskanzler, öffnen Sie. Hier sind die MON-Soldaten.«

»Moment«, rief der Kanzler laut in ihre Richtung. Er drehte sich um und studierte nachdenklich sein Gesicht im Spiegel des Schminktisches. »Vor Itor also.«

Sie konnten sehen, wie es in ihm arbeitete.

Dann richtete er sich auf. »Ich komme«, sagte er laut und schickte zu den Vieren gewandt leise hinterher: »Alle in die Toilette.«

So schnell sie konnten, verschwanden die vier in dem winzigen Raum und drängten sich eng aneinander. Geistesgegenwärtig drückte Tempus die Spülung. Der Kanzler schloß vernehmlich die Tür.

Sein Gespräch mit den Soldaten drang zunächst nur als gedämpftes Gemurmel zu ihnen. Dann wurden die Stimmen lauter, es gab ein heftiges Gerumpel und kurz darauf wurde die Toilettentür aufgerissen. Sie hatten damit gerechnet, in Gewehrmündungen zu starren, doch statt dessen stand nur der Kanzler wieder vor ihnen. Als er zur Seite trat, sahen sie das Ergebnis des Lärms: An der Wand lehnten jetzt drei bewußtlose Soldaten. Der Kanzler nahm ihre Handschellen und fesselte sie damit. Dann stopfte er ihnen Papiertücher in die Münder. Schließlich schleifte er sie in die Toilette und schloß die Tür.

»Das hätte ich Ihnen niemals zugetraut.« Tempus war aufrichtig überrascht.

Nikki dagegen blieb mißtrauisch. »Warum haben Sie das getan? Dahinter steckt doch irgendeine Teufelei.«

»Teufeleien sind nicht mein Ressort. Dafür ist Itor zuständig.« Der Kanzler sank auf einen Stuhl, der unter seinem bulligen Körper knarzte.

Nikki ließ nicht locker. »Sie haben sich doch nicht plötzlich in einen Menschenfreund verwandelt.«

Der Kanzler sah kaum auf. »Diese Soldaten waren nicht hinter euch her.«

»Was wollten sie dann?«

»Mich.« Plötzlich wirkte er völlig kraftlos.

»Das ist nicht dein Ernst.« Notger setzte sich erschüttert auf die Tischkante.

»Doch, ich habe schon damit gerechnet, allerdings nicht hier, nicht so schnell. Aber er war schon immer gründlich, wenn es darum ging, den Abfall zu beseitigen.« Der Kanzler starrte resigniert vor sich hin. »Geht man so mit seinem ältesten Freund um? Ohne mich wäre er nie so weit gekommen. Wenn ich damals nicht alle Kämpfe gewonnen hätte, wäre unser Laden niemals so groß geworden.«

»Was für Kämpfe?« hakte Tempus nach.

Der Kanzler sah durch ihn hindurch. Er stützte den Kopf in die Hände, rieb sich die Augen, stand mühsam auf und ging zu einem Spind.

»Willst du das wirklich tun?« fragte Notger.

»Habe ich noch einen Grund, es nicht zu tun? Warum sollen die drei nicht erfahren, welches Spiel hier gespielt wird?« Der Kanzler öffnete eine der beiden Türen und gab den Blick auf ihre Innenseite frei. Sie war gespickt mit alten Zeitungsausschnitten.

Tempus, Nikki und Wedo kamen näher. Die Bilder zeigten den Kanzler als sehr jungen Mann: Mit erhobenen Händen stand er in einem Boxring; mit zerschundenem Gesicht strahlte er in die Kameras; ein Gegner mit zugeschwollenen Augen gratulierte ihm; und immer wieder die erhobenen Hände in Boxhandschuhen. In den Bildunterschriften wurden fortlaufende Jahreszahlen erwähnt. Angestrahlt von Scheinwerfern, angefeuert vom Jubel des Publikums, das sich um den Ring drängte und durch die Seile nach ihm haschte, genoß er auf jedem Foto einen weiteren Sieg.

»Jetzt verstehe ich.« Nikki rieb sich die Handgelenke und sah zur Toilette, in der die drei Soldaten lagen.

Auf einem der Bilder stand der Kanzler vor einem kleinen Haus. Er trug eine weiße Schürze und eine Kochmütze. Stolz wies er auf eine Neonreklame über der Tür.

»Der Imbiß.« Der Zeitungsausschnitt hing genau in Wedos Augenhöhe. »Dann stimmte das ja doch, was Sie mir gestern nacht erzählt haben.«

»Natürlich, jedes Wort. Das war mal mein Imbiß.«

»Sheer Gold ist auch dabei.« Tempus hatte sich ein anderes Bild genauer angesehen. Eine junge, vollbusige Frau in einem viel zu engen, goldglänzenden Trikot trippelte auf goldenen Sandaletten durch den Ring. Mit einem affektierten Lächeln und übertriebener Grandezza wies sie auf den jungen Kanzler, der gerade seine geölten Muskeln präsentierte.

»Sie war mal meine Frau, aber das ist schon lange her. Mit jedem Pfund, das sie zugelegt hat, ist ihre Loyalität mir gegenüber geschwunden.« Der Kanzler klang verbittert. »Jetzt ist sie auf seiner Seite. Sie haben sogar einen gemeinsamen Sohn.« Er öffnete die zweite Tür des Spinds. »Wenn Itor wüßte, was sich hier verbirgt, hätte er mich längst aus dem Verkehr gezogen.«

Die Zeitungsausschnitte auf der Innenseite dieser Tür hatten einen anderen Tenor. Tempus überflog ein paar Überschriften. ›Wettbetrug bei Boxmeisterschaft‹, ›Boxpromoter Itor einer der Drahtzieher im Wettskandal?‹,

›Verkaufte Siege, verheizte seinen Star – Itor, erfolgreichster Boxpromoter des ganzen Landes, unter Verdacht‹.

»So hat Itor sein erstes großes Geld gemacht. Erst habe ich für ihn gewonnen, dann habe ich für ihn verloren. Ganz nach Wunsch. Sie sind ihm nie wirklich auf die Schliche gekommen. Wenn ich jemals ausgepackt hätte, säße er noch heute im Gefängnis.« Der Kanzler lachte. »Oder auch nicht.«

»Wieso nicht? Immerhin gibt es Gesetze«, ereiferte sich Tempus.

»Wie die angewendet werden, hast du in den letzten Tagen wohl am eigenen Leib erfahren«, erwiderte Nikki empört.

»Mein Junge«, der Kanzler wurde väterlich, als predige er von der Smogglocke herab, »Itor *ist* das Gesetz.«

»Er mag ein erfolgreicher Medienmogul sein, aber das allein verschafft ihm doch nicht das Recht, über das Schicksal der ganzen Nation zu bestimmen. Er kann sich nicht über die Regierung erheben und ...«

»Hör ihn dir an«, amüsierte sich der Kanzler und stieß dabei Notger an. Er lachte bitter. »Es gibt längst keine Regierung mehr.«

»Was soll denn das heißen? Immerhin waren Sie Bundeskanzler ...?«

»Ich war Bundeskanzler ...«, er ließ den Satz ein wenig nachklingen, dann holte er tief Luft, »... weil ich Itor darum gebeten habe.«

»Das ist doch absurd.« Nikki wurde wieder wütend.

»Nun speise sie nicht mit Halbwahrheiten ab«, schaltete Notger sich ein. »Wenn du dich entschlossen hast, alles preiszugeben, dann tu es richtig.«

»Hältst du es für falsch?«

»Ich fürchte, ich bin der letzte, der über richtig und falsch urteilen sollte.«

»Ihre Rolle in dem Spiel haben wir auch noch nicht geklärt«, fiel Tempus plötzlich auf. »Sie sind doch für die Polit-Berichterstattung dieses Senders zuständig. Das alles kann Ihnen auf keinen Fall verborgen geblieben sein.«

In dem Moment flog die Toilettentür auf. Einer der Soldaten hatte dagegen getreten, alle drei wanden sich auf den Fliesen.

Der Kanzler stand auf. »Verhaltet euch ruhig, oder ich schicke euch wieder schlafen, verstanden?« herrschte er sie an.

Einem Soldaten gelang es, seinen Knebel auszuspukken. »Spiel dich nicht so auf. Es wird nicht lange dauern, und sie kommen mit zwanzig, wenn es sein muß auch mit hundert Mann, um dich zu holen.«

»Haben wir zusammen gesoffen? Für dich bin ich immer noch Herr Bundeskanzler, du Wicht.« Mit einem harten Schlag streckte der Kanzler ihn nieder. Dann schlug er die Tür wieder zu.

»Wir sind hier wirklich nicht mehr sicher«, sorgte sich Tempus. »Bald dürfte auffallen, daß die Streife Sie nicht abliefert.« Er sah auf die Uhr. »Außerdem ist es fast zehn Uhr. Das bedeutet, es bleiben nur noch . . .«

»Ich will trotzdem erst die Geschichte mit der Regierung hören«, fiel Nikki ihm ins Wort, als hätten sie alle Zeit der Welt. »Ich habe jahrelang gegen sie gekämpft und will endlich wissen, mit wem ich es zu tun hatte.«

»Die Regierung wurde gekauft«, verkündete der Kanzler, als sei dies etwas Alltägliches. »Itor hat vor etlichen Jahren mit Wettbetrug ein Vermögen gemacht. Wir alle waren daran nicht ganz unbeteiligt«, er sah Notger an. »Itor hat alles organisiert, ich habe den Kopf hingehalten, Sheer die Möpse und Notger das Hirn. Itor kommt von ganz unten. Er hat früher selbst geboxt und war schließlich zu alt, um sich immer wieder verprügeln zu lassen. Mit dem Boxen ist er nicht so weit nach oben gekommen, wie sein Ehrgeiz es von ihm verlangte. Das hat ihn unglaublich gedemütigt. Also begann er, selbst Kämpfe zu organisieren, und zwar so, daß er immer auf der Siegerseite stand, indem er die Verlierer bezahlte. Er hatte ein Händchen für Großveranstaltungen und wußte, wie man durch eine perfekte Show eine ordentliche Massenhysterie schürt. Bald verdiente er doppelt: an den gekauften Siegen und an den stetig wachsenden Zuschauerzahlen. Doch auch das reichte ihm nicht, und so kam er auf die Idee, sein Talent in größerem Stil zu nutzen. Er kaufte eine Fernsehanstalt und setzte alles daran, Marktführer zu werden. Wie man täglich sieht, ist ihm das gelungen.«

Plötzlich hörten sie aus der Toilette eine schneidende, metallische Stimme. »Wieso bekomme ich keine Meldung, daß der Kanzler hinter Schloß und Riegel ist? Gibt es ein Problem?« Es war Itor persönlich.

Der Kanzler öffnete die Toilettentür. Die beiden Soldaten, die bei Bewußtsein waren, beobachteten mißtrauisch jede seiner Bewegungen. Er riß einen von ihnen hoch, zog ihm den Knebel aus dem Mund und nahm sein Funkgerät. »Du sagst jetzt durch, daß ihr mich habt, aber kurz aufgehalten wurdet. In ein paar Minuten seid ihr da.« Er zog die Pistole des Mannes und setzte sie ihm an die Schläfe. »Falls du doch den Helden spielen willst.«

Der Soldat schüttelte eingeschüchtert den Kopf. »Wir kommen sofort«, sprach er brav in das Funkgerät, »der Kanzler hat ...«, er suchte nervös nach einer Ausrede, »... hat sich vor Angst in die Hosen ...«

Ein grobes Lachen unterbrach ihn auf der anderen Seite. »Ist schon traurig, mit anzusehen, wie aus einem guten Boxer ein Waschlappen wird.« Im Hintergrund hörten sie Motorenlärm und rhythmisches Knattern.

Mit zusammengebissenen Zähnen schaltete der Kanzler das Funkgerät ab. »Vielen Dank«, sagte er zu dem Soldaten und schlug zu. Der dritte Soldat bekam große Augen, da der Kanzler auch ihn ins Visier nahm; als er die Faust auf sich zukommen sah, seufzte er ergeben.

»Wir müssen hier verschwinden. Bitte geben Sie mir den Schlüssel für die Handschellen«, bat Tempus den Kanzler.

Der erfüllte seinen Wunsch. Er kochte innerlich, doch er beherrschte sich. »Wo waren wir stehengeblieben?«

»Bei der Regierung«, antwortete Tempus und zog dem ersten Soldaten die Jacke aus. »Nikki, Wedo, nehmt die Uniformen der beiden anderen und zieht sie euch an.«

»Die Ablösung der Regierung war der nächste logische Schritt«, nahm der Kanzler den Faden wieder auf.

»Was wollen Sie damit sagen?«

Der Kanzler antwortete mit einer Gegenfrage. »Könnt ihr euch an die Wahl vor einigen Tagen erinnern, bei der meine Partei ein so miserables Ergebnis erzielte, daß ich meinen Posten verlor?«

Tempus wurde zum wiederholten Male bewußt, daß er sich fast nichts ins Gedächtnis rufen konnte, was länger als einige Tage zurücklag. Er reichte Nikki eine Hose.

»Ich bin Ausländerin, ich darf ohnehin nicht wählen«, sagte die, während sie ihre Schuhe auszog, »aber ich erinnere mich an die Berichterstattung im Fernsehen.«

»Kennst du jemanden, der an der Wahl teilgenommen hat?«

»Nein.«

»Oder eine Wahlbenachrichtigung bekommen hat?«

»Ich bin nicht sicher.« Sie zog die Hose einfach über

den Rock. Außerhalb der MON-Zentrale war zivile Kleidung sicherlich unauffälliger.

Der Kanzler nickte und lehnte sich zurück. »In Wahrheit gab es keine Wahlbenachrichtigungen. Es gab auch keine Wahl. Es gab nur die Berichterstattung im Fernsehen darüber. Und jetzt gibt es ein Ergebnis.«

»Wie kann das sein?« Tempus half Wedo, die viel zu langen Ärmel der Uniform hochzukrempeln.

»All diese Dinge existieren bereits seit Jahren nicht mehr. Keine Wahlen, keine Parteien, keine Regierung.«

»Das ist doch unmöglich.«

»Warum? Wer interessiert sich denn noch ernsthaft für Politik?« Der Kanzler gab sich die Antwort gleich selbst. »Niemand, außer Notger.«

Notger saß mit gesenktem Kopf auf der Kante des Schminktisches. Er hatte schon seit einiger Zeit nichts mehr gesagt.

»Also wundert sich auch niemand«, fuhr der Kanzler fort, »wenn im Fernsehen von einer Wahl berichtet wird, die spurlos an einem vorübergegangen ist. Man hätte ohnehin nicht gewählt. Ein neuer Kanzler? Egal. Der alte Kanzler? Auch gut. Es reicht, daß man ihn ab und zu sieht, daß er hin und wieder Zuversicht verbreitet. Politik ist nichts weiter als ein Teil des Fernsehprogramms, in der Regel der langweiligste: kompliziert, langatmig, weder bunt noch sexy. Itor hatte schnell begriffen, daß auch auf diesem Gebiet die Show das einzige ist, was zählt.«

»Aber Sie können sich doch nicht damit herausreden, nur den Unterhaltungswert der Show ein wenig gesteigert zu haben. Sie haben ein ganzes Volk mit Platitüden für dumm verkauft, mit Massensuggestion in die Unterdrückung gezwungen, einen Staat und seine Bürger bis aufs Letzte ausgesaugt ...« Nikki trug bereits Koppel und Waffe eines der Soldaten. Ihr kriegerisches Aussehen unterstrich ihre Anklage.

»Aber das habe doch nicht ich getan. Ich bin nur der Showmaster. Das war Itor. Er ist der Programmchef im Hintergrund. Er organisiert eine Großveranstaltung, an der ein ganzes Volk beteiligt ist. Er legt den Ablauf fest – und den Preis, den jeder zu zahlen hat, wenn er dabei sein möchte. Was interessiert mich Politik? Ich wollte wieder auf die Bühne! Nachdem ich aufgehört hatte zu boxen, träumte ich jede Nacht davon, in Scheinwerferlicht und Jubel zu baden. Beifall ist mein Lebenselixier. Also habe ich ihn gefragt, ob ich nicht Bundeskanzler werden könnte. Irgendwer mußte den Job ja machen, und schließlich waren wir alte Freunde. Er war mir noch etwas schuldig. Doch nach einiger Zeit hat Itor mich immer öfter auf die Smogglocke verbannt. Ich durfte keine richtigen Reden mehr halten, mich nicht mehr auf Marktplätzen unter die Leute mischen, keine Hände mehr schütteln, keine Pin Ups signieren. Je länger die Show dauerte, desto mehr war ich nur noch dafür zuständig, Durchhalteparolen vom Teleprompter abzulesen. Und jetzt hat er mich ganz fallen lassen.«

»Aber warum?« Auch Tempus schloß nun die Knöpfe einer Uniformjacke und zwängte mühsam seine zu Berge stehenden, blauen Dreads unter eine Kappe.

»Er braucht mich nicht mehr. Ihr wart dabei, als er heute nachmittag den Regierungswechsel bekanntgegeben hat. Der neue Kanzler ist eine Computer-Animation. Er wird alles verkünden, was Itor ihm vorgibt.«

Tempus kontrollierte sein Äußeres im Spiegel über dem Schminktisch. Bis auf die Dreads, von denen ein paar unter der Kappe hervorlugten, sah er tatsächlich aus wie ein MON-Soldat. Es war erschreckend. Er drehte sich um und blickte in die Runde. »Darf ich das nochmal zusammenfassen, nur um zu sehen, ob ich auch alles richtig verstanden habe? Als Boxer hat Itor gelernt, seinen Mordinstinkt so überzeugend nach außen zu tragen, daß er jeden einschüchtern konnte, der sich ihm in den Weg stellte. Als Promoter weiß er, wie man das Publikum gezielt zu vergnüglicher Raserei treibt, und als Wettbetrüger, wie man im Hintergrund am besten die Fäden zu seinen Gunsten zieht. Als Besitzer eines Fernsehimperiums hatte er schließlich die Möglichkeit, all diese Fähigkeiten gleichzeitig einzusetzen und medial bis ins Unermeßliche zu steigern. Unter dem Strich erhielt er damit erstens genug Macht, die tatsächliche Regierung sozusagen einfach aus dem Programm zu werfen und durch seine eigene zu ersetzen, und verdiente zweitens genug Geld, um sie so großzügig abzufinden, daß sie keinen Lärm schlug, sondern sich zufrieden dem angenehmen Teil des Lebens widmete.«

»So könnte man das beschreiben«, pflichtete der Kanzler bei. »Und jetzt hat er den nächsten, noch größeren Coup vor: die Geschichte neu zu schreiben.«

»Blutwich«, sagten Tempus und Nikki wie aus einem Munde. »Was wissen Sie darüber?«

Der Kanzler sah auf die Uhr. »Falls Blutwich dieser Computer ist, den Itor in seine Gewalt gebracht hat, dann wird er in diesen Minuten von ihm persönlich nach Neuschwanstein geschafft.«

»Blutwich ist nicht mehr am Netz?« Auch Tempus schaute auf die Uhr. »Tatsächlich, immer noch kurz vor zehn.« Er warf Nikki und Wedo einen vielsagenden Blick zu. »Das verschafft uns etwas Aufschub. Die Zeit ...«

Da bellte das Funkgerät des Soldaten wieder los: »Wo bleibt die verdammte Rückmeldung? Putzt ihr dem Kanzler immer noch den Hintern ab?«

Diese Beleidigung war zuviel für den Kanzler. Er ließ alle Vorsicht fahren und griff nach dem Funkgerät. »Nein, Itor«, sagte er mit eisiger Liebenswürdigkeit, »das kann ich selbst – schließlich bin ich ja ein Waschlappen.«

Einen Moment beherrschte das Knattern von Rotorblättern die Leitung, dann überschlugen sich die Kommandos. »An alle Einheiten: Sofort das ganze Gebäude umstellen! Alle Ausgänge sichern und dann jeden Zentimeter des Hauses durchkämmen! Festgenommen werden der Kanzler und die drei Terroristen – tot oder lebendig.«

»Schön, daß du so darauf bedacht warst, uns einen Vorsprung zu verschaffen«, bedankte sich Notger bei dem Kanzler. »Hast du eine Vorstellung, wie du uns jetzt hier rausschaffst?«

Der Kanzler schüttelte den Kopf. »Wir kommen hier nicht mehr heraus. Jetzt hat er uns.«

Tempus widersprach: »Noch hat er uns nicht. Wo ist der Kommandostand dieses Hauses?«

»In der Sendezentrale, Itors ›Mind War Headquarter‹. Dort ist sein Büro, von dort werden alle Programme ausgestrahlt, dort laufen alle Fäden zusammen.«

Tempus sah Nikki und Wedo an. »Wenn es einen Ort gibt, an dem wir mehr über Blutwich erfahren können, dann dort.«

»Schön und gut, aber im Moment ist jeder in diesem Haus auf der Jagd nach uns. Wir müssen hier raus.«

»Genau das ist es: Alle gehen davon aus, daß wir raus wollen. Dementsprechend werden alle Ausgänge und alle Wege nach draußen besonders gesichert sein. Was ist, wenn wir uns statt dessen genau dorthin begeben, wo uns keiner vermutet: ins Zentrum?«

Tempus hielt dem Kanzler die Waffe an den Kopf, die er einem der drei gefangenen MON-Soldaten abgenommen hatte.

»Ist die gesichert?« fragte der Kanzler besorgt. Seine Hände waren mit Handschellen auf den Rücken gefesselt. Er schwitzte.

»Das würde mich allerdings auch interessieren.« Wedo drehte vorsichtig den Kopf und starrte in die Mündung der Pistole, die Nikki ihm an die Schläfe drückte. Er hatte die viel zu große Uniform des MON-Soldaten wieder ausgezogen. Auch seine Hände steckten in Handschellen.

»Ruhe«, zischte Tempus. Er sicherte nach allen Seiten. »Welcher Weg führt uns am schnellsten zu den Fahrstühlen?«

»Was sollen wir dort?« Der Kanzler war irritiert.

»Ich nehme doch an, die Sendezentrale ist im obersten Stockwerk des Gebäudes. Rundum verglast, mit Blick über die ganze Großstadtzone.«

»Es gibt keine oberen Stockwerke. Der ganze Einkaufswagen ist leer.«

»Was?«

»Ich habe doch gesagt: Itor ist ein Meister der Inszenierung.«

»Aber die vielen Fahrstühle in der Eingangshalle ...«

»... führen alle in den Keller.«

»Wo sind denn die Redaktionen, die Studios, die Technik, die Requisite? Und vor allem: Wo ist die Sendezentrale?«

»Es gibt nur das Sexbeichtshow-Studio, ein paar Kameraleute, Beleuchter und Assistenten, Angestellte für den Papierkrieg und den Telefondienst, den Empfang und natürlich die MON-Soldaten. Der gesamte Apparat von Mind Of Nations befindet sich auf dieser Etage hier unter der Erde. Hinzu kommt nur noch der Übertragungswagen.«

»Aber MON ist doch ein Imperium . . .«

Der Kanzler kam nicht mehr dazu, etwas zu erwidern. Notger eilte ihnen entgegen. »Achtung, eine Streife!« Er öffnete eine Tür mit der Aufschrift ›Mind War Headquarter‹ und verschwand dahinter.

Schon bogen fünf MON-Soldaten um die Ecke, die Hände an den Waffen. Ihr Anführer trat vor.

»Den Kanzler und einen der Terroristen haben wir bereits gefaßt«, kam Tempus möglichen Fragen zuvor. Er hoffte, man würde ihm seine Nervosität nicht anmerken.

Der Anführer musterte Tempus und Nikki von oben bis unten. In den Uniformen wirkten sie wie MON-Soldaten, doch Tempus blaue Dreads lugten unter dem Barett vor.

»Im Wirklichkeitsschock-Programm gewesen?« fragte der Anführer.

Tempus nickte.

»Und trotzdem die Prüfung zum MON-Soldaten bestanden?« Er runzelte die Stirn.

Tempus nickte wieder.

»So so.« Er verschränkte die Hände auf dem Rücken und wanderte einmal um die kleine Gruppe herum. »Und jetzt gleich zwei der Gesuchten geschnappt?«

Tempus war ganz darauf konzentriert, Haltung zu wahren, und nickte stumm ein drittes Mal.

Die Tür, hinter der Notger verschwunden war, öffnete sich.

»Laß mich doch mit diesen Belanglosigkeiten zufrieden, Notger. Warum erzählst du mir das alles? Hast du nichts anderes zu tun?« Der so Gerügte wurde von Sheer

Gold auf den Flur geschoben. Sie wischte sich ein paar Tränen aus dem Gesicht. »Du kannst dir doch vorstellen, wie ich mich fühle. Außerdem bin ich vollauf damit beschäftigt, das Erscheinen von MONEY vorzubereiten. In wenigen Stunden ist es so weit. Wir haben lange darauf hin gearbeitet, das Protokoll duldet keinen Aufschub, egal, was passiert.« Mit einem bitteren Lachen lugte sie kurz um die Ecke.

Sofort wandten Tempus, Nikki und Wedo die Köpfe ab.

Sheer Gold hatte ohnehin nur Augen für den Kanzler. »Ich will zu meinem Volk«, äffte sie ihn nach, um ihn gleich darauf anzuherrschen: »Ohne deinen lächerlichen Auftritt wäre das alles nicht passiert. Ja, guck nicht so! Ich kann jetzt nichts mehr für dich tun. Vielleicht will ich es auch gar nicht. Ich muß mich um mein eigenes Schicksal kümmern. Wenn Itor dich hat, komme ich vielleicht ungeschoren davon.« Sie zeigte mit dem Finger auf Notger: »Du solltest dich auch langsam vorsehen. Seit er mit dem gestohlenen Computer seine Verbrechen einfach aus der Geschichte löschen kann, braucht er einen Winkeladvokaten wie dich nicht mehr.« Sie schlug ihm die Tür vor der Nase zu, riß sie dann aber nochmals auf, um den Kanzler zu fragen: »Wie konnten diese halben Portionen dich überhaupt schnappen?«

»Meine Leute sind keine halben Portionen«, verteidigte der Anführer der MON-Streife Tempus und Nikki.

Sheer Gold zuckte mit den Schultern und verschwand endgültig.

Der Anführer trat dicht an Tempus heran. Er beugte sich ein wenig vor, um die Identifikationsnummer auf Tempus' Uniform zu lesen. »Werde Sie zur Beförderung vorschlagen.«

»Oh danke, vielen Dank. Es ist ... es ist mir eine

Ehre.« Tempus hatte keine Ahnung, wie eine angemessene Antwort klingen mußte.

»Sie melden sich nachher und erstatten ausführlichen Bericht. Jetzt die Gefangenen abführen. Und ihr«, er wandte sich an seine Truppe, »nehmt euch ein Beispiel. Es fehlen noch zwei der Terroristen. Wenn ihr sie findet, dann erschießt sie lieber, bevor sie euch entwischen!«

31.12.1999 • 21.55 UHR • -1589 PUNKTE (ALARM)

Lola saß auf dem Fußboden der ›Mind Of Nations‹-Sendezentrale. Sein Minirock war hochgerutscht, die Seidenstrümpfe zerrissen, seine Augen schwarz verschmiert. Er weinte hemmungslos, sogar sein Lidstrich war ihm egal. Vorsichtig wiegte er den brabbelnden Biker in seinen Armen.

In dessen toten Augen spiegelte sich die riesige Monitorwand, die alle Programme des MON-Imperiums gleichzeitig zeigte. Ein Speichelfaden tropfte aus seinem Mund auf Lolas Hand. Der Biker stand mühsam auf, stellte sich vor die Monitorwand und starrte auf die flakkernden Bilder.

»Ihr seid alle schuld«, schluchzte Lola, während Tempus und Nikki die Pistolen auf ein Pult vor der Monitorwand legten, um dem Kanzler und Wedo die Handschellen abzunehmen. »Wenn es euch nicht gäbe, wäre dem Biker heute nachmittag nichts passiert. Weshalb sollte ich euch helfen? Wenn ich Itor informiere, seid ihr alle innerhalb von fünf Minuten tot.«

»So lange wird es wahrscheinlich gar nicht dauern, wenn keiner dem Kerl die Waffen abnimmt.«

Wedo zeigte auf den Biker, der plötzlich breitbeinig

wie ein Cowboy im Raum stand. Leicht schwankend ließ er die beiden Pistolen kreisen, die kurz zuvor noch auf dem Pult gelegen hatten, und spielte mit den Fingern an den Abzügen. Mit glasigem Blick zielte er abwechselnd auf alle Anwesenden.

»Sind die nun gesichert oder nicht?« fragte der Kanzler sichtlich nervös.

»Natürlich sind sie nicht gesichert«, gab Tempus gereizt zurück. »Wir hätten uns im Zweifel doch verteidigen müssen.«

»Ihr habt uns ungesicherte Waffen an die Köpfe gehalten?« regte Wedo sich auf, doch Tempus und Nikki ignorierten ihn ausnahmsweise.

Der Biker drehte sich zur Monitorwand um. Tempus ging vorsichtig einen Schritt auf ihn zu, doch mit einem schiefen Grinsen hielt der Biker ihn sofort in Schach.

»Lola«, Tempus wandte kein Auge von der Waffe, »kannst du ihm sagen, er soll woanders hinzielen?«

»Warum sollte ich?«

»Lola«, Notger kniete sich langsam, um den Biker nicht zu erschrecken, vor Lola auf den Boden, »wenn wirklich jemand Schuld am Zustand des Bikers hat, dann ist es Itor. Er hat sich nie gescheut, den Jungen in Gefahr zu bringen.«

»Für ihn war er nur ein kleiner Angestellter für die Drecksarbeit.« Lola lächelte den Biker traurig an. »Wie wir alle.«

Notger schüttelte den Kopf. »Der Biker bedeutete ihm weit mehr. Schließlich ist er sein Sohn.«

Da krachte ein Schuß. Alle schreckten zusammen, nur der Biker stand weiter ungerührt vor der Monitorwand. Er hatte wie nebenbei einen Bildschirm zerschossen. »Arzt«, stammelte er leise schwankend.

»Was meint er damit?« Tempus rührte sich nicht.

»Keine Ahnung«, antwortete Lola. Notgers Enthüllung interessierte ihn weit mehr. »Du sagst, der Biker ist Itors Sohn?«

»Wie man am Kanzler, Sheer Gold und mir sehen kann, hat Itor schon immer alle entscheidenden Positionen im engsten Kreis seiner Vertrauten vergeben. Das verringert seine Abhängigkeit und erhöht die Kontrolle. Allerdings war er der Ansicht, sein Sohn müsse sich wie er selbst erst auf der Straße bewähren, bevor er in die Führungsetage seines Unternehmens aufgenommen wird. Einen loyaleren Killer konnte er wahrlich nicht finden.«

»Er ist kein Killer«, begehrte Lola auf.

»Deswegen spielt er auch so selbstverständlich mit zwei Waffen auf einmal herum«, schrie Nikki ihn an. »Soll ich dir aufzählen, wie viele meiner Freunde er allein umgebracht hat?« Sie mußte sich beherrschen, nicht auf den Biker loszugehen.

»Arzt«, forderte der erneut und zerschoß den zweiten Monitor. »Arzt, jetzt!«

»Lola, kannst du ihn bitte beruhigen!« bat Tempus.

Lola verschränkte trotzig die Arme vor der Brust. »Er ist kein Killer«, beharrte er, »egal, was er gemacht hat. Davon will ich gar nichts wissen. Er ist mein Liebster.«

»Liebe«, sagte der Biker, ein Knall, der dritte Monitor zersplitterte. »Los, Liebe!«

Die Nerven aller waren inzwischen zum Zerreißen gespannt.

»Dein Liebster? Das ist doch völlig ignorant«, giftete Nikki.

»Bist du bitte still«, beschwor Tempus sie.

»Liebe«, schrie der Biker. »Lola!« Er fuchtelte mit der Waffe vor der Monitorwand herum. »Liebe!«

»Jetzt verstehe ich.« Lola erhob sich, strich den Minirock glatt und stöckelte zu dem Pult vor den vielen Bildschirmen.

Sechs Augenpaare folgten ihm gebannt. Er drehte einen Schalter an einem kleinen, schwarzen Kästchen. Sofort huschte eine gleichförmige Bewegung über alle Monitore der Sendezentrale. Zunächst war aufgrund der Vielzahl und Unterschiedlichkeit der Bilder kaum etwas auszumachen, doch dann erkannte Tempus die Veränderung: In allen Fernsehprogrammen des MON-Imperiums, egal, um was für eine Sendung es sich handelte, nahmen die agierenden Personen einander in die Arme. Robert Redford und Paul Newman zügelten ihre Pferde, Benjamin Netanjahu und Jassir Arafat erhoben sich von ihren Stühlen, Ernie und Bert ließen ihre Buchstabenbilder fallen – und alle küßten sich.

Tempus war sprachlos.

»Liebe! Arzt!« Der Biker stampfte mit dem Fuß auf.

»Ist in Ordnung. Reg dich nicht auf, Liebster.« Lola drehte einen weiteren Knopf.

Im nächsten Moment trugen alle Menschen in allen MON-Programmen weiße Kittel, während sie miteinander turtelten. Notger und die kleine Tänzerin lagen weißgekleidet auf seinem Schreibtisch und knutschten. Captain Kirk knöpfte Mister Spock auf der Brücke der Enterprise unter dem Beifall der Crew genüßlich den Kittel auf, während er ihn mit feuchten Küssen verwöhnte. Und das Wetter wurde gleich mehrfach von Ärztinnen und Ärzten präsentiert, die sich innig an die Wolken auf ihren Vorhersagetafeln schmiegten.

Begeistert legte der Biker die Waffen auf das Pult und klatschte in die Hände.

»Was machst du da?« fragte Tempus Lola. Er wagte immer noch nicht, sich zu bewegen.

»Ich erfülle seine Wünsche an das Programm.«

»Wie kannst du alle Programme auf einmal so gezielt manipulieren?«

»Mit der Settop-Box.« Lola zeigte auf das Kästchen. »Kennst du das nicht? Das ist ganz normales Zubehör für digitales, interaktives Fernsehen.« Er drehte wahllos an den Schaltern der kleinen Kiste.

Schon haschte Bill Clinton während einer Uno-Debatte nach den Bananen von Josephine Baker. Er hatte noch weniger an als sie, doch die Politiker im Forum verfolgten ohnehin ein Formel-Eins-Rennen, das zwischen den Sitzreihen stattfand. Marilyn Monroe schlug Harald Schmidt während eines Interviews mit einem Hinkelstein zu Boden. Er hatte versucht, eine glückliche Kuh in den Ausschnitt ihres Försterkostüms zu stecken. Franz Beckenbauer verwandelte einen Elfmeter, unhaltbar für Humphrey Bogart, der allerdings durch seinen Taucheranzug und eine Harpune gehandicapt war und sich den weißen Hai vom Leibe zu halten versuchte. Die Berliner Philharmoniker jagten Instrumente schwingend eine Horde Zebras durch einen Supermarkt, in dem Roger Rabbit Michelle Pfeiffer eine gefährliche Liebschaft aufzuschwatzen versuchte. Elizabeth Taylor, die Katze auf dem heißen Blechdach, floh vor Lassie, die gerade mit Liz in der Kinderrolle, die der Grundstein ihrer Karriere gewesen war, irgendwo in Idaho den kleinen behinderten Leonardo DiCaprio auf einen Wasserturm gejagt hatte, von wo er geifernd die Welt fragte, ob sie den totalen Krieg wolle. Die Mainzelmännchen unterhielten sich zwischen Margarine und Fertig-Pizza fachmännisch darüber, wessen Kurven mehr Sex-Appeal hätten: die von Pretty Woman Julia Roberts oder die des Dow Jones. Godzilla machte der Queen schöne Augen; die jedoch war bereits der fatalen Attraktion von Michael Douglas zum Opfer gefallen und sprang halbnackt mit einem Messer in der Hand schreiend aus der Badewanne.

Noch lauter aber als ihr Schrei war der des Bikers, den das Chaos auf den Mattscheiben vollends in den Wahn trieb. Er preßte seine Hände an die Schläfen; die Monitorwand war das Spiegelbild seiner Seele. Lola drehte alle Knöpfe in ihre Ausgangsposition zurück. Nur einem Regler blieb eine besondere Position beschieden: er legte einen Weichzeichnereffekt mit zartem Apricot-Schleier über alle Bilder. Dann nahm Lola den Biker in die Arme. Tröstend wiegte er ihn und küßte sein zerrauftes Haar.

Tempus studierte die Monitorwand. Nur ein Teil der Bildschirme zeigte das rote MON-Logo. Auf allen anderen flimmerten Programme der Konkurrenzsender. Tempus streckte den Arm nach der Settop-Box aus und drehte einen Knopf. Sofort huschten ein paar Untote mit Kettensägen über die Schirme und zerlegten je nach Programm einen Schokoriegel, Cindy Crawford oder die Rocky Mountains. Eine weitere Drehung, George Clooney, die Halbinsel Manhattan, eine supersaugfähige Slipeinlage, das Bruttosozialprodukt aller Dritteweltländer und die Farbe Lila – alles verschwand im Nebel des Grauens.

Der Biker schluchzte auf.

»Hör auf«, herrschte Lola Tempus an. »Du siehst doch, wie sehr ihn das aufregt.«

Tempus hob beschwichtigend die Hände, war in Gedanken jedoch woanders. »Wie kann ich mit einem Knopfdruck gleichzeitig alle Fernsehsender mit allen Programmen beeinflussen und sie sogar miteinander vermischen? Das müßte doch einen Sturmlauf der verschiedenen Anbieter gegen Itor auslösen.«

»Welche verschiedenen Anbieter?« fragte der Kanzler.

»Die ganzen unterschiedlichen Fernsehanstalten . . .«

»... gibt es längst nicht mehr«, fiel ihm der Kanzler ins Wort.

»Itor hat im Laufe der Jahre alle existierenden Fernsehgesellschaften ›Mind Of Nations‹ einverleibt«, lieferte Notger die überfällige Erklärung. »Sie bestehen schon lange nur noch nach außen als eigenständige Anbieter. Er strahlt über sämtliche Kanäle lauter Programme aus, die aus denselben Versatzstücken bestehen. Außerdem werden die verschiedenen Sendungen permanent zeitlich gestaffelt wiederholt. Damit das niemand merkt, bekommen alle Zuschauer eine Settop-Box, mit der sie jedes Programm ihren individuellen Wünschen gemäß zeittypisch einfärben und je nach Geschmack mit mehr oder weniger Sex, Gewalt und Kitsch versetzen können.«

»Das heißt, es gibt in Wirklichkeit nur noch ein einziges Programm«, stellte Tempus ernüchtert fest, »nämlich ›Mind Of Nations‹.«

»Und mit dem Monitorzwangstausch sorgt Itor dafür, daß kein noch so kleiner Untergrundsender eine Chance bekommt, sich in die Wohnzimmer zu schummeln«, ergänzte Nikki.

»Richtig. Die einzigen, die es manchmal doch schaffen, dazwischenzufunken, sind diese japanischen Wirrköpfe«, Notger zeigte auf die Monitorwand, die gerade wieder von japanischen Schriftzeichen überzogen wurde, »deren Ziele kein Mensch versteht.«

»Deutschland muß seine Politik der Abschottung aufgeben«, ereiferte sich gerade der junge Japaner mit dem Stirnband. »Wir fordern freien Zugang für japanische Touristen zur historisch-romantischen Bau-Ikone Neuschwanstein!«

Tempus blickte zwischen Nikki und dem Japaner hin und her. »Weißt du, daß er dir unheimlich ähnlich sieht?«

Sie fixierte den jungen Mann auf dem Bildschirm mit gerunzelter Stirn. »Finde ich nicht.«

»Doch, die Augen.«

»Ist das jetzt wirklich so wichtig? Wir haben nicht ewig Zeit. Irgendwann wird unser Betrug auffliegen, dann ist uns die ganze Bande wieder auf den Fersen. Bis dahin müssen wir hier verschwunden sein.« Nikki wandte sich an Lola: »Und du kannst uns dabei helfen.«

»Ihr habt mir noch keinen Grund genannt, warum ich das tun sollte.«

»Hey, Schwuchtel«, donnerte Itors Stimme in diesem Augenblick über die Lautsprecher der Sendezentrale. Im Hintergrund ratterten die Rotoren seines Hubschraubers. »Schalte mir mal eine Videokonferenz mit den MON-Soldaten. Ich will mich über den Stand der Verhaftungen informieren.« Gleichzeitig erschien sein Bild auf einem Kontrollmonitor im Sendepult unmittelbar vor Lola und dem Biker. Itor selbst hatte offenbar auch Einblick in die Sendezentrale, denn schon fauchte er: »Laß sofort den Biker los. Was ist in dich gefahren? Du glaubst wohl, jetzt, wo er auf ein sabberndes Tier reduziert ist, kannst du ihn für deine schmutzigen Spielchen benutzen?«

»Papa«, stammelte der Biker.

Lola starrte mit zusammengebissenen Zähnen ins Leere.

»Das sind die Kategorien, in denen Itor denkt«, erklärte Notger. »Sie gelten selbst für seinen eigenen Sohn. Allein dafür, daß der Biker dein Liebster ist, Lola«, sagte er sachlich, »würde Itor ihn sogar in diesem Zustand verstoßen.«

»Wer ist da bei dir? Antworte! Das klang wie Notger«, herrschte Itor Lola an.

Tempus reagierte blitzschnell. Mit einem Sprung war

er neben Lola und warf seine MON-Uniformjacke über eine Kamera, die oberhalb des Sendepultes angebracht war. Sie hatte sich suchend in alle Richtungen gedreht und dabei in Weitwinkelposition gezoomt.

»Da sind noch mehr Leute. Wer ist bei dir, du aufgetakeltes Stück Scheiße? Ich laß die ganze Bude ausräuchern, wenn du mir nicht sofort antwortest! In fünf Minuten hast du einen Trupp Soldaten auf dem Hals.«

»Das würden Sie tun? Obwohl ihr Sohn hier drin ist?« fragte Lola entsetzt.

»Papa böse mit mir.« Der Biker drückte sich an Lola, drängte ihn von den Lautsprechern fort und hob schützend einen Arm über den Kopf.

»Mein Sohn? Du hast doch gesehen, was aus ihm geworden ist. Glaube nicht, du könntest nur seinetwegen auf meine Zurückhaltung rechnen! Schalte sofort die Kamera wieder an.«

»Verstehst du endlich, was ich meine?« beschwor Notger den Techniker.

Lola warf ihm einen trotzigen Blick zu. »Ich verstehe sehr gut, was du meinst. Er beschimpft mich heute schließlich nicht zum ersten Mal. Er hat mich sogar geschlagen.« Er schwieg eine Weile, betrachtete den Biker voller Sorge und wiegte ihn sachte in seinen muskulösen Armen.

»Sag mal, du Obertunte, hast du dir die Federboa in die Ohren gestopft, oder warum passiert nichts?« pöbelte Itor in ohnmächtiger Wut.

»Papa böse mit mir? Zuviel ferngesehen. Nicht schlagen, Papa, bitte.« Der Biker versteckte sein Gesicht an Lolas Brust.

Lola sah in die Runde. »Was soll ich tun?«

»Es gibt eine Online-Verbindung nach Neuschwanstein.« Lola kontrollierte Datenübertragungsprotokolle auf einem Monitor. Er hatte alle Schleusen zur Sendezentrale verriegelt, um sie vor dem Zugriff der MON-Soldaten zu schützen.

Itors Leitung war leise gestellt, so daß seine Flüche nur als fernes Wüten zu hören waren.

»Itor hat das Schloß zu seinem Regierungssitz gemacht. Er verbringt dort sehr viel Zeit und spielt den Herrscher in seinen fürstlichen Gemächern«, erklärte der Kanzler.

»Nicht, daß du das nicht auch gern tätest«, spöttelte Notger, dem der mißgünstige Unterton des geschaßten Landesvaters aufgefallen war.

Lola ignorierte die Sticheleien. »Die Verbindung wurde eingerichtet, um von dort jederzeit die Sendeabläufe kontrollieren zu können.«

»Das bedeutet, die Leitung kann sehr große Datenmengen transportieren?« fragte Wedo, der Lola aufmerksam bei der Arbeit beobachtete.

»An wie große Mengen denkst du?«

Wedo zögerte. »Das kann ich nicht genau sagen.«

»Du mußt doch aus deinen Versuchen wissen, wieviel Daten bei der Digitalisierung eines Menschen entstehen«, hakte Tempus nach.

»Wovon redet ihr?« wunderte sich Lola. »Ich dachte, ich sollte nur einige Daten für euch kopieren. Ihr wollt euch selbst nach Neuschwanstein schleusen?«

Wedo nickte.

»Und wie soll das funktionieren?«

Wedo zog den Salzstreuer aus seiner Hosentasche. »Mit diesem Gerät.«

Lola schnitt eine Grimasse. »Wenn ich nicht wüßte, daß du erleuchtet werden solltest, weil du hyperintelligent bist . . . Hast du das ausprobiert?«

»Nicht direkt«, mußte Wedo kleinlaut eingestehen.

»Wedo, keine dummen Scherze!« Tempus wurde nervös.

»Ich hatte keine Zeit für Versuche. Der Digitalisierer war erst kurz vor unserer Begegnung fertig geworden.«

Nikki verlor die Beherrschung. »Du hast uns gesagt, es sei kein Problem, mit Hilfe des Digitalisierers die Militärketten zu überwinden und nach Neuschwanstein zu kommen. Wie konntest du das tun, wenn . . .«

»Es geschah im Überschwang«, versuchte Wedo sich zu verteidigen. »Ihr seid zu mir gekommen, habt mir von Blutwich erzählt und daß Thil, Lazu und Beryl tot sind. Ich wollte euch unbedingt helfen. Theoretisch war völlig klar, daß es mit dem Digitalisierer funktionieren mußte.«

»Theoretisch?« Nikkis Ton war schneidend.

»Ja, theoretisch. Aber inzwischen . . .«

»Das heißt, du weißt gar nicht, ob du uns oder überhaupt irgend etwas digitalisieren kannst?«

»Laß mich doch mal ausreden. Inzwischen . . .«

»Ich höre dich noch sagen: . . . mich, dich, Hochhäuser . . .« Nikki begleitete das letzte Wort mit einer hochtrabenden Geste. »Entschuldige, aber praktisch muß man dein Vorgehen als absolut unwissenschaftlich bezeichnen, oder?«

»Nikki.« Tempus legte ihr die Hand auf die Schulter. Wedo starrte sie an, Tränen in den Augen.

Nikki starrte einen Augenblick zurück. Dann holte sie tief Luft. »Es tut mir leid, es ist die Anspannung. Die Zeit läuft uns davon. Wir müssen es schaffen.«

»Ich will es ja auch«, sagte Wedo. Er schluckte heftig. »Inzwischen bin ich sicher, daß es funktioniert.«

»Wieso?«

Wedo sah sich suchend um. »Hat jemand von euch etwas, woran ich es demonstrieren könnte?«

Zögernd nestelte Lola ein kleines Goldkettchen mit einem roten Plastikherz von seinem Hals. »Aber ich will es wiederhaben. Es ist...« Er warf dem Biker einen schmerzvollen Blick zu.

Der stand sabbernd vor dem Sendepult, beugte sich immer wieder nach vorne und stupste mit dem Zeigefinger auf den Monitor, auf dem Itor mit geschwollenen Halsadern fluchte. »Papa böse.« Dann klatschte er lachend in die Hände, denn er hatte begriffen, daß von dem Bild auf dem Monitor keine Gefahr ausging.

»Keine Sorge, du bekommst es bestimmt zurück.« Wedo legte das Herz vor sich auf den Fußboden. Er drückte auf einen der Sensoren des Digitalisierers.

Erschreckt wichen alle zurück.

Übergangslos stand der Gast aus dem Imbiß vor ihnen, dessen Pommes Frites bei dem Versuch verschwunden waren, sie mit dem Digitalisierer zu salzen.

Ängstlich sah er sich um und atmete auf. »Meine Güte, bin ich froh, wieder unter Menschen zu sein. Das war wirklich unheimlich.«

Sein Blick fiel auf den Biker, der vor dem Monitor auf und absprang und Itors wutverzerrte Fratzen mit schaurlichen Grimassen seinerseits beantwortete.

Sofort wurde der Gast mißtrauisch. »Wo bin ich hier?« Da entdeckte er Wedo. »Warst du nicht in dem Imbiß? Du bist der letzte, den ich gesehen habe. Was ist passiert? Ich war stundenlang in einem schwarzen Raum zwischen Pommes Frites mit Mayonnaise und einer Currywurst eingesperrt. Es war ein Alptraum.«

Er drehte sich zu Notger um. »Sie kenne ich auch. Aus dem Fernsehen. Über solche Phänomene müßten Sie öfter mal in Ihrer Sendung berichten.« Er griff seine Hand und schüttelte sie scheinbar in dem Bedürfnis, sich den wiedergewonnenen Kontakt zur Menschheit körperlich zu bestätigen. »Ich bin wirklich ein großer Fan von Ihnen.«

Notger wiegelte ab. »Meine Sendungen handeln eher von politischen Dingen, aber in einem Wissenschaftsmagazin ...«

»Ja, ja. Aber das beste an Ihrer Sendung ist wirklich mit Abstand das Mädchen.«

»Das Mädchen?«

»Ja, das auf Ihrem Schreibtisch tanzt. Super Idee! Die Bademoden finde ich auch gut, schön peppig und sexy. Nicht so viel Gelaber, das gefällt mir. Meine Freunde und Kollegen finden das auch.«

Notger wandte sich ab. »Itor kennt sein Publikum wirklich gut.«

Der Biker lachte laut auf. »Papa böse, Papa dumm.« Er patschte mit beiden Händen auf Itors Gesicht.

»Du willst doch nicht behaupten, du nimmst deine Sendung wirklich noch ernst?« Endlich konnte der Kanzler sich für Notgers Neuschwanstein-Spitze revanchieren.

»Natürlich nehme ich sie ernst. Die Presse ist die vierte Gewalt im Staate!«

»Aber man hat doch von Ihren Beiträgen gar nichts mehr gehört«, mischte Tempus sich in die Diskussion ein. »Das Mädchen, die Jingles, die Musik, die Werbung ...«

»Das ist nur der Endpunkt einer langen Entwicklung. Das Programm muß unterhaltsamer werden, hat Itor immer wieder gesagt, damit die Quote stimmt. Dem habe ich mich Stück für Stück gebeugt, um überhaupt noch etwas senden zu können.«

»Und inzwischen küßt du den Fußboden, so weit bist du in die Knie gegangen«, hämte der Kanzler.

»Es gab eine Zeit, in der mein Magazin großen Einfluß . . .«

»Das stimmt nicht. Itor hat dein Magazin immer funktionalisiert.«

»Aber früher konnte ich richtig brisante Themen fast unzensiert senden.«

»Ja, und weißt du, warum? Weil ein bißchen kontrollierte Rebellion im Fernsehen gut ist, um allen potentiellen Querköpfen die Illusion zu geben, auch ihre Standpunkte würden öffentlich vertreten. So haben sie nicht das Gefühl, selbst etwas zur Durchsetzung ihrer Ziele tun zu müssen. Das erledigen ja schon andere. Wie praktisch.« Beide schwiegen für einen Moment.

»Wieso gab es denn überhaupt eine solche Sendung bei ›Mind Of Nations‹?« nutzte Tempus die kleine Pause der Streithammel.

»Notger hat seinen Sachverstand in die Waagschale geworfen, wann immer es darum ging, Itors krumme Dinger juristisch geradezubiegen. Daraus entstand für Itor eine gewisse Verpflichtung. So wie ich den Kanzlerjob bekommen habe, wurde Notger das Maul mit seinem Politmagazin gestopft. Dummerweise plagte Notger immer stärker das schlechte Gewissen. Er sah sich plötzlich als Aufklärer der Massen. Da hat Itor sein Magazin einfach . . . wie nennt er das noch, Notger?«, der Kanzler lächelte spöttisch, ». . . mit Unterhaltungs- und Service-Elementen ›aufgewertet‹?«

»Mach dich ruhig lustig über mich. Immerhin habe ich in letzter Zeit auch außerhalb des Programms auf Mißstände hingewiesen.«

». . . und bist ihm damit noch ein Stück entgegengekommen, denn jeder konnte zusehen, wie du verhaftet wurdest. Ein Schicksal, das sicherlich kaum jemand teilen will, bis auf diese 99ers und die komischen Blauhaarigen, aber ein paar Quertreiber gibt es ja überall.«

»Moment mal ...« Tempus und Nikki wollten sich verteidigen.

»Regt euch nicht auf«, schnitt der Kanzler ihnen das Wort ab. »Ihr seid doch nur unerhebliche Störfaktoren. Ihr glaubt doch nicht ernsthaft, ihr könntet am Lauf der Dinge etwas ändern?«

»Krieg mich, krieg mich!« sang währenddessen der Biker vor dem Monitor. Voll Freude über seine Unerreichbarkeit riß er die Arme hoch. Dabei stieß er an Tempus' Jacke, die von der Kamera rutschte und direkt auf seinem Kopf landete. Sofort heulte der Biker auf und versuchte, die Jacke wieder abzuschütteln. Doch anstatt sie mit den Händen einfach von seinem Kopf zu ziehen, grapschte er in alle Richtungen und riß dabei den Regler für die Studiolautsprecher ganz nach oben.

In Maximallautstärke brüllte Itor, der jetzt erkennen konnte, wer in seinem Allerheiligsten versammelt war, durch den Raum. »Ich bringe euch alle um! Eigenhändig!«

Zu Tode erschreckt prallte der Biker zurück. Etwas knirschte unter seinem Schuh, er rutschte aus und prallte mit dem Hinterkopf hart an die Kante des Pultes. Ein Flackern zog über die Monitorwand, knisternd erloschen die Bildschirme. Der Biker rutschte zu Boden und lag still.

Die Ruhe währte nicht lange. Mit ohrenbetäubender Lautstärke setzte plötzlich der Beat ein, den Sheer Gold während der öffentlichen Veranstaltungen ins Publikum hämmern ließ. Das Licht fiel aus, rote Notbeleuchtung sprang an – als würde sich der rote Nebel, der den riesigen MON-Einkaufswagen umwaberte, nun auch in der Sendezentrale ausbreiten.

Der Gast ging mit schreckgeweiteten Augen langsam rückwärts Richtung Tür, drehte sich um und öffnete eilig die Verriegelung. »Ich habe mit all dem nichts zu tun.«

Er drängte sich an Sheer Gold vorbei, die gerade die Zentrale betrat und irritiert fragte: »Wieso ist denn hier alles verrammelt?« Sie trat einen Schritt in den schummrigen Raum und versuchte, sich zu orientieren.

Niemand antwortete ihr.

Lola starrte auf die Stelle, an der der Biker ausgerutscht war. Dort lag das kleine, rote Herz. Zertreten.

Wieder flackerte die Monitorwand – ein Schriftzug sprang auf die Mattscheiben.

Mind
Of
Nations
Erases
You

leuchtete es rot auf jedem Bildschirm. Die ersten Buchstaben fett hervorgehoben.

›Mind Of Nations‹ löscht dich aus, murmelte Tempus, der Teufel läßt die Maske fallen. Er las die fetten Lettern senkrecht:

MONEY

Mit 120 Schlägen pro Minute hämmerte der Beat auf ihn ein, in seinen Ohren dröhnte das Blut.

Erst jetzt hatte Sheer Gold in dem Durcheinander den Biker entdeckt. Mit einem Schrei stürzte sie auf ihn zu. »Junge!« Sie drückte einen Alarmknopf auf dem Pult, ließ sich auf die Knie sinken, nahm den leblosen Biker in die Arme und schüttelte wild den Kopf im Takt des

Beats. Ihre Perücke rutschte herunter und fiel zu Boden, so daß auf der polierten Glatze der rote Schimmer der Notbeleuchtung lag. »MONEY«, schrie sie gellend und wippte mit dem Oberkörper, »ist unser Herr, MONEY ist unser Richter.«

Dazu heulten die Sirenen, die die MON-Soldaten herbeiriefen.

31.12.1999 • 21.55 UHR • -1829 PUNKTE (ALARM)

»Alle MON-Soldaten sofort in die Sendezentrale! Wir setzen jetzt zur Landung in Neuschwanstein an. Sobald ich die dortige Zentrale erreicht habe, will ich von euch hören, daß ihr den Abschaum verhaftet habt!« Trotz des Beats, der Sirenen und Sheer Golds Geschrei war Itors Gebrüll über die Lautsprecher mühelos zu verstehen.

»Macht weiter, schnell!« rief Tempus gegen den Lärm an, während er zur Tür der Sendezentrale lief, um sie erneut zu verriegeln.

»Was hast du dem Computersystem als Zielort für unsere Rückverwandlung angegeben?« fragte Wedo Lola.

»Den Thronsaal.« Immer wieder betrachtete Lola den Biker in Sheer Golds Armen. Wedo konnte ihn nur mühsam dazu bringen, sich auf die letzten Vorbereitungen für den Transfer nach Neuschwanstein zu konzentrieren. Die meisten Programmierschritte nahm er selbst vor.

»Ich kann eure Ankunft von hier aus beobachten. Im Thronsaal ist genau wie hier eine Kamera installiert.« Lola wies mit einer müden Handbewegung auf ein Fenster des Computerbildschirms, auf dem Wedo einen großen, goldglänzenden Raum erkannte.

Tempus kämpfte inzwischen mit der Verriegelung, die

sich aufgrund seiner Eile verklemmt hatte. Nikki lief zu ihm und sprang mit aller Kraft gegen die Tür, die krachend ins Schloß fiel. Dann zog Tempus sie quer durch die schummrig-rote Zentrale zurück zu Wedo und Lola.

Die Kamera über dem Sendepult folgte ihnen surrend. Schließlich saugte sie sich mit zoomendem Objektiv an der Szene vor der MON-Computeranlage fest.

»Sheer, was zum Teufel haben die vor? Unternimm etwas!« Itor wurde fast rasend in seiner Ohnmacht.

Sheer Gold lag jammernd unter dem Pult. Sie ignorierte ihn.

»Wir sind soweit.« Wedos Kindergesicht wirkte vor Nervosität ganz spitz, hektische Flecken röteten seine Wangen.

»Wie lange wird es dauern?« Nikki sah ihn prüfend an.

»Nur einige Sekunden. Nicht länger, als eine e-mail benötigt, ihr Ziel zu erreichen.«

Schon wurde von außen gegen die Tür gehämmert.

»Das ist doch jetzt alles egal! Laßt uns anfangen, wir haben keine Zeit mehr«, drängte Tempus. »Was müssen wir tun?«

Er wurde von Itor übertönt. »Sheer Gold, wenn dein Leben dir noch lieb ist, hörst du jetzt sofort mit dem Geheule auf und unternimmst etwas«, brüllte er über die verzerrenden Lautsprecher.

Sheer Gold rappelte sich auf, stützte sich auf das Pult und stemmte sich mühsam in die Höhe. »Ja, ich werde etwas unternehmen«, sagte sie schneidend und griff nach einer der Pistolen, die immer noch auf dem Pult lagen.

»Schnell!« Tempus und Nikki nahmen Wedo in ihre Mitte. Sie legten einander die Arme um die Schultern, so daß sie ihn mit ihren Körpern ganz umschlossen.

Vor der Tür setzten die MON-Soldaten kreischend eine Flex an, um das Schloß aufzuschneiden.

Währenddessen hielt Wedo den Digitalisierer mit hoch erhobenen Händen über ihre Köpfe. »Lola, bist du soweit?«

Lola nickte abwesend.

Immer wieder bohrte die Flex sich in Metall. Der Beat hämmerte ohne Unterlaß, die Sirenen jaulten.

Sheer Gold hob die Pistole. »Ich werde etwas unternehmen. Und mit dir fange ich an.« Sie zielte auf den Kontrollmonitor im Sendepult, auf dem Itor in dem Hubschrauber zu sehen war, und drückte ab. Mit dem Krachen der Pistole zersplitterte Itors Gesicht auf dem Monitor. Dann drehte sie sich drohend zu den Vieren am Computer um.

»99ers . . .«, rief Nikki.

»Und mit all dem anderen Dreck mache ich weiter!« Getroffen sank der Kanzler zu Boden.

». . . go!« fielen Tempus und Wedo in Nikkis Ruf ein. Wedo aktivierte den Digitalisierer – schlagartig waren sie verschwunden.

Sheer Gold beachtete nicht weiter, was sich soeben vor ihren Augen abgespielt hatte. Sie war wie in Trance. »MONEY ist unser Herr, MONEY ist unser Richter!« schrie sie, während sie mit ausgestreckten Armen durch die düstere, rotgefärbte Sendezentrale trudelte. Bildschirm um Bildschirm in der großen Monitorwand erlosch in dem Kugelhagel. Dann traf ein Schuß den Computer. Der Beat erstarb, die Sirene beendete ihr Jaulen; nur das Kreischen der Flex hielt an.

Erschreckt starrte Lola auf den Computermonitor, der weiter bläulich in der roten Düsternis strahlte. ›Achtung – Rechnerleistung um 60% vermindert‹, las er. »Hör auf zu schießen«, schrie er Sheer Gold an, doch die lachte nur irre, während weiter die Kugeln durch den Raum pfiffen.

»Was ist los, Sheer? Bist du verrückt geworden?« Itors Stimme klang plötzlich ganz nüchtern.

»Nein, mein Lieber«, versetzte Sheer Gold freundlich, »ich beschleunige nur dein Werk der Zerstörung.«

Die kleine Kamera, über die Itor weiter Einblick in die Sendezentrale hatte, wirbelte getroffen durch die Luft. Funkensprühend prallte sie gegen die Wand.

Schnell hackte Lola auf die Tastatur. Er aktivierte das Selbstheilungsprogramm, das die getroffenen Regionen des Computers umging und seine Chips neu vernetzte, um die Leistung wieder zu erhöhen. Der Beat und die Sirenen setzten erneut ein. ›Rechnerleistung 75%‹, las Lola. Nun erschien jemand im Neuschwansteiner Thronsaal. Es war Nikki. »Wo sind die anderen beiden?« Lola beugte sich über den Monitor. Eine Kugel pfiff an ihm vorbei. »Sheer!« Verzweifelt wartete er, ob der Rechner sich weiter erholte.

»Hör sofort auf! Die Zentrale ist das Herzstück von MON!« beschwor auch Itor Sheer Gold.

»Und MON ist das Herzstück von MONEY, dessen treue Dienerin ich bin.« Sheer Gold griff nach der zweiten Pistole.

Indessen rematerialisierte Wedo sich im Thronsaal. Er tastete seinen ganzen Körper ab, als könne er nicht glauben, wieder aus Fleisch und Blut zu bestehen.

»Du hast meinen Sohn geliebt?«

Lola sah auf. Sheer Gold stand direkt neben ihm, beide Pistolen auf seinen Kopf gerichtet. Er war unfähig, etwas zu sagen.

»Hast du oder hast du nicht?«

Lola schwieg.

Sheer Gold schoß dicht an ihm vorbei, die Kugeln bohrten sich in den Rechner; der Beat und die Sirene verstummten, der Bildschirm flackerte: ›Rechnerleistung

20%‹. Sheer Gold richtete die Pistolen wieder auf Lolas Kopf.

Für einen Moment herrschte Stille in der MON-Sendezentrale, auch die Flex war verstummt.

»Ja, ich habe ihn geliebt.«

»Vergiß ihn nicht«, sagte Sheer Gold leise.

Ein schwerer Schlag donnerte gegen die Tür der Zentrale.

»Bring dich in Sicherheit.«

Lola warf einen Blick auf den Thronsaal, wo Nikki und Wedo auf Tempus warteten.

Ein weiterer Schlag gegen die Tür.

»Beeil dich!« bellte Sheer Gold.

Zögernd ging Lola zwischen Sendepult und Monitorwand in Deckung.

Schon flog die Tür auf, und ein Rudel MON-Soldaten stürzte in den Raum, die Waffen im Anschlag. »Hände hoch und keine Bewegung!«

»Mind Of Nations Erases You!« brüllte Sheer Gold und eröffnete das Feuer.

Im Kugelhagel der Soldaten brach sie zusammen.

Das Gehäuse des hinter ihr stehenden Hauptrechners der Sendezentrale wurde völlig zerstört.

Sämtliche Daten des Computers waren vernichtet.

31.12.1999 • 21.55 UHR • -2000 PUNKTE (ALARM)

»Was ist passiert? Wo bleibt Tempus?« Nikki lief unruhig über den mit Tier- und Pflanzenbildern geschmückten Intarsienfußboden des kostbar ausgestatteten Thronsaals in Neuschwanstein. Gold war die allesbeherrschende Farbe. Nur die Kuppel, die fünfzehn Meter über Nikki den Saal abschloß, war tiefblau, voller Sterne und Strahlen.

Im Zentrum des Raumes, direkt unter einem riesigen vergoldeten Kronleuchter, lag der Digitalisierer auf dem Boden. Nikki hob ihn auf und steckte ihn sorgfältig in die Tasche des teuren Kostüms.

»Vielleicht hat er sich schon vor uns materialisiert.« Wedo schaute hinter jede der roten Stuckmarmorsäulen, die den Saal flankierten. Er lief auch in den zweiten Stock und suchte auf der Galerie, deren Säulen tiefblau leuchteten. »Er ist einfach nicht hier, dabei scheint der ganze Saal von Menschen zu wimmeln.«

Neben zahllosen Ornamenten waren die Wände mit prachtvollen Malereien bedeckt. In der Apsis sechs Könige zwischen Palmen, hinter den Arkaden eine Darstellung ihrer Taten, in den Schildbögen vielfigurige Bilder zum Thema Recht und Gesetz der Antike, des alten Testaments und des Christentums.

Über dem Schloß knatterte Itors Hubschrauber.

»Was machen wir jetzt?« Wedo war ratlos.

»Du bist das Genie von uns beiden. Ich muß versuchen, den Schlüssel zu Blutwichs Programmebene zu finden. Er ist irgendwo im Schloß versteckt.«

»Erst müssen wir Tempus aus dem Computersystem herausholen. Wenn die Daten des MON-Rechenzentrums in dem Chaos, das Sheer Gold in der Zentrale veranstaltet, gelöscht werden, ist das sein sicherer Tod.«

»Ich will das nicht hören!« Nikki hielt sich die Ohren zu. »Darum mußt du dich kümmern. Sobald ich etwas über Blutwich herausgefunden habe, komme ich wieder hierher.«

Gehetzt lief sie aus dem Saal, dessen Scheiben zu klirren begannen. Der Hubschrauber setzte zur Landung an.

»Nikki«, Wedo lief ihr einige Schritte nach, »ich brauche den Digitalisierer. Ohne ihn kann ich Tempus nicht retten.«

Doch Nikki war bereits verschwunden.

Ratlos ließ Wedo sich auf die Stufen der breiten Marmortreppe fallen, die in die Apsis hinaufführte. Er legte den Kopf in den Nacken und heftete den Blick auf die goldene Rundung hinter sich.

– SIE HABEN NOCH EIN LEBEN!
DRÜCKEN SIE ›GO‹, UM FORTZUFAHREN –

»Hast du es auch schon bemerkt?«

Wedo riß den Kopf hoch.

Tempus stand unter dem Kronleuchter. Er befühlte sich, wie Wedo es zuvor bereits getan hatte. »Wahnsinnige Erfindung, dein Digitalisierer. Ich kann es kaum glauben.«

»Wo kommst du her?« Wedo sprang auf. Er starrte Tempus an wie eine Erscheinung.

»Aus der MON-Sendezentrale. Genau wie du auch. Wo ist Nikki? Wieso wart ihr schneller?«

»Ich weiß nicht, warum wir ... Nikki ist ...«, Wedo war glücklich, Tempus wiederzusehen. Er ging auf ihn zu und nahm ihn in die Arme.

»Hey, was ist los?«

»Nichts«, wich Wedo aus. Er wechselte schnell das Thema. »Was sollte ich schon bemerkt haben?«

Tempus zeigte in die Apsis, wo auf goldenem Grund, umschwirrt von Engeln, Christus saß, flankiert von Maria und Johannes dem Täufer. »Sieh genau hin.«

Wedo blickte nach oben und stutzte. Er ging die Marmortreppe in die Apsis hinauf, um ganz sicher zu sein. Christus' Gesicht war kunstvoll retuschiert worden, es trug Itors Züge; Maria sah aus wie Sheer Gold, Johannes der Täufer wie der Bundeskanzler.

»Denn MONEY der Herr wird herniederkommen, zu richten die Armen und die Reichen«, zitierte Tempus. »Der Heilsbringer, der heute erscheinen soll, ist Itor persönlich. Auch das ist in Wirklichkeit nichts weiter als ein riesiger Schwindel.«

»So würde ich das nicht nennen.«

Sie fuhren herum.

Itor stand in den Flügeltüren an der Längsseite des Thronsaals. Er richtete eine Waffe auf sie. »Was ist schon die Wirklichkeit? Sie findet im Fernsehen statt. Ich gebe den Leuten nur, was sie haben wollen. Die Settop-Box ermöglicht ihnen die volle Kontrolle über das Programm. Sie schaffen sich ihre eigene Wirklichkeit.«

»Aus den sorgfältig gefilterten Versatzstücken, die Sie ihnen liefern. Für Sie sind die Menschen nur eine Herde manipulierbarer Idioten«, ereiferte sich Tempus.

»Stimmt«, bestätigte Itor abfällig. »Sie sind das Material meiner Pläne. Ich jongliere mit ihnen. Wenn ihnen das nicht gefällt, sollen sie sich wehren.«

»Um von Ihren MON-Soldaten niedergemetzelt zu werden.«

»Wo steht denn, ich hätte das Feld kampflos zu räumen? Ich bin Boxer, ich trete an, um zu gewinnen. Jeder hat die Chance, zu handeln wie ich. Wenn das keine Gerechtigkeit ist. Wir reden doch hier nicht von einer Verschwörung. Ein einzelner Mann hat seine Möglichkeiten genutzt ...«

»... und glaubt in seinem Größenwahn, man müsse ihn jetzt noch als Gott verehren, um seine Bedeutung angemessen zu würdigen.«

»Niemand wird gezwungen, MONEY zu dienen. Trotzdem gibt es auf der ganzen Welt keinen Gott, der mehr Anhänger hätte. Daß MONEY etwas ganz anderes bedeutet, als die Schar seiner Jünger denkt, ist mein kleiner Privatspaß. Auch du bist offenbar anfällig für Glaubensbekenntnisse, schließlich hast du dich für den Gott der 99ers fast umbringen lassen. Dabei ist er nur ein Computer. Allerdings einer, das muß ich gestehen, der in den richtigen Händen sehr nützlich sein kann: Mit ein bißchen Programmierarbeit wasche ich mich rein von jeder Schuld; und mit ein bißchen Recherche habe ich jeden in der Hand, dessen Weste nicht ganz weiß ist. MONEY wird ein mächtiger, was rede ich, ein übermächtiger Gott sein.« Itor lachte selbstgefällig.

»Sie kennen nicht Blutwichs ganzes Geheimnis, sonst würden Sie sich nicht so ruhig mit Ihrer Neandertaler-Philosophie brüsten.«

»Was willst du damit sagen?« Drohend trat Itor auf ihn zu.

Tempus sah auf die Uhr. »In wenigen Minuten wird Ihre Macht schlagartig gebrochen sein.« Dann wandte er sich an Wedo. »Selbst wenn wir den Code noch finden: Ich werde Blutwich nicht umprogrammieren.«

»Welchen Sinn soll das haben?« fragte Wedo. »Du stürzt uns alle ins Verderben.«

Itor trat noch dichter an Tempus heran. »Welchen Code? Warum umprogrammieren? Und welches Verderben wartet auf uns?«

Tempus ließ sich nicht beirren, er sprach weiter zu Wedo: »Du siehst doch, was uns unter seiner Herrschaft erwartet.«

»Sind zwei Weltkriege und der Nationalsozialismus eine Alternative?« Wedo war nicht überzeugt.

»Vielleicht sind es nicht die Menschen von damals, die am 1.1.1900 wieder starten, sondern die von heute. Stell dir vor, sie könnten ihre Erfahrungen mit zurücknehmen. Sie wissen, was in den vergangenen hundert Jahren geschehen ist, und können alles daran setzen, die Geschichte diesmal anders zu gestalten.«

»Glaubst du angesichts der Dinge, die sie heute zulassen, wirklich, die Menschen würden aus ihren Erfahrungen lernen und die Wiederholung der Geschichte verhindern?«

Itor hatte verständnislos zugehört. Jetzt stieß er Tempus die Pistole zwischen die Rippen. »Hört auf mit diesem akademischen Gequatsche! Warum wird in wenigen Minuten schlagartig meine Macht gebrochen sein? Antworte!«

Tempus sah ihm kalt in die Augen. »Weil um Punkt 0.00 Uhr, dem Zeitpunkt, zu dem der großartige MONEY sein Volk heimsuchen will, sein wunderbares Instrument der Manipulation, das Fernsehen, nicht mehr beziehungsweise noch gar nicht existiert. Es ist noch gar nicht erfunden worden. Du wirst ein Nichts sein – ohne jede Bedeutung!«

»Das ist doch absurd! Wodurch sollte das geschehen?«

»Das wirst du merken, wenn es soweit ist. Aber vielleicht müssen wir diesen Zeitpunkt gar nicht abwarten. Wenn Sheer Gold weiter so gute Arbeit geleistet hat wie im Augenblick unserer Abreise, dann ist deine Sendezentrale sowieso zerstört.«

Itor lachte laut. »Für wie dumm haltet ihr mich eigentlich? Kommt mit, ich zeige euch etwas.« Er dirigierte Tempus und Wedo mit der Waffe vor sich her.

Sie verließen den Thronsaal. Itor stieß sie eine Wendeltreppe hinauf, die in einen reich bebilderten Gang mündete.

»Die Bilder hier in dem Gang beziehen sich alle auf die Parzival-Sage«, erklärte Wedo.

»Woher weißt du das?« fragte Tempus.

»Meine Jugend in der Bibliothek ...«

»Ihr sollt nicht die Gemälde bewundern, sondern euch das hier anschauen.« Triumph leuchtete in Itors Augen, während er eine breite Tür aufstieß.

»Hier geht es in den Sängersaal«, referierte Wedo bereits, bevor er etwas sehen konnte. »Er wurde nach dem Vorbild des Festsaals auf der Wartburg gestaltet. Zwischen reicher Dekorationsmalerei an den Wänden finden sich weitere Szenen aus der Parzivaldichtung.«

Neugierig betrat Tempus den Saal. Nur eingeschossig, doch immerhin acht Meter hoch und doppelt so groß wie der Thronsaal, wurde dieser ebenfalls überwältigend ausgestattete Raum von den Farben Gold und Dunkelbraun beherrscht. Vier fein gearbeitete, vergoldete Kronleuchter hingen von der hölzernen Kassettendecke. Zusammen mit acht übermannsgroßen, goldfunkelnden Kandelabern tauchten sie den Saal in ein schummriges, geheimnisvolles Licht, das bläulich verstärkt wurde – vom Flimmern einer riesigen Monitorwand.

31.12.1999 • 21.55 UHR • -1923 PUNKTE (ALARM)

»Jetzt verstehe ich, warum du dich doch noch im Thronsaal materialisieren konntest. Du warst bereits im Computersystem dieser Sendezentrale gespeichert, als der Rechner im MON-Gebäude zerstört wurde«, raunte Wedo Tempus zu.

Er stolperte nach vorn, denn Itor stieß sie in den Sängersaal. Die mittelalterliche Ausstattung des Raumes stand in starkem Widerspruch zu der umfangreichen Ansammlung technischer Geräte, mit der man ihn vollgestopft hatte. Die Monitorwand erstreckte sich über die ganze Seite des turnhallengroßen Saals. An dem mit Reglern und Lämpchen übersäten Pult vor den Bildschirmen saßen Techniker, die mit in den Nacken gelegten Köpfen die Programme verfolgten.

»Einhundertfünfzig Quadratmeter Fernsehen – und nicht ein Zentimeter davon ist es wert, angeschaut zu werden«, murmelte Tempus.

»Was quatschst du da?« Itor stieß ihn mit der Waffe vorwärts. »Ihr kriegt einen Logenplatz, um meiner endgültigen Machtübernahme beiwohnen zu können«, spöttelte er und lenkte ihre Blicke mit einer ausladenden Geste zum Ende des Saals.

Auf einem flachen Holzpodest waren unter der Aufsicht einer Abteilung MON-Soldaten mehrere Männer mit Tragegurten damit beschäftigt, einen riesigen Metallschrank voller Knöpfe und Spulen abzusetzen.

»Blutwich«, sagten Tempus und Wedo wie aus einem Munde.

Itor drängte sie zu der gegenüberliegenden Schmalseite des Saals, wo sich hinter drei Arkaden ein kleiner, von zwei reich verzierten Türen flankierter Raum öffnete, dessen Rückwand ein naives Waldmotiv mit Rehen und Eichhörnchen schmückte.

»Die Sängerlaube«, rief Wedo in übertriebener Bewunderung. Leise raunte er Tempus zu: »Es ist sowieso ganz egal, ob du umprogrammierst oder nicht. Wenn es tatsächlich die Menschen von heute mit all ihren Erfahrungen und ihrem Wissen sind, die das Jahr 1900 erneut beginnen, dann kannst du davon ausgehen, daß alle Erfindungen des gesamten Jahrhunderts viel schneller gemacht werden als beim ersten Durchlauf. Das bedeutet, wir sind möglicherweise in kürzester

Zeit an exakt dem Punkt, an dem wir auch heute stehen.«

Ein Schreckensruf unterbrach ihn, als Blutwich mit einem Krachen auf dem Boden aufsetzte.

Itor war einen Moment abgelenkt. »Seid ihr wahnsinnig?« regte er sich auf. »Schließt ihn ans Stromnetz an, ich will wissen, ob er noch funktioniert!«

Tempus nutzte den Augenblick, rammte Itor das Knie in den Unterleib und entwand ihm die Pistole.

Die MON-Soldaten, die Träger und Techniker waren ganz auf Blutwich konzentriert; niemand bemerkte etwas von Itors Überrumpelung.

»Eine falsche Bewegung, ein lautes Wort, und du bist tot«, zischte Tempus Itor zu, während der keuchend versuchte, Herr über den Schmerz zu werden. »Wenn jemand merkt, was hier vorgeht, wirst du so schlau sein, ihn zur Ruhe zu mahnen. Wir verlassen jetzt ganz still den Saal.« Energisch schob er Itor zu einer der schmalen Türen direkt neben der Laube, hinter der sie leise verschwanden, ohne daß jemand Notiz davon nahm. Durch ein winziges Zimmer gelangten sie in den Vorraum des Sängersaals. Von dort zurück über die Treppe hinab zum Thronsaal dauerte es nur wenige Sekunden.

»Ihr macht einen großen Fehler«, drohte Itor.

»Wir machen das einzig Richtige«, entgegnete Tempus, »wir wehren uns.« Die Pistole an Itors Schläfe gepreßt, warf er einen Blick in die verschwenderische Pracht des Thronsaals. »Wo zum Teufel steckt Nikki?« Seine Augen suchten die obere Galerie ab, dann hielt er plötzlich inne. »Jetzt haben wir allerdings tatsächlich einen Fehler gemacht.« Mit einem Kopfnicken wies er Wedo auf die Kamera an der Decke hin, die sie aufdringlich beäugte. »Dabei hat Lola uns gesagt, daß der Thronsaal überwacht wird.«

Schon trappelten Füße über ihnen, Kommandos hallten die Treppe herab.

»Hier bin ich!« brüllte Itor. Er riß sich los und sprang einige Schritte zurück.

»Stehenbleiben!« Tempus richtete die Waffe auf ihn.

»Du schießt doch sowieso nicht.« Itor kam drohend auf sie zu. »Du denkst viel zuviel«, höhnte er. »Du bist kein Raubtier, du wirst nie eins sein.« Seine Augen funkelten, während er noch einen Schritt näher kam. »Aber mach dir nichts draus: So geht es fast allen Menschen. Sie sind Futter, dazu bestimmt, die Stärkeren zu nähren.«

Ein Schuß krachte, Funken sprühten, der Querschläger pfiff durch den Raum. Tempus hatte unmittelbar vor Itor in den Boden geschossen.

»Sei dir nicht zu sicher«, warnte er.

Itor hatte nicht mit der Wimper gezuckt. »Du hast Skrupel. Das ist ganz schlecht im Kampf gegen jemanden, dessen Instinkte allein darauf gerichtet sind, sich durchzusetzen.«

Der erste MON-Soldat polterte die Treppe herab, die Waffe im Anschlag. »Aus dem Weg«, rief er Itor zu, der Tempus und Wedo mit seinem Körper verdeckte.

Noch während Itor zur Seite sprang, riß Wedo eine Tür hinter sich auf. »Hier hinein.« Er zog Tempus mit sich. In höchster Eile klemmte er einen Stuhl unter die Türklinke, als sich von draußen schon eine Kugel in das dicke Holz bohrte. »Schnell!« Er lief ein Zimmer weiter und verrammelte auch dessen Tür zum Vorraum des Thronsaals. »Hier muß Ludwigs Wohnung sein, der Ort, an dem ich am ehesten ein Versteck für den Code vermuten würde. Das hier ist das Adjutantenzimmer, wahrscheinlich uninteressant«, erklärte er hastig und lief weiter.

Tempus folgte ihm. Dabei riß er die gesamte Einrichtung des Zimmers zu Boden, um ihren Jägern die Verfolgung zu erschweren. »Wir müssen uns beeilen. Die Zeit läuft wieder, seit sie Blutwich ans Netz angeschlossen haben. Es geht jetzt um Minuten. Sag mir alles, was du über die Räume weißt. Vielleicht hilft mir das, auf den Code zu kommen.«

Sie standen bereits im nächsten Raum.

»Okay. Das hier ist das Arbeitszimmer mit lauter Tannhäuser-Bildern.« Wedo sah Tempus erwartungvoll an, doch der zuckte mit den Schultern. Er untersuchte eine bronzene, von einer silbernen Statuette gekrönte Schreibgarnitur.

»Lohengrin«, erklärte Wedo.

»Auch dazu fällt mir nichts ein. Weiter!«

Wedo war schon auf dem Weg, als Tempus ihn zurückhielt. Die blockierte Tür zum Vorraum des Thronsaals ächzte unter dem Ansturm der Soldaten. Gemeinsam schoben Tempus und Wedo den geschnitzten Schreibtisch und drei aufwendig gepolsterte Stühle in den Eingang des Zimmers. Dann liefen sie in den nächsten Raum: eine kleine Grotte, von deren farbig beleuchteten Felsen ein Wasserfall plätscherte.

»Was ist das?«

»Ludwig war ein Exzentriker. Er fuhr nicht nur mit einer vergoldeten Märchenkutsche in Begleitung von Reitern und Trompetern in Uniformen aus der Zeit Ludwig XV. durch die Gegend, er ließ sich auch mit Musikbegleitung über künstliche Seen schippern, wobei er extra herbeigeschaffte Schwäne fütterte. Er trug sogar die Kostüme seiner Lieblingshelden aus Schauspielen und Opern. Da wirst du ihm die kleine Grotte wohl verzeihen.« Wedo zog Tempus weiter. »Dies ist das Wohnzimmer mit Bildern aus der Lohengrin-Sage und dem Nibelungenlied.« Wedo drehte sich um die eigene Achse und wies auf die Wände. »Das Gralswunder, Lohengrins Fahrt mit dem von einem Schwan gezogenen Schiff. Weckt nichts von dem eine Assoziation?«

Tempus schüttelte verzweifelt den Kopf.

Hinter ihnen brach die Tür zum Wohntrakt aus den Angeln. Fluchend stolperten die Eindringlinge über die am Boden liegenden Möbel.

»Schnell, den Schrank vor die Tür.« Tempus legte die Pistole auf eine Fensterbank und stemmte sich gegen einen dunklen Schrank, von dessen Ecken vergoldete Putten herabtrompeteten.

Wedo half ihm und kommentierte dabei keuchend die Schnitzereien des kostbaren Möbels. »Darstellungen aus dem Leben verschiedener berühmter Dichter.«

Schnell schoben sie noch ein Sofa und einen Tisch vor die Tür. »Goldstickereien mit dem Motiv des Schwans auf hellblauer Seide ...«

»Komm!« rief Tempus. Er lief in den nächsten Raum.

»Das Ankleidezimmer, Walther von der Vogelweide gewidmet.«

Tempus riß zwei Stühle zu Boden. »Weiter!«

»Das gotische Schlafzimmer mit einem geschnitzten Baldachin über dem Bett. Die Gemälde zeigen Tristan und Isolde. Zum Waschtisch gehört eine Waschgarnitur in vergoldeter Bronze mit einem versilberten Schwan als Wasserspender. Die Vorhänge und Möbelbezüge sind aus blauer Seide, mit gekrönten Löwen und Schwänen, Rautenwappen und Lilien.«

»Wedo, du bist phänomenal, aber mein Hirn ist völlig blockiert.«

Ihre Jäger warfen sich gegen den Dichterschrank.

»Hat Swan bei seinem Tod denn gar nichts gesagt, was ein Hinweis sein könnte?«

Tempus überlegte. »Er hat nur gesagt, wir müßten kämpfen, wie Siegfried gegen den Drachen gekämpft hat.«

»Die Nibelungensage. Warum hast du das nicht gleich erzählt? Komm mit!« Wedo zog Tempus in das nächste Zimmer und zeigte triumphierend auf einen Tisch. »Das Speisezimmer mit Szenen aus dem Leben der Minnesänger auf der Wartburg und ...«, er machte eine bedeutsame Pause, »... einem Tafelaufsatz, der Siegfrieds Kampf gegen den Drachen darstellt.«

Tempus musterte die vergoldete Plastik. »Wenn bloß Nikki hier wäre, sie hätte bestimmt eine Idee.« Er beugte sich über das glänzende Gewirr aus Muskeln, Klauen und Ästen eines Baumes. »Grauenhafter Kitsch. Dieses ganze Schloß ist ein einziges Stilsammelsurium, genauso willkürlich zusammengestückelt wie die Sendungen von ›Mind Of Nations‹.«

»Auch Ludwig hat sich sein individuelles Programm zusammengestellt und ins Haus kommen lassen. Jahrelang sind ganze Opernensembles ausschließlich zu seinem persönlichen Vergnügen bei ihm aufgetreten. Das konnte sich natürlich nur ein König leisten, für dessen Extravaganzen ein ganzes Volk schuftete.«

»Mir wird immer klarer, warum Itor ausgerechnet Neuschwanstein zu seinem Regierungssitz gemacht hat.«

Krachend fiel der Wohnzimmerschrank zu Boden. Die Soldaten kämpften sich ihren Weg über Tisch und Sofa frei.

»Sie sind gleich da. Wir nehmen sie mit.« Entschlossen griff Tempus nach der Skulptur, ließ sie jedoch erschreckt sofort wieder los, denn eine Melodie erklang. Leise summte Tempus mit: »... das Blut wich aus den Wangen ihm, als er sah die Schrecken und das Leid ...«

»Was ist das? Die Musik klingt nach Wagner.«

»Ich habe keine Ahnung, aber ich kenne das Lied irgendwoher.« Tempus wiederholte die Zeile. »... das Blut wich aus den ... Blutwich! Das ist es! Das muß der Code sein!« Aufgeregt nahm er die Plastik in seine Hände. »Wie kommen wir hier jetzt heraus?«

»Wir sind gleich wieder am Vorraum des Thronsaals. Die Wohnung ist ...«, Wedo blickte in den nächsten Raum und sackte in sich zusammen, »... wie ein U angelegt.«

»Ganz genau«, hämte Itor, der ihnen überlegen lächelnd entgegenkam, eine Waffe im Anschlag. »Wie ein U. Man kann euch wunderbar von zwei Seiten in die Zange nehmen.«

»Wo ist deine Pistole?« rief Wedo.

Tempus stand wie gelähmt mit Siegfried und dem Drachen im Arm.

Itor hatte ihn bereits erreicht. Schon streckte er die freie Hand nach der Skulptur aus, hielt allerdings mißtrauisch inne, als er Wedos Frage hörte. »Eine falsche Bewegung ...«

»Im Wohnzimmer«, seufzte Tempus resigniert. »Ich habe sie auf die Fensterbank gelegt, als wir den Schrank ...« Übergangslos warf er sich gegen Itor.

Da löste sich ein Schuß, Wedo schrie auf, Itor stürzte zu Boden, Tempus über ihn hinweg. Die Statue glitt ihm aus den Händen und prallte auf das Parkett. Ohne einen Laut verschwand sie durch das Holz hindurch, als habe sich der Boden geöffnet.

Tempus hatte nichts davon bemerkt, seine ganze Sorge galt Wedo. Hatte ihn oder Itor der Schuß getroffen? Bevor er sich Gewißheit verschaffen konnte, wurde er bereits hinterrücks hochgerissen. Die MON-Soldaten waren über ihm.

»Laßt ihn los«, rief Itor außer sich. Mühsam rappelte er sich auf.

Zögernd gehorchten die Soldaten.

»Los, verteidige dich!« Itor hob die Fäuste.

Tempus stand mit hängenden Armen vor ihm, als er das Blut an der holzgetäfelten Wand entdeckte, neben der Wedo gestanden hatte. Auf dem Polster eines umgestürzten Stuhls verdarb ein dunkler Fleck die goldene Stickerei, der schwere Brokatvorhang hinter dem Eßtisch bewegte sich. Tempus ging in die Knie. Unter dem Tisch direkt an der Wand lag Wedo, zusammengekrümmt, die Hände in den Vorhang gekrallt, das Gesicht darin vergraben. Er zitterte.

»Wedo!« Mit einem Satz war Tempus bei ihm und nahm ihn in die Arme. Seine Hände wurden feucht. Ungläubig drehte er sie um. Sie glänzten dunkelrot.

Unvermittelt wurde Tempus an den Beinen unter dem Tisch hervorgezogen, am Hosenbund hochgehoben und hingestellt.

Itor blitzte ihn an. »Laß den überkandidelten Wicht. Er hat doch Glück gehabt. Besser tot als ein erleuchtetes Stück Scheiße.«

Ohne Vorwarnung schlug Tempus zu. Itor zuckte zurück, aber gleich schnellte seine linke Hand hoch und parierte Tempus' Schlag. Dann landete er mit der Rechten einen Schwinger direkt gegen Tempus' Kinn. Hart getroffen taumelte der zurück, doch statt mit dem Kopf gegen die Wand zu prallen, gab die Mauer nach, und er tauchte so weit in sie ein, daß sein Gesicht verschwand. Für einen Moment hatte er das Gefühl, nicht von Stein und Mörtel, sondern von lauter Zahlen umgeben zu sein. Er sackte zu Boden, glitt durch das Parkett wie durch Butter und fiel in das darunter liegende Stockwerk. Benommen blieb er liegen.

Als er einen Moment später die Augen aufschlug, sah er neben sich etwas golden glitzern: Siegfried im Kampf gegen den Drachen. Mühsam stand Tempus auf. Die Skulptur spielte das Lied, dessen Text er kannte. Tempus war schwindelig, sein ganzer Körper schmerzte von dem Sturz. Er ging auf die Tür des Zimmers zu, doch bevor er sie erreichte, schlug hinter ihm etwas dumpf auf.

Tempus fuhr erschrocken herum, aber der Raum war leer. Das Parkett wirkte an einigen Stellen wie durchscheinend, als könne er in das darunter liegende Stockwerk sehen. Blutschlieren verschwanden dort wie gerührte Marmelade in Joghurt. Aus dem oberen Stockwerk drangen Schreie zu ihm. Schnell griff er nach der Türklinke – und durch sie hindurch.

Er nahm einen Anlauf, um die Tür aufzusprengen. Seine Füße versanken im Boden, weshalb er kaum Schwung holen konnte. Dennoch stieß er ohne Widerstand durch den verschlossenen Ausgang des Zimmers. Schnell lief er durch den Vorraum zum Treppenturm und die Wendeltreppe hinab. Die Mauern des Turmes wurden zu einem feinen Gitterwerk. Das Licht der Scheinwerfer, die das nächtliche Schloß erhellten, strahlte durch sie hindurch.

Hinter ihm polterten seine Verfolger, er konnte sie durch die steinernen Stufen über sich sehen. Plötzlich hörte er Schreie. Einer nach dem anderen stürzten die MON-Soldaten an ihm vorbei in die Tiefe. Der Turm trug ihr Gewicht nicht mehr.

So schnell er konnte, lief Tempus in den oberen Burghof, hinaus ins Freie. »Nikki!« rief er. »Nikki, wo bist du?« Er drehte sich um und betrachtete das angestrahlte Schloß. Majestätisch erhob es sich in die dunkle Nacht. Seine Farbe allerdings schien in großen Schlieren zu verblassen, als habe ein Maler zuviel Wasser auf sein Aquarell getropft. »Nikki!«

»Hier bin ich«, hörte er plötzlich ihre Stimme weit hinter sich. Er fuhr herum und suchte mit zusammengekniffenen Augen den Burghof ab. Sein Blick glitt am Ritterhaus entlang, hinauf zum Viereckturm, doch der Wehrgang war leer. Der Turm warf einen übergroßen Schatten wie ein feines Geflecht aus Zahlen auf den Hof. Lauter Nullen und Einsen bedeckten das Pflaster.

»Ich bin auf dem Turm rechts neben dem Tor«, rief Nikki aus der Dunkelheit.

Schnell wandte Tempus sich von dem merkwürdigen Zahlenmuster ab. Er lief in den unteren Hof zum Tor der Schloßanlage, als er Itor hinter sich hörte.

»Bleib stehen!« Zur Bekräftigung seiner Worte krachte ein Schuß. »Ich will die Skulptur mit dem Programmiercode für den Computer.« Mit ausgestreckter Hand kam Itor auf ihn zu, die Waffe im Anschlag.

Tempus warf ihm Siegfried vor die Füße. »Da hast du sie. Du weißt ohnehin nicht, was du tun mußt.«

»Du wirst es mir sagen!« Itor bückte sich nach der Skulptur.

»Ganz bestimmt nicht.« Tempus sah auf die Uhr. »In wenigen Minuten ist deine Macht gebrochen.« Damit drehte er sich um und ging mit festen Schritten auf das Tor zu.

»Bleib stehen, oder ich schieße!«

Tempus fuhr herum. Er höhnte: »Was nütze ich dir denn tot? Gar nichts!«

Itor schoß, die Kugel pfiff an Tempus' Kopf vorbei. »Tu nicht so, als wärest du plötzlich mutig geworden. Wenn du stirbst, ist für dich alles zu Ende. Wenn ich hingegen tatsächlich meine Macht verlieren sollte, ist es letztlich nur eine Frage der Zeit, bis ich wieder an der Spitze bin.«

Tempus ging Schritt für Schritt auf Itor zu. »Du wirst nicht wieder an die Spitze kommen, Itor. Nie mehr! Es wird immer jemanden geben, der dir Widerstand leistet. Du kannst nicht alle kaufen oder umbringen. Egal, wie lange es dauert – irgendwann bist du am Ende, und wir werden gewinnen!«

Mit einem Wutschrei drückte Itor wieder ab. Die Waffe gab nur ein hohles Ploppen von sich, als werde ein Pappkarton zertreten. Wie in Zeitlupe kam die Kugel aus dem verblassenden Lauf. Sie schwebte auf Tempus zu, metallglänzend, dann immer tranparenter, bis sie sich schließlich in eine runde, hohle Null verwandelt hatte. Mit jedem Zentimeter, den sie Tempus näher kam, schien der Luftwiderstand sie weiter zu bremsen, abzuschleifen, ihre Kontur zu verdünnen. Dann, unmittelbar vor Tempus Bauch, löste sie sich auf. Es gab keinen Aufprall, kein reißendes Fleisch, keinen Blutschwall, keinen Schmerz.

»Er wird dir nichts mehr tun!« rief Nikki aus der Dunkelheit.

Entsetzt starrte Itor auf die Pistole, dann an seinem Arm entlang. Auch der verlor jetzt Form und Farbe, sein ganzer Körper wurde durchscheinend, sein Schatten ein verblassendes Zahlengeflecht wie das des Viereckturms.

Zu keiner Bewegung mehr fähig, verfolgte Itor sein eigenes Verschwinden, bis er spurlos gelöscht war.

So schnell er konnte, lief Tempus zum Tor der Burganlage und stürmte die Treppen zum Eckturm hinauf. »Nikki!«

Sie stand auf der Spitze des Turms, den Fuß zwischen die Zinnen gesetzt. Dunkel hob ihre Figur sich gegen das angestrahlte Schloß ab.

»Nikki, was geschieht hier?«

Sie drehte sich nicht zu ihm um.

Als Tempus sie erreichte, sah er, daß Nikki den Digitalisierer an ihre Stirn preßte. Sie atmete angestrengt und murmelte vor sich hin. »Unser Kleiner hat nicht übertrieben, es funktioniert.«

»Was tust du da?«

»Ich digitalisiere das Schloß.« Immer noch vermied sie es, Tempus anzusehen.

Unter dem grellen Licht der Scheinwerfer verwandelte sich Neuschwanstein mit Palas, Ritterhaus und Kemenate, mit Türmen, Toren und Mauern langsam in ein Datengerüst. Mit jedem Atemzug entwich der riesigen Burg ein Schatten mehr Farbe, ein Gramm mehr Stofflichkeit. Immer transparenter wurde die imposante Form, immer deutlicher trat die Zahlenstruktur zutage, immer größer wurden die Nullen und Einsen, je weiter sich das enge Geflecht auflöste.

»Es geht nicht so schnell wie bei einem Menschen, aber mit entsprechender Konzentration ist es zu leisten«, sagte Nikki leise. »Der Datenspeicher des Digitalisierers ist zu klein. Ein Gehirn hingegen hat mehr als genug Kapazität.«

»Willst du damit sagen, *du* nimmst alles in dich auf, *du* bist der Speicher?«

Sie flüsterte fast. »Ich ziehe mir den gesamten Neuschwanstein-Datensatz ins Bewußtsein.«

»Aber warum?«

»Ich nehme es mit nach Japan.«

»Nach Japan? Was soll das?«

»Bitte frag mich nicht.«

Tempus trat noch näher an sie heran. »Nikki, wir müssen Wedo suchen, er ist verletzt. Und wir müssen Blutwich umprogrammieren! Ich habe den Code herausgefunden, die Zeit könnte gerade noch reichen.«

»Wir müssen Blutwich nicht umprogrammieren.«

Jetzt sah Tempus das Glitzern in Nikkis Gesicht. »Warum weinst du?« Er wollte sie anfassen, doch sie schüttelte den Kopf. Getroffen trat Tempus einen Schritt zurück. »Du weißt, was geschieht, wenn wir nicht dafür sorgen, daß Blutwich den Jahreswechsel richtig verarbeitet.«

Erschöpft hielt Nikki einen Moment inne. Sie setzte den Digitalisierer ab, wischte sich die Tränen aus dem Gesicht und sah Tempus in die Augen. »Was ist heute für ein Tag?«

»Der 31.12.1999.«

Nikki schüttelte den Kopf. »Falsch! Heute ist der 31.12.4156.«

»Wie kommst du darauf?«

»Heute ist mein Geburtstag.«

»Warum hast du das nicht . . . aber wieso 4156?«

»Ich bin Japanerin, Tempus. Wir haben einen anderen Kalender als die Europäer. Wir zählen die Jahre nicht nach der Geburt Christi, sondern nach Kaiserdynastien. Jede Dynastie . . .« Sie weinte wieder.

Tempus wollte sie in die Arme nehmen, doch erneut wehrte sie ab. »Faß mich bitte nicht an.«

»Aber warum denn nicht?«

»Ich würde es nicht aushalten.« Sie wandte sich ab, setzte den Digitaliserer wieder an und sprach unter Tränen weiter, als hielte sie ein Referat in einem Hörsaal: »Die Zeit ist ein kultureller Willkürakt: Es gibt unglaublich viele verschiedene Methoden, sie zu messen. Die Sumerer, die Ägypter, die Griechen, die Römer haben als erste in den letzten 5000 Jahren an diesem Problem gearbeitet. Alle hatten damit zu kämpfen, daß die Rhythmen von Sonne und Mond, die wie heute die Grundlagen ihrer Systeme waren, wegen ihrer schwankenden Zyklen nicht wirklich mit einem starren Zeitsystem in Einklang zu bringen sind. Ständig gingen die Kalender falsch, verschoben sich die Jahreszeiten und Festtage. Immer wieder wurden sie daher mit zusätzlichen Tagen und Monaten ausgestopft oder durch willkürlich festgelegte Zeitsprünge verkürzt.«

Tempus hörte gar nicht richtig zu. Er suchte den Grund für die Tränen in Nikkis Gesicht.

Nikki hielt sich an den abstrakten Ausführungen fest wie an einem Geländer, das vor einem Abgrund schützt. Sie reihte die Worte aneinander, wie ein Mensch mit Höhenangst starren Blickes mechanisch Schritt für Schritt den Weg über den Grat bewältigt und sich vormacht, er balanciere auf der Bordsteinkante. »Bei euch gilt der gregorianische Kalender, aber erst seit 1582. Davor war es der julianische, der von Julius Cäsar eingerichtet wurde. Das war im Jahr 46 vor Christus, das als ›Jahr der Verwirrung‹ in die römische Geschichte einging, weil die gesamte Zeitrechnung aus den Fugen geraten war. Es mußte auf 445 Tage verlängert werden, um den Kalender wieder in Einklang mit dem Verlauf der Jahreszeiten zu bringen. Die Juden haben den Weltanfang nach dem Alten Testament auf den 7. Oktober 3761 vor Christus festgelegt. Demzufolge ist nach ihrer Zeitrechnung jetzt das Jahr 5759. Die Moslems hingegen leben heute im Jahr 1377, denn sie rechnen von der Hedschra an, Mohammeds Auswanderung aus Mekka. Für die Buddhisten ist 1999 das Jahr 2542 nach Buddha, und in Indien gelten noch heute allein zwanzig verschiedene Kalender für die Jahreszählung, ganz zu schweigen von unzähligen anderen für die Rhythmen religiöser Feste. Die Mayas führten drei Kalender gleichzeitig, glichen aber die Daten ständig miteinander ab. Ihr Anfang der Zeit liegt im Jahr 3113 vor Christus. Jeder Zeitabschnitt wurde von ihnen als Bürde begriffen, die von göttlichen Trägern im Staffettenlauf durch die Ewigkeit geschleppt wird.«

»Und welche Bürde trägst du mit dir herum?« fragte Tempus leise.

Nikki hatte ihn wohl verstanden, doch sie ging mit keiner Regung auf seine Frage ein. »So vielfältig wie die Kalendersysteme ist auch der Tag des Jahreswechsels. Für die Ägypter begann das neue Jahr, wenn der Sirius, der Hundsstern, zum erstenmal sichtbar im Osten aufging. Gewöhnlich geschieht das um den 19. Juli. Die Chinesen, die über vierhundertmal neue Kalender eingeführt haben, feiern den Jahreswechsel zwischen Ende Januar und Mitte Februar, die Juden im September oder Oktober, die Iraner zum Frühlingsbeginn im März. Übrigens ein Zeitpunkt, zu dem man bis 1582 dieses Fest auch bei euch begangen hat. Nicht einmal die Christen untereinander sind sich einig: Noch heute feiern die Kopten in Ägypten das Ende des alten und den Beginn des neuen Jahres am 29. August, während die syrischen Christen im Libanon dies am 1. Oktober tun.«

Tempus legte ihr die Hand auf die Schulter. Er war plötzlich auf eine unheimliche Weise sehr ruhig. Etwas Grundsätzliches stimmte nicht. So grundsätzlich, daß es ihm alle Energie entzog. »Nikki, was willst du mir sagen?«

Nikki setzte den Digitalisierer wieder ab. Mit gesenktem Blick drehte sie sich zu ihm um. Als sie ihn dann ansah, war fast jeder Ausdruck aus ihrem Gesicht gewichen. Nur ihre Augen glänzten feucht. »Morgen beginnt nicht das dritte Jahrtausend, sondern ein Tag wie jeder andere. Welches Datum man ihm gibt, ist allein eine Frage der Tradition.«

31.12.1999 • 23.03 UHR • -1528 PUNKTE (ALARM)

Leichter Nieselregen setzte ein. Graue Wasserschleier trieben durch das Licht der Scheinwerfer, die Neuschwanstein beleuchteten. Das Schloß war nur noch ein Skelett aus Zahlen, durch das leise der Wind fauchte.

Tempus war wie vor den Kopf geschlagen. Er versuchte zu verstehen, was Nikki gesagt hatte. »Du meinst, es ist alles völlig egal?« Er lehnte sich an die Zinnen des Turms, denn seine Beine zitterten. »Wir haben uns die ganze Zeit für nichts geschlagen? Es hat ohne jeden Grund Tote und Verletzte gegeben ... Swan, die 99ers und ...«

»Ich will damit nur sagen: Blutwich wird den Fortgang der Zeit nicht stoppen, egal, was du tust. Die Vergangenheit bleibt Geschichte. Du kannst nur die Zukunft der Menschheit beeinflussen. Allein darauf solltest du deine Kraft verwenden.« Nikki wirkte völlig unbeteiligt.

Es blitzte, ein farbiges Flackern am Himmel. Bunte Schatten huschten über Neuschwanstein. Ein elektrisches Krachen, der Regen wurde stärker. Schon stabilisierte sich ein Testbild am Himmel. Weit leuchtete es durch die schwarze Nacht, beschien die dunklen Bäume, die Berggipfel in der Ferne und spiegelte sich im Wasser des Alp- und des Schwansees. Das Skelett des Schlosses wurde in farbige Würfel unterteilt, die Nullen und Einsen von japanischen Schriftzeichen überlagert.

Eine Stimme sprach japanisch, dann tauchte der junge Mann mit dem Stirnband am Himmel auf. Er blickte auf sie beide herab, aber seine Worte schienen nur an Nikki gerichtet.

Während Tempus zwischen dem kämpferischen Japaner und Nikki hin- und herblickte, ging ihm plötzlich auf, woher er die Augen des Mannes kannte: Er hatte ihre Augen, sie hatte seine.

»Ich muß los«, sagte Nikki. Sie sah zu Boden.

»Was soll das jetzt wieder heißen? Warum mußt du los? Wohin? Ich verstehe das alles nicht.« Tempus wandte sich von ihr ab. Er stützte sich auf die Zinnen und ließ den Kopf hängen. Er konnte den Fehler einfach nicht finden. Etwas Fundamentales stimmte nicht, doch er war zu verwirrt, um einen klaren Gedanken zu fassen. Aus seinen blauen Dreads tropfte Wasser auf den Boden. Er richtete sich wieder auf, sein Blick glitt durch den Schloßhof. Zwischen den Schattenzahlen auf dem Pflaster bewegte sich etwas. »Da ist Wedo!« Aufgeregt wies Tempus auf den Jungen, der sich bäuchlings über den Hof schleppte. »Wir müssen ihm helfen! Komm!«

Nikki hielt ihn fest. Sie setzte den Digitalisierer wieder an. »Ich nehme ihn mit.«

»Aber wohin, verdammt nochmal.«

»Nach Japan, das habe ich dir doch gesagt.«

»Was willst du in Japan?«

»Meinen Auftrag zu Ende bringen.«

Tempus konnte sich nicht aus seiner Erstarrung befreien. Mit jedem Satz, den Nikki von sich gab, steigerte sich seine Orientierungslosigkeit. Bis vor wenigen Minuten noch hatte er ein klares Ziel vor Augen gehabt, hatte ein drängendes Problem sein ganzes Handeln bestimmt. Plötzlich war all das hohl und leer. »Was für einen Auftrag? Nikki, würdest du mir bitte erklären, was ...«

»Ich muß Neuschwanstein nach Japan bringen«, schrie Nikki, ihre ganze Selbstbeherrschung war auf einen Schlag dahin. »Es wird in Japan wieder materialisiert und in wenigen Jahren als wichtiges urjapanisches Kulturgut gelten, als Teil der japanischen Tradition. Touristen aus aller Welt werden kommen, um es zu bewundern, und nicht danach fragen, ob es ursprünglich einmal woanders stand.«

Langsam löste Wedo sich mit dem Schloßhof in Nullen und Einsen auf. Gleichmäßig prasselte der Regen auf Neuschwanstein, über den Seen gingen Blitze nieder. Der Donner brach sich in den Bergen, während der Japaner am Himmel sie weiter fixierte.

»Das ist doch alles völlig absurd! Was soll das Schloß in Japan?«

»Wenn die Deutschen ihr Land hermetisch abriegeln und nicht einmal mehr Touristen hereinlassen, um dieses Schnappschuß-Kleinod zu besuchen, dann holen wir es eben zu uns.«

»Aber warum machst ausgerechnet du das?«

»Itor hat uns unseren Vater genommen. Jetzt nehmen wir ihm das märchenhafte Symbol seiner Macht. Und auf dem Weg zu diesem Ziel schaden wir ihm, wo immer wir können.«

»Wer ist ›wir‹?«

Nikki wies zum Himmel: »Mein Bruder und ich.«

Tempus starrte den Japaner an.

Die Augen von Nikkis Bruder, die ihre Augen waren, begannen unnatürlich zu leuchten. Nach einer Weile standen Tempus und Nikki in gleißendes Licht getaucht.

»Ich muß los«, wiederholte Nikki tonlos.

Tempus hörte nicht zu. »Selbst wenn in den verschiedenen Kulturen verschiedene Zeitsysteme und verschiedene Neujahrstage gelten ...«, sagte er langsam.

»Tempus.«

Er ignorierte, daß es längst um etwas anderes ging, und widmete sich logischen Widersprüchen, weil er nicht wußte, wie er das eigentliche Rätsel lösen sollte. »Selbst wenn alles richtig ist, was du gesagt hast, so berechnet Blutwich doch alle Vorgänge nach dem hiesigen System. Er ist der Herrscher über die Zeit. Seine Datumsangabe richtet sich nach dem gregorianischen Kalender. Weil seine Anzeige nur zweistellig ist, springt gleich die Zeit auf das Jahr Neunzehnhundert um, egal, welche Regeln woanders gelten. In wenigen Minuten beginnt die Geschichte, sich mit allen Schrecklichkeiten zu wiederholen. Wir müssen umprogrammieren, wenn nicht ...«

»Tempus.« Nikki schüttelte ihn sanft. »Es ist nur ein Spiel.«

»Was?«

»Das war kein Zufall auf dem Platz. Ich habe dich gesucht.« Mehr konnte sie nicht sagen. Ihre Wimpern waren wieder naß, doch nicht vom Regen.

Tempus schloß sie in die Arme. »Warum hast du mich gesucht?« Er legte seine Wange an ihr Haar und sah über die buntbeschienenen Wälder in die Berge.

»Weil ich nur mit deiner Hilfe nach Neuschwanstein kommen konnte.«

»Aber ich wollte doch gar nicht nach Neuschwanstein, als ich auf dem Platz war. Ich wußte noch nicht einmal, daß es existiert. Ich bin nur deinetwegen hier.«

»Genau.« Sie legte den Kopf an seine Schulter. Der Boden unter ihren Füßen gab langsam nach. »Ich habe dafür gesorgt, daß du nach Neuschwanstein willst, weil ich nach Neuschwanstein mußte. Je stärker du es wolltest, desto größer meine Chance, es zu schaffen. Deswegen die Geschichte mit Blutwich.«

»Du hast mich also die ganze Zeit nur benutzt.«

»Nein! Nur in den ersten Minuten. Dann habe ich es nicht mehr gewollt, aber ich konnte nicht anders. Ich hatte es meinem Bruder versprochen.«

»Wie konntest du wissen, daß ich da sein würde?«

»Es ist immer jemand da. Irgendwo in der Stadt taucht er auf. Man erkennt ihn daran, daß er verloren in der Gegend steht und nicht begreift, was vor sich geht. Er ist in einer fremden Welt.«

»Was sind das für Leute?«

»Das ist ganz unterschiedlich. Es erscheinen immer neue. In zwei Stunden, morgen oder nächste Woche kommt ein anderer, den ich dazu bringen muß, mir zu helfen, mich an Itor für den Tod meines Vaters zu rächen. Irgendwie klappt es immer.« Sie drängte sich an ihn. »Aber noch keiner war so wie du.«

»Was meinst du damit?«

Nikki nahm sein Gesicht in die Hände. »In keinen von ihnen habe ich mich verliebt.« Sie küßte ihn.

Tempus schloß die Augen. Er schwankte leicht. »Warum willst du mich dann verlassen?«

»Wir können nicht zusammenbleiben. Es ist unmöglich.«

»Wenn wir beide es wollen, wer sollte uns daran hindern?«

Sie küßte ihn wieder. »Tempus, du bist nur der Spieler des Spiels.«

»Warum sagst du das? Mir ist es ernst, ich spiele nicht. Unsere Liebe ist doch echt.«

Nikki sah ihn traurig an. »Aber ich bin es nicht.«

Der Regen wusch Neuschwanstein vom Fels, bis nichts mehr da war. Hin und wieder wurde das Rauschen des Wassers vom Zucken eines Blitzes und dem darauffolgenden Donner unterbrochen. Sie saßen auf dem kahlen Berg, Nikki wiegte Tempus wie ein Baby. Aus der Ferne leuchtete Hohenschwangau, vom Himmel leuchtete Nikkis Bruder. In einer Ecke der riesigen Himmelsprojektion zählte eine rote Digitaluhr die letzten Sekunden des Jahres 1999.

»Du hast das Spiel zu gut gespielt. Hätten wir es nicht geschafft, nach Neuschwanstein zu kommen, hätte unsere Liebe vielleicht eine Chance gehabt. Zumindest hätte das Spiel länger gedauert. Jetzt ist es vorbei.« Nikki wies in das Licht. »Dies ist der Satellitenleitstrahl, mit dem ich nach Japan geholt werde.«

»Kannst du nicht einfach bei mir bleiben?« bat Tempus. »Was nützt es, deinen Vater zu rächen, wenn du dadurch nur noch unglücklicher wirst?«

»Das ist mein Auftrag«, rief Nikki. Leise fügte sie hinzu: »Ich bin so programmiert.«

Tempus' Augen füllten sich mit Tränen. »Wenn man einmal vergessen könnte, wie man programmiert ist, und nur sich selbst vertrauen würde . . .«

Nikki streichelte sein Gesicht. Fast unmerklich verblaßte sie im Strahl der Augen ihres Bruders. »Eins mußt du mir glauben«, sie beugte sich über ihn und küßte ihn sanft, »was immer geschehen ist, ich habe es nicht getan, um dir wehzutun.«

Tempus wollte sie halten, doch seine Hände griffen ins Leere. Sie war nur noch ein fahler Schein.

Wenige Sekunden später saß er allein auf dem Felsen.

»Nikki!« rief Tempus.

Es blinkte rot vor seinen Augen.

GAME OVER

Leise hörte er sie singen: »Das Blut wich aus den Wangen ihm . . .« Klassische Musik begleitete den Gesang.

»Warum weinst du denn, mein Kleiner?« Die Frage klang dumpf, als käme sie aus weiter Ferne.

Benommen zog Tempus sich die Kopfhörer von den Ohren.

». . . als er sah die Schrecken und das Leid . . .«, sang Nanna gedankenverloren. Dann brach sie ab, während die Musik im Radio leise weiterlief. »Du bist doch schon ein großer Junge.« Sie nahm ihm die Spezialvideobrille ab.

Der Japaner war verschwunden. Geblendet blinzelte Tempus in den gleißenden Strahl, den Nannas Schreibtischlampe direkt in sein Gesicht schickte. Nanna lächelte ihn liebevoll an und wiegte ihn in den Armen. Sie hatte Nikkis Gesicht, deren dunkle mandelförmige Augen, die langen schwarzen Haare.

Verwirrt richtete Tempus sich ein wenig auf. Von Nannas Computermonitor auf dem Schreibtisch leuchtete Neuschwanstein in all seiner märchenhaften Pracht.

Nanna bemerkte seinen Blick. »Kennst du schon meinen neuen Bildschirmschoner? Immer wenn ich mich bei der Arbeit überanstrenge, schaltet er sich automatisch ein.«

Die rote Digitalanzeige in der Ecke des Monitors blinkte lautlos im Sekundentakt. 23.59.58, 23.59.59, 0.00.00.

Vor dem Haus krachten Böller. Raketen zischten zum

Himmel, platzten und schickten bunte Kugeln und Goldregen zur Erde zurück. Die Glocken läuteten.

»Frohes neues Jahr!« riefen einige Leute auf der Straße.

»Happy ins nächste Jahrtausend!« antworteten andere fröhlich.

Die Bürotür wurde geöffnet. Tempus drehte sich um und bekam einen Schreck: Itor betrat den Raum.

»Diese Idioten!« schimpfte er. »Sie werden es nie begreifen. Das nächste Jahrtausend beginnt erst in einem Jahr.«

»Ach Walram, reg dich doch nicht auf«, versuchte Nanna ihn zu beschwichtigen.

»Aber es ist doch so.« Walram, Itor wie aus dem Gesicht geschnitten, wollte sich aufregen. »Man fängt beim Zählen nicht mit 0, sondern mit 1 an. Das erste Jahrhundert begann im Jahr 1 nach Christus. Es dauerte 100 Jahre, endete also im Jahr 100. Das nächste Jahrhundert begann im Jahr 101, also fängt das nächste Jahrtausend auch erst im Jahr 2001 an.«

»Wollen wir nicht trotzdem anstoßen, auch wenn noch kein neues Jahrtausend beginnt?« lenkte Nanna lächelnd ab.

»Wir haben keine Zeit, du mußt unbedingt weiterarbeiten.« Walram trat an den Schreibtisch und drückte auf die Computertastatur.

Wie in Zeitlupe entwich dem Neuschwanstein-Bildschirmschoner Farbe und Stofflichkeit, Regen peitschte über den Monitor. Langsam wusch er das Schloß von seinem Fels.

Tempus kamen erneut die Tränen.

»Was hat er denn schon wieder?« fragte Walram leicht gereizt.

Nanna streichelte Tempus fürsorglich. »Er hat mit seinem Weihnachtsgeschenk gespielt.« Sie langte neben sich und hielt einen buntbedruckten Karton hoch. »›99ers – go!‹, ein neues Cyber-Drama. Vielleicht ist er doch noch ein wenig zu jung dafür, es hat ihn offenbar sehr durcheinander gebracht.« Vorsichtig bog sie das Mikrofon von Tempus' Mund fort, dann löste sie die Elektroden und magnetischen Sensoren von seiner Haut. »Diese Simulationen werden immer lebensechter. Man kann sie gar nicht mehr von der Realität unterscheiden. Auf der Packung stand ab acht, deswegen dachte ich, es sei das richtige für ihn. Aber ich hätte es erst selbst ausprobieren sollen.«

»Du meinst, so ein dummes Spiel haut ihn gleich um? Da war ich in dem Alter aber anders.«

»Ich glaube, seine ganze Situation ist nicht leicht. Was würdest du sagen, wenn deine Familie zerbricht und dein Vater auf einmal nicht mehr da ist? Du mußt den Verlust verkraften, bist aber gleichzeitig plötzlich der Mann im Haus. Und kaum hast du dich daran gewöhnt, ist unvermittelt ein Nebenbuhler da.«

»Was willst du damit sagen?« fragte Walram abwesend. Er klapperte hektisch auf der Tastatur herum.

»Ich glaube, er empfindet dich als Konkurrenz.«

»Was?« Walram lachte ungläubig auf.

»Als Mann«, ergänzte Nanna.

»Du meinst ... auf dieser Ebene?« Er beugte sich zu Nanna herab und küßte sie begehrlich.

Tempus konnte nicht hinsehen. Angestrengt fixierte er den Monitor auf Nannas Schreibtisch. Neuschwanstein hatte sich endgültig in ein Skelett aus Einsen und Nullen verwandelt, das schließlich ganz verblich.

»Endlich!« Walram ließ von Nanna ab.

Unter den letzten Schatten des Schlosses kam eine Eingabemaske zum Vorschein: ›Paßwort?‹.

›Blutwich‹ tippte Walram ein, worauf der Computer die Schleusen seiner Speicherblöcke öffnete. Eine Flut flirrender, schwarzer Zeichen schoß aus der Bildröhre und ordnete sich zu waagerechten Kanälen.

›Verbrechen in Deutschland (seit 1.1.1900, gesamt)‹ las Tempus als Überschrift einer langen Liste. Er wußte bereits, was folgte: ›Eigentumsdelikte‹, ›Tötungsdelikte‹, ›Wirtschaftskriminalität‹, ›Kriegsverbrechen‹ waren nur einige der Äste eines weitverzweigten Stammbaumes, der vor ihm über den Bildschirm rollte. Der Computer enthielt die gesamten Verbrechen des vergehenden Jahrhunderts.

»Wenn wir die Macht, die der Computer uns eröffnet, wirklich nutzen wollen, dürfen wir keine Minute verlieren.« Walram war ganz aufgeregt. »Egal, welches Jahrtausend, egal, ob die Zeit vorwärts oder rückwarts läuft, egal, an welchem Punkt in der Geschichte man sich befindet – man kann nicht aus ihr aussteigen.« Er grinste triumphierend. »Aber man kann immer versuchen, sie in seinem Sinne zu beeinflussen – auch nachträglich.« Übermütig streichelte er Nannas Monitor. »Alles, was einmal einprogrammiert wurde, kann auch wieder umprogrammiert werden.«

Tempus starrte Walram an. Im Geiste wiederholte er den gerade gehörten Satz: Alles, was einmal einprogrammiert wurde, kann auch wieder umprogrammiert werden. Er löste sich aus Nannas Armen und stand auf. Unbeholfen ging er ein paar Schritte, die Kabel des Computerspiels hinter sich herschleifend. Er stieß mit dem Fuß gegen etwas, das über den Boden schlitterte und schließlich scheppernd an eine Wand krachte.

»Vorsichtig Tempus, das ist doch dein Lieblingsauto«, ermahnte Nanna ihn. »Komisch«, sie runzelte die Stirn, »hattest du das nicht golden angesprüht? Wieso ist es plötzlich blau?«

Tempus ging in die Knie. Nachdenklich setzte er sich direkt neben das Spielzeugauto, dessen Karosserie bereits ganz löchrig war. Das Licht schien in den verwüsteten Innenraum, auf die aufgerissenen Polster, den verschmutzten Boden. Er lehnte sich an die Wand. Langsam stöpselte er die Elektroden und Sensoren des Spiels wieder in ihre Halterungen an Schläfe, Hand- und Fußgelenken. Er schob das Mikrofon vor seinen Mund, die Kopfhörer über seine Ohren und setzte die Videobrille wieder auf.

»Nikki?« rief er. »Nikki, bist du da?«

1.1.2000 • 0.07 UHR • START

Die Wolken am dunklen Himmel warfen ein gespenstisches Rot auf die Stadt zurück. Es spiegelte sich in den Pfützen und färbte den Nebel, der langsam zwischen die Häuser kroch. Kein Mensch war auf der Straße, hinter keinem Fenster brannte Licht.

Tempus stand auf der unteren Ablagefläche des gigantischen Einkaufswagens der MON-Zentrale. Rot leuchteten die drei haushohen Buchstaben vom Dach. Im hinteren Drittel des weitläufigen Parkdecks flackerte eine umgestürzte Laterne. Darunter begraben stand das Wrack der Geschichte, halb von Schnee bedeckt. »Nikki!« rief er wieder.

Eine versteckte Kamera schwenkte langsam über das Gelände. Als sie Tempus erfaßte, hielt sie inne. Leise surrend drehte sich das Teleobjektiv heraus.

Schneeflocken fielen Tempus ins Gesicht und schmolzen langsam auf seiner Haut. Wasser lief ihm in den Kragen. Er schüttelte sich, wobei glitzernde Tropfen aus seinen Dreadlocks geschleudert wurden. Die Hände in den Taschen vergraben, den Kopf gesenkt, setzte er sich in Bewegung.

Auf der Monitorwand in der MON-Zentrale zeigte ein Bildschirm, wie Tempus sich dem blauen Wrack näherte. Mit einem Ruck öffnete er die zugefrorene Tür, stieg ein und verschwand eine Weile unter dem Lenkrad. Kurz darauf stotterte der Motor, das Wrack sprang an. Surrend zog die flackernde Laterne sich ein. Tempus gab ein paarmal Gas, dann fuhr er an. Mit einer lauten Fehlzündung schlingerte er auf die Ausfahrt des Parkdecks zu.

»Seit der Produktion schon mangelbehaftet, von immer neuen Unfällen gezeichnet, schleppt sich das Wrack der Geschichte vorwärts«, moderierte Selmar van Eydel die Bilder aus dem Off. Er unterbrach sich: »Was soll das denn?« Trotzdem las er weiter: »Es ist längst schrottreif, doch wir werden nicht müde, es immer wieder golden zu lackieren. Dabei studieren wir genüßlich seinen fortschreitenden Verfall.« Er lachte ärgerlich. »Notger, das ist nicht dein Ernst, oder? Wie kannst du mir so eine Moderation schreiben?« Er seufzte. »Manchmal packt jemand die Schraubenschlüssel aus und macht sich an die Arbeit. Doch meistens ist die Zeit zu kurz, oder die Unfälle waren zu schwer, so daß die Schäden nicht wirklich behoben werden können.« Er stoppte wieder und sprach mit der Regie: »So kann ich das doch nicht verkaufen.« Er lauschte kurz, dann las er den Rest: »So stehen wir jeden Tag erneut vor dem Wrack und fragen uns voller Zweifel, ob es heute noch einmal anspringen und uns ein Stück weitertragen wird.« Er hieb auf das Pult, daß das Mikrofon krachte. »Vergiß diesen Quatsch! Wir machen das anders.«

Übergangslos verwandelte sich seine Stimme in ein

zappeliges Zetern: »Hier wartet das Glück der Extraklasse! Ein Leben auf der Überholspur! Gewinnen Sie eine rasante Spritztour in diesem megaheißen Schlitten! Rufen Sie uns an! Jetzt! ›Mind Of Nations‹ – TV Stations! Ihr Powersender! Wir bringen Ihr Leben in Fahrt!« Leise lachend brach er ab. »Aber wir sagen Ihnen nicht, wo die Bremse ist«, trällerte er. »Schnitt! Der letzte Satz muß natürlich raus!« wies er den Cutter an. »Und dann legst du schön laut Musik darunter, damit auch der letzte Depp wach wird.«

Der Nebel senkte sich wie ein Federbett über die nächtliche Stadt. Doch der friedliche Anblick trog. Kalt und feucht sickerte er in die Straßen, kroch in die Wohnungen der Menschen und drang ihnen unter die Kleidung bis auf die Haut. Ein Handy klingelte.

Das Wrack bog aus der Ausfahrt der MON-Zentrale, beschleunigte und verschwand zwischen den Häusern. Plötzlich leuchteten die Bremslichter.

Ein großflächiges, farbiges Flackern wischte über den Himmel, als habe er seine Lider geöffnet und entkräftet sofort wieder geschlossen.

Der Wagen fuhr an die Bordsteinkante, wo er hielt. Der Wind trieb eine schwarzhaarige, junge Frau vorbei.

Tempus kurbelte die Scheibe herunter und schob den Kopf aus dem Fenster. »Nikki?«

Erstaunt drehte die Frau sich um. Weit aus der Ferne drang ein vielstimmiger Schrei durch die Straßenschluchten. Dumpf und ein wenig unheimlich.

»99ers – go!«